DAVID, ROI

Du même auteur

Un personnage sans couronne, Plon, 1955.
Les Princes, Plon, 1957.
Le Chien de Francfort, Plon, 1961.
L'Alimentation-suicide, Fayard, 1973.
La Fin de la vie privée, Calmann-Lévy, 1978.
Bouillon de culture, Robert Laffont, 1986.
(En collaboration avec Bruno Lussato)
Les Grandes Découvertes de la science, Bordas, 1987.
Les Grandes Inventions de l'humanité jusqu'en 1850, Bordas, 1988.
Requiem pour Superman, Robert Laffont, 1988.
L'Homme qui devint Dieu :
   1. *Le Récit*, Robert Laffont, 1988.
   2. *Les Sources*, Robert Laffont, 1989.
   3. *L'Incendiaire*, Robert Laffont, 1991.
   4. *Jésus de Srinagar*, Robert Laffont, 1995.
Les Grandes Inventions du monde moderne, Bordas, 1989.
La Messe de saint Picasso, Robert Laffont, 1989.
Matthias et le diable, Robert Laffont, 1990.
Le Chant des poissons-lunes, Robert Laffont, 1992.
Histoire générale du diable, Robert Laffont, 1993.
Ma vie amoureuse et criminelle avec Martin Heidegger, Robert Laffont, 1994.
29 jours avant la fin du monde, Robert Laffont, 1995.
Coup de gueule contre les gens qui se disent de droite et quelques autres qui se croient de gauche, Ramsay, 1995.
Tycho l'Admirable, Julliard, 1996.
La fortune d'Alexandrie, Lattès, 1996.
Histoire générale de Dieu, Robert Laffont, 1997.
Moïse I. Le Prince sans couronne, Lattès, 1998.
Moïse II. Le Prophète fondateur, Lattès, 1998.

Gerald Messadié

DAVID, ROI

Roman

JC Lattès

© Éditions Jean-Claude Lattès, 1999.

Qu'est-ce qui rend héroïque ? Aller en même temps au-devant de sa plus grande douleur et de son plus grand espoir.

Friedrich Nietzsche
Le Gai Savoir

Avertissement de l'auteur

Le lecteur trouvera dans ces pages plusieurs mentions de « grand sablier » et de « petit sablier » pour définir une longueur de temps. Aux XIe et Xe siècles avant notre ère, époque à laquelle se situe le récit, il existait trois façons de mesurer le temps : le cadran solaire ou gnomon, inventé en Egypte environ 3 500 ans avant notre ère, la clepsydre ou horloge à eau, inventée en Egypte vers le XIVe siècle avant notre ère, et le sablier, inventé, suppose-t-on, à la même époque que le verre, soit vers le troisième millénaire avant notre ère. Le cadran solaire n'était utilisable que dans les pays à fort ensoleillement et durant les saisons d'été. La clepsydre exigeait une installation fixe et était difficilement transportable. Le seul instrument courant et pratique, puisque utilisable à toute heure du jour ou de la nuit, était donc le sablier. On pouvait également l'emporter en campagne, et tout porte à croire que ce fut l'instrument de mesure du temps le plus répandu chez les Hébreux. Il était basé sur une division du jour en douze unités entre le lever et le coucher du soleil. Toutefois, étant donné les écarts entre le jour d'hiver et le jour d'été, sa valeur pouvait osciller entre 40 et 80 minutes. Il est douteux que l'on ne s'en soit pas aperçu et telle est sans doute la raison pour laquelle il y eut de petits et de grands sabliers.

Il faut également rappeler qu'il n'existait nulle part à l'époque de circulation fiduciaire. La seule économie en vigueur était celle du troc. C'est donc un involontaire anachronisme que commettent les lecteurs du Second livre de Samuel quand, à deux reprises, ils croient reconnaître des sommes d'argent, au sens contemporain, dans des échanges commerciaux tels que l'achat par David du terrain d'Arauna pour l'édification du Temple. La mention de

« sicles d'argent » ne désigne pas des pièces de monnaie, mais un poids (comme le furent plus tard la livre ou l'once) : ce poids est de six grammes. C'est donc trois cents grammes d'argent que représentent les cinquante sicles d'argent payés par David pour le terrain du futur Temple... Somme alors considérable, sans nul doute.

I

LE ROI FUTUR

1

Le berger

Dans les roulements de tambours d'un orage de printemps, le ciel noir et coléreux se déchira au-dessus de la Judée. Une trouée franche, une seule, y étincela. Un faisceau de soleil tomba sur un lopin de prairie. Un berger y faisait paître ses moutons, non loin des dernières maisons de Bethléhem. L'herbe verdoya, lumineuse, constellée de gouttelettes étincelantes qui n'en finissaient pas de s'iriser. Le manteau sombre du berger et les moutons à toison dorée prirent un relief de songe sur ce tapis de pierreries.

Le berger leva les yeux et fut ébloui. Il rit de l'étrangeté de cette lumière qui flattait sa beauté. Car sa beauté était notoire à Bethléhem : c'était David, c'est-à-dire le Bienaimé, le huitième et le plus jeune fils de Jessé, lui-même petit-fils de Booz et de Ruth la Moabite. Il avait dix-sept ans. Elancé, un corps d'ambre et de bronze, des yeux de miel, un esprit rieur et courageux. Rêveur aussi. Les filles l'aimaient et les garçons cherchaient à l'égaler, car il était adroit et, d'un caillou de sa fronde, abattait un renard à cent pas. On ne lui connaissait qu'une bizarrerie : il ne portait pas une seule cicatrice. C'est qu'il n'avait pas d'ennemis : il les esquivait d'un sourire.

Dans le mouvement de la nuque, le capuchon glissa et le soleil dora sa crinière de cuivre. Il tira de son sac une lyre dont les courbes semblaient modelées sur des hanches de femme. Le meilleur artisan de la ville la lui avait confectionnée en bois d'if, sur un modèle qu'il avait admiré à Jérusalem. L'usage l'avait patinée. David en pinça les cordes et les notes acides s'égaillèrent dans l'air frais. Sa voix s'éleva, chauffée par l'ardeur de la jeunesse. C'était une chanson d'amour, qui promettait d'enchanter une bien-aimée. Il en avait écrit les paroles et la musique.

A cinquante lieues de là, le sang étanchait la soif des dieux. Saül, le premier roi d'Israël, achevait de conquérir la terre des Philistins. Saül aussi était beau, mais il avait encouru la vindicte du prophète Samuel. Sa beauté ne lui servait donc à rien.

Mais David ignorait tout cela. Inconscient de l'horreur et de la violence des passions, il chantait en regardant le rideau de pluie s'incliner vers Jérusalem, tandis que les tambours du ciel s'éloignaient. Il était jeune, mais il savait voir au-delà des pluies.

Pour l'heure, il voyait surtout un chacal qui se faufilait dans les hautes herbes à deux cents coudées de là, se dirigeant vers les brebis. Il en distinguait bien l'échine qui ondulait par-dessus les herbes et, par moments, la tête qui se relevait à peine. Il se pencha pour choisir deux ou trois cailloux bien tranchants, tira sa fronde de sa besace et il se leva. La fronde tournoya et s'ouvrit. Le cri lamentable du chacal informa David qu'il avait visé juste. Les brebis s'affolèrent. Le chacal s'éloigna de manière désordonnée. Un arc-en-ciel unissait la montagne de Jérusalem à la vallée du Térébinthe, là-bas, à l'est.

2

L'arbre

« Sang impur », marmonna Samuel au réveil, les yeux encore clos. Les mots lui étaient sortis de la bouche presque involontairement et cela le mit en alerte ; pour que des mots lui échappassent ainsi, il fallait qu'ils fussent inspirés. Pourtant, il n'avait pas vu la lumière du Tout-puissant, comme cela se produisait dans l'inspiration divine. Il avait certes fait un rêve, mais non, il n'avait pas vu la lumière. Du moins, pas directement. Dans le rêve, un arbre se dressait sur un ciel pur, un jeune arbre verdoyant sur le ciel de midi. Vision de gloire et promesse de vie sur le firmament du Tout-puissant. Mais un autre arbre lui disputait le terrain, un vieil arbre tordu et noir. Samuel ouvrit les yeux et se retint de gémir. C'était, cet autre arbre, le symbole du sang impur. Samuel souffla avec force pour exhaler sa souffrance. Il venait de comprendre son rêve et ses premiers mots au réveil. Une immense épreuve l'attendait. Il fallait déraciner le vieil arbre. Or, c'était lui, Samuel, qui l'avait planté. Cet arbre, c'était la maison de Saül, le fils du Benjaminite Quish devenu roi par la main même de Samuel.

De plus, le rêve était intempestif. A la même heure, en effet, Saül se battait contre les Amalécites. La veille au soir, on n'avait encore reçu à Béthel aucune nouvelle de la bataille qui se déroulait au sud.

Il s'étira prudemment sous sa couverture en poil de

chèvre, pour éviter les crampes. Une lueur blafarde au sommet de la tente l'informa que l'aube s'était levée et un coulis d'air froid, qu'elle était fraîche. Béthel, l'antique site des patriarches, était décidément froide au mois de Pessah. Il se tourna vers Miriam, sa femme, et ne vit qu'une mèche grise sous la couverture de laine couleur de terre mouillée. Elle avait quitté leur maison de Rama pour l'accompagner dans sa tournée annuelle, parce qu'elle ne savait vivre sans lui. Il se dressa, prenant appui sur un coude. L'esclave dormait aux pieds de Miriam, pelotonnée dans sa couverture. Des voix lui parvinrent, étouffées par la double épaisseur de la tente. Il s'assit et, s'emparant du bâton posé près de lui, se dressa péniblement sur ses jambes et enfila ses sandales.

Les froissements de la paille et les courants d'air réveillèrent Miriam.

« C'est encore l'aube, ne prendras-tu donc jamais de repos ? » demanda-t-elle.

Il ne répondit pas. Il dénoua les cordons de la porte et sortit. A ses pieds, les collines et les plaines de Judée verdoyaient sous le ciel gris, jeunes moissons et, près de la ville, potagers et vergers. Un bouquet d'amandiers proche frissonna et esquissa une bourrasque de neige, lâchant avec ses pétales une bouffée de parfum amer et juvénile dans la brise.

« Ton manteau ! » cria Miriam, à demi sortie de la tente. Il saisit le vêtement et s'en drapa sans se retourner. « Je fais chauffer du lait », ajouta-t-elle. Il ne se retourna toujours pas, mais elle savait qu'il l'avait entendue. Il évitait son regard, comme lorsqu'elle avait été jeune et belle. Elle ne s'en offensait plus. « Tu seras toujours jeune et belle », lui avait-il dit un jour qu'elle lui en avait fait le reproche. Mais il lui avait rappelé qu'elle avait le devoir de ne pas le détourner du Tout-puissant, car il était le Grand voyant, lui, Samuel. Et le regard des voyants ne doit contempler que le Tout-puissant.

Les deux gardes que les Anciens de Béthel lui avaient assignés s'empressèrent pour lui baiser les mains. Ils étaient visiblement en proie à une émotion violente. Il les interrogea du regard.

« Voyant ! Saül a gagné ! » s'écrièrent-ils, les bras écartés, le visage extatique, les yeux humides. « Saül et son fils Jonathan ! Ils ont vaincu les Amalécites ! Hegag, le roi d'Amalec, est prisonnier de Saül ! »

Il leur posa à chacun la main sur l'épaule. « Le Tout-puissant est avec nous », dit-il simplement. Ils soutinrent son regard, le trouvèrent aussi empli de larmes, s'emparèrent de ses mains et les portèrent derechef à leurs lèvres.

« Hegag n'est donc pas mort ? demanda Samuel.
— Nous ne savons pas.
— Où sont les messagers qui vous l'ont appris ?
— Ils sont repartis porter la nouvelle ailleurs. A Jéricho d'abord. »

Il s'abîma dans une réflexion qui leur parut sans fin. Leur allégresse s'accordait mal à la taciturnité de ce vieil homme.

« Voyant, tu es l'homme de Dieu ! s'écrièrent-ils, pour rompre un silence qui leur pesait. On nous a priés de te dire qu'il n'y aura aujourd'hui qu'un seul jugement : il concerne les veuves et les filles de ceux qui sont morts au combat. Guideras-tu ensuite les célébrations ? »

Il hocha la tête et s'en fut loin des regards, sortit une truelle de son manteau, creusa un trou et s'accroupit au-dessus. Puis quand ses entrailles se furent ressaisies, il jeta encore quelques pelletées de terre sur ce qu'il lui avait rendu et monta au sommet de la colline, jusqu'à l'autel d'Abraham. L'autel n'était plus qu'à peine circulaire, tant la pierre en était rongée, mais il demeurait dans l'esprit un cercle parfait. C'était là que le premier des patriarches avait planté sa tente et c'était là aussi que Jacob avait eu sa vision. C'était là, enfin, qu'on avait retrouvé l'Arche d'alliance. Le Tout-puissant errait plus souvent au-dessus de cette colline que des autres. Un froissement d'ailes y hantait l'air. Les pieds de Samuel froissèrent les colchiques roses.

Il s'absorba devant l'autel, s'indignant une fois de plus de n'y trouver personne, ni les traces d'aucun sacrifice. Et son esprit alla à la nouvelle victoire de Saül. Victoire, soit, mais Saül avait-il respecté ses instructions ? Le sang de Samuel bouillonna à l'idée qu'il pût en avoir été autrement.

Il avait ordonné à Saül de tout détruire, du roi au dernier nouveau-né, selon la volonté de Yahweh. Et n'était-il pas, lui Samuel, l'unique interprète des volontés divines ? Il fallait absolument exterminer jusqu'à la dernière trace des Amalécites. Or, après sa victoire contre les Philistins, quelques semaines plus tôt, Saül n'avait pas respecté les instructions de Samuel : il ne l'avait pas attendu pour célébrer le sacrifice au Guilgal, à Jéricho. C'était un rebelle que ce Saül, ce n'était pas, lui, un homme de Dieu. Il s'était révolté contre la parole de Yahweh, telle que la lui avait transmise Samuel. « Sang impur », redit Samuel, mais cette fois-ci avec hargne.

Puis il leva les yeux et chercha du regard l'arbre de son rêve. « La vieillesse est amère », songea-t-il. Son arbre à lui n'avait donné que des fruits amers. Car si ses fils Joël et Abiyah avaient été des justes comme leur père, on n'en aurait pas été là. L'amertume creusa ses rides. Il ne fut plus qu'un masque de cuir plissé, garni d'une barbe blanche et de touffes hagardes sur le sommet, auxquelles le vent prêtait une vie indépendante et folle.

Mais le chagrin ne pouvait dominer longtemps le Grand voyant, le dernier des juges d'Israël, le porte-parole de la divinité sur la terre, de la seule divinité existante. Il se redressa pour contempler une fois de plus le paysage d'un œil impérieux, évitant de porter les yeux vers le sud, où s'élevaient les villes des Philistins. C'était le territoire à la garde duquel il avait été promu. Une journée de pluie promettait d'arroser le jeune blé. Il en serait sans doute ainsi jusqu'à la fin des temps, les pleurs des vieux arroseraient la jeunesse.

Quand il fut redescendu, le manteau du ciel se déchira sur sa robe bleue. Le cœur de Samuel s'emplit d'une émotion indicible. L'arbre ! L'arbre ! Mais la paix du cœur, elle, lui échappait toujours.

3

Le discours de la magicienne de Jéricho

La femme se pencha pour jeter des branches de chêne sur le foyer de larges pierres plates. Le bois était encore vert et, de surcroît, les pluies récentes l'avaient trempé ; il dégagea une fumée dense et bleuâtre. Aspirée par un trou dans le toit, cette fumée s'épaississait jusqu'à former une colonne qui voilait parfois la femme aux regards de son visiteur. Assis par terre, sur un tapis, celui-ci la suivait d'un regard inquiet, attendant qu'elle s'installât enfin pour vaquer à la mystérieuse besogne dont il l'avait chargée. Car il était, lui, Abiel, l'un des confidents de Saül, venu demander à Milka la Chaldéenne, la magicienne de Bethléhem, de prévoir l'avenir prochain de son roi et maître. En paiement, il apportait une paire de volailles ; liées aux pattes et jetées sur le sol, elles lançaient aux alentours des regards d'épouvante.

La magicienne s'assit enfin sur un tabouret bas et tourna vers Abiel un visage flétri où les yeux cernés d'antimoine étincelaient par moments, chargés des reflets du feu, miettes d'or au fond d'un enfer de femme.

« Tu es venu parce que tu as peur, dit-elle d'une voix basse et rauque. Et ta propre peur est ta réponse. Tu peux te lever et partir avec ta volaille. De toute façon, le maître de ton maître a fait interdire notre pratique et tu me ferais emprisonner rien que pour m'avoir payée. »

Il secoua la tête, effrayé.

« Je ne ferais rien de tel, protesta-t-il.

— Alors va-t'en. Tu sais déjà tout ce que tu prétends vouloir savoir et tu veux que ce soit moi qui l'avoue.

— Je ne sais rien, bredouilla-t-il.

— Tu as des yeux pour voir et des oreilles pour entendre et tu ne sais rien ? rétorqua-t-elle d'un ton sarcastique. N'as-tu pas vu que le maître de ton maître a décidé de le perdre ?

— Saül n'a d'autre maître que Yahweh... articula Abiel, la gorge sèche. As-tu de l'eau ? »

Elle se leva pour prendre une gargoulette à la fenêtre et la lui tendit « Bois, lui dit-elle sur le même ton, c'est de l'eau. Car bientôt tu boiras du sang ! »

Il manqua s'étrangler et reposa la gargoulette.

« Samuel ! » s'écria Milka penchée sur son visiteur. Samuel vous fera boire du sang, l'ignores-tu ? Samuel ! Le vrai maître de ton maître ! C'est à contrecœur qu'il a fait élire Saül roi. Il ne voulait pas de roi, l'a-t-il assez dit ! Les Juifs n'avaient qu'un roi, disait-il, et c'était Yahweh, mais ce qu'il ne disait pas, c'est qu'il se considérait, lui, comme le représentant de ce Dieu sur la terre ! Saül lui arrachait sa couronne ! Et Samuel ne le lui pardonnera jamais !

— Femme, tu blasphèmes ! » cria Abiel.

Elle le considéra un moment, sans qu'on pût savoir si c'était avec pitié ou mépris.

« Va, alors. Retourne vers ta cour d'esclaves ! Car ton roi est un esclave, il est terrifié par Samuel, il est l'esclave de Samuel, il est son chien ! Il tremble devant lui et chaque fois qu'il veut s'affranchir de lui, Samuel le menace de la pire des vengeances, la disgrâce aux yeux de Yahweh ! C'est-à-dire la disgrâce aux yeux de son peuple ! »

Abiel émit un gémissement et se voila les yeux de la main.

« Tu sais tout cela, homme ! Tu sais que ton roi s'est battu comme un lion et que lui et son fils et leurs soldats sans armes — sans armes, tu le sais car tu étais là — ont défait les Philistins ! Mais crois-tu que Samuel leur en ait su gré ? Non, il a soutenu qu'ils n'étaient dans cette victoire que les instruments de Yahweh ! Pendant qu'ils risquaient leurs vies, il se promenait pour rendre la justice, car il se dit juge, délégué par votre Dieu. Et quand Saül, effrayé par les désertions qui se multipliaient autour de lui, a avancé la date du sacrifice fixé par Samuel, celui-ci a prétendu que ton roi avait défié la volonté du Seigneur ! Crois-tu donc que votre Seigneur soit aveugle ? Crois-tu qu'il n'ait pas déjà pardonné cent fois à Saül ? Mais la vindicte de Samuel, elle, est sans limites !

— Femme, tu blasphèmes ! Samuel est un saint homme, c'est le Grand voyant, et c'est lui qui a choisi Saül, protesta Abiel.

— Il a choisi Saül, en effet, s'écria Milka, parce que Saül est beau et que Joël et Abiyyah sont non seulement laids, mais corrompus ! Ne sais-tu pas qu'ils sont corrompus, les fils du Grand voyant ? Ils veulent être juges, eux aussi, mais ils se font acheter ! Ne sais-tu pas que c'est à cause de leur corruption que les Anciens d'Israël ont demandé à Samuel un roi ? Ils voulaient un roi qui mettrait fin à leur corruption. Mais Samuel, lui, voulait un roi qui remplaçât ses fils et qui fût à son entière dévotion, entièrement obéissant comme ses fils ne l'avaient pas été ! »

Abiel haletait.

« Tu es une sorcière, femme, murmura-t-il.

— Et qui donc es-tu venu voir, soldat, si ce n'est une sorcière ? Qui es-tu venu consulter ? Une vierge en fleurs qui te conterait délices ?

— Je suis venu voir l'avenir, dit-il. Je te paierai.

— L'avenir est dans le passé, soldat. Ton roi est perdu parce qu'il est faible. Le vrai roi d'Israël, c'est ce vieillard vindicatif et fou d'orgueil, à l'ambition déçue, qui se nomme Samuel. Tu ne paieras rien, tout est compté, tout est pesé, tout est écrit. Saül tentera une fois de plus de s'affranchir de Samuel, qui le maudira.

— Dis l'avenir, c'est tout ce que je te demande », répéta faiblement Abiel.

Il ferma les yeux et elle le regarda un long moment. Puis elle se leva, alla prendre l'un des pots rangés sur une étagère, l'installa dans son giron et en tira une poignée de poudre qu'elle jeta dans le feu.

« Regarde ! » ordonna-t-elle.

Abiel rouvrit les yeux. Les flammes se tordaient de manière inusitée. Elles se teintèrent de bleu, puis virèrent au rouge et sifflèrent. Il ramena ses jambes sous lui, comme pour se préparer à prendre la fuite.

« Regarde ! C'est du sang !
— Quand ?
— Qui sait compter le temps ? »

Un cri d'enfant effrayé sortit de la bouche du soldat.

« Et après ? demanda-t-il, plaintivement.
— Il y aura un autre roi.
— Qui ?
— Si c'est Samuel qui le choisit, il sera beau, lui aussi. »

Le soldat s'affaissa le long du mur.

« Et l'on accusera ton roi d'impiété, ajouta-t-elle avec tristesse.
— Que faire ? soupira-t-il d'un ton qui n'espérait pas de réponse.
— Prétendrais-tu changer les hommes ? »

Il se leva péniblement et lui tendit les volailles.

« Prends-les, je n'ai plus la force de les porter. »

Elle haussa les épaules. « Un homme, cela passe de l'adolescence à la sénilité sans transition », dit-elle en se levant. Elle tira le loquet et ouvrit la porte. La nuit entra, bousculant la colonne de fumée. Le soldat sortit, le pas lourd.

« Tu peux revenir les manger demain », ricana-t-elle.

Il ne l'entendit pas ou ne voulut pas l'entendre. Ce fut la nuit qui le mangea, lui.

4

L'assassinat

Sur le coup de midi, la rumeur courut dans les rues et les ruelles de Jéricho, encore luisantes de la dernière averse. C'était près de là, à l'autel du Guilgal, que Saül était allé sacrifier au Seigneur pour le remercier de sa victoire contre les Amalécites, après avoir élevé un monument en son propre honneur sur le mont Carmel. C'était aussi là qu'il tenait leur roi, Hegag, prisonnier depuis une semaine. L'objet de la rumeur était que le Grand voyant des Juifs Samuel venait d'arriver.

Bien peu, à Jéricho, savaient vraiment qui était le Grand voyant. Outre les hommes de Saül et quelques marchands juifs, la population était surtout constituée de gens des déserts de l'Araba, des Nabatéens, des Iduméens, des Syriens et autres adorateurs de divinités féroces ou indécentes, installés là depuis des siècles. Cette ignorance alimentait et amplifiait les rumeurs. Etait-ce un sorcier que le Grand voyant ? Un mage, assuraient les uns, un prophète, disaient d'autres. Un roi, à coup sûr, mais de quel pays ? Non, un dieu. Certains assuraient l'avoir vu passer avec un vaste équipage et répandaient des descriptions extraordinaires. Il se rendait, disait-on, chez le roi des Juifs. Cette supposition était la seule fondée. Les badauds se pressèrent donc dans les parages de la tente de Saül et de sa maigre armée, pour tenter d'en savoir davantage. Ils furent tenus à distance par les gardes. Pressentant un moment difficile, car ils avaient été frappés par l'humeur sombre d'intimes du roi, comme Akish, les gardes partageaient leur réserve à l'égard du Grand voyant.

Or, Samuel était arrivé seul à dos de mulet. Petit homme gris dans un manteau couleur de terre mouillée sur un mulet couleur de terre sèche, il était passé inaperçu.

Il traversa le campement des Juifs, les soldats s'écartant respectueusement de ce vieillard sourcilleux qui ne leur prêtait même pas attention. Il s'arrêta à peine un instant pour demander où se trouvait la tente de Saül, sans ajouter « le roi ». On la lui indiqua. Il mit pied à terre, tandis qu'un soldat prenait la longe de sa monture. Sans baisser la capuche de son manteau, il souleva la portière et pénétra sous la tente.

Saül était assis sur un coussin entouré de ses quatre fils, Jonathan, Ishyo, Abinadab et Malkishoua et de quelques lieutenants. Ils prenaient une collation assez frugale, des pigeons grillés et des lentilles aux oignons verts. Samuel les considéra avec une froideur sans ironie. L'ironie eût été un signe de sociabilité ; or, il n'était pas sociable. Saül se leva d'emblée, s'essuyant lentement la barbe et les doigts. L'un et l'autre s'évaluèrent du regard. Un vieil homme que l'âge voûtait, masqué par le poil gris des sourcils, de la moustache et de la barbe, face à un homme dans la force de l'âge, mollet ferme, poitrine vigoureuse, visage à peine effleuré par le temps et de façon plutôt flatteuse. Le nez busqué prenait un relief altier, les creux aux commissures des lèvres exprimaient l'éloquence retenue. Le front exprimait l'audace et la mâchoire, le courage. Les yeux brillaient de vivacité. C'était bien le chef de guerre qui, à coups de pierres et de bois, car les Juifs n'avaient pas d'autres armes que des frondes et des bâtons pointus, avait imposé son peuple à des voisins fanfarons et dédaigneux, Moabites, Ammonites, Edomites, Zobahites, Philistins.

Le roi franchit les quatre pas qui le séparaient de son visiteur pour aller enfin lui donner l'accolade. L'embrassade fut raide. Saül s'écarta pour considérer Samuel et lui vit la mine sombre. Il était vrai qu'on ne voyait jamais Samuel autrement, mais on aurait pu espérer plus d'aménité après une victoire. Les jeunes princes et les autres lieutenants se tenaient debout, l'œil méfiant.

« Tu dois avoir faim, veux-tu partager notre repas ? » demanda Saül, indiquant le plateau qu'il venait de quitter.

Samuel ne parut pas l'avoir entendu ; il fixait sur Saül le même regard énigmatique, sans chaleur et presque animal tant il était cerné de poils. Un subtil changement s'opéra dans l'attitude de Saül.

« Nous avons gagné, voyant, dit-il à la fin.

— Le Tout-puissant a gagné pour nous, répliqua l'autre. Mais que sont ces bêlements de moutons que j'entends ? Et quel est ce bétail que j'ai vu près d'ici ?

— C'est le bétail que nous avons choisi chez les Amalécites pour le sacrifier au Seigneur », répondit Saül, fronçant imperceptiblement les sourcils.

Samuel lui adressa un regard noir. Sa mâchoire trembla un moment avant qu'il reprît la parole.

« Et est-il vrai que tu as épargné la vie de Hegag ?

— Il est mon prisonnier », répondit Saül.

Samuel poussa un cri de rage.

« Tu m'as désobéi ! s'écria-t-il. Tu as désobéi au Seigneur ! Le Seigneur m'a envoyé pour te faire roi ! Ne t'ai-je pas transmis ses ordres ? Ne les as-tu pas entendus ? Es-tu sourd ? Le Seigneur des armées ne t'a-t-il pas donné l'ordre par ma voix de punir tous les Amalécites pour ce qu'ils ont fait à Israël ? De les punir pour leurs attaques contre les Juifs alors qu'ils montaient d'Egypte ? »

Saül, ses fils et les lieutenants considéraient le prophète, décontenancés par cet accès de fureur.

« Je les ai exterminés, répondit calmement Saül affrontant le vieillard. J'ai fait tuer les vieillards et les femmes sans défense, et les enfants au sein. Je les ai massacrés tous, de Havilah à Shoûr. Que veux-tu de plus ?

— Moi ? cria Samuel, dont la voix montée au paroxysme se brisa. Ce que je veux, moi ? Mais ce n'est pas moi, Saül, qui veux, c'est ton Seigneur qui veut ! Pourquoi as-tu épargné le bétail qui est ici ?

— Pour le sacrifier au Seigneur, je te l'ai dit.

— Crois-tu que le Seigneur ait besoin de sacrifices ?

gronda Samuel. Non, Saül, non ! Il a besoin de ton obéissance absolue ! »

Il tendit vers Saül un doigt noueux et raide.

« Absolue ! Le Seigneur ne t'a-t-il pas ordonné de massacrer tout le bétail des Amalécites ? Or, tu en as épargné des têtes ! Tu as désobéi à ton Seigneur, le Dieu unique d'Israël !

— Je n'ai pas désobéi, voyant, répondit Saül d'une voix qui se durcissait. J'ai exterminé les Amalécites et je vais sacrifier leur bétail au Seigneur dont tu prétends détenir les messages. A quoi peut servir de tuer du bétail qui n'a plus de maîtres, des vaches dont le lait ne nourrira plus personne, des brebis dont la chair n'engraissera plus personne, des chameaux qui ne transporteront plus personne ?

— Tu discutes avec le Seigneur ? hurla Samuel dans un état d'agitation de plus en plus alarmant. Tu blasphèmes ! Je t'ai fait roi et tu blasphèmes ! »

Et il se jeta sur Saül qui le repoussa d'un main ferme plaquée sur la poitrine.

« Le Seigneur des Armées n'a que faire de tes sacrifices ! Et pourquoi as-tu épargné Hegag ?

— Le Seigneur des Armées n'est-il pas aussi le Dieu clément ? répondit Saül d'une voix courroucée.

— Blasphèmes ! Blasphèmes ! hurla Samuel. Le Seigneur t'a donné le royaume d'Israël, mais tu enfreins ses ordres et aujourd'hui, il te le reprend et il le donnera à un autre ! »

Les trois princes et les lieutenants émirent des cris d'indignation. Saül pâlit. Si ce vieillard possédé par la furie se répandait partout en proclamant que Dieu avait retiré sa faveur à Saül, il en serait plus d'un pour prêter foi à ses propos. Il y avait déjà eu assez de désertions comme cela. Samuel se retournait pour quitter la tente ; Saül le retint d'une main si ferme que le manteau se déchira.

« Voyant ! lui dit Saül d'une voix gonflée de colère. Tu ne quittes pas cette tente vivant si tu ne reviens sur ce que tu as dit !

— Blasphémateur ! cria Samuel.

— Redis ce mot à l'extérieur et je dirai, moi, que les

méfaits de tes fils sont bien dignes de leur père. Entends-tu, voyant ? »

Le visage de Samuel était livide et défiguré par la colère.

« Redis à l'extérieur un seul des mots que tu as proférés ici et je dirai que tu as essayé de me corrompre, et on le croira, Samuel, parce que ton engeance est corrompue ! » Et d'une secousse, il resserra sa poigne sur le manteau déchiré. « Personne ne te croira plus, voyant, tu ne rendras plus la justice à Béthel, à Jéricho, ni ailleurs, car l'on te rira au nez ! On dira que tu as voulu tirer profit du roi auquel tu avais donné l'onction ! »

Il relâcha son emprise sur le vieillard, immobile, tremblant de fureur et de dépit.

« Tu as désobéi au Seigneur », répéta Samuel d'une voix rauque, fixant Saül de ses yeux injectés de sang.

« Que veux-tu faire, voyant ?

— Je vais oindre un autre roi !

— Tu ne feras rien de tel, tu le sais, car c'en serait fait de toi sur-le-champ. Il y aura un homme dans la nuit pour vous assommer d'une seule pierre, toi et ton autre roi. Je te répète : que veux-tu faire ?

— Fais venir Hegag.

— Pour quoi faire ?

— Fais venir Hegag ; la mort ne m'effraie pas. Fais venir le prisonnier ou c'en est fait de toi, Saül, et sur-le-champ aussi. La parole du Seigneur doit être accomplie. »

Ils se firent face un long moment. Puis Saül se tourna vers les hommes qui assistaient à la scène, figés.

« Amenez Hegag », dit-il.

Ishyo et un lieutenant sortirent.

« Le Seigneur demande-t-il des sacrifices humains ? demanda Jonathan.

— Blasphémateur fils de blasphémateur ! » grommela Samuel.

La nuit était tombée. Malkishoua alla chercher des lampes. Ishyo et le lieutenant revinrent, escortant Hegag. C'était un petit homme droit comme un aleph, mais qui boitait. Son visage maigre et rusé pivota lentement vers chaque membre de cette assemblée et son regard s'attarda sur Samuel, qu'il n'avait jamais vu.

« L'amertume de la mort est sans doute passée, dit-il.

— Ton épée a rendu nos femmes stériles, répondit Samuel, et ta mère sera désormais sans descendance ! »

Il arracha le glaive à la ceinture de Saül et se jeta sur le prisonnier, qu'il transperça avec une violence inattendue chez un homme de son âge. Hegag tomba sans un mot ; on n'entendit qu'un long râle à la fin. Le sang s'échappait, formant une tache sombre qui menaçait de gagner le tapis du repas. Saül, ses fils et les lieutenants considéraient le cadavre avec des yeux horrifiés.

« Tuer un prisonnier sans défense, c'est un assassinat, dit Saül. Je ne veux jamais te revoir, Samuel. Entends-tu, voyant ? »

Samuel jeta le glaive près du cadavre, sans paraître avoir entendu. « La parole du Seigneur est accomplie », dit-il avec sauvagerie. Et ramassant les morceaux de son manteau, il sortit dans la nuit.

Les princes et les lieutenants demeurèrent un long moment immobiles, contemplant le cadavre de Hegag, chacun livré à ses pensées, Saül, lui, méditant sur l'usurpation de pouvoir commise par Samuel quand il s'était emparé du glaive pour assassiner le prisonnier d'une guerre à laquelle il n'avait pas participé. Puis ils jetèrent une couverture sur la dépouille, l'y enroulèrent et la sortirent de la tente pour l'enterrer. Saül ramassa son glaive, alla chercher un chiffon, versa de l'huile dessus et en nettoya lentement, pensivement, la lame, la mirant de temps à autre à la lueur des lampes. Quand il eut fini, il jeta le chiffon souillé dans le feu qui flambait à l'extérieur de la tente, entouré de soldats.

Ceux-ci lui jetèrent un regard interrogatif. Ils n'avaient pu entendre les cris de Samuel, car les plis de la tente étaient épais, mais ils s'interrogeaient à coup sûr sur le brutal départ du voyant. Une flûte résonnait dans la nuit.

« Les desseins du Tout-puissant sont désormais accomplis », leur dit Saül.

Ils furent un temps sans répondre, le regardant avec des yeux où brillait le feu.

« Les paroles du roi victorieux pèsent le poids de l'or », dit enfin l'un d'eux.

Il hocha la tête.

« Partagez entre vous tous le vin disponible. »

Bientôt, une animation joyeuse se répandit dans le camp.

Jonathan était allé chercher de la terre qu'il jetait sur le sol imprégné de sang, quand son père revint sous la tente. Il le regarda et les larmes lui vinrent aux yeux. Saül lui posa la main sur l'épaule et le jeune homme le prit dans ses bras en retenant ses larmes.

« L'humiliation du père est également celle du fils, dit Saül. Et s'il n'en était pas ainsi, aucun fils ne serait digne de ce nom. »

Les trois princes et les lieutenants les trouvèrent ainsi, front contre front, quand ils revinrent de l'inhumation sommaire de Hegag. Ils se joignirent à eux, dans un cercle silencieux.

« Qui peut dire quel est l'esprit qui parle aux voyants ? dit enfin Saül en se dégageant du cercle. Peut-être est-ce le Seigneur et peut-être aussi un Esprit mauvais. La victoire a été la nôtre et ce ne sont pas les paroles d'un voyant enragé qui nous l'enlèveront. »

Ils l'écoutèrent sans mot dire ; c'était la première fois qu'il contestait l'autorité de Samuel.

« Il reste du vin à boire, ajouta-t-il en montrant le plateau du souper interrompu. Nous rentrerons demain à Guibéa. La victoire demeurera, les mots se seront envolés. »

Mais avant de s'endormir, il murmura : « Un juge... Qui donc lui a donné le droit de juger ? » Et ses fils l'entendirent et mirent longtemps à trouver le sommeil.

Assis à courte distance de la tente royale, Abiel avait tout entendu de la querelle avec Samuel. Il l'avait vu secouer la poussière de ses sandales avant de remonter sur son mulet. Il était pétrifié, comme la femme de Lot. Les paroles de la magicienne retentissaient encore à ses oreilles.

5

Le récit d'Abimélek

Quelques heures après le retour de Saül et de ses fils à Guibéa, il ne resta plus un seul pot qui ne fût mis sur le feu, ni une seule broche qui ne tournât sur ses fourches. Il neigeait quasiment de la plumasse de volaille et de gibier dans les ruelles, oie, dinde, canard, poulet, perdrix, caille et grouse du désert. Agneaux et brebis avaient gémi sous le couteau dès que les Guibéens avaient aperçu les premiers soldats et compris à leurs mines que les ailes d'un volatile incomestible, mais autrement plus glorieux, palpitaient au-dessus d'eux, l'aigle de la victoire. Les youyous retentirent, vidant les maisons de leurs vieilles et de leurs donzelles.

Quand Saül, à cheval, et ses fils à dos de mulets, entreprirent la montée de la colline sur laquelle siégeait Guibéa, la rumeur enrichie des cris des enfants et des esclaves et des aboiements des chiens emplit l'air environnant avant de se perdre dans les amandiers, les pêchers, les abricotiers et les vignes à flanc de coteau, effarouchant les hirondelles et les lapins. Trois mille hommes, sans doute harassés et crottés, mais rayonnants de fierté, gravirent le chemin de la gloire.

La foule se jeta sur le premier roi d'Israël et ses fils, et l'on se saisit de leurs mains, de leurs bras, de leurs genoux pour les couvrir de baisers ; ce fut à grand-peine que Saül put enfin regagner sa maison, désormais un palais, où l'attendaient ses deux femmes, la plus vieille, Ahinoam, éperdue, défigurée par l'émotion, et sa jeune concubine Rispa, mère de ses deux plus jeunes fils. On brûla des bosquets entiers afin de faire chauffer de l'eau pour tous ces hommes fourbus et délasser leurs membres endoloris, panser leurs blessures et parfumer leurs cheveux. Puis on tira le vin jusqu'à la dernière goutte.

Le soir, la ville entière festoya. Des chanteurs s'égosillèrent depuis le coucher du soleil. Puis des danseuses parcoururent les rues et finirent leur voltes dans les jardins du palais, où se tenait le plus gros de la ville, suivies par des bandes de gamins qui les mimaient. Elles faisaient résonner les cistres et frappaient sur des triangles, tandis que les flûtes s'échevelaient et que les tambourins vibraient, rendant la vie à des peaux mortes.

Ce fut enfin l'heure des festins. Le printemps offrait toutes les délices de la Judée, le ciel savoureux, l'air parfumé, la terre douce. Les jardins du palais, l'ancienne préfecture des Philistins, déployaient le seul plafond digne de guerriers vainqueurs, un ciel étoilé. Des cortèges de porteuses circulèrent entre les maisons et les jardins royaux, présentant les galettes et la volaille rissolée dans son jus, avec des graines de cumin ou de coriandre, et les agneaux grillés sur leurs broches. On bâtit des feux avec le consentement de Saül pour tenir la viande au chaud, et l'on repiqua les fourches pour soutenir les broches. Les esclaves transportèrent les jarres de vin.

Saül vint. La démarche assouplie par le bain chaud et les frictions des esclaves, le cheveu huilé et parfumé de nard, la taille prise dans une jupe de cuir neuve que serrait une ceinture cloutée d'or, il fleurait la gloire et les vivats qui le précédaient. Un sourire lui fendait la barbe, qu'il portait courte, et adoucissait son regard sombre. On se levait pour l'embrasser et lui baiser les mains, lui offrir une bouchée, un verre de vin, une friandise. Les enfants s'accrochaient à ses bras nus et à ses bracelets d'or, ce qui parfois le faisait rire ; il soulevait alors l'impertinent dans ses bras et le faisait tournoyer, à l'extase du gamin ou de la gamine. Mais il était surtout venu pour ses soldats ; il se penchait sur eux en passant dans les allées, sans distinction de rang, s'accroupissant à l'occasion pour s'entretenir avec l'un ou l'autre grièvement blessé, une main sur l'épaule, le regard tantôt perçant, tantôt pensif.

Certains l'entreprenaient avec véhémence. Le saisissant par le bras, la main, le bord de sa cotte de mailles, ils lui détaillaient leurs exploits avec des gestes tranchants et des éclats de voix. Le visage trop proche, l'haleine aillée et force postillons, ils manifestaient une intimité excessive. On eût cru, de loin, que c'étaient des lieutenants invectivant un bleu, et les bénédictions qu'ils appelaient sur Saül par pleines cascades n'y changeaient rien. Ils déliraient parfois, assurant que l'une de leurs flèches avait traversé trois hommes, que l'une de leurs lances avait cloué au sol cavalier et cheval. Mais Saül gardait le sourire, hochait la tête, prodiguait des mots apaisants. Il avait reconnu dans leurs yeux l'éclat que donnent les feuilles de rue et le vin de jusquiame, ce regard trop fixe et ces pupilles resserrées comme un grain de sénevé. Eh oui, pour supporter la fatigue, la soif, la faim qui les assiégeaient sans relâche pendant le combat, il leur fallait consommer de la rue et de la jusquiame *. Quelques feuilles de rue suffisaient à les rendre insensibles. Les muscles perpétuellement bandés, le regard perçant, mais fou, parfois délirants de fureur sanguinaire, ils buvaient, pour en noyer l'amertume, une gorgée de vin de jusquiame, que leur préparaient les sorcières. Il fallait bien ces drogues pour tailler des corps, plonger des lances dans les thorax, couper des mains et des bras, achever des blessés qui râlaient, pour supporter ses propres blessures, ses os brisés... Et pour redevenir ensuite un être humain, soutenir le regard de Dieu et celui des femmes, sans parler de celui des hommes.

Les Philistins en consommaient avant les combats, on n'allait tout de même pas leur en laisser l'avantage. Saül en avait pris, lui aussi, pour résister à l'aube au terme de nuits blanches et à la nuit après des journées sanglantes. Maintenant, il le savait, la tension accumulée pendant le combat et l'effet de ces drogues était en train de se résorber ; les

---

* La rue, *Ruta graveolens*, est un arbuste de la famille des rutacées, qui comprend plus de neuf cents espèces, très utilisé dans la haute Antiquité. Les feuilles, qu'on mâchait, en dépit de leur goût amer, permettaient de supporter les effets d'un soleil ardent, mais leur suc était en réalité un tonique nerveux et musculaire aux propriétés hallucinogènes modérées. La jusquiame, *Hyoscyamus niger*, contient des excitants nerveux, hyosciamine et scopolamine.

hommes devenaient sentimentaux et, le vin aidant, ils commenceraient à larmoyer. Puis ils s'écrouleraient, en proie à une érection tenace. Et dans neuf mois, toutes les femmes en âge de le faire accoucheraient. On appellerait les nouveau-nés les enfants de la rue et de la jusquiame.

Ses fils le suivaient de près, Jonathan en tête. Jonathan, son père tout craché, avec la même fierté de cheval et cet air de défi universel. Mais, en plus de cette prestance, l'enjouement : des rires lui fendaient le visage comme une grenade que le soleil a fait exploser. Et ce soir-là, couronné par les ors de la bravoure et du triomphe, on se l'arracha sous les yeux amusés de Saül. Les femmes et les filles le dévorèrent des yeux. Il savourait les compliments fous et les railleries, l'œil rigolard et la langue canaille, repoussant le flatteur d'une main complice, conscient à la fois de sa séduction et de ses limites. Puis enfin, roi et princes se dégagèrent de la fête pour regagner leurs foyers. Ils avaient assez témoigné de la fraternité d'armes, ils se devaient à leurs épouses et à leurs concubines, à leurs enfants et à leurs proches. Les soldats furent pressés de raconter le seul récit qui valût la peine d'être écouté. Cette nuit-là donc quelque deux mille récits épiques furent dévidés dans la ville jadis maudite et tristement célèbre que Saül et Jonathan avaient reprise aux Philistins *.

Quand les récits de la victoire sur les Amalécites furent épuisés, les auditeurs, ivres d'exploits et d'estocades autant que de vin et de bière, redemandèrent ceux de la victoire sur les Philistins. Abimélek, lieutenant de Jonathan, un brave de dix-neuf ans qui portait son panse-

---

* Quelque deux siècles avant l'élévation de Saül au titre de roi d'Israël, Guibéa, capitale de la tribu des Benjaminites, fut l'objet d'une expédition punitive des autres tribus, parce qu'un lévite d'Ephraïm qui s'y était arrêté pour la nuit avec sa concubine n'avait trouvé refuge que chez un vieil homme, lui-même éphraïmite, le reste de la population refusant de l'accueillir. Dans la nuit, des hommes de Guibéa allèrent frapper à la porte du vieillard, demandant qu'il leur livrât son hôte, afin de le violer. Le lévite, afin d'éviter une querelle, leur livra en échange sa concubine, dont ils abusèrent toute la nuit et dont ils jetèrent le cadavre sur le seuil de la maison qui l'avait abritée (*Juges* VIII, 19-IX, 20). Une expédition de « quatre cent mille hommes » (cent fois moins, probablement) fut montée pour punir les Benjaminites de ce forfait. La tribu ne survécut que grâce à quelques rescapés. Guibéa, devenue préfecture des Philistins, fut conquise grâce à l'audace de Jonathan.

ment à la tête comme une couronne et qui avait participé aux deux campagnes, se dévoua. Des feux flambaient çà et là, entre les bosquets, entourés d'humains avides d'histoires : vieilles femmes et vierges à peine nubiles, vieillards et nourrices, gamins et concubines. Et les esclaves aussi, car les Juifs vainqueurs avaient désormais des esclaves. On tendit à Abimélek une galette au miel et l'on remplit son gobelet.

« De tous les guerriers que j'ai connus, comme amis ou comme ennemis, commença-t-il, Jonathan est le plus grand. Quand nous sommes arrivés ici, il y a quarante lunes, à Guibéa, les Philistins régnaient sur la région. Saül, qui venait d'être désigné comme notre roi, avait assemblé trois mille hommes. Il en donna mille à Jonathan. Nous n'avions pas d'armes de métal. Seul Saül et Jonathan avaient un glaive et une lance. Nous, nous étions armés de frondes et de bâtons à la pointe durcie au feu. Les Philistins, eux, étaient innombrables. Ils avaient des chars, des chevaux et des armes de fer, des glaives, des lances. Un enfant n'est pas mieux armé devant un chacal que nous ne l'étions devant les Philistins.

« Saül avait installé son camp à Mikmash. La nuit, il nous avait divisés en trois bandes, chacune de mille hommes, dont une était sous le commandement de Jonathan, et nous avons encerclé Guibéa. Quand ils l'ont compris, à l'aube, les Philistins, menés par leurs préfet, ont lancé un premier assaut, avec un détachement de fantassins. C'était sur les hommes de Jonathan, les plus en vue, qu'il était dirigé. Jonathan a eu un réflexe de lion : il a couru vers leur chef, stupéfait, et l'a transpercé de sa lance. Comme ça, pak ! D'un coup ! D'une seule détente d'un bras de fer ! C'était leur préfet. Puis il a dégagé son arme et a tué l'homme le plus proche. Puis encore son voisin. Nous avons foncé pour l'encadrer et les Philistins ont perdu des dizaines d'hommes, car ils ne s'attendaient ni à tant d'audace, ni à tant d'hommes. Ils se sont repliés sur leurs garnisons et ils ont organisé leur contre-attaque.

Trois heures plus tard, nous avons entendu un tonnerre épouvantable et nous avons vu leurs chars déferler sur nous dans un fracas infernal, flanqués par leurs cavaliers qui poussaient des cris de démons. Les fantassins les suivaient au pas de charge, faisant tournoyer leurs armes. Seuls d'autres démons eussent pu supporter ce spectacle. L'un des nôtres, qui, figé par la terreur, n'avait pu retrouver l'usage de ses jambes à leur approche, fut coupé en deux sous nos yeux par la roue d'un char. Si nous avions prétendu soutenir le choc, il ne resterait pas un seul d'entre nous pour le raconter. Nous nous sommes enfuis pour sauver nos chances. Les Philistins, en effet, s'étaient partagés, à notre exemple, en trois bandes, une contre chacune des nôtres. Certains d'entre nous se sont enfuis trop loin. La honte a dû les tuer à l'heure actuelle. On m'a dit qu'ils avaient même franchi le Jourdain ! Le Shéol n'a pas d'abîme assez profond pour les engloutir ! »

Ils écoutaient, bouche bée. Comment les Juifs s'étaient-ils donc sortis de cette épreuve ?

« C'est là que vous pourrez juger du génie et de la vaillance de Jonathan, reprit Abimélek. Nous étions tous réfugiés, qui dans une grotte, qui dans un repli de terrain, qui dans un bosquet, attendant que l'assaut des Philistins se fût affaibli. Il l'était, en effet. Ils parcouraient les vallons en se demandant où nous étions passés. A vrai dire, nous n'étions plus nombreux. De trois mille hommes, la mort et la couardise ne nous avaient laissés que six cents. Nous les entendions ricaner et nous appeler à grands cris. J'étais aux côtés de Jonathan, dans une grotte, en train de les épier. Saül, lui, dans une autre grotte avec ses lieutenants et une centaine d'hommes, discutait de notre contre-attaque. »

Abimélek laissa le silence se répandre, pour ménager ses effets.

« Nous avons vu, peu avant le coucher du soleil, quelque deux ou trois cents fantassins philistins qui nous cherchaient pour de bon, se disant sans doute que nous ne nous étions pas envolés. A ce moment, Jonathan nous a dit : "Allons ! La chance est à nous !" Et ce n'est pas un homme à rester à l'arrière tandis que ses hommes se font tailler en pièces. Il a bondi le premier hors de la grotte et s'est jeté sur les Philistins comme un fauve. Un ! Un autre ! Un troisième ! Un quatrième ! Dans leurs recherches, ils s'étaient écartés les uns des autres et l'effet de surprise, qui leur avait d'abord été favorable, cette fois le fut pour nous. Il les transperçait de sa lance, les taillait de son glaive ! Il fallait voir ! En moins de temps qu'il ne m'en a fallu pour croquer cette galette, nous en avions tué une vingtaine. Les autres s'étaient enfuis et, de loin, assistaient à ce massacre. Ils se demandaient d'où nous étions sortis et combien nous étions, car ils étaient incapables de nous compter. Disséminés dans les collines, nous étions comme des fantômes qui surgissaient du sol et, cette fois, ni les chars ni les chevaux, ni leurs armes de fer ne leur servaient à rien. Deux ou trois hommes tapis dans un fourré abattaient un ennemi d'une pierre adroitement lancée, et aucun Philistin ne pouvait voir d'où venait la pierre. Ils ont été saisis par la panique et se sont dispersés sans ordre, dans toutes les directions, sans aucun chef, sans savoir où aller. »

Il tâta le glaive à son côté.

« Nous leur avons pris leurs armes et dès lors, nous avons été plus forts. Nous les avons délogés de Guibéa et repoussés de Mikmash à Ayyalon.

— Le Tout-puissant était avec nous, dit un ancien au bout d'un temps.

— Il a inspiré le roi et Jonathan, dit un autre.

— Vous étiez trois mille et maintenant, vous êtes deux mille. Où sont passés les mille manquants ? demanda l'ancien.

— Nous avons eu des morts.

— Mille morts ? s'étonna l'ancien.

— Nous avons eu des lâches, je l'ai dit, rétorqua Abimélek.

— Mille lâches ?

— On ne compte pas les lâches. Ils n'en sont pas dignes, dit Abimélek sur un ton agacé. J'ignore leur nombre.

— Et Samuel le voyant, demanda une femme, l'épouse d'un des soldats, où est-il ? Pourquoi n'est-il pas avec nous, pour célébrer notre victoire ?

— Je ne sais pas, dit Abimélek, évasif.

— Est-il vrai que c'est lui qui a tué Hegag ? demanda l'ancien.

— Ce n'est pas au combat qu'il l'a tué, répondit Abimélek d'un ton morne, car c'est le roi qui l'avait fait prisonnier. Il l'a tué quand il était prisonnier. »

L'ancien plissa les yeux.

« Il a tué un prisonnier ?

— C'était le dernier des Amalécites.

— Il a tué un prisonnier ? répéta l'ancien.

— Il a tué Hegag alors que celui-ci était le prisonnier du roi, oui. Il l'a tué dans la tente du roi, devant les fils de celui-ci et des lieutenants. Il a affirmé que le Tout-puissant exigeait l'extermination de tous les Amalécites. »

Abimélek adressa à l'ancien un regard censé mettre fin aux questions. Mais l'autre ne s'estimait pas satisfait.

« Est-il vrai que Samuel et Saül se sont querellés ? demanda-t-il encore.

— Je ne sais pas, répondit Abimélek.

— Abiel dit qu'ils se sont querellés, insista l'ancien.

— Je ne suis pas au courant d'une querelle. Pose la question au roi.

— Cette querelle n'est-elle pas la raison pour laquelle Samuel est absent de nos célébrations ? »

Les autres suivaient ce duel avec inquiétude.

« Laisse donc tomber ces questions, dit une femme mûre à l'adresse de l'ancien. Pourquoi attaches-tu tant d'importance à ce que pense ou ne pense pas Samuel ?

— Samuel est un homme de Dieu, rétorqua l'ancien.

— C'est un voyant comme les magiciennes que Saül a bannies de ce pays, répliqua un autre.

— Notre Dieu ne parle pas par la bouche des magiciennes, insista l'ancien.

— Qu'en sais-tu, toi ? rétorqua vivement la femme. Nous avons gagné. Si Dieu n'était pas avec Saül, crois-tu que nous aurions gagné ?

— Avec Saül et Jonathan », ajouta Abimélek, vidant son gobelet.

L'ancien hocha la tête avec l'obstination des séniles, pour signifier qu'il n'en pensait pas moins. La conversation retomba et l'on regarda le feu. Ce qui comptait, c'était que Saül avait gagné. Comment ne pas être solidaires de la victoire ?

« Samuel et ses fils auraient mieux fait de se battre avec nous, dit un soldat, qui s'était tu jusqu'alors. Les juges ne sont pas dispensés du combat. »

Personne ne releva cette réflexion. Elle eût mené trop loin et la nuit était avancée.

Les étoiles avaient tourné. Les voix s'étaient lassées. Les hommes étaient fourbus. Les enfants dormaient dans le giron de leurs mères ou de leurs nourrices. On se leva pour gagner les paillasses fraîches et les couvertures chaudes. Quelques regards se tournèrent vers le palais ; il était désormais obscur. Saül donnait l'exemple. Du haut des murailles d'enceinte, les gardes n'entendirent bientôt plus que les cris des chouettes et les glapissements des renards dans la Judée obscure. Un cri de fille aussi, parfois. La gloire des armes donne droit aux bijoux des femmes.

6

Le monstre de Gât

« ... Sept pieds de haut et la tête grosse comme un de nos enfantelets tout entier ! » dit un soldat, les yeux exorbités.

Ils étaient là, sur la place du marché de Bethléhem, commentant par-dessus les salades et la volaille, les melons et les bottes d'oignons, les victoires du roi et la guerre qui recommençait. On comptait là beaucoup de soldats, des lieutenants qui venaient comme d'habitude veiller au ravitaillement de l'armée royale, campée dans la vallée d'Elah.

« On n'en finira jamais avec les Philistins, ils sont comme les sauterelles ! » observa une vieille femme d'un ton amer. Personne ne releva cette amertume. Elle avait perdu ses cinq fils à la guerre. Le soldat ne parut pas l'avoir entendue.

« Et des mains comme ça ! reprit-il. Une force ! Une force ! La force des démons ! Je l'ai vu soulever un homme de terre, un des nôtres, et l'étouffer en serrant ses mains contre son torse !

— Oui, j'ai entendu parler de ces gens-là, dit un autre. Ce sont les Anaquîm.

— Ce sont des Philistins, corrigea le soldat.

— Ce sont des Anaquîm du clan des Philistins, dit l'autre. Je les ai connus avant toi. Ils habitent dans les parages de Gât.

— Oui, c'est cela, Gât, dit le soldat.

« Il n'y a pas d'hommes qui mesurent sept pieds de haut », intervint un jeune homme.

C'était David, le fils de Jessé, qui était venu au marché pour vendre des agneaux, car on approchait de la Pessah. Ses trois frères, Eliab, Abinadab et Shammah, étaient au camp, dans l'armée du roi Saül. Il n'avait jamais entendu ses frères parler de ce géant.

« Je l'ai vu de mes yeux ! Demande à tes frères, puisqu'ils sont dans l'armée ! rétorqua le soldat offensé. Celui-là s'appelle Goliath. Il vient nous défier et nous insulter et personne n'ose l'attaquer. Son casque et sa cuirasse de bronze ont été forgés pour lui seul et ils pèsent cinq mille sicles * ! »

Une femme étouffa un cri de terreur.

« Cinq mille sicles, mais c'est le poids d'un jeune homme, te rends-tu compte ? s'écria un paysan.

— Je me rends compte, dit le soldat, et le fer de sa lance à lui seul pèse six cents sicles ** !

— Seule la foudre divine pourrait venir à bout d'un tel monstre ! » dit un marchand de fruits et de légumes.

David lui demanda une grappe de raisin ; l'autre lui en tendit une, en déclarant qu'en échange, le jeune homme devrait jouer de la harpe pour lui, au mariage de son fils.

« Pour plus qu'une grappe de raisin, alors, dit David, avec un sourire malin.

— Si tu étais un oiseau, je te mettrais en cage et tu chanterais sans marchander », dit l'homme. Sa fille observait la scène. Elle avait quinze ans ; elle mangeait David des yeux tandis qu'il égrappait le raisin et croquait consciencieusement chaque grain, crachant adroitement les pépins.

« Oui, mais voilà, je ne suis pas un oiseau, dit David, l'œil plissé.

— Tu fais de la musique comme les oiseaux chantent. Pourquoi est-ce que je devrais te payer ?

— Tu fais du raisin comme une vigne, pourquoi est-ce que je devrais chanter ? »

---

* Environ 57 kg.
** Environ 7 kg.

L'assistance éclata de rire, le marchand de fruits aussi bien que les autres, mais en dernier. On entendait encore les gloussements d'une vieille édentée.

« Tu es un renard, reprit le marchand de fruits.

— Alors prends garde à ta volaille », reprit David en jetant un regard velouté à la fille du marchand, qui le soutint au lieu de baisser la tête.

« En effet, tu n'es pas marié, dit le soldat d'un ton entendu. Un renard célibataire est dangereux.

— C'est vrai ce que tu as dit, demanda David, que le roi offrira sa fille en mariage à celui qui tuera ton monstre de sept pieds ?

— Ce que je dis est toujours vrai, répondit le soldat.

— Tu l'as vue, la fille du roi ?

— Tout le monde l'a vue. Elle est très belle. Elle est nubile depuis quinze lunes.

— Et si personne ne tue le monstre, elle va rester nubile pendant cinquante lunes ? » demanda David en achevant son raisin.

Tous se tordirent de rire. Le marchand de volailles à côté demanda quelle était la cause de l'hilarité ; on la lui expliqua, il se mit à rire lui aussi et c'est ainsi que, d'un marchand à l'autre, la repartie de David secoua de rire tout le marché.

« Ah, c'est bien un fils de Jessé ! s'écria une vieille femme. Le père était un fameux luron en son temps, lui aussi !

— Pourquoi le roi n'y va-t-il pas lui-même ? demanda encore David. Il est armé et même un monstre de sept pieds de haut ne tiendrait pas tête à une bande de sept ou huit gars décidés menés par le roi.

— Le roi est occupé ailleurs, répondit le soldat. Il ne va pas aller s'occuper d'un monstre à cent lieues de chez lui.

— Et si j'y allais, moi ? fit nonchalamment David. Si j'y allais avec mes frères et quelques copains ?

— Vous ? s'écria le soldat, haussant les sourcils. Il vous taillerait en pièces en quelques moulinets de son glaive ! Rien qu'à le voir, vous prendriez la fuite. »

David choisit deux melons sur l'étal du marchand de

fruits, qui l'observait par en dessous, l'air à la fois amusé et sceptique.

« Je viendrai au mariage de ton fils chanter la défaite du monstre, dit le jeune homme avec un sourire un peu narquois. Comment s'appelle donc ce géant, soldat ?
— Goliath ! clama l'autre. Il s'appelle Goliath !
— Goliath, dit David. C'est comme cela que nous appellerons nos chiens demain.
— Tu causes, tu causes, dit le soldat, visiblement agacé par la forfanterie du jeune homme, parce que tes frères ne t'entendent pas. Va donc leur annoncer que tu veux aller te battre contre Goliath, et tu verras leur réaction.
— Je verrai, en effet », dit David en s'éloignant.

Il marchait depuis un bon moment sur la route qui menait aux champs, pour récupérer ses moutons et les ramener à l'étable avant d'aller rendre compte à son père, quand il entendit une voix fraîche qui l'appelait. Il se retourna ; c'était la fille du marchand de fruits et de légumes. Il s'arrêta.

« David ! dit-elle, un peu essoufflée.
— Tu connais mon nom, je ne connais pas le tien.
— Sara. »

Il la considéra, l'œil luisant. Il avait vu des filles plus jolies, mais celle-ci avait un petit feu dans l'œil. Elle était maigrelette, mais elle avait ce feu. D'avoir couru lui donnait des couleurs, et du corail aux lèvres. Elle se tenait devant lui, embarrassée, fébrile. Il l'interrogea du regard. Une fois de plus, elle lui fit face.

« David... c'était pour rire, n'est-ce pas ?
— Quoi ?
— Que tu veux aller te battre contre Goliath.
— J'aime bien rire, mais Goliath n'est pas un sujet de plaisanterie.
— Tu ne te rends pas compte...
— De quoi ?
— David, il va te tuer ! »

Il la considéra, amusé.

« Tu te moques de moi ! s'écria-t-elle en saisissant son gilet de mouton. Il va te tuer ! C'est sûr ! »

Il se tut un moment et dit :

« Et alors ?

— Je ne veux pas.

— Mais tu ne me connais pas. Qu'est-ce que ça peut te faire qu'un géant du diable tue un garçon que tu as vu aujourd'hui pour la première fois ?

— Ce n'est pas la première fois que je te vois. Je t'observais de loin, quand tu venais vendre tes agneaux. Tu es venu déjà il y a huit jours ; j'étais dans la maison, je te regardais. »

Ils se regardaient tous les deux, maintenant.

« Je ne veux pas, répéta-t-elle.

— Pourquoi ?

— Parce que je veux que tu vives !

— Pourquoi ? »

Elle le repoussa. Il saisit le poignet qui le repoussait, mais sa force était douce.

« Pourquoi ? répéta-t-il.

— C'est moi, Goliath, dit-elle. Tue-moi tout de suite. »

Elle rayonnait de colère.

Il rit, sans relâcher l'emprise qu'il exerçait sur son poignet.

« Je n'ai aucune envie de te tuer, toi, petite géante », dit-il avec douceur. Il l'avait imperceptiblement rapprochée de lui.

« David, fit-elle, d'une voix étranglée.

— C'est bien mon nom », dit-il, l'autre main posée sur la poitrine de Sara. Le poids de sa main était à peine sensible, un effleurement à travers le tissu sur la pointe d'un sein, s'aventurant vers l'autre. Elle plongeait dans les siens des yeux comme des lames chauffées. Le contact devint caresse. Elle respira profondément.

« Si tu jures de ne pas aller te battre...

— Si je jure ? » demanda-t-il, la main insistante.

Elle n'avait plus de force. Il saisit adroitement le milieu de sa robe et le retroussa de telle sorte que, d'une seule main, l'autre toujours occupée à tenir le poignet, il avait attrapé l'ourlet ; le bas de la robe était un paquet dans sa main. Il le souleva à peine et passa la main dessous. Il atteignit la peau. Il atteignit un sein et en caressa le téton, dardé, dur comme un membre d'homme.

« Si je jure ? » murmura-t-il.

Elle avait fermé les yeux. L'empan de la main de David était assez grand pour caresser les deux seins à la fois.

« David... »

La main descendit lentement sur l'abdomen.

« David... »

Chaude et charnue, la main s'attarda et esquissa une descente. Sara ouvrit les yeux. Elle s'était noyée. La main descendit jusqu'au nombril. Elle commençait à haleter. Mais la main était douce et ferme et sûre. Sara frémit. Elle tremblait, désormais. Elle se plia imperceptiblement. Elle n'était plus tenue que par le bracelet des doigts de David. Ils étaient debout face à face sur cette route déserte, entre les térébinthes et des bosquets de chênes verts. Il l'attira à peine vers le bord de la route, vers les chênes, elle marcha comme une ombre, une ombre véritable qui suit un homme. Elle l'interrogea une fois du regard et le trouva grave. Ils parvinrent à une ombre dense, encore assombrie par la lumière qui éclatait alentour. Ils étaient toujours debout face à face. La main de David était toujours écartée comme une étoile sur le ventre de Sara. Elle descendit au plus bas, d'un geste fluide, comme un poisson, entre les cuisses. Mais elle ne s'y attarda pas, elle caressa d'abord les hanches et leurs courbes symétriques comme celles d'une lyre. Enfin, David relâcha son emprise sur le poignet de Sara. Il souleva la robe et la main geôlière parvint à la blessure.

« David ! »

Elle se jeta dans ses bras. La main s'était divisée en cinq membres masculins. Le premier qui la posséda déclencha une tempête. Sara saisit la tête de David et l'embrassa avec égarement, sur le cou, les lèvres, le menton, le souffle court, dans les hoquets et les morsures. L'avait-elle assez désiré ! L'orage ne s'interrompait pas, parce que la main de David restait présente contre elle, mur du désir contre lequel son âme de femme se heurtait. Elle le toucha à son tour et elle comprit à un frémissement de l'épaule, un clignement, l'écartement imperceptible des lèvres, qu'elle l'avait aussi en son pouvoir. Il était désormais son otage et elle ne le lâcherait plus. Elle fut effrayée par cette chair qui semblait vivre de sa vie propre, étrangère à toute volonté. D'une main, pour rompre sa propre frayeur, elle le caressa avec violence, tandis que l'autre s'étalait sur la poitrine du garçon, imitant les gestes qu'il avait eus avec elle et accentuant la frénésie qui s'était emparée du corps masculin. Il était presque en elle. Elle retint un cri devant le jaillissement mystérieux, cette succession de sanglots qui échappait au sexe d'un homme. Elle retira sa main, pour considérer avec étonnement cette substance expulsée par le sexe d'un garçon aimé, cette salive du bas qui lui argentait le dos de la main et qui rafraîchissait son propre sexe. Car elle se touchait aussi le sexe, surprise, sans savoir si c'était sa substance à elle qui l'avait inondée ou seulement celle de son amant.

La force semblait avoir déserté ce garçon ; il haletait, les yeux éteints et mi-clos. Elle l'embrassa, elle le viola de sa bouche à elle. Elle était, elle, devenue comme un garçon, qui violait l'objet aimé. Elle crut ensuite qu'il se dérobait à ses baisers, qu'il s'effondrait, peut-être saisi d'une faiblesse inopinée, mais il était à genoux devant elle, tenant ses hanches comme on tient une coupe dans laquelle on boit, et il embrassait son sexe comme elle avait embrassé sa bouche. Il la possédait de sa bouche. Elle cria et lui saisit les cheveux. Elle cria de façon lente, comme si elle se lamentait, les mains pleines de cette crinière de soie, et plaquant son sexe contre la bouche de David.

David rentra tard chez son père. Il ne lui parla pas de Goliath. Qu'importait Goliath ! Il en parlerait une autre fois. Il donna l'argent à Jessé avec un sourire obéissant. Quand il se coucha, rompu, sur la paillasse fraîche, son sexe devenu rebelle continua de lui parler de Sara. Ses mains caressaient son torse et lui racontaient une fois de plus la manière dont elles avaient, elles, flatté les seins de Sara et réveillé le sexe de la fille. Les lèvres entrouvertes, il désira alors un corps, de l'extrémité de ses orteils jusqu'à ses lèvres. Il désira cette conquête prodigieuse où l'on est soi-même conquis. Il aspira au moment où l'on ne sait plus quelles mains tiennent quelles hanches.

Son père se leva une fois dans l'obscurité pour se pencher vers lui, inquiet de l'entendre gémir, puis un sourire éclaira son visage ridé. Il hocha la tête et alla se recoucher, les larmes aux yeux.

7

Un galet

Depuis un mois, il allait une fois par semaine au camp de la vallée du Térébinthe ravitailler ses trois frères, leur porter tantôt du pain, tantôt du lait, du fromage, des galettes au miel envoyées par le vieux Jessé et ses brus. La visite était brève. Les frères lui demandaient des nouvelles de leur père, des femmes, du village. Il ne voyait du campement que des tentes, des hommes qui aiguisaient les glaives et les lances enlevés à leur ennemis après les récentes victoires. On lui avait dit qu'il était trop jeune pour se battre. Cette fois-là, le lendemain de la rencontre avec Sara, Jessé avait donné à David dix fromages à la crème, destinés au commandant du camp.

Le camp se trouvait sur le versant oriental de la vallée ; Saül l'avait installé là pour surveiller celui des Philistins, qui se trouvait sur le versant occidental. Les Philistins se préparaient à une action, on ne savait ni la forme qu'elle prendrait, ni quand elle aurait lieu, mais enfin, on ne masse pas pour rien une dizaine de milliers d'hommes pendant des jours et des jours. Cette fois-là, une agitation perceptible régnait au camp. L'affrontement était proche. Eliab, le frère aîné de David, l'accueillit d'un air soucieux, et prit les vivres sans même dénouer la serviette dans laquelle ils étaient serrés ; il avait l'esprit ailleurs. David chercha du regard ses deux autres frères et les découvrit au milieu d'un groupe d'hommes en grande conversation.

« Que se passe-t-il ? demanda-t-il.

— Je crois que nous allons attaquer dans l'heure, répondit Eliab. Les Philistins se sont avancés ce matin.

— Tu ne m'as jamais parlé de Goliath, dit David.

— Le monstre ? dit Eliab. Il vient tous les matins nous insulter et nous défier. »

Des cris s'élevèrent à cet instant dans le camp, invectives et sifflets.

« Tiens, ce doit être lui qui parade devant les premières lignes, dit Eliab. Tu peux aller le voir... »

Il n'avait pas fini sa phrase que David s'était faufilé à travers les hommes jusqu'aux premières lignes. Et il vit, en effet, à deux ou trois cents coudées de là, un spectacle effrayant. Un homme, non : un crustacé de cauchemar, casqué et cuirassé de bronze, les jambes protégées par des jambières qui eussent servi à d'autres de justaucorps. Il semblait bien mesurer sept pieds, en effet, comme l'avait raconté le soldat au marché de Bethléhem. Le bras, aussi gros que le torse de David, agitait une lance gigantesque. Du visage même, on ne distinguait qu'une trogne, le front étant couvert jusqu'aux sourcils par la visière mobile du casque, et le bas, par une barbe hirsute.

Donc ce géant avançait les jambes écartées, le visage défiguré par les sanies qu'il débitait d'une voix éraillée.

« N'y a-t-il donc pas un homme parmi vous, bande de pourceaux efféminés ? Pas un homme pour se mesurer avec moi ? Et votre dieu est donc un dieu de pourceaux, qu'il soit impuissant contre un Philistin tel que moi ! Vous n'êtes que des femmelettes et l'aube est proche où vous nous servirez de litière, bande de couards ! »

Ils le considéraient avec terreur et fascination, le visage tendu par la haine et le dépit.

« Monstre cacochyme ! cria un soldat juif. Ta mère a dû coucher avec un ours pour enfanter une horreur telle que toi !

— Avance donc au lieu de brailler, pâture à chiens, avorton impuissant ! lança Goliath. Sortez de vos tanières, que je m'amuse un peu ! »

On lui lança des pierres ; celle qui arriva le plus loin rejaillit sur sa jambière avec un bruit métallique.

David l'observa attentivement, cherchant un point faible, mais n'en trouvant pas. Puis le soleil se voila et le monstre releva sa visière. David cligna des yeux.

« Je peux le tuer, moi, murmura-t-il.

— Que dis-tu ? demanda un soldat près de lui.

— Je dis que je peux le tuer, répéta David d'une voix plus forte.

— Hé, ce garçon dit qu'il peut tuer Goliath ! » s'écria le soldat.

Sur-le-champ, ils furent quelques-uns à l'entourer.

« Toi, tu tuerais Goliath ? » demanda un lieutenant, les sourcils froncés.

David soutint le regard du lieutenant.

« Il ne me fait pas peur, je peux le tuer.

— Et comment le tuerais-tu ?

— Avec ma fronde, dit David. Désigne-moi une cible et je te le prouverai. »

Le lieutenant dévisagea encore David d'un air rogue. « Je vais t'en montrer une », dit-il. Il alla à cent pas, planta sa lance en terre, l'affermit et posa son casque par-dessus. « Voilà ta cible ! » cria-t-il de loin, en s'en écartant. L'attroupement autour de David avait grossi. Ils étaient bien une trentaine à observer le gamin en hochant la tête. David se pencha, choisit un caillou et délia la fronde de sa ceinture. Il y plaça le caillou et commença ses moulinets. Soudain, la fronde se défit et un bruit métallique claqua. Le casque tournait sur la lance. Des applaudissements retentirent.

Ce fut alors qu'Eliab apparut, l'air furieux.

« Que fais-tu ici ? demanda-t-il saisissant David par le bras.

— Je dis que je peux tuer Goliath, répondit David en se libérant d'un geste sec.

— Va garder tes troupeaux, vantard ! lui ordonna Eliab. Tu n'as pas à te mêler de la guerre ! »

Ses deux frères, Abinadab et Shammah, étaient accourus eux aussi.

« Rentre à la maison, dit Shammah avec rudesse. Nous n'avons pas besoin d'un berger. »

David était tout rouge.

« Attendez ! » cria le lieutenant qui venait d'arriver. Les

frères de David et les soldats le regardèrent, surpris. Le lieutenant considérait son casque de bronze, où le caillou lancé par David avait taillé une petite encoche étincelante ; il frottait pensivement l'encoche du pouce.

« C'est mon frère cadet et je lui demande de rentrer à la maison, dit Eliab d'un ton maussade.

— Il rentrera peut-être, mais plus tard, rétorqua le lieutenant. Le roi veut d'abord le voir. L'un de vous s'aviserait-il de contrevenir aux ordres royaux ? » Et se tournant vers David : « Suis-moi », ordonna-t-il.

Les regards escortèrent le lieutenant et le berger jusqu'à la porte de la tente royale. Le lieutenant releva la portière et poussa David à l'intérieur. Il y avait là plusieurs hommes, mais David reconnut d'emblée le roi. Un grand homme aux yeux sombres. Leurs regards se nouèrent un moment.

« C'est toi qui veux tuer Goliath ? demanda enfin Saül.

— C'est moi.

— Comment t'appelles-tu ?

— David, fils de Jessé, roi.

— Tu es le frère d'Eliab, n'est-ce pas ?

— D'Abinadab et de Shammah aussi. Tes soldats, roi.

— Avec quoi comptes-tu avoir raison de Goliath ? Une pierre et une fronde, me dit-on ?

— Une pierre et une fronde, roi.

— La pierre l'étourdira, elle ne suffira pas à le tuer.

— Une grosse pierre peut l'assommer. Quand il sera assommé, il tombera. Quand il sera tombé, je l'achèverai, roi.

— Avec quoi ?

— Avec un bâton, roi. »

Six ou sept hommes entouraient le monarque. David ne les voyait presque pas. Il lui suffisait de sentir les regards qui le brûlaient. Saül réprima un sourire.

« Je peux te donner une lance, dit-il.

— Je ne saurais pas m'en servir, roi.

— Je veux quand même que tu te protèges le torse. » Saül délia son harnais de cuir et de bronze. « Approche », dit-il. Et il ajusta lui-même le harnais sur le torse de David, puis noua les lanières de cuir sous les côtes et sur les hanches. « Au moins, tu peux esquiver un coup de lance. » Puis il plaça son propre casque sur la tête du jeune homme. « Comme cela, tu peux résister à un coup sur la tête. » Enfin, il dénoua son baudrier et attacha son glaive, le glaive royal, aux flancs du berger. « Et comme cela, tu pourras blesser fatalement notre ennemi, avec la grâce du Tout-puissant. »

David baissa les yeux pour examiner le harnais. Il en tâta les garnitures de bronze. Puis il pivota sur ses jambes, à droite, à gauche et se pencha comme s'il allait lancer une pierre. « C'est trop lourd, dit-il. Cela me gênera. » Il délia les lanières de cuir et tendit le harnais à Saül. « Le casque aussi me gênera. Il est trop lourd, lui aussi ; il ralentira les mouvements de ma tête. » Et il défit le baudrier et rendit le glaive à Saül. « C'est autrement que je compte exterminer Goliath, roi. »

Saül reprit le casque après la cuirasse et enfin le glaive. Il hocha la tête. « Qu'il en soit donc comme il le veut », dit-il, considérant cet adolescent doré, vêtu d'un pagne et de sandales et dont le maigre gilet en peau de mouton s'ouvrait sur un torse lisse. « Lieutenant, accompagne-le jusque devant Goliath. »

Quand ils furent sortis, tous les soldats étaient informés du projet fou d'un jeune berger nommé David, frère cadet de trois soldats de Saül. Leurs regards étaient fixés sur le jeune homme et suivaient le moindre de ses gestes.

« Je vais au ruisseau, lieutenant, dit David. Suis-moi si tu veux. »

Au ruisseau, David se pencha, scrutant le fond. Il choisissait des galets, prenant l'un, le soupesant, puis le rejetant. Cela prit un moment. A la fin, il avait gardé cinq galets sphériques qu'il glissa dans sa besace de berger. Il se tourna vers le lieutenant et lui demanda un bâton. Le lieutenant cria un ordre ; on lui apporta une lance sans le fer. David s'en empara, la soupesa, en éprouva la dureté en donnant un coup violent sur un arbuste, et puis il dit : « Allons-y. »

Ils traversèrent le camp dans un silence extraordinaire. David leva les yeux. Le ciel changeant était de son côté : des nuages arrivaient du nord, bientôt ils seraient au-dessus d'eux. Ils descendirent ensemble le flanc de la colline, jusqu'à deux cents pieds de Goliath, qui se tenait toujours là et qui pissait face au camp des Juifs. Derrière lui, les Philistins se tenaient en rangs serrés. Devant lui, son porteur de bouclier crânait, le sourire arrogant.

« Goliath ! cria le lieutenant. Voici le dernier Juif que tu verras de ta vie ! »

L'autre écarta les bras et leva sa lance, poussa un rugissement, puis un gigantesque éclat de rire. Le lieutenant remonta prestement jusqu'au camp.

« C'est ce jouvenceau dodu que vous m'envoyez, bande de poltrons ? C'est tout ce que vous avez trouvé ? Vous me croyez donc corrompu, pour m'envoyer ce joli cœur ? Et il me prend peut-être pour un chien, votre champion ! Il est venu avec un bâton ! Avance, berger, tes os serviront ce soir de pâture aux chiens ! »

David se tenait droit devant lui. L'autre fonça et David ne broncha pas. Goliath fit mine de l'éperonner de sa lance. David fit un saut de côté. Il avait glissé la main gauche dans sa besace et tenait la fronde dans la droite, mais l'autre ne le voyait pas : il s'était arrêté et riait à gorge déployée.

« C'est une gazelle que vous m'avez envoyée, Juifs !

— Approche un peu, quadrupède, au lieu de bramer ! » cria David.

Il leva les yeux ; le ciel était gris. Par défi ou bien pour y voir plus clair, car son casque descendait bas, Goliath releva sa visière, découvrant ainsi son front et ses yeux de fauve ; c'était ce que David attendait. Il plaça le galet dans la fronde de cuir souple et noua d'un seul tour les lanières autour de son poignet, les serrant fortement entre le pouce et l'index. Goliath poussa un rugissement et se précipita vers David. Celui-ci ne bougea pas d'un seul pied. La fronde tournoya, fouettant l'air, puis s'ouvrit d'un coup dans un claquement délicat. David perçut un choc sourd. Le géant s'immobilisa en plein élan, sa main droite se desserra et la lance qu'elle tenait tomba. Frappé au front, Goliath s'écroula face contre terre. David glissa rapidement un autre galet dans la fronde et celle-ci tournoya de nouveau.

Ce fut cette fois le porteur de bouclier qui s'abattit, dans le fracas de l'armure heurtant la caillasse.

Une clameur effrayante s'éleva dans le camp des Philistins. Une autre encore plus puissante gronda derrière David. Mais il ne se retourna pas. Il avança lentement vers le géant abattu. Se servant de son bâton comme levier, il retourna le géant sur le dos. Il leva le bâton et l'abattit avec une force inouïe sur l'un des genoux du géant, puis sur l'autre. Puis encore sur les mains et les bras. Toutes les articulations du géant étaient brisées.

Les clameurs étaient devenues assourdissantes. David secoua sa crinière pour la rejeter en arrière. Puis il se pencha sur le corps de Goliath, qui râlait et commençait à bouger, réveillé par la douleur, une main tentant en vain de saisir un objet. Il arracha le glaive au fourreau accroché au flanc de Goliath, le leva des deux mains et trancha d'un coup la tête énorme. Un flot de sang jaillit du cou en bouillonnant et David dut s'écarter pour ne pas se souiller les pieds. Dans un dernier réflexe, la bouche s'entrouvrit dans la tête tranchée. La clameur en face se dissipait. Les Philistins prenaient la fuite. Appuyé sur le glaive qu'il venait de planter en terre, David attendit. Puis quand la terre eut bu le sang et que les artères sectionnées eurent vomi leur contenu, il se pencha derechef vers le cadavre. Il défit d'abord les jugulaires du casque, qu'il envoya rouler d'un coup de pied. Puis il saisit la tête de Goliath par les cheveux, la souleva et la montra aux derniers Philistins qui restaient dans le camp, médusés d'horreur. Enfin il se tourna vers les Juifs, qui dévalaient la colline à toutes jambes dans un bruit de mer déferlant au galop, et leur montra aussi la tête, où la plaie ouverte par le caillou évoquait un sexe féminin. Ils levèrent les bras.

Le plafond de nuages s'éloignait vers l'horizon. Le soleil étincela, crépita. La lumière baigna David sur le fond du ciel noir, luisant de sueur et portant à bout de bras une tête monstrueuse dont la mort vitrifiait déjà les yeux.

Quand le lieutenant arriva à lui, David lui dit : « Aide-moi à porter la tête jusqu'au camp. Elle est vraiment lourde. »

« Je m'appelle Ehod, David. Rappelle-toi mon nom, je t'en prie », dit le lieutenant.

Ils se trouvèrent soudain entourés de gens, David ne savait plus qui écouter, tout le monde criait, des bras l'enlaçaient, des bouches baisaient ses bras nus, des mains flattaient son dos et sa nuque, des visages extatiques et déformés par l'enthousiasme s'approchaient de lui. On le souleva et on le fit monter sur un grand bouclier. Il souriait comme dans un rêve. Il ne ressentait pas d'exaltation, mais l'étonnement et un sentiment d'irréalité dans lequel dominait étrangement sa solitude.

8

Les dons et l'offrande

Ils le portèrent en ahanant jusqu'au sommet de la colline, toujours sur le bouclier, le glaive dans une main, la tête dans l'autre. Mais il s'était accroupi car il ne parvenait pas à garder son équilibre et ils ne voulaient pas le laisser descendre. On eût dit que le trophée, c'était lui. Ce fut au sommet de la colline, dans le camp de Saül, qu'il se redressa, dominant la foule des soldats. A distance, devant la tente royale, il distingua le roi entouré des siens. On le porta sur son pavois jusque devant le monarque et quand il mit pied à terre, qu'il eut déposé la tête de Goliath devant la tente royale et planté le glaive en terre, non sans mal d'ailleurs, Saül s'élança et le prit dans ses bras avec une chaleur fiévreuse.

« Notre héros ! Le champion du Tout-puissant ! » murmurait-il.

Les clameurs continuaient. David passa des bras de Saül à ceux des fils du roi, puis d'Abner, le commandant en chef, d'Eliab, qui avait oublié sa colère, de ses autres frères, des lieutenants, des soldats. Chacun voulait toucher le héros et tous s'émerveillaient de son jeune âge et de sa beauté. Des mains pressèrent et caressèrent sans fin ses bras, son torse, son visage. Il ne savait que sourire, à court de mots. D'autres examinaient la tête avec curiosité ou dégoût, crachant dessus, et ayant arraché le glaive du sol, le soupesaient avec incrédulité. Des soldats remontèrent, haletants, portant l'armure du Philistin, sa lance et son bouclier, qu'ils jetèrent avec fracas devant la tente royale.

« Servez mon vin ! » commanda Saül. Dans le tohu-bohu, David s'avisa qu'on lui baisait une main et il trouva avec surprise le visage de Jonathan au bout de son bras. Les aides de camp apportèrent les cornes évidées qui servaient de rhytons, puis une outre et on les remplit sans souci du vin qui débordait.

« Je bois à ton exploit et je bénis le jour que voici et celui qui t'a vu naître, dit Saül. Je bénis les entrailles qui t'ont porté et je bénis ton père jusqu'à la millième génération. Bois ! »

L'enthousiasme révélait soudain la beauté de Saül, celui que Samuel avait justement choisi comme premier roi à cause de sa prestance.

« Je veux rendre une action de grâces au Seigneur », dit Saül.

Mais Abner intervint. « Roi, l'heure est propice pour aller occuper le camp des Philistins avant la nuit, afin qu'ils ne s'enhardissent pas à revenir. »

C'était une heure avant midi.

« Tu as raison, dit Saül, cela ne prendra que peu de temps. Nous célébrerons le sacrifice au retour. Va me chercher mon casque et ma lance. »

Abner alla donner des ordres.

« David vient avec nous ? demanda Abner.

— Bien sûr, répondit Saül, il vient sous ma protection. »

Peu après, les cinq mille hommes de Saül s'ébranlèrent, cavaliers, archers, fantassins, descendant la colline, vague épaisse et grondante où les casques et les pointes des lances scintillaient comme des paillettes d'or. David était encadré par Saül, Jonathan et les frères de celui-ci, Ishyo, Malkishoua et Abinadab, car David et Jonathan avaient tous deux un frère du même nom, qui signifie « Le Père est généreux ».

Ils dépassèrent le cadavre décapité du géant, autour duquel tournoyaient déjà des charognards, et en quelques instants, les plus agiles parvinrent au camp ennemi. Il était presque désert. Quelques Philistins, sans doute revenus pour emporter leurs dernières possessions, avaient détalé comme des lapins à la vue des éclaireurs juifs ; ils étaient loin, avec les ballots qui leur sautaient sur le dos. La mort de leur héros les avait épouvantés. Ce n'avait jamais été un général que Goliath, juste une vaste brute, une machine de guerre humaine qu'ils avaient crue invincible.

« Regardez, il y en a plein, là-bas ! »

En effet, l'on distinguait du monde, sur le flanc et au sommet de la colline qui dominait le camp. Une fois surmontée la panique causée par la mort de Goliath, les Philistins avaient probablement envisagé de réoccuper les lieux ; ils guettaient pour voir si les Juifs viendraient ou non faire place nette. On n'allait pas leur courir après ; ils continueraient de fuir jusqu'à leur campement suivant et cela mènerait trop loin, jusqu'à Ahskelon ou Gaza. C'était leur territoire même qui constituait le plus gros butin.

« Prenez vite ce que vous voulez et brûlez le reste ! cria Saül. Demain, nous déplacerons notre camp ici, reprit-il à l'adresse d'Abner. En attendant, prends deux mille hommes et poursuis-les le plus loin que tu peux. »

Les soldats qui restaient avec Saül s'égaillèrent dans le camp, visitant les tentes encore dressées, prenant qui une couverture, qui un pot à cuire. Il ne restait ni armes, ni bêtes, à part deux arcs et un carquois plein oubliés dans la hâte, trois quartiers d'agneau, trois sacs de blé. Les Philistins avaient décampé méthodiquement, emportant la quasi-totalité de leurs provisions, y compris leurs outres de vin. Peu après, les Juifs allumèrent aux feux qui brasillaient encore des bâtons enduits de poix et ils incendièrent les tentes, nourrissant les brasiers avec les pieux des palissades. Cela fit tout de même un bel incendie à contempler quand ils prirent le chemin du retour.

David était fourbu, non tant à cause de l'effort que de l'émotion.

« Je veux dormir, dit-il.
— Prends une litière dans ma tente », lui dit Saül.

Il s'y écroula.

Une main sur son épaule le réveilla. Il ouvrit les yeux et reconnut Jonathan, le regard grave.

« Il faut venir au sacrifice que le roi va célébrer », dit-il.

David regarda autour de lui ; il avait dormi seul dans la tente. Le soleil était bas. La tente sentait l'encens ; on en avait mis à brûler pour flatter son repos. Il se leva et suivit Jonathan. A l'extérieur, il fut de nouveau accueilli par des compliments. C'était une chose étrange que ces visages, durcis d'avoir affronté le feu de la mort, proférant des bénédictions et des éloges en termes choisis, presque amoureux : « Réceptacle des vertus », « Aimé du Seigneur », « Gloire de ta race »...

Un mouvement se fit parmi les soldats vers le sommet de la colline. Jonathan traversa la foule, David à ses côtés. Ils s'arrêtèrent devant un autel improvisé, quatre pierres grossièrement taillées, sur lequel on avait bâti un feu. Un prêtre se tenait aux côtés du roi. Un agneau bêlait. Un soldat tenait un pigeon.

Les voix du prêtre et de Saül s'élevèrent. « Accepte, Seigneur, notre Dieu unique, cet holocauste ! »

Saül trancha le cou à l'agneau qui s'agita encore un moment. Le sang fut recueilli dans un bol de cuivre. Un soldat apporta une torche au prêtre, qui la glissa sous les grosses bûches. Les flammes s'énervèrent dans le vent et prirent possession du bois. Saül posa la dépouille de l'agneau dans cette immense fleur de feu.

« Accepte, Seigneur, notre Dieu unique, cet holocauste de tes enfants reconnaissants pour la victoire de ce jour et tes bienfaits passés et futurs dans les siècles des siècles ! »

Le prêtre se tourna et demanda : « Où est le vainqueur ? »

Jonathan poussa David vers lui. Le prêtre prit le pigeon et le lui mit en main avec un couteau. « Sacrifie le pigeon et répète après moi ce que je dirai. »

David trancha le cou du pigeon.

« Laisse couler le sang. Accepte, Seigneur, notre Dieu unique, cet holocauste de ton fils reconnaissant et obéissant... »

« Accepte, Seigneur, notre Dieu unique... »

« ... Pour ta main qui a guidé ma main et qui a guidé la

Le roi futur

pierre grâce à laquelle tes ennemis ont été mis en déroute... »

David nota l'adjonction de l'adjectif « obéissant » à la formule précédente. A qui avait-il donc obéi, sinon à lui-même ?

« ... Pour ta main qui a guidé ma main... » dit-il et, sur un geste du prêtre, il jeta le pigeon dans le brasier.

Etait-ce vraiment la main du Seigneur qui avait guidé la sienne ? L'idée était neuve. Le soleil rougeoya au-dessus de l'horizon, du côté de Béthel, d'Ashdod, de la grande mer. En bas, le camp des Philistins achevait de se consumer.

Le roi versa du vin sur le feu, puis il vida une fiole d'huile et une autre de lait. Enfin, il vida le bol de sang sur le bûcher.

Le sacrifice était terminé.

« Notre père doit s'inquiéter, dit David à Eliab, qui se trouvait près de lui. Je dois rentrer.

— Tu ne peux partir maintenant. Il y aura un festin au cours duquel le roi annoncera probablement ta récompense, répondit Eliab. Nous enverrons à ton père un messager. »

Le prêtre se plaça en face de David. Trente ans, sans doute, un regard froid. Ses mains saisirent les bras de David.

« Dieu t'a désigné », dit-il. Puis il s'en fut.

Un aide de camp de Saül vint ensuite vers David.

« L'ordre du roi est qu'on te baigne pour le festin de ce soir. »

Une anse aménagée sur la rive du ruisseau servait de lieu d'ablutions improvisé. On pouvait s'asseoir sur quelques grosses pierres pour se laver les pieds. Un bol servait à se verser de l'eau sur la tête. Plusieurs soldats étaient déjà là, les uns plongés dans l'eau à mi-corps, les autres se séchant avec des serviettes qu'ils pendaient sur une corde.

David hocha la tête et commença à se dévêtir, un peu étonné que l'aide de camp se tînt toujours là. Il ne lui fallut pas longtemps pour se déshabiller. Les sandales, le gilet de peau, les braies, la jupe de grosse laine serrée aux hanches par une corde de chanvre — l'aide de camp s'emparait de chaque vêtement et le posait sur son bras. Quand David se fut lavé les cheveux, l'aide de camp s'avança et les sécha lui-même ; puis il sortit une fiole d'huile parfumée et, sans tenir compte des protestations de David, la versa sur la chevelure sauvage. Enfin, il démêla celle-ci à l'aide d'un peigne d'os. D'autres soldats qui se rhabillaient assistaient à la scène et David se trouva embarrassé d'être ainsi, tout nu, tandis qu'un homme le pomponnait.

« Je... je n'ai pas l'habitude, dit-il.

— Tu es notre héros, dit un soldat avec douceur. Tu dois être beau comme un roi.

— Je voudrais être à ta place », dit un autre. Et tandis que l'aide de camp se détournait, il acheva lui-même de peigner le jeune homme avec des gestes soigneux.

David se tourna pour faire face à cette douzaine de soldats et perçut avec trouble l'admiration qu'ils lui portaient. Il ne connaissait pas ces regards-là chez des hommes. « Tu es notre héros. » Les mots résonnaient dans sa tête. Puis il chercha ses vêtements et ne les trouva pas. L'aide de camp lui tendit une tunique.

« Ce n'est pas la mienne, murmura David.

— C'est la tienne désormais. C'est le roi qui te l'offre. »

Il tâta le vêtement. Du lin finement tissé. Il l'enfila. L'autre lui tendit ensuite des braies de toile. Au lieu de la jupe de laine, une jupe de cuir de bœuf, neuve, forte et souple à la fois, parce qu'elle avait été longuement tannée. On la liait sur le côté par des lanières de cuir.

« Et mon gilet ? » demanda David.

L'aide de camp lui tendit une cotte de mailles en bronze.

« Je ne suis qu'un berger, dit David. Irai-je garder les moutons dans cette tenue ?

— Tu auras, je crois, d'autres moutons à garder », répondit l'autre avec un sourire grave.

Un soldat lui serrait l'épaule avec force. David se retourna ; l'homme était borgne, mais son œil unique brillait pour deux.

« J'aurais voulu que tous mes fils fussent comme toi,

lui dit-il. Comprends-tu ? Tu es notre fils et notre frère à tous. Cela nous fait plaisir de te voir ainsi paré et comblé. »

David, un peu effrayé, posa sa main sur celle du soldat, hocha la tête et enfila la cotte. Ce matin-là, il avait fait le faraud en se vantant de tuer le géant qui terrifiait les Juifs. Et soudain il découvrait les enjeux de sa victoire et il en mesurait l'étendue : c'étaient des rapports de forces dont il n'avait même pas soupçonné l'existence et qui unissaient les hommes et en faisaient un peuple. Et ceux-là, quand ils devenaient hostiles, ce n'était pas un galet qui pouvait en avoir raison. Il n'avait même plus le loisir de réfléchir ; une pluie de regards convergeait vers lui, épiant le moindre de ses gestes.

« Et mes sandales ? » demanda-t-il à l'aide de camp avec un léger sourire.

L'autre, qui esquissa aussi un rire, lui tendit des sandales neuves à la semelle bordée de cuivre.

« Je voudrais quand même mes vêtements », dit David. On les lui remit.

Quand il fut entièrement habillé, il s'aperçut qu'ils étaient là plus d'une centaine, venus l'observer à la nuit tombante, avec des torches. Ils poussèrent des vivats et l'escortèrent jusqu'à la tente royale.

Des bras soulevèrent pour lui la portière. La tente était éclairée par des dizaines de lampes posées au sol loin des parois, sur des pierres plates. Saül se tenait au centre d'un groupe dont David pouvait désormais identifier la plupart des membres : le prêtre, les fils de Saül, ses propres frères. Il était à peine parvenu au milieu de la tente que Saül vint à sa rencontre, chaleureux, les bras tendus. Il étreignit le jeune homme avec une affection visible et l'on s'installa pour le festin.

Festin tout militaire, à vrai dire — un agneau mis à la broche, de la volaille grillée, une soupe de blé et des salades —, mais le premier du genre pour David.

« Ce garçon désarmé a frappé les Philistins de l'arme la plus redoutable, la peur du Seigneur, dit le roi. Il a témoigné que la vertu est plus forte que les armures. »

David baissait la tête, un peu embarrassé.

« Le Seigneur est avec nous », déclara le prêtre. Et, se

tournant vers David : « Te sers-tu de la fronde depuis longtemps ?

— Depuis mon enfance, répondit David. C'est mon père qui m'a enseigné l'art de s'en servir. »

Le prêtre lui tendit un quartier d'agneau au bout de son couteau. David comprit l'honneur qui lui était fait. Il apprit ce soir-là à porter un masque. Il leva des yeux souriants. Il était prisonnier. Il se demanda pourquoi le roi ne lui offrait pas la princesse dont les soldats avaient dit, à Bethléhem, qu'elle serait la récompense du vainqueur de Goliath. Il se demanda aussi quelle était la rançon promise. Mais peut-être valait-il mieux ne recevoir ni l'une, ni l'autre, car cela renforcerait les liens invisibles qui se tissaient autour de lui. Il regretta l'hier tout proche où il jouait de la lyre dans les champs.

« Et que feras-tu demain ? demanda le prêtre.

— Je retournerai garder mes moutons », dit-il.

Ses frères se récrièrent.

« N'es-tu pas bien parmi nous ? demanda Jonathan.

— Comment ne le serais-je pas ? repartit David. Mais il n'y avait qu'un seul Goliath, et il est mort. »

Cela fit rire l'assemblée.

« Le pays est plein de Goliaths, dit le roi. Il faut que tu restes avec nous. »

David hocha la tête et, à son soulagement, la conversation s'interrompit là. La portière se souleva et Abner entra, le visage luisant, les mains presque violettes des efforts accomplis à tenir la lance et le glaive, les sandales crottées.

« Roi, nous les avons chassés au-delà de Gâth, de Sharim et d'Ekron, déclara-t-il avec solennité. Nous n'avons perdu que dix hommes.

— La force du Seigneur est infinie, observa le prêtre.

— Assieds-toi », dit Saül, se levant pour accueillir son commandant en chef et lui tendant une corne remplie de vin.

Le reste de la soirée fut un tissu de récits sanglants.

Quand les convives se séparèrent, la tête de Goliath gisait toujours devant la tente. Un croissant de lune menaçait de déchirer les nuages.

9

Jonathan

« Où dormiras-tu ? demanda une ombre, que David reconnut comme celle de Jonathan. Je t'offre ma tente.

— Je l'accepte, répondit David.

— Allons marcher un peu, d'abord, pour dissiper les vapeurs du vin. »

Ils parvinrent sur le versant oriental de la colline. L'herbe, sous leurs pas, exhalait son odeur sucrée. Ils s'assirent, David le menton sur les bras, qu'il avait croisés sur ses genoux, Jonathan accoudé sur un bras. Et David perçut une musique sans instruments, à peine audible, qui l'alarma d'abord. Il comprenait sans savoir, entendait sans qu'on eût rien dit.

« J'ai pensé... » dit Jonathan, et il n'acheva pas sa phrase.

David ne se détourna même pas ; il savait que l'autre ne résisterait pas au désir d'achever sa phrase.

« J'ai pensé que peut-être tu étais un envoyé du Seigneur. »

Un temps passa. David tourna à peine la tête.

« En une journée, le monde a changé », dit Jonathan.

Le cœur de David battit imperceptiblement plus vite.

« Cette victoire... reprit Jonathan, cette victoire était vraiment un signe du Tout-puissant. »

David écoutait maintenant de façon aiguë, comme le renard dans l'herbe nocturne.

« Elle a tout changé, insista Jonathan. M'écoutes-tu ?

— Chaque mot.
— Connais-tu Samuel, le grand voyant ?
— Samuel le juge ? J'ai entendu parler de lui, répondit David.
— Samuel le juge dit que le Seigneur s'est détourné de mon père.
— Pourquoi ?
— Parce que Samuel est jaloux de mon père. Tu as changé cela.
— Comment ?
— Ta victoire a montré que le Seigneur t'avait envoyé. Qu'à travers toi, Il se réconciliait avec mon père.
— A travers un berger ?
— Personne au camp ne pense que tu es un berger. Tous croient que tu es un envoyé du Seigneur.
— Une pierre dans une fronde... », dit David, avec un détachement feint.

Son instinct ne l'avait pas trompé ; il était bien entré dans le plus redoutable de tous les jeux de forces, puisqu'il était intervenu dans les rapports du roi avec son Créateur.

« Une pierre dans une fronde, oui. Mais Goliath nous humiliait depuis des semaines. Il nous apparaissait comme l'humiliation envoyée par le Seigneur.
— Je retournerai à mes moutons et vous oublierez Goliath », dit David.

Jonathan eut un rire, bref.

« Tu sais bien, David, que tu ne retourneras pas à tes moutons.
— Pourquoi ? »
— Parce que.
— Parce que ?
— Parce qu'il y a moi, pour commencer. »

Le cœur de David battit un peu plus vite. Il était un otage !

« Vous avez dix mille hommes en armes. Quelle différence ferait un homme de plus ? demanda-t-il.
— Tu n'as pas vu les regards des soldats, aujourd'hui ? »

Il les avait vus. Il en avait été effrayé. Il y avait lu un amour sauvage.

« Dois-je vous apprendre à vous servir d'une fronde ? voulut-il plaisanter.

— Il ne s'agit pas de fronde, David. Il ne s'agit même plus de Goliath.

— De quoi, alors ?

— Du signe divin que nous attendions. »

David éprouva un vertige. Etait-il, lui, un signe divin ? Lui, le fils de Jessé, un messager du Seigneur ?

« Tes moutons auront un autre berger, David. Ta place est ici, avec moi. »

David respira profondément. « Avec moi », les mots résonnèrent dans sa tête, y semant le trouble. Cette soudaine dévotion d'un jeune homme qui était à peine son aîné, un héros, certes, mais plus encore le propre fils du roi...

Il commença à pleuvoir.

« Je voudrais dormir, dit David. La journée a été longue. »

Ils se levèrent. Le camp, lorsqu'ils y parvinrent, était obscur. L'air avait fraîchi, une brise d'ouest s'était levée. David pénétra avec soulagement sous la tente que lui indiqua Jonathan.

« Où est ma litière ? murmura David.

— Là, près de la mienne », dit Jonathan en l'entraînant.

David enleva sa cotte, sa jupe de cuir, ses sandales et se laissa tomber sur la litière que recouvrait une couverture de peaux. Cette litière était vaste. Jonathan l'y rejoignit. Ils demeurèrent immobiles un long moment, mais en dépit de sa fatigue, David attendit le sommeil. Le bras de Jonathan se posa en travers de son torse. Il l'accueillit d'abord avec stupeur, le cœur battant à se rompre. Un autre homme, ce n'avait jamais été qu'un rival, un allié dans un combat ou encore un ennemi, jamais un être avec lequel on partageait cette intimité-là. Tel un autre Goliath, Jonathan le défiait donc dans un combat singulier. Mais enfin, le monde avait changé depuis ce matin, comme avait dit Jonathan et Jonathan n'était certes pas un Goliath. Lui, David, ne pouvait pas le refuser, sans le connaître, même s'il n'avait jamais éprouvé de désir pour un homme. Il accueillit ensuite des mains, une cuisse, des lèvres, et il haleta, saisi de vertige, découvrant avec frayeur la douceur que pouvait offrir un corps d'homme. Comment était-ce possible ?

Il avait accumulé dans cette journée trop de violences et d'orgueil pour goûter la paix du cœur. Le vertige tourna à l'ivresse. Les corps glissèrent l'un vers l'autre, comme le renard coule vers sa proie. Le ciel cessa d'être en haut et la terre en bas. David avait ressenti trop d'admiration chez les soldats et trop de chaleur en Jonathan pour ne pas comprendre qu'il était devenu objet de désir. Jonathan, prince, héros, voulait se l'approprier ; soit. A la fin, l'animal s'était éveillé dans celui qu'on appelait un messager céleste. Et qu'est donc un animal flatté, s'il n'est amoureux ? David fut donc amoureux d'un autre parce que cet autre était amoureux de lui. Ils répétèrent le combat singulier de la vallée du Térébinthe, mais ce n'était pas pour la trancher avec un glaive que Jonathan tenait entre ses mains la tête de David. La folie multiplia les corps, l'un et l'autre étaient partout à la fois, c'étaient dix hommes qui s'affrontaient, noués, verrouillés, agonisant au moment même de la victoire, l'un par l'autre assassinés.

Porté par les bras de Jonathan, David s'envola, tournoya dans la nuit, s'écrasa dans les crépitements de la litière froissée, baillonné par un bras replié. Il se souvint à peine, avant d'être précipité dans le sommeil, d'avoir posé la main sur le visage de Jonathan, les doigts détaillant aveuglément l'architecture des arcades sourcillières, du nez, des lèvres ouvertes, bordées par la moustache naissante... Il se souvint d'avoir voulu chanter, étonné de n'avoir pas décapité ce Goliath-là.

Au matin, Jonathan vint lui porter un bol de lait chaud. Il fallait se presser, parce que le roi organisait une entrée victorieuse à Jérusalem. Ils s'habillèrent en hâte et s'en furent d'un pas vif vers la tente royale. Saül était entouré d'Abner, de ses autres fils et des lieutenants.

Quand ils apparurent ensemble devant Saül, celui-ci leur jeta un long regard.

« J'enverrai d'abord des messagers, afin que les villages voisins soient averti », dit-il. Et, s'adressant à David :

« Je veux que tu marches avec moi à ma gauche, mes fils à ma droite, et je veux que tu portes d'une main la tête de Goliath, et de l'autre, son glaive. »

David crut que l'assistance allait se disperser. Il n'en fut rien. Jonathan le prit par la main et s'avança devant le roi.

« Celui-ci est mon bien-aimé », déclara-t-il en regardant d'abord son père, puis David. Il enleva son manteau, le déchira en deux et en donna une moitié à David. « Tout ce que j'ai est à lui », ajouta-t-il. Et il enleva sa tunique et la tendit à David. Puis il défit le baudrier qui tenait son glaive et les tendit également à David, effaré. Enfin, il lui offrit son carquois et son arc. Puis, il demeura là, torse nu, tête haute, devant son père, ses frères, Abner, les lieutenants.

« C'est un vœu solennel, Jonathan, dit Saül.
— C'est un vœu solennel, roi, mon père, dit Jonathan.
— L'acceptes-tu, David ? demanda Saül.
— Mes mains sont pleines, dit David. Mon cœur est plein aussi.
— Vous êtes donc frères, dit Saül, d'une voix étrangement basse. Le messager du Seigneur est entré dans ma famille. Que les voyants voient, que les entendants entendent. David, tu défileras donc à ma droite. Viens. »

David s'avança vers lui, les bras encore chargés des vêtements et des armes de Jonathan, et le roi lui posa la main sur la tête.

Il était donc vraiment prisonnier, comme il l'avait pensé, mais désormais prisonnier royal. Et l'affaire serait bien plus longue, bien plus ardue que de tuer un géant d'une pierre au front. Il leva les yeux vers Saül et esquissa un sourire. Mais il ne comprit pas pourquoi le regard du roi était si sombre. Il s'en fut donc vers Jonathan, sous les regards, plus acérés que jamais, de tous ceux qui avaient assisté à la scène.

« Tout est dit, tout est compté », murmura-t-il. Et lentement, il tendit à Jonathan la tunique, puis le baudrier et le glaive, et quand Jonathan les eut rattachés autour de sa taille, il lui tendit enfin l'arc et le carquois. « Il nous faudra chacun un autre demi manteau », ajouta-t-il avec un sourire, tapotant la moitié qu'il gardait sur le bras.

« Le messager du Seigneur est entré dans ma famille », avait dit Saül. C'était donc par lui, David, que Saül entendait récupérer la faveur retirée par Samuel le voyant.

10

La nuit de Rama

Miriam broyait des amandes avec un pilon de pierre dans une grande pierre évidée au centre. Elle préparait pour son époux Samuel des galettes aux amandes et au miel, comme chaque année. Ces galettes étaient la seule douceur que Samuel s'autorisait. Il les dégustait lentement, et il lui disait régulièrement :

« Miriam, je reconnais à la douceur de ces galettes la vertu pour laquelle je t'ai épousée. »

Ce compliment la comblait ; il signifiait que leur union était aussi valide qu'un demi-siècle plus tôt. Et tout aussi régulière que le compliment, l'idée revenait à Miriam que son époux n'avait jamais pris de concubine. Elle ne confectionnait ces galettes que dans la semaine qui précédait la Pessah. Et plus qu'elle n'en avouait : le surplus était destiné à Joël et Abiyah, qui venaient d'habitude célébrer la Pâque avec leur père. Elle savait les réserves amères de Samuel à l'égard de ses fils et elle en savait également la raison. Celle-ci était certes grave, car si les deux garçons avaient été plus rigoureux, Samuel aurait peut-être été roi à la place de Saül. Leurs prévarications avaient écarté le pouvoir des mains de leur père. Mais Miriam n'avait jamais rêvé d'être reine et elle n'était pas disposée à juger ses fils. C'étaient ses fils, quoi qu'il advînt. Elle leur préparait donc une douzaine de galettes chacun, qu'elle serrait dans un linge et puis fourrait dans leurs besaces, quand ils les déposaient sur le banc de la maison de Rama.

Ils ne tarderaient plus. Pessah était dans deux jours et ils venaient d'habitude la veille ou l'avant-veille, selon la proximité des lieux où ils allaient rendre la justice. Quand elle vit une ombre s'allonger sur le seuil, elle pensa donc que c'était eux et elle posa le pilon sur le mortier pour aller les accueillir. Mais l'ombre ne bougeait pas et personne ne criait : « Mama, nous voici ! » Suivie d'une esclave, elle alla donc voir quel était le visiteur qui se présentait.

« Abraham ! Quel bon vent t'amène ! Entre ! »

Abraham était l'un des voyants mineurs de la région de Béthel, avec lesquels Samuel entretenait des rapports de confiance. Toutefois il n'obtempéra pas à l'invitation, car un homme n'entre pas seul dans une maison où il n'y a qu'une femme.

« Je suis venu voir Samuel », dit-il.

Elle le dévisagea, pour tenter de savoir s'il apportait de bonnes nouvelles ou non. Elle le trouva indéchiffrable.

« Samuel est allé ce matin à Timmat-Serah. Avec le mulet, il devrait être de retour avant le coucher du soleil. Veux-tu l'attendre ? »

Il hocha la tête, regarda le banc près de la porte et s'y assit.

« Bonne fortune ? osa-t-elle demander.
— Le Seigneur est grand », répondit-il.

Ce n'étaient donc pas forcément de mauvaises nouvelles. Miriam lui fit porter une gargoulette d'eau, du pain et du sel. Il les posa sur le banc près de lui et attendit Samuel. Miriam reprit sa tâche en s'efforçant de deviner ce qui amenait Abraham de si loin. Car il demeurait à Mispa et ne possédait pas de mulet ; il était donc venu à pied et les nouvelles qu'il apportait devaient être importantes. Etaient-ce des nouvelles de Jérusalem ? Si c'était le cas, ces nouvelles se rapportaient à Saül, car que pouvait-il bien se passer de neuf ou d'important à Jérusalem qui ne fût pas lié à Saül d'une manière ou de l'autre ? Elle accueillit donc avec soulagement le petit pas du mulet sur le chemin qui menait à leur maison et le grincement de la porte de la grange ; Samuel était de retour.

Salutations, bénédictions et questions répétées sur les santés de deux hommes et de leurs familles. Samuel demanda du pain et du fromage, ainsi que de la bière, s'il y en avait. L'esclave les lui apporta quelques instants plus tard. Les deux hommes étaient assis côte à côte.

« Quelle affaire t'amène ? demanda Samuel quand ils se furent un peu restaurés.

— Jérusalem se prépare à une grande fête demain. Saül va y défiler avec ses hommes. Des émissaires ont averti les villes voisines.

— Et quelle est l'occasion de cette célébration ?

— Ses récentes victoires sur les Philistins et la mort du géant Goliath.

— Goliath est enfin mort ? demanda encore Samuel.

— Il a été tué à la fronde en combat singulier par un jeune berger nommé David qui n'appartenait même pas aux troupes de Saül. Et c'est là, écoute-moi, qu'est le nœud de l'affaire. J'ai appris par Abel, le prêtre de Saül, que David défilera à la droite de Saül.

— Cela me paraît juste, dit Samuel. Goliath inspirait une terreur épouvantable dans la Shéphéla *. Celui qui en a eu raison mérite de grands honneurs.

— Certes, certes ! s'empressa d'admettre Abraham. Nos valeureux guerriers méritent d'être montrés en exemple. Mais ce n'est pas tout. »

Samuel écoutait, la tête penchée. Abraham était passablement ragoteur.

« Ce David, un très joli garçon, est devenu... l'ami de Jonathan », reprit l'autre. Il lança à Samuel un regard entendu. Mais Samuel ne releva pas l'allusion ; il se versa de la bière ; elle était fraîche. Il en avala une longue goulée et en dégusta la fin d'un ou deux claquements de langue. Puis il s'essuya la barbe du revers de la main et leva vers Abraham un regard sourcilleux.

« Cela me paraît tout à fait compréhensible, dit-il. Jonathan aussi a montré sa valeur au combat. De jeunes guerriers sont faits pour s'entendre.

— Ils s'entendent si bien qu'ils ont passé la nuit ensemble et que, le lendemain, Jonathan a mené David devant son père et les officiers réunis pour leur déclarer

---

* Terres du sud.

que c'était son bien-aimé », dit Abraham d'un ton qu'il croyait définitif.

« L'amitié peut être fervente entre deux guerriers, dit Samuel avec une fausse placidité.

— Saül a fait observer à son fils que c'était un vœu solennel », reprit Abraham d'un ton légèrement excédé.

Samuel sortit son couteau de sa poche, coupa un morceau de pain, puis un autre de fromage, mit l'un sur l'autre et, l'œil mi-clos, commença à mâcher ce coupe-faim avec l'air d'un chameau qui rumine. Il vida son gobelet et se tourna vers Abraham :

« Tu veux sans doute me dire qu'au lieu de recevoir la fille de Saül en récompense, David a reçu son fils, c'est ça ? »

Abraham fut saisi par le raccourci.

« C'est ça, oui, finit-il par admettre.

— Bah ! Ça prouve que Saül ne veut pas de petits-enfants de David, c'est tout, dit Samuel. Je n'ai pas vu ce David, je ne peux donc donner ni tort ni raison à Saül. Le Tout-puissant s'est détourné de lui, les péripéties de sa vie familiale ne peuvent m'occuper. »

Abraham, une fois de plus interloqué, demeura un moment sans mot dire.

« Mais... bêla-t-il. David... Jonathan...

— Allons, Abraham ! Si le cœur y est... Et tu es venu sans mulet de Mispa pour me dire ça ?

— Cela me paraissait important. L'armée entière s'est amourachée de David, et il est entré dans la famille royale. »

Samuel se versa de la bière.

« C'est le fils de qui, ce David ? demanda-t-il.

— De Jessé, de Bethléhem.

— Il a plusieurs frères, non ?

— Ils sont huit. Les trois aînés sont dans l'armée.

— Qu'est-ce que tu voulais vraiment me dire, Abraham ? demanda Samuel.

— Qu'il y a un garçon dont la gloire a embrasé le pays. Et que tu devrais aller à Jérusalem pour le défilé.

— Tu vas aller au défilé, toi ?

— Oui.

— Et tu voudrais partager mon mulet ? »

Abraham avait beau connaître le franc-parler de Samuel, il en fut déconcerté. Sa barbe sembla rebiquer un peu plus que d'habitude.

« Si ce n'est pas trop te demander, admit-il.

— Tu vas dormir ici et nous partirons demain matin. Nous y serons en deux heures *.

— Mais nous ne trouverons pas de place...

— Quel besoin avons-nous de chercher de la place ? Nous rentrerons tout de suite après. » Samuel se leva, de cette allure lente et bougonne qui lui était particulière. « Je vais faire un somme », annonça-t-il.

Peu après, l'esclave vint annoncer à Abraham qu'on lui préparait une litière dans une chambre à part.

Samuel s'éveilla à temps pour ses ablutions, à l'eau froide du puits, puis se massa les jambes et les coudes à l'huile épaisse de laurier. Enfin, il alla appeler Abraham pour les prières du soir. Cela fait, ils s'assirent par terre pour le repas du soir, qui fut simple : une soupe de blé agrémentée d'un quartier de volaille rôtie et de la salade. Samuel parlait peu ; ce soir-là, il fut presque énigmatique. Il ne prit la parole que pour demander à son invité s'il savait ce que disait de ces événements Abel, le prêtre attaché au service de Samuel.

« Il a dit à David, lors du sacrifice offert après la victoire, que Dieu l'avait désigné.

— Abel a dit cela ?

— Il m'a été rapporté qu'il l'avait dit.

— Sait-on pourquoi Jérusalem a été choisie pour le défilé ? demanda Samuel au bout d'un temps.

— C'est évidemment une décision de Saül. Personne ne m'en a rapporté les motifs.

— Jérusalem est occupée par les Jébusites, par des Nabatéens, des Iduméens et d'autres gens qui ne nous portent aucune affection. »

Abraham l'interrogea du regard, mais Samuel se tut. Le choix de Jérusalem était, en effet, singulier. La ville n'entretenait aucun rapport avec les douze tribus ; elle ne

---

* Rama se trouve à une douzaine de kilomètres de Jérusalem.

comportait aucun autel, aucun lieu de culte juif*. Et les rapports de Saül avec les Anciens de ces tribus étaient souvent difficiles. Saül avait-il choisi Jérusalem parce que c'était un terrain neutre ? Dans ce cas, le choix de Jérusalem ressemblait fort à un défi lancé aux Anciens.

« Si je comprends bien tes pensées, Samuel, il se pourrait qu'il n'y ait pas grand monde au défilé ? »

Samuel hocha la tête. « On ne peut prévoir ce que penseront les Anciens. Ni ce qu'ils feront. La victoire de ce David a été si soudaine... Il se peut qu'ils y voient une occasion de rappeler Saül à l'humilité. » Puis il ramassa les miettes du repas dans sa paume, les avala d'un coup et sortit seul pour une promenade nocturne. Il s'arrêta pour contempler le ciel. Et seul aussi, il parla.

« Il me suffit de voir ton œuvre, Seigneur, pour entrevoir la fermeté et l'immensité de ton dessein. Je comprends maintenant que mon tourment était injustifié. Comment pouvais-je être en colère contre Saül ! Tu avais déjà écarté sa chandelle de Ton autel. Et tu avais déjà allumé une autre chandelle, dont la flamme était plus pure et digne de Toi. Mais je ne pouvais le savoir ! Pardonne-moi ma petitesse et le manque de confiance qui inspirait mes appréhensions. Je ne suis que Ton serviteur et Tu le sais aussi. » Il leva les bras dans une ultime invocation et la vue des étoiles emplit ses yeux de larmes. Mais son cœur était apaisé.

« Pauvre Saül ! murmura-t-il en regagnant sa maison. Pauvre engeance ! » Il secoua la tête et saisissant l'une des deux lampes que Miriam avait laissées allumées à son intention, il gagna leur chambre et s'allongea sur sa litière pour dormir.

Le sommeil lui vint d'un coup, mais vers le milieu de la nuit, un songe le visita. D'abord, l'arbre dont il avait déjà eu la vision se dressa devant lui, triomphal et couvert de bourgeons, promesse de splendeur et de fruits qui lui réjouit le cœur. Le vieil arbre se tordait littéralement dans

---

* Le premier Temple, celui de Salomon, ne devait être construit que près d'un siècle plus tard. Jérusalem était vouée au culte du dieu El. Paradoxalement, ce nom est l'un de ceux qui sont attribués à Yahweh, lequel passait, depuis les ravages perpétrés par Josué, pour un dieu cruel ennemi d'El.

son ombre, promis à une fin prochaine. Mais dans le songe il vint un doute à Samuel. Car cet arbre portait des fruits vénéneux. Il en cueillait un fruit et le jetait. Puis un autre encore et il le jetait aussi avec une consternation mélangée de rage. Il se demandait si tous étaient aussi vénéneux et si cet arbre qui l'avait d'abord émerveillé n'était pas trompeur. Il levait les yeux et le trouvait insolent dans son jaillissement. La frayeur s'empara alors de lui et levant les yeux vers la cime, il vit des branches extraordinaires qui poussaient à vue d'œil, faisant de l'ombre aux branches inférieures. L'angoisse devenait étouffante. Il poussa un cri...

Il trouva Miriam agenouillée près de lui, le visage éploré. Elle lui posa la main sur le front, comme s'il était un enfant en proie à la fièvre. Ils se regardèrent longuement, tandis qu'il reprenait son souffle et ses esprits.

« Rendors-toi, dit-elle à la fin. Ce n'était qu'un mauvais rêve. »

Il prit sa main dans la sienne, se tourna sur le côté et chercha le repos.

11

Le camouflet

    Ils se mirent en route dès l'aube, afin d'arriver à Jérusalem avant les grandes chaleurs qui, dans cette saison, rendaient déjà si pénible la vallée du Cédron. Tous ceux qui se rendaient à Jérusalem avaient pris la même précaution. Or, ils étaient nombreux. Etonnamment nombreux. On voyait trois mulets de front sur la route qui montait vers la Porte de la Vallée, et la foule de ceux qui venaient à pied grossissait à vue d'œil, ralentissant les montures. Samuel reconnut des Anciens des tribus de Gad, d'Ephraïm, de Dan, de Benjamin, bien sûr, de Manassé et même un Ancien d'Issachar, ce qui était loin au nord ; mais celui-là se trouvait pour affaires à Jéricho quand il avait entendu l'appel lancé par le roi. Ils reconnurent évidemment leur juge Samuel, et bientôt se forma une sorte de bataillon d'une bonne trentaine d'Anciens, cédant par déférence le pas au Grand voyant. De mulet en mulet, au cours d'échanges brefs entrecoupés par le balancement des bêtes, ils appelèrent les uns sur les autres les bénédictions du Seigneur et s'enquirent de leurs santés, de celles de leurs enfants, de leurs maisonnées...

    A la Porte de la Vallée, ils mirent pied à terre. Un des gardes y tenait une sorte d'écurie, à peine un auvent accroché au mur, à l'intérieur des fortifications, où les mulets pouvaient trouver un peu d'ombre et du fourrage, moyennant un don modeste, un petit sac de blé, de figues sèches ou de sel*. Les Anciens lui confièrent leurs montures et, à l'invitation de Samuel, ils allèrent se désaltérer chez un marchand de bière de la rue des Prospérités. Bière légère et jeune, qui ne risquait pas de les griser.

« Nous ne pensions pas que tu viendrais, hasarda Hanamel ben Ephron, le doyen des Anciens d'Ephraïm, sans quoi nous aurions requis l'honneur d'aller te chercher pour t'escorter. »

La discorde entre Samuel et Saül était notoire et la tournure de la phrase déguisait mal son véritable sens : que faisait donc Samuel au défilé glorieux de Saül ?

« Je ne pensais pas non plus vous trouver si nombreux », dit Samuel, avec un sourire plein de sous-entendus.

« Nous sommes venus célébrer la victoire des élus du Seigneur, répondit Hanamel ben Ephron, retenant lui aussi un sourire.

— Nous sommes aussi venus voir notre nouveau héros, ce garçon de Bethléhem qui se nomme David, ajouta Youssouf ben Adel, un des Anciens de la tribu de Dan. Grâce à ce garçon, nous pouvons respirer un peu**. Nous sommes honorés de te compter parmi nous dans cette célébration. »

Samuel hocha la tête. Discours prudents, qui n'expliquaient pas plus leur empressement à célébrer la victoire de Saül qu'ils ne les renseignaient, eux, sur la raison de la présence de Samuel.

« Je suis venu me réjouir d'une victoire guidée par la main du Seigneur, dit-il, et voir ce garçon. C'est sa victoire, après tout.

— L'armée a quand même poursuivi les Philistins au-delà de Gâth, de Sharim et d'Ekron, observa un autre Ancien.

---

* Il n'existe pas à l'époque (fin du IIe millénaire avant notre ère) de monnaie, et c'est l'économie de troc qui règne.

** La pression des Philistins sur les Juifs était particulièrement sensible dans le territoire de la tribu de Dan, sur la côte, à hauteur de Joppé, et une grande partie de cette tribu avait d'ailleurs dû s'exiler. La déroute des Philistins après la mort de Goliath permit de desserrer leur emprise.

— Grâce à la mort de Goliath. Donc grâce à David, dit Samuel.

— C'est bien notre sentiment, approuva Hanamel ben Aphron d'un ton désinvolte. Et celui de notre peuple. C'est bien lui que nous sommes venus célébrer. »

Samuel l'interrogea du regard. Les yeux de l'autre souriaient de malice.

« Buvons à David », conclut l'Ancien d'Issachar, Tobiel ben Tobiel.

Ils vidèrent tous leurs gobelets. Des pèlerins se pressaient au comptoir pour se rafraîchir aussi. Hanamel ben Ephron paya le marchand d'un gros sac de pois. L'autre offrit une tournée. Il fallut ensuite décider du lieu d'où l'on pourrait le mieux assister au défilé. Celui-ci passerait évidemment par la rue principale, celle où ils se trouvaient. L'un des Anciens connaissait une maison qui les accueillerait, celle d'un marchand d'or juif, qui présentait l'avantage de se trouver à peu près au milieu de la rue. De la terrasse, au deuxième étage, ils jouiraient du meilleur point de vue. Ils s'y rendirent et furent reçus avec force compliments par le marchand. D'en haut, ils constatèrent que la multitude de bancroches et d'aveugles pour laquelle Jérusalem était célèbre, avait déjà pris position et se défendait contre les Juifs accourus pour applaudir le cortège.

Cela déclencha des algarades, les Jébusites criant aux Juifs qu'ils n'étaient pas les bienvenus à Jérusalem et les Juifs se moquant des aveugles, qui prétendaient admirer leur vainqueur, et des paralytiques qui voulaient l'applaudir. Vers midi, des sons de trompe mirent fin à ces querelles, affolèrent les oiseaux et répandirent les gamins dans les rues. Les chiens aboyèrent et six hérauts du roi entrèrent par la porte de la Source, sonnant de la trompe. Mille lanciers les suivaient par rangs de six, l'air farouche et observant un bel ensemble : pas égal et régulier, bouclier tenu du poing gauche et lance du droit. A un moment donné, ils occupèrent toute la rue des Prospérités, à la stupeur des populations de la ville. Ils sortirent par la porte de la Vallée, pour aller s'installer dans le bois des Baumiers, en dehors des enceintes. Six autres hérauts sonnèrent de la trompe et ce furent cette fois mille archers qui firent leur apparition. Nouvel intermède de hérauts, mais cette fois, précédant les étendards royaux.

Les hérauts suivants tenaient les étendards et encadraient un chariot à six roues, couvert de tapis, tiré par douze mulets. Debout, les jambes écartées pour garder leur équilibre, se tenaient Saül, entouré par Jonathan à sa droite et David à sa gauche, ce dernier tenant le glaive gigantesque de Goliath et devant lui, la tête déjà noirâtre et encore plus hideuse sous le soleil de printemps, avec ses lèvres retroussées. Derrière eux se trouvaient Abel et Abner.

Dès que le chariot fut en vue, les vivats jaillirent.

« David ! David ! Notre héros ! »

Samuel se pencha un peu plus pour observer le chariot en perspective. David bénéficiait d'avantages écrasants. Tous, à l'exception d'Abel, le prêtre, portaient armures et casques étincelants sous le soleil, David, lui, était presque nu, portant seulement sa jupe de cuir et un gilet de mouton sur son torse imberbe. Il était tête nue, mais couronné d'une formidable crinière. Il était jeune et beau. Ce glaive extraordinaire dont le pommeau lui arrivait presque à l'épaule était le symbole le plus éclatant de la faveur divine. Et cette tête affreuse à ses pieds, celui de tous les ennemis des Juifs. Enfin, sa quasi-nudité l'élevait à dix crans au-dessus des armures splendides dont se paraient les autres. Elle indiquait clairement qu'il était protégé d'En-haut. Etait-ce vraiment le hasard qui avait si bien fait les choses ? Ou bien David avait-il reçu des conseils secrets ?

« David ! Messager du Seigneur ! »

La foule se pressait le long du chariot, se bousculant, s'enjambant, s'accrochant à la plate-forme, caressant les pieds et les jambes du héros. Les visages se levaient vers lui, extatiques. Du côté droit, celui de Jonathan, il n'y avait presque personne. Des audacieux enfourchèrent les ânes les plus proches du chariot, mais à l'envers, pour pouvoir admirer leur héros tout à loisir.

Saül, impassible, gardait un sourire figé. Il endura le camouflet tout le long de la rue des Prospérités. Il ne se doutait pas que son ennemi le plus redoutable l'observait. Il ne vit pas Samuel se pencher, quand le chariot approcha de la maison du marchand d'or. Pourtant le vieil homme se pencha aux limites des lois de l'équilibre pour scruter le visage du jeune vainqueur. N'était-ce qu'un bellâtre rayonnant d'orgueil, ou un garçon avisé ? Cette aura d'innocence qui le nimbait était-elle naturelle ou feinte ? A ce moment-là, justement, David leva la tête vers les grappes de gens qui agitaient les bras sur les terrasses. Samuel vit son visage et fut troublé. « Quoi qu'il fasse, il sera innocent, » murmura-t-il pour lui-même.

Quand le cortège fut passé, le défilé se fermant sur un millier de fantassins, Samuel se tourna vers Hanamel ben Ephron, qui dissimulait mal son contentement. Les autres buvaient à la régalade de l'eau rafraîchie par des gargoulettes.

« Vous avez tenu conseil pour cela ? demanda-t-il, les mains sur le rebord de la terrasse.

— Samuel, nous n'aurions jamais tenu de conseil sans toi, répondit l'autre, qui connaissait l'humeur sourcilleuse de Samuel. Les réponses des tribus ont été spontanées. Mais compte tenu de ce qui a été dit au dernier conseil des Anciens, à Béthel, que tu présidais, nous avons orienté l'enthousiasme des nôtres vers David. Nous n'avions pas vu ce garçon ; nous ne pouvions pas prévoir l'enthousiasme qu'il déclencherait.

— Je comprends, dit Samuel. Je crois que vous n'avez pas eu grand mal, en effet, à les convaincre d'acclamer David. Il était vraiment le roi de ce cortège. »

Samuel n'était pas homme à user des mots à la légère.

« Le roi de ce cortège », répéta Hanamel ben Ephron, comme un enfant auquel on apprend à lire.

Abraham, le voyant de Béthel, secouait la tête, soit qu'il voulût attirer l'attention sur lui, soit qu'il eût à dire quelque chose de difficile.

« Notre ami Abraham ne semble pas être de notre avis », observa Tobiel ben Tobiel.

Abraham s'agita. Les mots ravalés s'entrechoquaient dans son gosier.

« Parle, Abraham », lui dit Samuel.

Abraham perçut la menace dans la voix du Grand

voyant, le Grand juge, le maître du Conseil des Anciens de toutes les tribus. Il devint écarlate.

« Donnez-lui à boire, » dit Samuel.

On lui tendit la gargoulette ; Abraham but de travers et faillit s'étrangler. On lui tapa dans le dos. Hoquetant, la barbe mouillée, il regarda, hagard et toujours muet, les Anciens qui attendaient patiemment son discours.

« Je crois que notre excellent ami Abraham est troublé par le fait que David est l'amant de Jonathan. » Abraham dit Samuel s'étouffa derechef et, dans un nouvel accès de toux, cracha ce qui lui restait d'eau dans la bouche. « N'est-ce pas Abraham ? Cela ne nous concernerait pas, n'était que c'est un grand atout, parce que cette liaison a d'emblée installé David dans la maison royale. Plus sûrement même que s'il avait épousé une fille de Saül, car c'est le plus valeureux des propres fils de Saül, Jonathan, un autre héros, qu'il a épousé. »

Les Anciens hochèrent la tête.

« Rien ne pouvait être plus propice, » approuva Hanamel ben Ephron.

Abraham baissa la tête, comprenant enfin la placidité de Samuel.

« Saül aurait pu disgrâcier un gendre plus populaire que lui, reprit celui-ci. Mais il ne pourrait bannir l'amant de son fils préféré, et cela d'autant plus que le peuple entier semble amoureux de David. »

Samuel était le genre d'homme qui vous enfonce un clou en trois coups de marteau, pas un de plus.

Le cortège était passé. La fête avait envahi les rues de Jérusalem. Des Jébusites, ou peut-être des Juifs, avaient sorti on ne savait d'où des instruments de musique, flûtes, cimbales, cistres, triangles, et en jouaient de concert ou en cacophonie, chantant et buvant, frappant de leurs paumes des cadences brèves et presque martiales. Samuel et les Anciens descendirent de la terrasse pour prendre un peu de fraîcheur. L'escalier en colimaçon leur donna le tournis. Le marchand d'or leur avait préparé une collation de choix, pigeons grillés, crème de pois chiches, galettes aux noix, le tout arrosé d'un vin frais de Galilée. Il était flatté jusqu'à l'extase de recevoir tant d'Anciens.

Vers la troisième heure, Samuel décida de rentrer à Rama. Il en avait assez vu et la faconde des vieillards en fête lui donnait des aigreurs. Il laissa Abraham aux soins des autres. Ecrasé par les émotions, il s'était endormi sur un divan. De toute façon, un trajet d'une heure à dos de mulet et sous le soleil ne lui aurait fait que du mal.

12
« *Une femme,*
pas n'importe laquelle »

Le voyage de retour à Guibéa, le lendemain, fut compassé. Les officiers avaient l'air absorbé dans leurs pensées et, à l'exception de Jonathan, les fils de Saül — Malkishoua, Abinadab et Ishyo — portaient eux aussi un masque et s'absorbaient dans des conversations à voix basse avec des confidents.

Saül chevauchait en tête, dans un groupe composé d'Abner et de quelques hommes de confiance. Parfois, Malkishoua, Abinadab ou Ishyo pressaient le pas de leurs mulets pour s'y joindre un moment avant de regagner leur groupe. Impassible, parfois même souriant, Saül n'était guère disert. Un soldat qui allait à pied l'entendit tout juste dire à Ishyo, sans savoir de quoi il parlait : « Fleurs de printemps. Nées de l'averse, fanées au premier soleil. » Un peu plus tard, le même soldat entendit Abner dire : « Samuel était à Jérusalem. »

Derrière venait un autre groupe, composé de David et de Jonathan, suivis de quelques soldats et de deux ou trois lieutenants éperdus d'admiration pour David. Sur un mulet, dans un sac de jute, la tête de Goliath.

David paraissait pensif. Jonathan le lui dit. Le jeune homme se contenta de lui sourire. Jonathan insista.

« On m'a fait trop d'honneur, murmura David.
— Cela m'a fait plaisir », dit Jonathan.

Mais il eût fallu être très amoureux ou très distrait pour ne pas s'apercevoir que la maison royale comptait désormais un membre de plus. Et un membre qui avait fait ombrage au roi. Or, David n'était pas distrait.

Partis à l'aube, ils arrivèrent à Guibéa peu après midi. L'accueil fut aussi triomphal que celui de Jérusalem. Des filles vinrent en chantant « David, terreur des Philistins, David, glaive du Seigneur ! » Elles accrochèrent des guirlandes de fleurs au mulet du héros au bas du sentier qui montait vers la ville. Saül ne se retourna même pas. Il descendait encore des gens, portant des guirlandes, et ils en passèrent quand même deux ou trois au cheval du roi, mais ils chantaient tous les louanges de David, ce qui devenait presque offensant. Sur l'ordre d'Abner, un officier mit pied à terre pour aller prier les meneurs de ne pas oublier le roi dans leurs louanges. Pendant le reste du trajet, l'on chanta donc, « Vive le roi Saül ! Vive David, aimé du Seigneur ! » Quand le cortège arriva aux portes de la ville, des cornes retentirent, puis ce fut un nouveau fracas de cymbales et on en oublia le mot d'ordre de l'officier. Des enthousiastes soulevèrent David de son mulet et le portèrent en triomphe jusqu'à l'estrade devant le palais, afin que chacun pût le voir.

Saül, lui, en avait assez vu. Après s'être montré quelques instants par décence auprès de David, il rentra au palais, suivi de ses trois fils, d'Abner et des officiers. Jonathan seul était resté aux côtés de David et avait tenu à exhiber une fois de plus l'affreuse tête de Goliath, macabre monstruosité, et son glaive. Par les fenêtres du palais parvenaient les vivats. Ahinoam, l'épouse de Saül, avait mobilisé les esclaves pour remplir d'eau chaude la piscine, à l'intention de Saül et de ses enfants. C'était une salle modeste que celle où l'on faisait ses ablutions, une pièce voûtée à demi-enfouie dans les fondations de la vaste demeure qui servait de palais. La piscine en pierres mortaisées, profonde d'une coudée et demie, gardait l'eau juste assez longtemps pour qu'on eût le temps de se laver ; le reste filait par un égout sur les contrebas de la colline.

« Si vous voulez prendre un bain avec moi, dit Saül à

Abner et aux officiers, vous êtes les bienvenus. Cela nous donnera l'occasion de parler. »

Saül se dévêtit et entra le premier. Un esclave lui versa lentement de l'eau chaude sur le corps et lui tendit un pain de savon à base d'huile et d'alcali. Saül se frotta le devant du corps et les pieds, puis tendit le savon à l'esclave pour qu'il lui frottât le dos. Tout en se dévêtant, Abner observait la scène, pendant que les fils du roi entraient à leur tour dans la piscine. Il n'était pas souvent convié à assister à la toilette intime du monarque et de ses fils ; il fallait qu'il y eût une urgence et il la devinait sans peine. Saül se savonna enfin les cheveux et, sur un geste, les yeux fermés, ordonna à l'esclave de lui verser de l'eau sur la tête. Puis, il s'assit sur un banc de pierre et se laissa sécher par les esclaves. C'était un fort bel homme que Saül. Samuel l'avait d'ailleurs choisi en raison de sa beauté. « Une faveur du ciel », avait dit le Grand voyant, laissant entendre que si le Tout-puissant avait concédé la grâce physique à l'une de ses créatures, on pouvait penser qu'Il lui en avait accordé d'autres, moins apparentes et plus précieuses. Mais c'était un piège que la beauté, songea Abner, en considérant les larges épaules de Saül, sa poitrine ferme, sa peau sans défauts et son visage noble et ferme.

« Je suppose qu'il y aura un festin, dit Malkishoua en se frottant les bras.

— Il y aura un festin, en effet, dit Saül.

— Nous devrions en être absents.

— Nous n'en serons pas absents, répondit Saül. Ce serait une erreur.

— Pourquoi ? demanda Ishyo. Rien ne nous oblige à assister au triomphe de ce... de David. »

Abner descendit dans la piscine, en prenant soin de ne pas trop s'appuyer sur une jambe contusionnée par une chute de cheval.

« En étant présents, nous entretenons dans le peuple le sentiment que nous partageons sa liesse et que c'est sous mon égide que David triomphe, dit Saül.

— Ça, pour triompher, il triomphe, fit Ishyo, fermant les yeux sous l'eau chaude.

— Il va triompher longtemps comme ça ? demanda

Abinadab. On ne va quand même pas parler de Goliath pendant vingt lunes !

— Puisque David est maintenant un héros militaire, intervint Abner, envoyons-le au combat. » Il interrogea Saül du regard.

« C'est une idée, murmura Saül.

— Ce n'est toujours pas à la fronde qu'il va exterminer le reste des Philistins, observa un officier.

— Il faut quand même penser à tout », dit Saül, qui commençait à se rhabiller. Sa femme lui avait fait porter par un esclave une tunique de lin fin. Un autre esclave se baissa pour l'aider à enfiler des sandales fraîchement frottées d'huile de laurier.

« Penser à tout ? demanda Abner levant les yeux vers le roi.

— Une femme, murmura Saül.

— Ce n'est pas ce qui manque, dit Malkishoua.

— Pas n'importe quelle femme, dit Saül d'une voix égale.

— Tu lui dois de toute façon la main de ta fille aînée, ma sœur Mérab, dit Ishyo.

— Je ne dois rien à personne », répondit sèchement Saül.

Les exclamations et ahans des officiers s'agitant dans leurs ablutions couvraient le dialogue. Ce n'était pas tous les jours qu'ils disposaient d'esclaves pour leur frotter le dos avec du crin végétal, de savon, d'eau chaude. Ils riaient comme des enfants. Mais les trois fils, eux, avaient entendu leur père. Ils s'immobilisèrent, l'œil rond.

Saül hocha la tête. Un silence régna. Ishyo, le plus jeune de ses trois fils, avança vers son père, le visage tendu. Ceux qui avaient entendu avaient compris : Saül entendait donc faire séduire David par une de ses propres filles. Mais laquelle ? Mérab ? Mikal ? Ishyo se pencha le front plissé, attendant une explication ; elle ne vint pas. Saül soutint son regard, sans mot dire. D'un geste brusque, Ishyo acheva de se rhabiller et quitta la salle, les sandales délacées. Malkishoua et Abinadab demeuraient sur place, figés par la surprise.

« Loin de Jonathan, il sera moins dangereux, reprit Saül

en guise d'explication. Ce n'est pas un mariage ; je ne le veux pas davantage dans ma famille. C'est d'une compromission qu'il doit s'agir. » Et un peu plus tard, il ajouta : « Mon idée complète celle d'Abner. »

Les officiers s'ébrouaient toujours bruyamment.

« Sait-on ce que Samuel faisait à Jérusalem ? demanda Saül à Abner.

— Il sera venu voir, répondit l'autre en frottant son crâne dégarni.

— Voir..., répéta Saül amèrement. Ce n'est toujours pas moi qu'il sera venu voir. » Il se leva. « Allons-nous-en. Jonathan, David et les leurs vont avoir besoin de se rafraîchir. Il n'y a pas assez de place pour tous. »

Abner se sécha pensivement le visage, se rhabilla à son tour et sortit le dernier.

En effet, il n'y avait pas de place pour tous.

13

Une mesure pour rien

Ce fut à la fin du festin, après les galettes au miel, les dattes sèches et les amandes émondées dans du lait caillé, que les filles entrèrent en dansant. Jouant du cistre et chantant, elles étaient six, l'œil cerné d'antimoine et la bouche rougie au carmin de cochenille, le cheveu huilé et la robe courte. Elles se dirigèrent vers le groupe royal, installé sur une estrade et présidé par Saül. Ils étaient tous assis sur des peaux de bêtes garnies de plats et de gobelets.

« Gloire ! Gloire à Saül le roi élu du Seigneur ! Gloire à Saül, étendard du Seigneur ! Gloire à Saül, terreur des infidèles ! » chantèrent-elles. Un tambourin scandait cette récitation. Les convives applaudirent. Les dîneurs royaux en firent de même.

Saül gratifia les danseuses d'un sourire. Malkishoua, Abinadab, Ishyo et quelques officiers de leurs escortes affichaient l'air maussade. Près d'eux, formant un groupe à peine distinct, Jonathan, David et les officiers qui les entouraient applaudirent. David rayonnait ; il remarqua à peine que l'expression de Jonathan avait passé de la surprise au souci.

Les danseuses s'arrêtèrent devant cet autre groupe et chantèrent un autre compliment. « Gloire, gloire à Jonathan, notre valeureux guerrier ! Gloire, gloire à Jonathan, digne fils du grand roi Saül ! Gloire, gloire à David, vainqueur du monstre ! Gloire, gloire à David, le vaillant lieutenant ! »

« Prudence, murmura Jonathan à l'adresse de David. La première danseuse est ma sœur. »

Jetant un coup d'œil alentour, David remarqua que les regards du groupe voisin filtraient dans sa direction. Les yeux semblaient mi-clos. Jonathan applaudit mollement, imité par les officiers, mais David, lui, battit des mains avec une vivacité juvénile, laissant croire qu'il était pris de vin.

Il avait compris ce qui se tramait.

Il se leva même pour esquisser un pas de danse sur place, à l'unisson des danseuses.

Les applaudissements redoublèrent. Le regard de Saül scintilla.

Les danseuses firent le tour des jardins, puis elles revinrent vers l'estrade royale. Elles dansèrent une saltarelle sur place, pivotant et élevant le bruit des cistres jusqu'à son sommet. Puis elles s'éparpillèrent, cédant aux invitations des dîneurs, qui leur offraient, qui du vin, qui une galette. Toutes sauf une, la première des danseuses. Celle-ci s'adressa à David. Elle avait à peine quinze ans.

« Je suis venue voir le héros qui fait vibrer nos maisons du récit de ses exploits, dit-elle avec assurance.

— Si j'avais connu ton visage, j'aurais tué Goliath pour conquérir ton regard, répondit David.

— M'offriras-tu alors un gobelet ? » demanda la fille.

Ce fut Jonathan qui le lui tendit, l'air ironique.

« Mon frère est donc l'échanson du héros, dit-elle d'un ton peiné.

— Ton frère est ton échanson, Merab », répondit Jonathan.

Elle s'assit au bord de l'estrade, car les filles nubiles ne pouvaient s'asseoir avec les hommes.

« Ne sais-tu que trancher des têtes ? demanda-t-elle à David.

— Si elles étaient en or, je t'en ferais un collier », répondit-il.

Elle rit. A la table voisine, on ne perdait pas un mot de cet échange.

« Garde-les donc pour ta dulcinée, répliqua-t-elle d'un ton faussement acide.

— Comparés au miel de tes yeux, ceux de ma dulcinée sont comme du vinaigre. »

Elle rit encore plus, mais d'un air entendu.

« Tu as la bouche bien sucrée, dit-elle.

— C'est pour égaler tes lèvres », rétorqua-t-il, l'œil excessivement doucereux.

Jonathan paraissait goûter la conversation et ravalait son sourire, jetant de temps à autre un regard à la dérobée vers son père.

« As-tu donc encore un cœur, maintenant que tu as jeté ta pierre au front de Goliath ? » reprit la jeune fille avec effronterie.

Il se mit à rire franchement, montrant ses dents qui étaient très blanches. « Faudra-t-il que je mette mon cœur dans ma fronde pour atteindre le tien ? » demanda-t-il.

La tablée voisine entendit la repartie et même Saül éclata de rire.

« Prends garde, Mérab, que je ne te nomme lieutenant ! » lança Jonathan.

Elle le toisa avec une hauteur feinte.

« Prendrais-tu des femmes comme lieutenants, à présent ? »

Mais au lieu de se fâcher, il rit une fois de plus et lui tendit une datte.

Le roi décida alors que l'heure s'avançait et se leva. L'estrade royale fut désertée ; seuls quelques lieutenants s'y attardèrent un instant.

La nuit s'annonçait douce.

« Il faut que je m'éloigne, murmura Jonathan à David. Prends garde. »

David acquiesça d'un mouvement de tête et quitta les jardins. Il s'avança jusqu'au bord du plateau qui couronnait la colline et parvint à la limite des vergers royaux. Amandiers, pommiers et abricotiers descendaient jusqu'à la vallée, embaumant l'obscurité quand le vent se levait. Il n'avait même pas besoin de se retourner. Il se savait suivi. Elle le rejoignit, en effet, un instant plus tard. Elle se tint muette à ses côtés.

« Tu t'es mordu la langue ? lui demanda-t-il au bout d'un temps.

Le roi futur

— Je ne devrais pas être ici, fit-elle, boudeuse.
— Pourquoi y es-tu, alors ?
— Parce que tu es beau.
— Mais dans l'obscurité, tu ne me vois pas.
— Je te verrais demain, s'il le fallait.
— Ce ne sont pourtant pas des regards que tu es venue chercher, dit-il avec douceur. Et ce ne sont pas tes yeux que tu es venue satisfaire. »

Elle ne répondit pas. Ils s'assirent. Il tendit la main vers elle. Elle sursauta. Il lui posa la main sur les seins. Ils étaient formés. En était-elle fière ? Elle ne le repoussa pas.

« C'est déjà l'été », dit-il, la main frémissant en suivant les contours d'un sein à l'autre.

Elle tendit son corps. Il l'attira vers lui et pencha son visage si près de celui de la fille qu'un cheveu fût à peine passé entre leurs lèvres. Elle haleta et il huma le parfum attendri du vin qu'elle avait bu. Il caressa les seins à travers le tissu de la robe, jusqu'à ce que les pointes se fussent durcies. Alors, repliant doucement la jambe de Mérab, il souleva lentement la robe, puis la tunique et elle poussa un petit cri.

« Sais-tu comment est fait un homme ? » lui demanda-t-il en lui prenant la main et la guidant.

Elle poussa un autre cri.

« Cela est ce que tu prends en toi d'un homme », dit-il, en descendant lentement, très lentement sa main sur le ventre de Mérab jusqu'à ce qu'il fût parvenu au bombement. Conscient de l'étrange docilité qu'elle lui témoignait, il poussa la main dans la toison naissante jusqu'à la fente du sexe, qui était déjà gonflée. « Et tu le prends ici », dit-il, en glissant un doigt avec prudence. Car, il venait de le vérifier, elle était vierge. Mais elle n'avait pas relâché sa pression sur lui. Il retint un sourire et poursuivit son entreprise. « Et comme tu me caresses, je te caresse », murmura-t-il, une main sur un sein, l'autre sur la fente, goûtant la lente et sûre progression de ce corps féminin vers l'orage. Elle attendait, il le savait, qu'il la déflorât. Elle avait été promise au vainqueur de Goliath, elle lui revenait donc. Mais Saül voulait qu'il la violât afin d'être déshonoré, et David ne lui viola donc que le cœur. Il se pencha vers elle et fit comme avec la fille qu'il avait laissée sur le chemin de Bethléhem. Elle appuya son dos contre la main qui la soutenait. Son corps se tendit, elle poussa son sexe vers la bouche chaude et humide, elle se relâcha soudain et une succession de petits cris lui échappa. Il la soutint, la main sous les reins.

« Ce serait ainsi pour toi dans le cas où je te prendrais pour épouse », dit-il toujours penchée sur elle. Il devina le regard qu'elle dardait sur lui dans le noir. « Mais alors, ce ne serait pas en cachette. Tu peux seulement savoir ce qu'on ressent quand on est prise, mais tu restes vierge. Et tu pourras, si tu oses le dire, assurer que David est un homme. »

Elle s'étendit. « Tu ne m'as pas prise, dit-elle. On dira que je suis laide. »

Il eut un rire bref. « Où le dirait-on, si ce n'est au palais ? Aucune fille de roi n'est laide, Mérab. Et toi moins que les autres.

— Mais je suis à toi ! Mon père m'a promise au vainqueur de Goliath !

— Que ne me l'a-t-il dit lui-même ?

— Tu ne me prendras donc pas ? » demanda-t-elle.

Il rit silencieusement, peut-être amèrement. Voilà donc ce que lui avait valu la gloire des armes ! Le succès populaire, l'amour d'un prince, puis la jalousie royale et, pour finir, des intrigues indignes dont une fille à la fois madrée et naïve était l'instrument.

« Mais toi tu peux venir prendre ton plaisir tous les soirs, reprit-il.

— Et toi ? » fit-elle en reprenant son sexe.

Elle espérait encore. Il la laissa faire bien qu'elle fût maladroite, mais il se contenta de l'embrasser en prenant garde qu'elle ne se tournât pas pour se coucher sur lui. A un moment donné, il ouvrit la bouche plus grande et haleta. Elle poussa un cri de surprise. Il éclata de rire. Elle se releva et partit d'un pas vif et vexé. Il riait encore quand il rentra se coucher.

Elle était tenace. Ou peut-être réellement amoureuse. Ou les deux. Car elle revint les soirs suivants, tentant obstinément de se faire posséder comme il convenait, usant pour cela de raffinements inspirés par l'instinct ou recommandés par quelque concubine de palais. Mais s'il en tirait son plaisir, il ne cédait pas et riait, et, passant de la pâmoison à la fureur, tantôt elle tentait de le griffer et tantôt le couvrait de baisers.

Il racontait cela chaque soir à Jonathan, qui s'en amusait, mais non sans alarmes : tant d'audace chez une vierge, sa propre sœur, et de persévérance chez une fille repoussée témoignait bien de l'intrigue ourdie par Saül et les siens. A la fin, les éclats de rire publics de David et Jonathan, les bras passés autour des épaules dans des gestes de camaraderie militaire (sans doute un peu poussés, pour la galerie), les repas et plus encore l'appartement partagés témoignèrent à tous de la force intacte du sentiment qui les unissait. La ruse avait fait long feu. Les ragots de palais apprirent bientôt aux deux jeunes gens qu'une sage-femme avait examiné Mérab et confirmé sa virginité. David n'était certes pas insensible aux femmes, ni manchot, mais il n'avait pas l'intention de devenir clandestinement le beau-frère de son amant.

« Cela ne changerait pourtant rien, dit Jonathan. Je veux dire, rien à notre amitié. »

David y réfléchit et finalement, se laissa convaincre. Oui, cela l'avait amusé de déjouer l'intrigue royale, mais il trouvait Mérab à son goût. Et peut-être, si Saül lui en donnait officiellement la main, il l'épouserait. Un matin, Jonathan fit donc savoir à son père que David attendait la récompense promise au vainqueur de Goliath, pourvu qu'elle fût publique, selon l'engagement royal même.

Saül écouta la requête avec un visage impassible et ne fit aucun commentaire. Mais le soir, au début du repas, en présence de ses fils et de David, il annonça d'un ton égal qu'il avait décidé de donner la main de Mérab au Méholatite Adriel, un notable auquel il devait quelque faveur. Tous les regards se tournèrent vers David, auquel on retirait publiquement la récompense qui lui était promise. L'affront le trouva souriant. Il leva sa corne de vin et but à la prospérité des promis. Le geste exaspéra Saül qui, se tournant vers David, lui lança :

« Bois donc ! »

Le visage de Jonathan se crispa. Son père venait de dévoiler publiquement non seulement sa traîtrise, mais encore son dépit et, plus, sa jalousie. Le roi était jaloux d'un adolescent triomphant. Le vrai roi, désormais, était David. La royauté s'était partagée entre lui et Jonathan.

« Mérab était promise au vainqueur de Goliath, reprit Saül, les yeux baissés, mais j'ai une autre fille, qui reviendra à ce vainqueur. A une condition, toutefois. »

Il leva les yeux vers l'assistance, et prit son temps pour dire : « Que ce vainqueur me paie sa dot. » Chacun suspendit son souffle. Le roi demandait une dot ? Le roi ? « Je veux cent prépuces de Philistins, dit Saül. Nous partons en campagne demain. »

L'extravagance, voire l'indécence de l'exigence, scandalisèrent l'assistance. Même Malkishoua, qui n'était pourtant pas favorable à David, parut frappé de consternation. Abner avait l'air sombre et il entendit la confidence de Malkishoua à son aide de camp :

« C'est la bite de David, qu'il veut au fond ! Il a perdu la raison ! Il est fou de jalousie ! »

Mais une fois de plus, David crâna au cœur de cet orage. « Eh bien, buvons donc à cette dot ! » dit-il, levant sa corne, sans se départir de son sourire.

Ce fut alors qu'Ishyo, jusqu'alors immobile et silencieux, se leva et alla solennellement s'asseoir près de David. Les regards le suivirent et Saül fronça les sourcils.

« Je bois à la victoire de David, dit-il lentement. Je bois aux cent prépuces qui en feront mon beau-frère. »

Et il enserra d'un bras les épaules de David. Puis il plongea la main dans le plat en face d'eux, en tira un quartier de volaille et dans un geste d'amant ou d'esclave, le tendit à David, qui le prit sans détacher ses yeux de ceux d'Ishyo.

« Ce garçon nous séduira tous, murmura l'aide de camp de Malkishoua. Le Tout-puissant est avec lui.

— En attendant Samuel, » dit Malkishoua d'un ton sinistre.

14

La gageure

Les Philistins avaient décidé de reprendre Guibéa et s'apprêtaient depuis trois jours à y mettre le siège. Venus des Shéphéla en longeant la rivière Sorek, ils avaient rassemblé ceux des leurs qui s'étaient, les mois précédents, égaillés dans la montagne d'Hébron et le val des Réphaïm et ils avaient installé un camp à moins d'une lieue au sud, devant Céla *. Selon les espions, ils étaient au moins quinze mille.

Les Juifs, au nombre de dix mille, partirent avant l'aube, dans l'intention de détruire le camp et de disperser leurs ennemis jusqu'au-delà de la rivière Kesalon. Abner les avait partagés en cinq bataillons de deux mille hommes, dont quatre sous le commandement de chacun des fils de Saül et le cinquième, comportant une majorité d'archers,

---

* La géographie de l'Ancien Testament est très imprécise. C'est ainsi qu'on compte dans les collines de Jérusalem deux Guibéa, l'une au nord du mont Scopus, l'autre au sud de Chapharsalama, et deux Guibéa-de-Dieu, l'une sur la rivière Souwenit, l'autre identifiée hypothétiquement avec la Mishpa connue sous ce nom après 587 (car il existe une autre Mishpa plus au nord). J'ai choisi la Guibéa orientale comme site de la capitale de Saül pour des raisons historico-géographiques dont la principale est que cette Guibéa-là se trouve dans la plus forte concentration d'agglomérations de la fin du IIe millénaire et du début du Ier millénaire avant notre ère. Elle se trouve au centre d'un réseau hydrographique important et surtout domine stratégiquement le grand axe de communication nord-sud constitué par la vallée du Jourdain : la chaîne constituée par le mont Carmel, la montagne de Samarie et celles de Béthel et de Jérusalem, ainsi que les monts de Judée forme une colonne vertébrale qui commande militairement l'ensemble de la Palestine.

sous le sien. Les lanciers, près de mille, avaient également été divisés en quatre groupes répartis dans les bataillons commandés par les princes. David, qui n'avait aucun titre dans la troupe, avait évidemment été affecté au groupe de Jonathan et il n'était armé que d'un glaive, offert par ce dernier. Aucune armure, disait-il, ne lui allait. On le reconnaissait de loin à sa crinière et à ces pans de chair nue que montrait son torse, puisqu'il s'obstinait à ne porter que son gilet de peau de mouton.

Le plan d'attaque était simple : quatre groupes encercleraient le camp philistin, les lanciers donnant l'assaut et les fantassins suivant. Les arrières seraient assurés en dernier recours par les archers sous le commandement d'Abner.

Les Philistins s'étaient adossés à une forêt. Leurs guetteurs virent apparaître les rangs des Juifs dans les premières lueurs de l'aube et sonnèrent l'alarme. Le bataillon de Jonathan avait entrepris une attaque sur le flanc gauche, celui d'Ishyo, sur le droit, les deux autres, au centre. Dès qu'ils furent à portée de flèche, les Juifs subirent la riposte des archers philistins : une pluie de traits partit à la mode philistine, c'est-à-dire vers les jambes, qui étaient les parties du corps des assaillants les moins protégées. Néanmoins, à l'abri de leurs vastes boucliers de cuir, les lanciers juifs parvinrent à percer ce barrage et les premières rangées de Philistins. Les archers, ayant perdu leur distance de tir et ne disposant de pas assez d'armes pour lutter au corps-à-corps, furent réduits à la fuite ; la bataille s'engagea entre fantassins et lanciers de part et d'autre et le carnage commença.

Peu après l'assaut, Jonathan chercha David du regard et ne le trouva pas. Il s'alarma, et saisi de rage à l'idée que son compagnon était peut-être mort, il redoubla de fureur. Bien que saignant d'une jambe, qu'une flèche avait éraflée, il fonça à l'abri de son bouclier, le glaive à l'horizontale. Cependant, les Philistins, adossés à la forêt, s'y étaient retranchés pour faire face aux Juifs, et ils étaient encore assez nombreux pour que le combat promît d'être long. Ils n'avaient même pas perdu cinq cents hommes.

Mais un événement inattendu sema la panique dans

leurs arrières. Ils se mirent à crier, puis s'enfuirent par groupes de dix ou vingt et Jonathan faillit s'interrompre, lui-même surpris par ce retournement. Puis il comprit. A la tête d'une centaine de fantassins qui lui étaient dévoués, David avait contourné le bois. S'y étant infiltrés à la dérobée, ses hommes avaient pris les Philistins à revers, taillant au milieu de leurs rangs une brèche d'autant plus grande que leurs ennemis ne s'attendaient pas à ce que des Juifs surgissent de la forêt. Les Philistins tentèrent alors de s'enfuir, mais ils tombaient sous les coups des bataillons de Jonathan et d'Ishyo. Les archers juifs déchaînèrent alors leur offensive, tirant vers le centre des troupes ennemies.

David venait d'enfoncer son glaive dans un Philistin quand un de ses propres fantassins le jeta à terre. Il voulut se débattre, mais un instant plus tard, une flèche siffla au-dessus de sa tête et alla se ficher dans un arbre.

« Recule couché ! cria le fantassin. Reculons tous couchés ! Donne l'ordre ! »

En effet, c'étaient les flèches des archers d'Abner qui maintenant les menaçaient. David cria l'ordre. Ils reculèrent tous en rampant, dans la forêt, à l'abri des flèches. En un geste téméraire, le fantassin qui avait sauvé la vie de David alla cependant retirer la flèche de l'arbre.

« Celle-ci t'était destinée, David, dit-il en la lui tendant. Et maintenant, prends ta dot, mon prince ! »

La pluie de flèches juives prenait fin. David contempla la scène en haletant : les Juifs occupaient le camp philistin. Il ne restait plus que des blessés, des prisonniers, des morts. Les autres s'étaient enfuis dans la forêt. La bataille était terminée. L'odeur douceâtre du sang montait déjà. Il regarda le fantassin et lui posa la main sur la nuque, comme s'il allait l'attirer vers lui.

« Après Dieu et mon père, tu m'as donné la vie », dit-il.

Il se leva et chercha Jonathan des yeux et le vit à distance qui le cherchait aussi. Il sortit alors de sa gibecière un petit couteau bien aiguisé. De la pointe, il déchira les braies du premier cadavre venu, en saisit le sexe entre le pouce et l'index et découpa le prépuce d'un geste net. Puis il jeta le trophée dans sa gibecière et recouvrit le mort. Il allait ainsi d'un cadavre à l'autre, suivi du même fantassin, et il en était à son douzième prépuce quand Jonathan se jeta sur lui, le saisit dans ses bras et le souleva. David se mit à rire. Les soldats regardèrent la scène, ébahis ou enthousiastes, puis ayant reconnu David dans l'auteur de la ruse qui avait si heureusement abrégé le combat, ils coururent vers lui dans une clameur exaltée.

« Regardez ! cria Jonathan en reposant David à terre. Grâce à sa ruse, le combat s'est terminé comme un songe ! Regardez notre héros ! »

Mais on ne l'écoutait même plus. Ils se disputaient tous l'honneur d'une étreinte. Une fois de plus, comme après la mort de Goliath, ils le tâtaient, ils lui passaient la main dans les cheveux comme pour s'assurer de sa réalité. Ishyo vint aussi le serrer longuement dans ses bras et même Malkishoua et Abinadab. Et en dernier lieu, Abner, le pas lent et pensif et suivi de ses officiers, se présenta devant David, hochant la tête.

« Officier David, dit-il posant sur l'épaule de David une main souillée de sang séché, tu as le génie des combats.

— David est mon aide de camp officiel, désormais », dit Jonathan.

David regarda longuement Abner dans les yeux. Il ne souriait pas. Il tendit au général la flèche qui avait failli le transpercer.

« Qu'est-ce que c'est ? demanda Abner, faussement surpris.

— C'est une de tes flèches. Elle a failli me tuer. » Des cris jaillirent. Une flèche juive avait failli tuer David ! Scandale ! Quel chien l'avait tirée ? David laissa les protestations fuser et son pouvoir s'affirmer. Il savait désormais son prestige auprès des troupes. Il pouvait parler à Abner d'égal à égal. « Je veux que cet homme, qui m'a sauvé la vie, soit promu officier », dit-il, tenant le bras du fantassin.

Abner examina la flèche. « C'est une des nôtres, en effet, dit-il avec un demi-sourire. Tu es vraiment un élu du Seigneur. »

La flèche passait de main en main parmi les soldats assemblés. « Elle a failli tuer David ! » Et les indignations de fuser derechef.

« Qu'il en soit fait selon ton désir, officier », dit Abner.

Et se tournant vers le soldat, il lui demanda son nom, qui était Ezer, et le nomma aussi officier.

« Maintenant laissez-moi recueillir ma dot », dit David d'un ton de défi, tandis qu'Ishyo et son aide de camp emmenaient Jonathan laver sa plaie et se faire panser.

David poursuivit sa moisson funèbre, de cadavre en cadavre, en compagnie d'Ezer. A la fin, sa besace fut pleine de ces misérables morceaux de peau symboliques.

« Les voilà juifs pour l'éternité », dit-il en s'éloignant parmi les soldats qui incendiaient les tentes des Philistins après le traditionnel pillage.

Quand ils rentrèrent, le soleil brillait dans un ciel sans défaut.

Au festin du soir, le visage de Saül valait un long récit : ce n'était pas celui d'une victoire, mais d'une défaite. Abner lui avait donné les nouvelles : il accueillit son nouveau triomphe comme un coup du sort. Car dans sa perversité, le destin lui refusait même le goût de ses succès. L'arrivée de David dans les jardins consomma sa rancœur : les convives se levèrent unanimement pour une ovation. Elle monta jusqu'aux étoiles. Il leva le bras. L'ovation resurgit. On l'appelait désormais ouvertement l'Elu du Seigneur. Et lui, Saül, qu'était-il donc ?

Ils s'assirent comme la semaine précédente, mais cette fois-ci, ses trois fils entouraient Jonathan et David. Saül, lui, siégeait avec Abner, le prêtre Abel et des officiers. A la fin du repas, un peu revigoré par le vin, il crut pouvoir interpeller le héros d'un ton ironique.

« As-tu pensé à mon *mohar* * ? lui demanda-t-il.

— J'y ai pensé », répondit David nonchalamment. Et tout en se levant, il détacha de ses reins sa besace et alla la vider sur un grand plat qui attendait d'être garni. Puis il alla se rasseoir entre Jonathan et Ishyo.

Saül blêmit devant cette masse de bouts de peau qui se racornissaient déjà. Il y en avait plus de cent. L'aide de camp en compta le double. Saül vida sa corne de vin.

« J'avais dit cent, dit Saül à David d'un ton sévère.

---

* Dot en hébreu.

— Je paie pour deux de tes filles, roi, mais je n'en demande qu'une. »

Une rumeur s'éleva des convives. Saül ne regardait plus personne. Le regard mi-clos fixait les sinistres petits bouts de chair. La frayeur passa dans les yeux de Jonathan. Ishyo éclata d'un rire excessif.

La haine vint s'asseoir parmi les convives.

15

L'onction

L'aube le trouva appuyé sur un amandier, à la limite du verger, près de l'endroit où, quelques jours plus tôt, il avait mangé l'intérieur du fruit qui était Mérab, sans en déchirer l'écorce. Les collines de Judée se déployaient généreusement à ses pieds, mais il regardait à l'intérieur de lui-même.

Non sans mélancolie. Quelques semaines auparavant, il gardait des troupeaux dans l'insouciance ; la vie était légère : labeur, chansons, plaisirs. Mais la pierre au front de Goliath avait alourdi chaque geste et chaque moment. Le plaisir désormais se payait cher. Le succès, puis la gloire lui avaient imposé une rançon et, pour commencer, Jonathan. N'eût été la folie amoureuse de ce prince, il ne serait quasiment rien, un jeune bravache auquel la chance avait souri. Désormais il était comme le demi-frère de Jonathan, et depuis la veille, son futur beau-frère.

Son cœur s'émut à la pensée du jeune homme. Droit, beau, courageux, assez sûr de sa vertu et de sa valeur pour se livrer corps et âme, comme une fiancée. Donné, comme le pain dans la main. Celui-là ne le trahirait jamais. Mais quel était l'enjeu ?

Des batailles, des festins, des filles ? Et puis d'autres batailles, d'autres festins, d'autres filles ? Des intrigues, des regards venimeux, des déclarations d'amour, des serments de fidélité ? Quand Jonathan, qui avait dormi cette nuit-là avec son épouse, se réveillerait, David lui dirait qu'il était las, qu'il voulait retourner garder ses brebis. Il avait déjà assez de souvenirs pour une vie. Il voulait pouvoir caresser les seins de Sara, la fille du marchand de fruits, sans déclencher toute une machinerie de calculs ténébreux, ni payer la fente d'une femme avec des prépuces morts.

Des coqs chantèrent, avec l'arrogance des témoins d'épopées. Pour un peu, ces Josué de basse-cour se seraient targués de pouvoir arrêter le soleil. Le ciel s'illumina et les pépiements des oiseaux l'envahirent, comme des gribouillis de musiciens ivres et joyeux qui se seraient efforcés de noter des thèmes sur un papyrus.

Ezer le rejoignit. Il portait un bol de lait chaud, qu'il lui tendit. David saisit le sens du geste : celui d'un frère, esclave, amant, tout ce qu'un homme peut être pour un autre auquel il s'est voué. Il regarda les mains d'Ezer et pensa à celles de Jonathan : les mêmes gestes, ceux du don et de la dévotion. Pourquoi ?

« La paix du Seigneur soit avec toi, dit Ezer.

— Et ses bénédictions sur toi », répondit David.

David pressentit bientôt, aux regards qu'il lui jetait à la dérobée, qu'Ezer avait quelque chose à lui dire. Il ne se trompait pas.

« Un homme veut te voir, dit enfin Ezer.

— Que ne vient-il ? » demanda David, conscient de fait que son prestige exigeait désormais des émissaires pour qu'on lui parlât, à lui, le berger de Bethléhem.

« Il n'est pas de ceux-là, dit Ezer. Il est de ceux qu'on demande à voir.

— Saül ? demanda David.

— Non.

— Qui ?

— Samuel, le Grand voyant. »

David resta bouche bée, Samuel, le légendaire Samuel, le juge des douze tribus, demandait à le voir ?

« Où ?

— Chez lui, à Rama. A une heure de mulet.

— Comment sais-tu qu'il m'a demandé ?

— Un émissaire, hier.

— Pourquoi veut-il me voir ?

— L'émissaire ne l'a pas dit.
— Tu as une idée ?
— Plusieurs, donc aucune. » Ezer prit le bol vide des mains de David. « Allons », dit-il. David fut amusé par le ton de commandement de son aide de camp.

Au passage, Ezer déposa le bol aux cuisines et ils détachèrent deux mulets. Le palais dormait encore.

Des montures étaient attachées aux arbres, près de la maison que les gens de Rama leur indiquèrent comme celle du juge. Et quand ils y furent, l'esclave leur dit que le juge était dans le jardin, un bosquet au centre d'un terrain défriché où couraient des poules. David distingua plusieurs hommes âgés, qui tournèrent tous la tête dans la direction des arrivants. L'un d'eux vint à sa rencontre ; ce ne pouvait être que lui, le juge, le Grand voyant. David lui baisa la main. Samuel le considéra longuement et David soutint son regard de ses yeux clairs, étonnés, souriants. Surtout étonnés.

« Tu m'as demandé, me voici, dit David.
— Le Seigneur te guide », répondit Samuel.

Il le précéda dans le cercle des Anciens. Des fourrés de barbes enneigées, des yeux parfois brouillés par l'âge, une immobilité de pierres. Leurs mains décharnées évoquaient des pattes, des griffes, des serres. Et tous étendaient devant eux des orteils déformés par l'âge, écrasés par leur poids osseux.

« Assieds-toi », lui dit Samuel en lui indiquant une place près de lui, sur un banc. Et aux autres : « Voici David, fils de Jessé de Bethléhem, le héros du Seigneur. Vous le connaissez de réputation. Il a tué Goliath d'un seul coup, et il a tué des Philistins par centaines. Le Seigneur arme son bras.

— Que la bénédiction du Seigneur soit sur lui, dirent plusieurs Anciens.

— Je vous ai fait venir, reprit Samuel, parce que le temps m'est compté. Vous m'avez demandé un roi et je vous ai répondu que le Tout-puissant seul était votre roi. Mais vous vouliez un roi à tout prix. Je vous ai donné Saül. Le Seigneur, qui l'avait comblé de Ses faveurs, s'est détourné de lui. Vous aviez un roi, mais pas celui que vous destinait le Seigneur. Mais le regard du Tout-puissant s'est posé sur David. C'est lui qui sera votre roi. »

David ne comprenait rien. Quel Seigneur ? Lui roi ? C'était irréel. Samuel parlait du Seigneur comme d'un Etre unique, irremplaçable, n'appartenant qu'aux Juifs. Quel Seigneur ? Quel Seigneur était exclusivement juif ? El, Baal, Hadad ? Et les autres, les Cananéens, les Phéniciens, les Philistins, qui adoraient aussi des dieux suprêmes ?... Il regarda plus attentivement ces hommes tous vêtus de manteaux couleur de terre, de terre noire, verdâtre, rougeâtre ou poudreuse. L'un ressemblait à un vieil oiseau de proie, les yeux tout petits et ronds de part et d'autre d'un grand nez busqué et le front hérissé de touffes hirsutes, un autre avait l'air d'un vieux chien philosophique. Un autre encore à côté, avec sa crinière poivre et sel, était comme un lion avec son mufle écrasé. Et celui-là encore, une chèvre blanchie...

« Aurons-nous donc deux rois ? » demanda l'Ancien d'Issachar, Tobiel ben Tobiel. C'était la chèvre.

« Je vous le répète, Saül n'est plus qu'une coque vide. Il a l'apparence d'une amande, mais sans la grâce divine, il n'est qu'une écorce. Voici l'amande. Je vous la présente de mon vivant. Je vais la planter, afin que son arbre pousse et vous recouvre de son ombrage. Vous aurez ainsi un vrai roi et un guide quand je ne serai plus là. David est désormais votre roi. Mépriserez-vous la volonté de votre Maître suprême ? »

Ils considérèrent David d'un œil sceptique. Ce jouvenceau, un roi ? David lisait dans leurs pensées. Saül, lui, avait l'air d'un chef, avec sa mine renfrognée et son œil charbonneux. Mais lui ? Le sang afflua à son visage et quitta celui d'Ezer.

« Quelle erreur a donc commise Saül ? » demanda au bout d'un temps Hanamel ben Ephron, la bouche légèrement entrouverte, ce qui lui donnait l'air goguenard. C'était le lion.

« Nous en avons déjà débattu, répondit Samuel avec froideur. Il a célébré seul le sacrifice à Gilgal. Ce n'était pas à lui de le faire. Il n'est pas le prêtre, ni le mandant du Seigneur.

— Il a célébré le sacrifice parce qu'il t'a attendu sept jours et que tu n'étais pas encore arrivé, insista Hanamel. Ce n'est pas une faute qui mérite qu'on lui retire la royauté.

— C'est une faute grave ! Très grave ! s'écria Samuel. Auriez-vous donc choisi Saül comme votre prêtre ? Et pourquoi pas votre voyant, pendant que vous y êtes ? »

Leurs regards se firent vagues, leurs masques méditatifs.

« Et les enfants de Saül ? » demanda Tobiel.

Samuel baissa la tête et prit aussi son temps pour répondre.

« Je vous l'ai dit, l'arbre est mort.

— L'arbre est mort ? répéta Hanamel ben Ephron.

— L'arbre est mort, Hanamel. Tu m'as entendu. Ils périront tous.

— Périront-ils de notre main ? Ou de celle de David ? Ou encore de la tienne, Samuel ? »

David sursauta. Lui demandait-on de tuer Jonathan ?

« Ils périront de la volonté du Seigneur », répondit Samuel.

David ressentit comme un vertige, il crut faire un de ces songes épais comme en porte parfois le vin. On le nommait roi et on lui plongeait une dague au cœur. Il ferma les yeux, proche des larmes. La mort de Jonathan ! Il ne l'avait jamais envisagée et s'avisa sur-le-champ qu'il aimait Jonathan. Non, pas Jonathan ! Que Saül meure peut-être, mais pas Jonathan ! Il reprit son souffle, déchiré à la fois par la prise de conscience de son amour pour Jonathan et la prophétie de sa mort. Puis il se dit que Samuel était un vieux fou qui radotait.

« David fera triompher la loi du Tout-puissant », reprit celui-ci.

Les Anciens remuèrent les pieds, la tête, les mains, prirent bruyamment leur souffle. L'idée les gênait visiblement. Quel Tout-puissant ?

« Quel Tout-puissant ? » demanda enfin Youssouf ben Adel, l'Ancien de la tribu de Dan. C'était celui qui ressemblait à un chien, avec ce regard doux et ces cheveux qui retombaient sur son front.

La mâchoire de Samuel trembla. Ces gens de Dan,

pourchassés par les Philistins, jamais chez eux, toujours à chercher asile auprès des autres, à peine des Juifs... Tout le monde regarda l'insolent.

« Les nôtres et les vôtres aussi bien vont sacrifier à Beth-El et à Dan au Tout-puissant des Cananéens, reprit Youssouf ben Adel. Il porte le même nom que nous lui donnons, nous, El ou Baal. Qu'allons-nous dire aux nôtres ? Que notre El et notre Baal ne sont pas les mêmes que ceux que les autres adorent sous les mêmes noms ? Est-ce pour cela que tu nommes un nouveau roi ? »

Un long silence régna.

« Si vous voulez continuer à honorer les mêmes dieux que ceux de ces gens, dit enfin Samuel, vous n'êtes pas différents de ces étrangers. Vous n'êtes donc pas un peuple. Tout juste un ramassis.

— Un dieu est un dieu, quel que soit son nom, répliqua vertement Youssouf ben Adel. Allons-nous nous disputer pour un nom ? Je veux bien que nous fassions la guerre pour des territoires et des puits, mais pas pour un nom !

— Très bien, gronda Samuel, honorez les mêmes dieux qu'eux, continuez à putasser avec des étrangères, forniquez comme les Cananéens et les Phéniciens avec des garçons, je ne suis pas votre juge. Vous autres, gens de Dan, vous êtes comme la paille au vent. Vous allez avec lui, et vous vous prosternez devant le premier autel venu. Non seulement vous tolérez à Lakish un autel élevé à Moloch et vous tolérez son clergé, mais encore, vous vous joignez à leurs rites abominables !

— Nous avons détruit cet autel dans le passé, répondit Youssouf ben Adel. Ils l'ont reconstruit et il attire une population considérable. Nous n'allons pas vivre en guerre à cause d'un autel !

— Bien sûr que non », répondit Samuel d'un ton sarcastique.

David écoutait, stupéfait. Il avait totalement ignoré jusqu'à ce moment-là l'importance de ces affaires de dieux et d'autels. Son père lui avait dit qu'il devait craindre le courroux d'El, le Grand Dieu qui régnait sur toutes choses, mais il ne lui avait jamais dit que ce dieu-là était le seul et que ce n'était que le dieu des Juifs.

« Ecoute Samuel, intervint Hanamel ben Ephron, nous avons demandé un roi comme les autres peuples. Tu l'as choisi. Nous respectons ton inspiration. Nous avons donc accepté Saül comme roi. C'est à lui qu'il revenait d'imposer un dieu qui fût le dieu des Juifs. Mais il est le roi des douze tribus, pas le roi des terres où elles vivent, où nous élevons nos enfants, où nos pères sont enterrés, où nous cultivons nos champs et nous faisons paître notre bétail. Il y a d'autres peuples sur ces territoires. Ces peuples ont leurs religions. Qu'est-ce que tu nous demandes ? De détruire leurs autels ? Saül lui-même ne l'a pas fait.

— C'est la raison pour laquelle le Seigneur s'est détourné de Saül », répondit Samuel.

La réponse eut raison de leurs arguties. Ils restèrent silencieux, puis, une fois de plus, les regards se tournèrent dans la direction de David. C'était vrai que la faveur insolente consentie au jeune homme par le ciel était troublante. Il éprouva sur sa peau le poids de ces regards chargés d'expérience. Des regards de vieilles bêtes riches de pouvoir et de ruse. « C'est lui qui sera votre roi », avait annoncé Samuel. Et c'étaient eux qui allaient entériner sa royauté. Mais qu'attendait-on de lui ? Sans doute pensaient-ils qu'il serait leur jouet. Il considéra ces vieilles peaux, ces figues ridées, ces visages pareils à de vieilles outres et se demanda ce que ces gens connaissaient de la vie. Quelle avait été la dernière fois qu'ils avaient donné du plaisir à une fille ? La dernière fois qu'une fille avait caressé leurs torses de sa joue et leurs joues de ses orteils ?

« Nous aurons donc deux rois, répéta Tobiel ben Tobiel d'un ton maussade.

— David est déjà roi, répliqua Samuel en haussant les épaules. Diras-tu que le soleil n'existe pas parce que les nuages le cachent ? »

David écoutait sans vraiment comprendre. Comment affronterait-il le regard de Saül ?

« Tu défendras le Dieu unique des Juifs et tu ne toléreras pas que sur leur territoire on honore un autre Dieu que lui », dit Samuel, s'adressant au jeune homme.

Il hocha la tête.

« Que dirai-je à Saül ? osa-t-il enfin demander.

— Rien, répondit Samuel. Irais-tu expliquer des évidences ? »

Il ne savait pas ce que cela signifiait, expliquer des évidences.

« Tu es un roi à la fois secret et éclatant. Et tu ne peux te dérober à ton Dieu Yahweh, ton Dieu unique, entends-tu ? »

David hocha la tête.

« Entends-tu ? » répéta Samuel avec une force grondante.

« Redis après moi : "Mon Dieu unique est Yahweh. Il m'est plus cher que la vie." »

— Mon Dieu unique est Yahweh, dit David d'une voix étranglée. Il m'est plus cher que la vie. »

A la fois secret et éclatant. Qu'est-ce que cela pouvait signifier ? Qu'il serait le roi sans pouvoir le dire, mais visible aux yeux de tous ? Voilà quelques heures à peine, il voulait retourner garder ses troupeaux à Bethléhem, et il se trouvait à présent en compagnie de ces vieillards sur les peuples desquels il devait régner... Les lèvres sèches, il ravala sa salive. Et que dirait-il à Jonathan ? se demanda-t-il, mais il n'osa pas formuler sa question. Les prémisses du pouvoir déjà durcissaient sa chair. Il savait qu'il était prisonnier de ce cercle de gérontes et qu'il ne pourrait pas s'enfuir. C'en était fini de la jeunesse. Il les examina à la dérobée, tous ces vieux pleins de mots et de poils blancs et se dit que la seule manière de se libérer de leur emprise, de leur arrogance, de leur autorité, ce serait d'être leur chef.

« Il y a dans un arbre la chair et l'écorce, reprit Samuel. Arrache l'écorce et l'arbre survivra. Arrache sa chair et il mourra. Tu es sa chair. C'est la volonté du Tout-puissant. Le Tout-puissant t'a désigné pour diriger notre peuple. Tu es le roi des douze tribus. »

Lui, l'élu d'un dieu ? L'anxiété le figeait. Mais c'était le Grand voyant qui le disait ; comment en douter ? Le Grand voyant avait une autorité surnaturelle. Les autres le craignaient. Quand il parlait, ils le regardaient comme s'ils redoutaient son coup de dent. Debout, là-bas, Ezer le considérait d'un regard terrible.

Un serviteur entra, obéissant à un ordre invisible, portant une fiole sur un plat, et il se dirigea vers Samuel. Le Grand voyant se leva et fit signe à David de se lever. Les autres l'imitèrent.

« David, agenouille-toi, ordonna Samuel. David, fils de Jessé de Bethléhem, le Seigneur a posé Son doigt sur toi, afin que tu mènes Son peuple au triomphe. » Il trempa l'index et le majeur dans la fiole et les posa sur le front de David. « David, tu conduiras Son peuple selon Sa volonté et ta maison règnera pendant les siècles des siècles. » Avec l'huile il traça trois raies sur le front ; elles coulèrent jusqu'aux sourcils. Les larmes mouillèrent les yeux de David. Des sanglots contenus secouèrent sa poitrine, il ne savait ce qui lui arrivait, mais il comprenait que c'était immense et fou. Il leva les yeux et rencontra ceux de Samuel, les pupilles noyées par l'âge, empreints d'un telle gravité qu'il retint son souffle.

« Que la bénédiction divine soit sur toi », dit Hanamel ben Ephron.

Les autres appelèrent aussi la bénédiction divine sur le jeune homme.

« Lève-toi, David », dit Samuel. Et il lui donna l'accolade. Les doigts secs et noueux enserrèrent ses épaules comme ceux de la mort. David saisit les mains de Samuel et s'inclina pour les baiser, mais les couvrit de larmes.

Les autres vinrent aussi lui donner l'accolade. Le dernier fut Ezer.

« Mon roi, dit-il, je suis ton serviteur. » Et David fondit alors en larmes dans les bras de celui qui lui avait sauvé la vie.

Samuel fit servir du vin.

« Le regard des hommes n'est rien, dit-il. C'est celui du Tout-puissant qui compte. »

16

Le deuil d'un vivant

Rapporté dès leur retour dans leurs tribus par les Anciens qui y avaient assisté, le sacre de David déclencha l'agitation.

« Nous aurons donc deux rois ? demandait-on d'un ton incrédule.

— Non pas deux, mais un, David. Saül n'est plus roi.

— Mais c'est lui qui commande les armées !

— Telle est la décision de Samuel.

— Samuel est devenu fou !

— Allez donc le lui dire. Nous vous rapportons sa décision, c'est tout.

— C'est une décision insensée ! N'avez-vous pas protesté ?

— Nous avons accepté son autorité quand il a désigné Saül comme roi sur notre requête. Nous serions mal venus de la contester quand il choisit son successeur. »

Tribu par tribu, ils décidèrent de se rendre chez Samuel, à Rama. Ils mirent dix jours à s'entendre sur le propos qu'ils tiendraient au Grand voyant et puis se mirent en route. Le vieux comprit bien ce qui se passait quand, plissant les yeux, il vit un nuage de poussière s'élever sur le chemin qui menait chez lui. Assis sur le banc devant sa maison, il compta trente-deux montures.

Ils gravirent la colline en ahanant et quand ils parvinrent devant lui, ils se trouvèrent embarrassés. Le Grand voyant leur inspirait toujours une sorte de terreur. Ils restèrent quelque temps sans trouver les mots qu'ils avaient pourtant répétés soigneusement. Il les fixait toujours de ce regard qui paraissait filtrer d'un autre monde à travers ses sourcils en bataille. Il avait identifié Abel, le prêtre qui assistait Saül et qui s'était sans doute joint clandestinement à la délégation.

« Eh bien, dit-il, vous avez perdu vos langues ? » Ils bredouillèrent. « Je sais pourquoi vous êtes venus. Vous êtes affolés comme une bande de cailles. Ma réponse est simple. Vous n'avez qu'un Dieu, Yahweh, et sans lui, vous n'êtes, en effet, qu'une bande de cailles. Sans lui, les Philistins et tous les autres auraient vite fait de vous détruire et de vous réduire en esclavage. Je suis Son serviteur et Son porte-parole. Vous avez voulu un roi et je vous ai donné Saül. Il n'a pas été digne de la confiance de Yahweh. Un autre a été désigné et c'est David. C'est tout. Rebellez-vous et c'en est fait de vous. »

C'était net.

« Mais... les armées ? parvint à articuler Réou, de la tribu de Juda.

— Les armées sont sous le commandement du Dieu unique. Tant que vous respecterez la volonté de Dieu, elles vous protégeront, quel qu'en soit le chef. Mais elles ne protégeront pas Saül.

— Elles ne protégeront pas Saül ? répéta Réou.

— Saül mourra bientôt au combat.

— Mais... ses fils ?

— Tout l'arbre de Saül sera abattu. »

L'assurance de Samuel les clouait sur place. Il avait croisé ses mains noueuses sur ses genoux. Pas des mains, des racines. Contester sa décision eût été aussi réaliste que d'essayer de dénouer les racines d'un thuya.

« Tu peux rapporter ces paroles à ton maître, Abel, reprit-il d'un ton un peu plus élevé. Dis-lui que je porte son deuil. »

Tous se tournèrent vers Abel. Ils virent les larmes couler de ses yeux et tracer des rigoles sombres dans ses joues empoussiérées.

17

« *C'est moi, le roi !* »

Des yeux mi-clos, rougis, les yeux de l'insomnie, au-dessus de poches bistre. Saül n'avait pas dormi depuis trois nuits. Il avait les joues creusées, et la mâchoire inférieure légèrement pendante, comme celle d'une bête qui aurait soif. Sa beauté robuste avait été mise à l'épreuve. Un arbre esquinté par la tempête. Il regarda par en dessous Abel, qui connaissait trop bien ce masque-là et ne l'appréciait pas. C'était le masque des sourdes colères et des projets meurtriers. Saül était de plus en plus sujet à ces crises depuis que Samuel avait exécuté dans sa tente le roi prisonnier Hegag. Ce soir, il avait manqué sans explications le repas avec ses fils et ses officiers et s'était réfugié sous sa tente en compagnie du prêtre. Une esclave de sa femme Ahinoam vint lui dire que sa maîtresse demandait s'il n'avait besoin de rien.

« Non. Dis-lui de dormir d'un bon sommeil, répondit Saül. Elle est avec Rispa ? »

L'esclave hocha la tête.

Rispa était la concubine de Saül. Il n'avait pas passé une heure avec elle depuis une semaine. Il était bien question de plaisir !

L'esclave s'en fut à contrecœur. Tout le palais savait que Saül était d'humeur exécrable. Il tendit la main vers la cruche de vin et en remplit sa corne. Abel lui adressa un regard réprobateur. Saül n'avait presque rien mangé à souper : une aile de pigeon, une grappe de raisin. Il buvait trop. On ne boit pas autant quand on n'a pas mangé.

« Et ils étaient tous là ? demanda Saül.
— Presque tous.
— Qui manquait ?
— Ceux de Ruben, de Siméon et de Gad.
— Pourquoi ?
— Il n'avait pas été possible de les joindre.
— Ceux de Benjamin étaient présents ? »

Abel hocha la tête.

« Combien d'hommes par clan ?
— Un seul.
— Un homme par tribu et même pas toutes les tribus, grommela Saül. Aucun représentant de leurs clans. Une conjuration de quelques vieillards aigris. Ils rentreront chez eux et diront que les Juifs ont un nouveau roi, un godelureau joli cœur, et on leur rira au nez. Tout ce que tu me racontes est une fermentation de charognes ! »

Abel soutint le regard interrogateur du roi.

« Tu n'es pas d'accord ? demanda Saül.
— Non.
— Pourquoi ?
— Ce sont les chefs des anciens de tous les clans qui étaient présents. Leur opinion prévaut. Les autres se rangeront à la leur. Samuel a bien fait son choix.
— Tous des traîtres, alors ? s'écria Saül.
— Si je dois être insulté, que ce ne soit pas par toi, Saül, répondit Abel avec une pointe de défi dans la voix. Ce serait plutôt que je les aurais trahis, eux, s'il fallait que j'aie trahi quelqu'un. Et je ne crois pas que ces discours sur la trahison soient opportuns.
— On nomme un autre roi pendant que je suis roi et je n'ai pas lieu de parler de trahison ? s'écria Saül d'une voix rauque.
— S'il y a quelqu'un qui te trahit, Saül, c'est Samuel. Et je ne crois pas que tu puisses accuser le Grand voyant de trahison. C'est pourquoi je dis que ces accusations de trahison sont inopportunes. »

Saül baissa la tête et tendit la main vers le vin.

« Tu bois trop », lui dit Abel.

Saül ignora la remontrance et remplit sa corne.

« Samuel... dit-il d'une voix basse. Que lui ai-je donc fait ? »

Abel, résigné, se servit à son tour de vin.

« Peut-être ne lui as-tu causé aucun tort, Saül, répondit-il. Peut-être sont-ce les douze tribus qui lui en ont fait. »

Saül leva les sourcils.

« Il se considérait comme le véritable roi des douze tribus, continua Abel. Nous lui avons demandé un roi pour être comme les autres nations. Il en a été blessé. Les Anciens ont tenté de lui représenter que ce n'était pas son autorité qui était contestée, mais que les Juifs demandaient un chef militaire. Et, j'y étais, ils lui ont dit : "Tu n'es plus un jeune homme, Samuel. Qu'adviendra-t-il de nous quand tu ne seras plus là ? Qui nous dirigea et nous défendra ?" Et il a accepté. Il savait que ce n'étaient pas ses fils qui pouvaient lui succéder, parce que les tribus les accusaient de corruption. Il t'a choisi, toi. Il pensait que tu ne serais qu'un chef militaire, un lieutenant sous ses ordres. Or, par deux fois, tu n'as pas respecté ses ordres, une fois en avançant la date d'un sacrifice sans l'attendre, une autre en épargnant le roi des Amalécites. Il a considéré que c'était un déni de son autorité. Tu l'avais blessé de nouveau à l'endroit d'une ancienne blessure.

— Je suis le roi, ou pas ? » s'écria Saül. Il avait les yeux rouges d'un chacal. Abel fut secrètement effrayé.

« Tu es le roi, Saül, personne ne te donne tort. Mais il pensait que c'était lui qui régnait par-dessus ta tête. Tu lui as démontré le contraire. » Abel vida sa corne.

« Et il nomme un autre roi pendant que je suis roi ! gronda Saül. Je devrais le tuer !

— Tuer qui ? demanda Abel.

— Samuel.

— Tue ce vieil homme et tu réalises son vœu le plus cher ; tu es détrôné d'office, Saül, dit Abel, ravalant sa salive. Tu es prisonnier de Samuel jusqu'à sa mort naturelle. »

Il tendit la main vers le plat de dattes et en prit une. Il la coupa de ses dents dans le sens de la longueur, cracha le noyau dans sa paume, mâcha la chair cristallisée et leva les yeux vers le roi.

« Il y a autre chose, Saül.
— Quoi ?
— Yahweh.
— Qu'est-ce que Yahweh vient faire dans cette histoire ? demanda Saül, inquiet.

« Qu'est-ce qu'il vient faire dans cette histoire... répéta Abel, les yeux baissés. Il vient unifier ce peuple, c'est tout.
— Qu'est-ce que ça veut dire ? »

Abel soupira.

« Est-ce à moi de te l'expliquer ? Nous sommes venus du désert, attirés par un pays où rien ne manque. Nous avons conquis ces terres. Nous continuons à les conquérir. Mais que sommes-nous ? Une poignée d'envahisseurs, égaillés, dont la plupart ne possèdent que leurs braies et leurs sandales et qui en sont réduits à voler leurs armes à leurs ennemis. Tes gens sont-ils armés, Saül ? Non, tu le sais, certains de tes soldats n'ont même pas un bouclier. Notre seule arme véritable, à nous tous des douze tribus, c'est la foi. Si nous nous arrêtons de conquérir, même si nous sommes sûrs de manger le lendemain, si nous nous asseyons un seul moment, nous sommes perdus. Nous serons absorbés, engloutis, désintégrés par les gens de ce pays. C'en sera fini de l'héritage de Moïse. Nous finirons par adopter leurs dieux. Nous les adoptons déjà, Saül. Combien de nos femmes ne portent-elles pas secrètement, sur leurs ventres, dérobées aux regards de leurs époux, des amulettes des Philistins ? Nous sommes trop peu nombreux. Regarde les gens de Dan, les fils du lion, combien sont-ils ? Même pas six cents dans une province qui compte à elle seule cinq mille Philistins. Comprends-tu cela ? Notre seule identité, c'est Yahweh. »

Saül poussa un long soupir. « Et Samuel est son représentant. Il est donc notre seul roi, si je te comprends bien. Et moi, que dois-je faire ? » Il tendit la main vers le plat refroidi et s'empara d'un pilon de volaille qu'il grignota sans entrain. « Supporter que les douze tribus aient un roi clandestin ? Ce jouvenceau lustré ?

— Ce jouvenceau lustré, comme tu dis, est leur héros. C'est leur Samson.

— Un coup de lance et c'en sera fini, de leur héros ! s'écria Saül. Je suis le roi ! C'est moi, le roi ! »

Abel lui trouva le regard d'une bête enragée. Il fit un effort pour garder son sang-froid et ne pas décamper. Saül s'était levé et arpentait la tente à grands pas. Les lampes renvoyèrent sur les parois de la tente des ombres agitées qui faisaient penser à une chauve-souris immense et meurtrière.

« Saül... », dit Abel. Mais l'autre semblait ne pas l'entendre. Le monarque bafoué était planté devant la porte de la tente, tournant le dos à son convive. Il soufflait comme un bœuf. « Saül, si je ne te sers à rien, je vais me coucher. » Saül se retourna lentement. Un temps passa. « Je suis ici par loyauté, dit Abel. Si ma loyauté ne sert à rien, dis-le moi. » Saül laissa peser sur lui un long regard. « Assieds-toi, dit Abel, impérieux pour la première fois et écoute-moi. Si tu touches à un cheveu de David, c'est comme si tu t'en prenais à Samuel lui-même. » Saül se rassit lourdement. « Le lendemain, il n'y aura plus un homme à tes côtés poursuivit Abel. Même pas tes fils, entends-tu ? » Saül le considérait, l'œil injecté de sang, la lippe pendante. « Tu es le roi des douze tribus, pas le roi du monde. Ta force ne servira à rien contre la réalité. Tente de te concilier Samuel. Tente de te réconcilier avec lui.

— Une humiliation de plus ne mènerait qu'à l'abjection, Abel, et tu le sais bien, puisque c'est toi qui m'a rapporté que Saül portait mon deuil. »

Abel baissa la tête. C'était vrai, le rachat de Saül était forclos.

La portière de la tente se souleva et Abner entra, inquiet de la santé de son roi, de ce repas avec Abel qui n'en finissait pas.

« La paix du Seigneur soit avec vous, dit-il après avoir dévisagé les deux hommes.

— La paix du Seigneur soit avec toi », répondit Abel.

Saül lui adressa un regard morne.

Abner s'assit prudemment et considéra Saül du coin de l'œil, puis interrogea Abel du regard.

« M'offriras-tu du vin, Saül ? » demanda Abner.

Saül hocha la tête. Puis il saisit la cruche et versa lui-même le vin dans une corne. « La paix du Seigneur », murmura-t-il. Ce n'était pas des mots des bienvenue, mais leur écho sarcastique. « Et où est notre héros, à cette heure ?

— David ? demanda Abner.

— Notre héros, répéta Saül, que l'épuisement avait saoulé autant que l'alcool.

— Il soupait avec Jonathan et nous parlions de la fille que tu lui as promise.

— Je lui ai promis ma fille, fit Saül avec un mauvais sourire.

— Mikal, dit Abner. Il l'a payée avec deux cents prépuces. »

Saül hocha la tête. « C'est vrai, il faudra y pourvoir. J'aurai donc deux fois David comme gendre. »

Abner et Abel échangèrent des regards entendus.

« La paix du Seigneur, dit Abel en se levant. Je te souhaite une nuit paisible, Saül.

Saül hocha lourdement la tête. Abel soutenait la portière de la tente quand il se ravisa et se retourna :

« Saül, c'est demain que nous célébrons le mariage de Mikal et de David. »

Saül lui renvoya d'abord un regard torve, puis il éclata d'un rire dément, qui cascadait en hoquets comme dans une crise de haut mal. Epouvanté, Abel se pressa de sortir.

Ses sandales claquèrent sur le sentier battu jusqu'à ses quartiers, et là, loin de la folie royale, il s'arrêta avant de lever le loquet de sa maison. Il regarda le ciel et soupira. La nuit était douce sur la Palestine. Elle sentait l'herbe et la fleur d'amandier qui grisait les chouettes et les renards. La nuit se moque des passions des hommes. Elle les voile, c'est tout. Abel invoqua la protection du Seigneur avant de rentrer chez lui se coucher près de sa femme.

18

La pierre et la lance

Leurs yeux s'étaient croisés le soir où, possédé par l'orgueil blessé et le dépit, Saül avait annoncé publiquement qu'il donnait Mérab en mariage à Adriel. David savait lire les regards des filles. Ceux de Mikal disaient suffisamment qu'elle aspirait à la succession de sa sœur dans les bras du héros. Et ce discours muet avait aidé David à soutenir l'insulte avec désinvolture. Puis le pourpre soudain de son teint le soir où David avait jeté les deux cents prépuces devant le plat de Saül n'avait échappé à personne. Sans parler des bavardages de ses compagnes, qui traversaient les murs, comme tous les bavardages, et qui avaient confirmé la ferveur amoureuse de Mikal à l'égard de David. Aussi ne dénouèrent-ils pas leurs regards pendant le repas de noces qui suivit la célébration de leur mariage par le prêtre Abel.

Repas sinistre : le masque creusé de Saül, le visage inquiet et peint de faux sourires de son épouse Ahinoam, la gaîté forcée de Jonathan, les airs soucieux d'Abner et d'Abel, rien ne disposait à l'entrain. Encore moins lorsque, dans l'éclat des armes qui paraissaient changées en or par les lueurs des torches, les vivats des officiers et des soldats en l'honneur de David déclenchèrent le départ de Saül. Départ si brusque que le monarque renversa la vaisselle du pied et ne se retourna même pas à l'appel de ses fils.

Le roi futur

Enfin ils étaient seuls sous leur tente, gardée par quatre lieutenants de David. Il ôta son armure puis, échauffé par le vin à la girofle, la chemise fine que lui avait offerte Jonathan. Enfin, il se déchaussa. Elle l'observait debout, dans la lumière ambrée des lampes. Il fit deux pas vers elle et lui ôta la couronne de lauriers-roses qui lui ceignait le front et lui caressa les cheveux. Il les caressa longuement, contemplant ce visage levé vers lui comme il n'en avait contemplé aucun autre. C'était celui de son épouse et le premier qui ne devait jamais plus refléter que le sien.

« Tu es pensif, observa-t-elle.
— Qui ne le serait serait fou », dit-il.

Il défit le manteau de laine fine brodée d'or et le laissa tomber sur le tapis. Elle enleva la robe également brodée, de turquoises, ne gardant que ses braies, et ils se retrouvèrent torse nu, face à face. Il fit de ses mains deux coupes qu'il lui posa sous les seins, le pouce caressant lentement les tétons. Elle frissonna et ferma les yeux un instant, respirant plus rapidement. Elle parut chanceler et posa les mains sur la poitrine de David. Il huma les huiles parfumées dont elle s'était ointe avant le dîner et que la chaleur de la peau avait métamorphosées.

« Tu as la peau si douce », dit-elle.

Lui enlaçant la taille d'une main, il défit la ceinture des braies et celles-ci tombèrent. Elle retint un cri, vibrant sur place. Mais la main de David avait déjà glissé sur la courbe du ventre, jusqu'à la toison naissante entre les jambes. Puis plus bas, et les mains de Mikal étreignirent les bras du jeune homme. Il s'en libéra un instant pour se défaire de ses propres braies et elle vit ce que les mots des nourrices et des anciennes n'avaient jamais pu décrire, un sexe d'homme érigé, une chose insensée dont elle devinait trop bien l'usage. Il put lire la frayeur dans le regard amoureux. Sa main revint à la toison, un doigt s'inséra dans la fente et elle retint un autre cri, serrant plus fortement les bras de David. Elle l'approcha de lui, sa bouche séparée d'un cheveu de celle de David. Elle tremblait désormais sans retenue, tandis que la main du jeune homme s'activait. Arc-boutée, elle s'abandonnait à l'outrage suprême, allant là où elle ne savait. Quand elle entrouvrait les yeux, elle trouvait ceux de David, fixés sur elle et elle le serrait plus fort. Elle les rouvrit quand une sensation nouvelle la fit tressaillir plus fort, puis haleter : c'était David qui lui suçait un sein.

Elle l'attirait vers lui, il la pencha en arrière sur un bras et l'étendit sur la couche proche. La paille fraîche crépita et elle saisit le visage de David, collant sa bouche contre sa bouche, respirant du même souffle, aspirant et exhalant les vapeurs de vin à la girofle, s'arc-boutant de nouveau tandis que David, à demi agenouillé au-dessus d'elle, prenait encore plus profondément possession de son sexe. Elle saisit alors le membre de David, s'étonnant de le trouver si doux au toucher, mais il lui échappa soudain et l'irrémédiable advint. Elle était légitimement violée et le plaisir mélangé à la douleur lui fit pousser un cri franc, rauque, bref. Il s'étonna de la vigueur avec laquelle elle le serrait contre elle, saisissant ses cheveux par brassées, donnant des coups de reins pour posséder davantage encore le jeune homme. Car c'était elle qui le possédait et il s'en avisa alors que sa substance s'échappait de lui. Après une brève pause, il tenta de se retirer, mais elle le retint. « Pas encore », souffla-t-elle. Elle atteignait un autre orgasme et elle lui prit jusqu'à son souffle une fois de plus.

« Je t'aurais gardé toute la nuit », dit-elle, tandis qu'il étendait sur elle la couverture.

L'aube les trouva mélangés, corps androgyne que le Soleil avait divisé.

« *Donne-moi les moissons de mes semailles*
  nocturnes
comme Tu me donnes celles de mes semailles
  diurnes »,

chanta une voix dans le cœur de David. Il voulut l'exprimer avec sa propre voix, mais ne le fit pas, de peur de réveiller Mikal.

« *J'ai pris, Seigneur, les fleurs que tu m'as données,*
et à l'aide de Ta lumière, je les ai changées en
  fruits.
Je suis Ton arbre et Tu es mon Soleil,

j'étends vers Toi les mille mains de mes branches... »

Il avait dit « Seigneur », et il comprit sur-le-champ qu'il s'était référé au Seigneur de Samuel. Son esprit s'envola vers le vieillard qui l'avait fait roi. Il devait savoir, lui, qui était ce Seigneur. Mais tout homme n'avait-il pas un Seigneur céleste ?

« Et roi de qui ou de quoi, sinon de cette femme ? » se demanda-t-il. Mais il ne pouvait le demander à personne, ni à Mikal, ni à Jonathan, qui ignoraient évidemment qu'il avait été désigné pour occuper le trône de son père, ni à Samuel, qui penserait qu'il doutait de sa mission.

Il se pencha sur Mikal et la regarda longuement, une jambe repliée, la bouche entrouverte, la peau variant du bronze pâle à l'incarnat. Les tétons comme de petits fruits sombres, le sexe comme une grenade qui s'entrouvrait ; il s'émerveilla de ce que deux sœurs pussent tout à la fois se ressembler et être si différentes. Le peu qu'il avait aperçu de Mérab lui avait évoqué le pain et le miel ; plus jeune que sa sœur de moins de deux ans, Mikal, elle, lui faisait penser à un arbre qui serait à la fois rosier et grenadier. Il l'appela doucement « mon verger ».

L'exploration de ce corps le mena à l'oreille. Un pétale de rose : la même couleur, la même texture soyeuse, mais des courbes plus compliquées, destinées à égarer le doigt jusqu'à l'entrée du cerveau. Un trou dissimulé par un petit lobe raide, pareil à un clitoris. Rose et coquillage à la fois, sorte de sexe interdit. C'était par là que les femmes captaient les mots, les mots qui engrossaient leurs cerveaux. « Au fond, nous sommes tous femelles par l'oreille, se dit-il. C'est par l'oreille que Samuel m'a possédé, c'est par l'oreille que Jonathan m'a eu. »

Il soupira, se redressa, s'habilla et sortit. La garde avait été relevée. Les soldats le saluèrent d'un regard souriant. En revenant de ses ablutions matinales, et tandis qu'il rajustait sa sandale derrière la tente, David entendit un lieutenant de garde murmurer à l'autre d'un ton facétieux : « La pierre pour Goliath, la lance pour les enfants du roi. » Il se retint de rire. Les nourrices venaient chercher Mikal pour sa toilette des lendemains de noces.

Il lui jouerait de la lyre plus tard.

19

La lyre et le traître

Il le fit le soir même, quand ils furent à nouveau retirés sous la tente.

*« Heureux l'homme
que guide le soleil du Seigneur,
vers les créatures qu'Il a choisies,
heureux l'homme
dont le Seigneur guide les coups
vers les faiseurs de ténèbres ! »*

Il n'avait jamais chanté depuis son arrivée à Guibéa, voilà plusieurs semaines. Mikal découvrait donc la voix de son époux, chaude et capable de modulations qui la surprirent et la captivèrent d'emblée, renouvelant en elle le trouble de la veille. Presque une voix d'enfant dans les aigus et assurément une voix d'homme dans les graves, et comment s'en étonner, puisqu'il était les deux à la fois ? Mais elle s'en étonnait quand même, songeant que, quelques heures auparavant, elle s'était donnée à ce jeune homme qui possédait à la fois la douceur de la proie et la force du prédateur.

Elle lui servit du vin chaud, pour flatter sa gorge et songea à l'amitié violente que Jonathan portait à David, tandis que la séduction de celui-ci s'exhalait et se développait dans le chant comme la fumée qui part du brasier où se consume l'encens.

Le regard noyé, perdu au-delà du monde réel, David comprenait. Il comprenait enfin les paroles de Samuel, là-bas, à Rama, quand, devant les Anciens, il avait parlé du Seigneur Yahweh, le Dieu unique des Juifs ! Oui, il fallait qu'il y eût un Dieu ! Il fallait qu'il y eût un Dieu pour l'assister, car le temps des épreuves approchait, et à quelle puissance en appellerait-il, lui David, le berger devenu roi, si ce n'était à ce Dieu ?

Sa voix montait donc, tendue comme un arc, vibrante comme la flèche.

« David ! » chanta Mikal en elle-même. Et son cœur tournoya dans cette musique.

Elle crut entendre des murmures et se leva pour soulever la portière de la tente. Elle entrevit dans la nuit une forêt de gens, au premier plan desquels se tenait Jonathan.

« David ! s'écria-t-elle. Ils t'écoutent ! Il y a toute une foule ! »

Il se leva à son tour pour aller voir ces auditeurs impromptus. Ses lieutenants, des soldats, des enfants, quelques vieilles femmes... Ils se tenaient là, debout, dans la nuit. Il sourit embarrassé.

« Nous pensions entendre un messager du Seigneur, dit Jonathan, d'une voix au timbre voilé. Je regrette de t'avoir interrompu. »

Ils se donnèrent l'accolade, mystérieusement troublés, et dans la confusion nocturne qu'éclairait à peine une torche, David put remarquer le regard mouillé de Jonathan et comprit que la voix de celui qui était devenu son beau-frère fût cassée. Il laissa la main de Jonathan lui presser longuement l'épaule puis, par diversion, demanda comment tous ces gens avaient appris qu'il chantait. C'étaient les soldats de garde qui, l'ayant entendu, en avaient appelé d'autres et la rumeur s'était répandue dans Guibéa comme le feu sur une colline desséchée.

« Chanteras-tu pour nous aussi ? demanda une vieille femme, souriant d'un sourire édenté. C'est la première fois qu'on me tire du lit vers un autre songe ! »

Il hocha la tête, un peu effrayé de son nouveau pouvoir. Il chanterait pour eux, oui.

« Pour qui d'autres que vous chanterais-je ? »

Le regard de Jonathan pesait sur lui. Il se retira précipitamment sous la tente.

Mérab ne comprit sans doute pas pourquoi cette nuit-là, David fut plus ardent que la précédente. Il la sollicita plus qu'elle ne le sollicitait.

Aimer et trahir l'aimé ! songea-t-il en descendant vers le sommeil, car ce fut ce soir-là que sa propre trahison lui éclata au visage. Quelle souffrance pour le traître ! Quelle injustice pour l'innocent ! J'ai d'abord pris son amour et maintenant j'ai pris son trône ! Que le Seigneur m'assiste, puisque c'est Lui qui a voulu cela ! Les larmes coulèrent dans sa nuit.

20

La déchirure

Une sourde anxiété régnait sur Guibéa, comme un vent de poussière.

Toute la ville savait que Saül s'était reclus dans sa maison depuis de longs jours, en proie disaient les uns à une grande fatigue, à une grande morosité, disaient les autres. A l'exception de ses enfants, de son épouse Ahinoam et de sa concubine Rispa, ainsi que d'Abel et d'Abner, il ne voyait personne. Mais les causes réelles de cette mélancolie tenace étaient connues de tous : c'étaient le désaveu obstiné de Samuel, le Grand voyant, ainsi que les succès éclatants de David. Ceux-ci n'avaient fait qu'aggraver la blessure de l'amour-propre royal. « Il voit son étoile pâlir », disaient les murmures qui circulaient le soir après les soupers des soldats, des paysans et des fileuses.

David n'avait pas revu Saül depuis le souper de noces. Aussi son embarras fut-il profond quand Jonathan vint un matin lui demander d'adoucir de ses chants la mélancolie de son père. Il leva vers Jonathan un regard étonné.

« Ton père ne semble pas apprécier ma présence, dit-il.

— Il a été un moment contrarié par tes succès, répondit Jonathan, mais c'est un homme sage et il aura surmonté son humeur. » Jonathan marchait de long en large, en proie à des sentiments visiblement mélangés.

« Ce serait aussi une occasion de vous réconcilier et, pour toi, de témoigner de ta bonne volonté, ajouta-t-il.

— Pourquoi s'est-il enfermé dans son palais ?

— Je pense que c'est à cause de Samuel. Comme tu sais, le Grand voyant s'est détourné de lui et mon père en souffre. »

David analysa l'expression de Jonathan et son cœur battit plus vite : Jonathan savait-il que non seulement Samuel s'était détourné de Saül, ce qui était de notoriété publique, mais encore qu'il lui avait désigné un successeur ? Un nouveau trouble le saisit quand Jonathan laissa tomber : « On raconte même que c'est toi que Samuel aurait choisi pour succéder à mon père. »

Jonathan était-il donc informé du sacre de David en présence des Anciens ? Ou bien se moquait-il de lui ? Il l'interrogea du regard.

« Tu n'étais pas informé de cette rumeur ? Allons ! s'écria Jonathan en riant. Samuel est bien capable d'une telle vengeance. Mais elle n'aurait pas grand sens, comme tu le penses bien, puisque nous sommes trois frères pour succéder à mon père. Même si mon père a entendu cette rumeur, il ne lui aura donc accordé aucune importance, et tu aurais tort de penser qu'il t'en voudrait à cause d'une lubie de Samuel. »

La douleur tint David muet. Il maudit en lui-même le pouvoir qui serrait les cœurs dans sa main de fer, écrasant les sentiments les plus tendres. Et lui, lui David, le pâtre qui aimait chanter en gardant ses troupeaux, il se trouvait désormais enfermé dans une cellule avec le roi, contraint par les puissances célestes à un duel dont il savait qu'il sortirait le cœur à jamais meurtri, mais vainqueur.

Mais Jonathan ne comprenait rien à tout cela. « Tu pourrais aller apaiser mon père quand le soir se couche. C'est alors qu'il est le plus las. Peut-être cela l'aidera-t-il à passer une nuit paisible. Tu sais qu'il ne dort pas ou dort mal depuis plusieurs nuits. »

David hocha la tête. Jonathan interpréta ce geste comme une acceptation.

« Je savais que tu ne pourrais pas me le refuser, dit-il. Je vais le lui dire. »

David ne put réprimer son anxiété de toute la journée. Il s'en ouvrit à Mikal, mais elle rassura son époux. « Si Jonathan te l'a demandé, c'est qu'il en avait déjà informé mon père, dit-elle. Et si mon père consent à ce que tu chantes pour lui, c'est qu'il souhaite une réconciliation. »

Au soir, portant sa lyre, David s'en fut à pas lents vers la maison de Saül. Il y fut accueilli par le chef des esclaves, puis Abel apparut.

« Je pense que cela lui fera du bien, dit-il à mi-voix. Tout le monde m'assure que tu es un merveilleux chanteur. Je regrette de ne t'avoir pas entendu l'autre jour. Mais je me tiendrai à la porte, pour avoir enfin ce plaisir. » Et il ouvrit lui-même la porte. « Saül, David attend tes ordres, annonça-t-il

— Qu'il entre », dit la voix du roi.

La pièce où se tenait le monarque était si sombre que David ne le vit pas d'abord. D'épais tapis voilaient les deux fenêtres, et sans doute Saül ne vivait-il plus qu'à la lueur des lampes, car l'odeur de leur huile consumée emplissait l'air. Trois grands teraphim * de bois orné d'or se dressaient contre un mur ; à en juger par leur expression, les visages des statues de bois paraissaient fixer un avenir sans avenir.

« Entre », dit Saül, et David finit par l'identifier dans une forme allongée sur une banquette haute recouverte de peaux de bêtes. Le bouclier de bronze posé contre le mur et la lance à portée de main crochaient seuls des miettes de lumière. David fut effrayé par la maigreur du visage royal, à peine discernable dans la pénombre. Le nez semblait s'être décharné, dominant de sa masse osseuse et pâle le masque jadis musclé. La barbe descendait jusqu'à la poitrine. Pendant un instant, l'un des yeux retint, à l'instar des armes, une parcelle de lumière rouge

---

* Les teraphim étaient des statues ou statuettes de bronze, d'argile ou de bois. Ces idoles familiales servaient d'oracles, à l'instar des *ourim* et des *toummim* (plus petits) du temps de l'Exode. Comme en atteste l'épisode du départ de Jacob (Gen. XXXI, 19), où son épouse Rachel dérobe les teraphim de son beau-père, ils faisaient partie du patrimoine familial. La présence de teraphim dans la demeure de Saül et dans les maisons hébraïques de l'époque est prouvée par le fait que sa fille Mikal en possédait un et que Samuel répouvait leur usage (Sam. XV, 23). En effet, la transition du polythéisme au monothéisme chez les Hébreux ne s'effectua pas d'un coup.

au fond de son orbite et étincela comme celui d'un fauve. David ravala sa salive.

« Jonathan me dit que tu chantes comme un ange et qu'on vient t'écouter jusqu'aux portes de ta tente. Tu as décidément tous les talents, David.

— Je te remercie, roi mon père, répondit David, feignant de ne pas avoir perçu l'ironie du compliment.

— Mets-toi là », dit Saül, indiquant des coussins posés sur le sol, contre un coffre incrusté d'ivoire.

David obtempéra et, quelques instants plus tard, égrena quelques notes douces sur sa lyre. Saül ne bougeait pas.

« Je t'appelle, ô Seigneur ;
O mon rocher, ne sois pas sourd à mon cri,
car si tu ne me réponds que par le silence,
je deviendra pareil à ceux qui descendent vers
  l'abîme.
Entends ma demande de miséricorde
quand je t'appelle au secours,
quand je lève les mains vers ton autel sacré.
Ne m'entraîne pas avec les impies, avec les
  méchants,
ceux qui, le cœur plein de malice, parlent
  courtoisement à leurs voisins.
Donne-leur ce qui leur est dû pour les œuvres et
  leurs actes pervers ;
donne-leur ce qui leur est dû pour ce que leurs
  mains ont accompli ;
Donne-leur leur dû.
Parce qu'ils ne se soucient pas des travaux du
  Seigneur,
ni de ce que ses mains ont œuvré,
qu'il les abatte donc et ne les relève jamais ! »

Il s'était éclairci la voix au miel et il savait qu'il chantait juste. Il regarda Saül et sentit, plutôt qu'il ne vit, le regard fixé sur lui, sans battements de paupières. Saül ne disait mot.

*« Béni soit le Seigneur,
car il a entendu mon appel de pitié.
Le Seigneur est ma force et mon bouclier,
il est ma confiance ;
me voici donc conforté et ce cœur saute de joie,
et je le loue de tout mon corps.
Le Seigneur est la force de son peuple,
le hâvre de son roi... »*

Le temps d'un éclair, la forme presque inerte du roi s'anima. Il se dressa, sa main saisit la lance et la jeta sur David d'un geste étonnant de vigueur et de rapidité. David, qui avait vu le mouvement de Saül, se roula sur le sol et la lance alla se ficher avec force dans le coffre auquel il s'adossait un instant auparavant. Puis il se releva prestement et fit face à Saül, debout, haletant.

« Imposteur ! Usurpateur ! Tu viens me narguer avec tes mines de daim et tes roucoulements de tourtereau ! Petit eunuque intrigant ! Je t'ai manqué cette fois-ci, mais je ne te raterai pas la prochaine ! criait Saül d'une voix rauque.

— Je comprends Samuel, maintenant », murmura David, tremblant.

Un cri de rage lui répondit et Saül s'élança vers lui. Mais la porte s'était ouverte et Abel apparut, blême, les yeux exorbités. David le bouscula et profita de la diversion pour s'enfuir.

« Attrapez-le ! » cria Saül.

Mais David était déjà loin. Il courut longtemps dans la nuit, jusqu'à la forêt qui entourait la colline de Guibéa. Il s'y enfonça. Quand il eut repris son souffle, il se passa les mains sur le visage. Il éprouvait une brûlure dans tout le corps, comme celle que cause une blessure.

C'était en effet une déchirure. Ce destin avait déchiré le grand parchemin sur lequel, jusqu'alors, les noms de Saül et de David avaient été joints.

« Comme j'ai été naïf ! Seigneur, Seigneur, viens-moi en aide ! » supplia-t-il.

Il comprenait qu'il ne s'appartenait plus. Il était un instrument dans les mains d'une puissance supérieure, celle dont Samuel avait été le clairvoyant interprète. Et cette puissance était le Dieu de Samuel, et désormais le sien. Seul ce Seigneur qui l'avait fait roi pouvait le protéger.

21

La fuite

Quand son esprit se fut un peu apaisé, David sortit de la forêt, car il n'était pas non plus enclin à céder aux bêtes la dépouille qu'il avait disputée aux hommes. Ce n'étaient pas les petites roussettes frugivores qui l'inquiétaient, quand elles frôlaient sa tête d'un vol précis et feutré, ni les ichneumons qui lui filaient entre les pieds, mais plutôt les sangliers qui chargeaient l'homme comme il avait lui-même chargé les Philistins et les nids de guêpes qu'il risquait de heurter dans les branches basses. Or, il s'était enfui du palais de Saül avec sa lyre comme seule arme et sa chemise pour tout vêtement.

La lune inondait la colline au sommet de laquelle la ville dormait. Là se trouvait désormais le plus redoutable ennemi, bien pire que Goliath et tous les Philistins : Saül. L'autre roi, songea involontairement David. L'autre roi, oui, car les desseins de Samuel l'avaient pénétré : David se savait roi, une conviction obscure l'habitait qu'il était bien, lui, le vrai roi futur. Et il comprenait soudain ce qu'avait si cruellement prédit le Grand voyant : la sève de l'arbre de Saül était désormais empoisonnée. Saül tomberait avant l'heure.

Tout en gravissant la colline, il se raisonna, arguant qu'éprouvé par sa maladie, Saül avait sans doute cédé à un accès de colère et ne pousserait pas plus loin son projet homicide. Et que, d'ailleurs, Jonathan, ni Mikal, ni Abel ne le laisseraient tuer son propre gendre sans motif. Mais il ne s'en persuada qu'à moitié et la prudence l'incita à choisir la maison d'Ezer, son aide de camp, pour y passer le reste de la nuit.

La maison se trouvait à distance suffisante du palais. Il frappa à la porte. Ce fut Ezer lui-même qui vint ouvrir, levant une lampe pour reconnaître le visiteur.

« Mon roi ! s'écria-t-il alarmé à la vue de David échevelé. Que se passe-t-il ?

— Je te demande l'hospitalité pour une nuit. »

Ezer s'écarta promptement. « Entre, je t'en prie, entre. » Il verrouilla la porte derrière David.

« Saül a essayé de me tuer et je me suis réfugié dans la forêt.

— Tu voulais te défendre avec ta lyre ? » demanda Ezer.

Assis sur un tabouret, David lui conta l'incident. Ezer se confondit en exclamations. La maisonnée s'était réveillée et la femme d'Ezer, venue demander ce qui se passait, retint un cri de surprise à la vue de David.

« Fais chauffer du lait, lui dit Ezer. Et fais préparer une litière pour mon maître.

— Peux-tu envoyer quelqu'un dire à mon épouse que je suis sain et sauf ? demanda David.

— Mon fils, répondit Ezer. Il n'attirera pas l'attention. »

C'était un gamin de dix ans, maigre et vif, d'abord ensommeillé, puis tout excité par l'idée d'une mission nocturne.

« Prends garde que personne ne te suive sur le chemin du retour, lui commanda Ezer. Léger comme une mouche, invisible comme le vent, tu entends ? »

Le gamin hocha la tête, les yeux brillants et pleins de fière bravoure.

« Tu penses qu'on pourrait le suivre pour me tuer ? dit David.

— Personne dans l'armée ne lèvera un doigt sur toi, répondit Ezer. Même pas Abner si le roi lui en donnait l'ordre. Mais Saül a ses âmes damnées. Il peut dépêcher un sicaire. »

David but pensivement son lait et mangea un pain au sésame. Il retrouva un peu de sérénité.

« C'était prévisible, dit Ezer. Les Anciens ne pouvaient pas garder éternellement leur secret. Abel a été informé de ton onction par Samuel et il a rapporté la nouvelle à Saül.

— Mais ce n'est pas un mauvais homme qu'Abel, observa David.

— Ce n'est pas un mauvais homme, mais il est le serviteur de Saül et non de Samuel. Il se serait senti coupable s'il n'avait informé Saül. De toute façon, Saül aurait appris ta royauté tôt ou tard. Ta mort est la seule vengeance qu'il pourrait exercer contre Samuel. Comment ne l'as-tu pas compris ?

— Et Jonathan ? demanda David.

— Nous avons parlé de toi hier. Il croit que Samuel t'a désigné comme successeur de son père, mais dans un avenir indéterminé. Il ignore que le sacre a eu lieu et même si j'allais lui dire que j'y ai assisté, il ne me croirait pas. Il est beaucoup trop assuré que c'est lui qui héritera le trône. »

David soupira et s'allongea sur la litière.

« Dors en paix, dit Ezer. Je monte la garde. »

David s'éveilla à la première clarté de l'aube. Sorti pour vaquer à ses besoins, il trouva deux soldats de garde à la porte, qui le saluèrent avec une cordialité déférente. Puis il se lava le visage. Peu après, le fils d'Ezer vint lui annoncer avec fierté que sa mission était accomplie. Ezer, parti aux nouvelles, raconta qu'après une violente altercation avec Abel, Saül s'était une fois de plus enfermée dans ses appartements, refusant de voir qui que ce fût.

« Tu peux rentrer chez toi, dit Ezer, mais je ne sais pour combien de temps. Cette situation ne se prolongera pas indéfiniment. Saül te considère comme un usurpateur et un traître, et il essaiera de nouveau de te supprimer, afin de protéger les droits au trône de ses enfants. » Son épouse apporta deux bols de lait qu'elle venait de faire chauffer ; il en tendit un à David et reprit : « Saül a perdu le contrôle de lui-même. J'appréhende ce qu'il en sera dans le cas d'un engagement avec les Philistins auquel il devrait prendre part. Mais de toute façon, son temps est compté. »

Que faire ? se demanda David en buvant son lait.

Comme s'il avait entendu sa pensée, Ezer lui dit : « David, tu es le roi quoi qu'il advienne. Prends patience. Ton jour est inscrit dans le ciel. Samuel savait ce qu'il faisait. »

David reprit le chemin de sa maison, le cœur lourd. Quand il poussa la porte, Mikal s'élança vers lui. Elle pleurait.

« Samuel lui a jeté un sort ! murmura-t-elle. Comment a-t-il pu faire une chose pareille ! »

Mais David ne put lui répondre, car elle ignorait tout.

La vie reprit son cours, ponctué par les entretiens habituels entre David, Abner et Jonathan à propos des escarmouches avec les Philistins. Les espions des Hébreux suivaient constamment les déplacements de leurs ennemis et tout semblait indiquer que ceux-ci se regroupaient dans les environs de Guibéa et des principaux sites occupés par les tribus de Dan et de Benjamin. Les escarmouches se multipliaient depuis quelques jours de façon significative. A l'évidence, ils préparaient une opération de grande envergure, mais il convenait d'attendre que les lieux où ils amassaient des troupes fussent bien repérés avant de lancer une offensive, sans quoi, déclara David, on risquait de se disperser. Abner et Jonathan furent de cet avis et les trois hommes convinrent de préparer leurs troupes pour une action imminente. Ni Abner, ni Jonathan n'évoquèrent, fût-ce par une allusion, l'opinion de Saül sur ces dispositions : le roi semblait résider dans les limbes.

Au moment de se séparer, Jonathan lança un long regard à David. Celui-ci sourit, gêné, et en demanda la cause.

« Je t'ai connu au printemps de ta vie, répondit Jonathan. J'observe ton visage et je vois l'été. Le regard est sombre et mûr. » David hocha la tête, toujours tenu au silence par l'impossibilité de révéler à Jonathan les vrais motifs du conflit entre Saül et lui. « Quoi qu'il advienne, j'en fais le serment, rien ne pourra nous séparer. »

Les yeux de David s'embuèrent.

Quelques jours plus tard, alors que les informations des espions confirmaient que les Philistins avaient amassé dix mille hommes au nord, au pied de la montagne de Béthel, et à l'ouest, aux confins de la vallée d'Ayyalon, David trouva Mikal fiévreuse, le visage défiguré par l'anxiété.

« David, il faut partir tout de suite ! lui dit-elle. Quitter Guibéa ! Sinon, demain tu es un homme mort ! Saül fait surveiller la maison par ses domestiques depuis ce matin. Ils sont venus trois fois te demander, je leur ai dit que tu étais absent et que je ne t'attendais pas avant demain. J'ai informé Jonathan. Il t'aidera à t'enfuir. Je sais qu'ils reviendront demain à l'aube, cette nuit peut-être.

— Où irais-je donc ? demanda-t-il d'une voix étranglée.

— Jonathan t'attend sous la fenêtre de la cour des domestiques. » Et elle lui tendit sa lyre. Il s'empara de son manteau.

Convaincu du danger, David se rendit au quartier des domestiques. Il se pencha par la fenêtre et aperçut en bas une forme obscure ; il reconnut Jonathan. Il siffla doucement ; l'autre leva la tête et tendit les bras. David enjamba la fenêtre et se laissa tomber. Jonathan le retint dans sa chute et lui releva le capuchon du manteau sur les épaules et la tête. « Suis-moi, souffla-t-il. Nous descendrons par un chemin désert à cette heure-ci. »

Voilà, songea David, où l'avaient mené la victoire et la beauté : une fuite indigne, pareille à celle d'un voleur.

Ils descendirent un chemin escarpé, marchèrent un long moment, puis Jonathan s'arrêta. « Je te laisse ici », dit-il. Je dois rentrer, sans quoi mon père me fera poursuivre moi aussi. »

La nuit avait enlevé au monde sa couleur, le paysage baigné de lune était comme un mauvais songe.

« Va au sud, vers la tribu de Juda. C'est là que tu seras le mieux, dit Jonathan.

— S'est-il passé quelque chose de nouveau, que ton père veuille me faire tuer ?

— Non, mais l'esprit mauvais a progressé. La veille du jour où je t'avais envoyé chanter pour lui, il m'avait juré qu'il ne toucherait pas à un cheveu de ta tête. Il m'a trahi.

Il s'est trahi. Il ne s'appartient plus. Que les dieux aient pitié de nous. »

Les dieux, songea David. Pourquoi auraient-ils été plusieurs ?

Ils s'étreignirent. Jonathan donna à David une gourde et un sac contenant du pain et des dattes. Chaque fois que David se retourna, il vit la forme immobile de Jonathan jusqu'à ce que la nuit les eût engloutis tous les deux. Mais il ne vit pas la suite.

A l'aube les émissaires de Saül vinrent frapper à la porte de sa maison. Les esclaves allèrent leur ouvrir ; ils furent accueillis par Mikal.

« Nous sommes venus arrêter David sur l'ordre du roi, dirent-ils.

— Arrêterez-vous un homme malade ? demanda-t-elle.

— Nous voulons le voir.

— Alors, ne l'éveillez pas. Il dort. »

Elle les conduisit à sa chambre, qui était à peine éclairée. Ils aperçurent une forme emmitouflée dans une couverture sur la litière. Les cheveux épars et hirsutes qui en dépassaient évoquaient, en effet, la fièvre. Ils retournèrent au palais, arguant qu'ils ne pouvaient tirer un malade de son lit. Saül tonna : « Amenez-le moi ici, la litière et tout ! Et je le tuerai de mes mains ! »

Ils retournèrent chez Mikal et, en dépit de ses protestations, entrèrent dans la chambre de David, s'emparèrent de la litière et l'emportèrent au palais. Quand ils déposèrent le tout aux pieds de Saül, qui tenait déjà le glaive en main, la ruse était avérée. La forme dans la couverture était celle d'un *téraph* et ce qu'ils avaient pris pour une chevelure éparse n'était que la fourrure d'une chèvre. Saül suffoqua de colère.

« Amenez-moi Mikal ! »

Ils la conduisirent au palais, la traînant presque par les bras.

« Pourquoi m'as-tu trompée ? » hurla-t-il. Il tenait encore le glaive en main. Elle crut qu'il allait la décapiter. Peut-être l'aurait-il fait, mais les trois frères de Mikal étaient présents. Saül sentit leur présence plus qu'il ne les vit. Il contint sa rage comprenant qu'il eût risqué sa propre vie. Mikal leva vers lui un regard froid, plein de défi.

« Parce qu'il m'a dit qu'il me tuerait si je ne le faisais pas », répondit-elle d'une voix basse et haineuse, mais pas si basse que les témoins ne pussent l'entendre.

Sa haine fut communicative. Elle gagna tout Guibéa. Chacun le sut, Saül était devenu fou. Le Grand voyant avait vu juste. L'esprit du Seigneur avait déserté le roi. Saül était devenu un fauve qu'il convenait d'éviter.

22

Un signe obscur

David passa la nuit dans une grotte, en compagnie d'une chouette. Il sommeilla à peine et, à l'aube, mangea un peu du pain et des dattes que lui avait donnés Jonathan et but à sa gourde. Il connaissait la région ; il s'y était battu. Elle abondait en cours d'eau ; il trouverait aussi des figuiers. Mais il n'irait pas vers le sud. Il monta vers le nord. Il savait qui il lui fallait voir.

Quand il arriva à Rama, trois jours plus tard, il eut pour la première fois conscience d'être un voyageur sur la terre. Il gravit le chemin qui menait à la maison de Samuel comme s'il revenait chez son père. Il fut accueilli par deux esclaves qui sarclaient le jardin et qui allèrent prévenir Miriam.

Elle lui baisa les mains. « Bienvenu soit mon roi », dit-elle en s'inclinant. Elle fit mine de chercher sa suite ; il répondit qu'il était seul. Elle l'interrogea du regard, puis rentra dans la maison. L'instant d'après Samuel apparut, clignant des yeux. Il n'y voyait plus très clair.

« David ! » cria-t-il, le visage tendu vers la silhouette qu'il devinait devant sa maison.

David accourut. Samuel saisit ses bras de ses mains osseuses, mais encore vigoureuses. David retint mal ses larmes.

« Je sais, dit le vieillard, d'emblée.
— Comment sais-tu ?

« — C'était prévisible. L'esprit du Seigneur l'a abandonné.

— Il a essayé de me tuer deux fois.

— Que tu sois là prouve que le Seigneur est avec toi et non avec lui. Saül et sa race sont maudits.

— Que vais-je faire ?

— Survivre jusqu'à sa mort prochaine. Toutes les tribus savent désormais que c'est toi, le roi désigné par le Seigneur.

— Que le Seigneur me protège ! » dit David.

Samuel leva vers le ciel étincelant un doigt osseux. « Avant les six prochaines lunes, Saül et les siens ne seront qu'ossements ! » Il resta un moment silencieux. Jusque-là, tu dois survivre, David * ! Entends-tu ? Survivre ! A tout prix ! Le Seigneur le veut ! Il veut que tu bâtisses Sa maison et que tu rassembles Son peuple, que tu en fasses une nation ! Une nation qui inspirera la crainte à ses voisins ! »

D'où lui venait ce savoir ? Quelle force inspirait sa voix ? Elle fit frémir David.

« Après, reprit Samuel, les épreuves commenceront et c'est alors que la puissance du Très-haut te sera indispensable.

— Où me réfugierai-je ? demanda David. Quelle tribu m'accueillera ?

— Les tribus sont faites d'hommes et tous les hommes t'accueilleront, mais jusqu'au moment où ta force s'imposera enfin à eux et que le signe du Seigneur sera éclatant, tous pourront également te trahir. » Il s'assit sur le banc devant la maison. « Quand Saül mourra, il ne restera rien de sa royauté. Même pas un royaume. Les tribus voudront s'égailler dans le désert, comme des moutons rebelles. Ta tâche sera immense. Il te faudra les rassembler.

— Que ferai-je sans toi ? demanda encore David.

---

* Samuel donne à entendre que Saül n'aurait régné que deux ans. La période semble courte. Mais la rapidité avec laquelle Saül encourut le déplaisir de Samuel et la manière dont les événements se sont précipités à partir de là incitent à penser que, s'il dura plus de deux ans, son règne ne fut pas non plus très long.

— Je ne suis que le serviteur de mon Maître. C'est Lui qui armera ton bras et qui t'inspirera. »

Miriam vint sur ces entrefaites annoncer qu'elle avait préparé un petit repas pour son roi. Samuel et son visiteur entrèrent dans la maison. David avait faim. Il fit honneur aux pâtés à la viande, pareils à ceux que Sara avait jadis confectionnés pour le céleste visiteur qui s'était arrêté devant la tente d'Abraham et qui lui avait annoncé qu'elle concevrait au-delà de l'heure. Il se régala de la volaille farcie de blé, de la salade d'herbes amères, des galettes de miel et du vin clair et mousseux.

« Reste ici cette nuit, dit Samuel, et puis va-t'en. Car c'est d'abord ici que les émissaires de Saül te chercheront. Ils arriveront sans doute demain. Pars à l'aube, disparais. Tu peux aller demander refuge à Ahimélek, à Nob. C'est un prêtre et un homme droit. Mais prends garde d'éviter le mont Scopus, qui est aux mains des Cananéens. Attends l'heure. Si je ne suis plus là, ne t'inquiète pas. Prie et songe que le Seigneur te regarde. »

David s'allongea sur la litière préparée par les esclaves et s'endormit sur-le-champ. Puis Samuel le réveilla pour ses ablutions. Et quand celles-ci furent achevées, David se joignit à lui pour la prière du soir. Il participa au souper, face-à-face avec l'homme qui l'avait fait roi et qui s'était figé dans l'impassibilité de ceux qui savent la mort proche. Comme minéralisé, fragile, cassant, le vieillard n'exprimait aucune émotion. Devinait-il celles qui agitaient David ? Ou bien estimait-il que les émotions ne sont que des maladies passagères ou le signe des âmes faibles et que, avec le temps, le Juste apprend à ne plus s'émouvoir ?

Ce fut en tout cas ce soir-là que David comprit qu'il n'était qu'un signe encore obscur sur un immense parchemin mais, selon le Grand voyant, un signe dessiné par la main même du Seigneur.

Le lendemain, il se retourna maintes fois sur le chemin, pour apercevoir la silhouette de Samuel, debout sur la colline. Et cela jusqu'à ce que l'image se fût fondue dans la lumière du paysage. Mais il ne l'oublia jamais.

Il partait avec une lyre, du pain et des dattes. C'était peu pour un roi.

23

Le glaive

Il descendit de la Galilée en suivant la rive occidentale du Jourdain. C'est ainsi qu'il passa du territoire de la tribu d'Issachar à celui de la tribu de Manassé. David se félicita d'avoir le regard aigu : il surveillait constamment le chemin, craignant que des Philistins ne le reconnussent comme le vainqueur de Goliath. Dès qu'il voyait de la poussière s'élever au loin sur la route, il se cachait derrière un rocher et attendait que ces voyageurs fussent passés. Et c'étaient souvent, en effet, des soldats cananéens. Une fois, ce fut un gros détachement, avec cinq chars, suivis de lanciers à cheval et d'archers qui déferlèrent sur la route dans un fracas menaçant.

Il s'était ainsi caché, à plat ventre derrière un rocher, un jour qu'il avait aperçu six hommes sur le chemin. Il les épia et reconnut des soldats de la légion de Jonathan, deux archers, trois lanciers et un frondeur. Étaient-ils chargés de l'expédier à la mort ? Il entendit l'un d'eux déclarer : « Samuel nous a dit que nous le trouverions à Nob. » Or, Samuel n'avait pas pu le trahir. Puis il reconnut Ezer parmi les soldats et se dit que de tous les hommes après Jonathan, Ezer ne le trahirait jamais. Il se leva et les appela. Ils furent frappés de stupeur, puis s'élancèrent vers lui, l'expression joyeuse.

« C'est Jonathan qui nous envoie ! Il s'inquiétait de te savoir seul sur les routes ! Il en viendra d'autres ! » expliquèrent-ils sans trop de cohérence après les étreintes sans fin. Ils parlaient de Guibéa comme des rescapés des abîmes du Shéol. « David, Saül est devenu fou ! Jonathan, ah ! David, si tu savais...

— Si je savais quoi ?

— Son père ne parle que de te tuer ! Il souffre ! »

Ils avaient emporté quelques provisions qui leur permirent de ne pas trop pâtir de la faim, du pain, des fromages, des figues sèches... Ils espéraient un village où moyennant quelque service, ils se rempliraient enfin l'estomac. Trois jours plus tard, David reconnut au pied du mont Scopus, vers l'Orient, la modeste bourgade de Nob, où demeurait Ahimélek. Il était temps : ils avaient épuisé presque tous leurs vivres. Mais quand ils y parvinrent, il fallut déchanter ; ce ne serait pas à Nob qu'on tuerait pour eux le veau gras ; les maisons ne respiraient pas l'abondance. Combien étaient-ils d'habitants, en ce lieu ? Pas plus de trois cents, des pasteurs, des cultivateurs peinant à arracher au sol de quoi manger, des petits artisans. David demanda le chemin du temple et ils se trouvaient presque devant. L'édifice était d'une extrême modestie. David frappa à la porte. Un homme voûté, la cinquantaine blanchie, vint ouvrir.

« Je cherche Ahimélek », dit David.

Une lueur d'étonnement brilla dans le regard du vieillard. Il jeta un coup d'œil circonspect aux six soldats. « C'est moi. Ce sont tes amis ? Entrez. » Quand ils furent entrés, l'autre rabattit le loquet. C'était donc lui, le célèbre Ahimélek, le prêtre qui avait gouverné jadis le grand sanctuaire de Silo, et qui avait subi l'immense douleur de voir l'Arche d'alliance capturée par les ennemis.

« Je suis David. » L'autre hocha la tête. Il l'avait sans doute reconnu aux descriptions. Ou peut être s'était-il rendu à Jérusalem pour le défilé qui avait suivi la victoire contre Goliath. « Je viens de la part de Samuel.

— Et eux ?

— Du fils de Saül, Jonathan. Ce sont des amis.

— Soyez les bienvenus. Je sais. »

Les messagers étaient nombreux et les nouvelles circulaient vite.

« Samuel m'a dit de me réfugier chez toi. »

L'expression d'Ahimélek se teinta de nuances qui allaient de l'embarras au scepticisme. Il haussa un peu les sourcils.

« On cherche refuge chez les forts. Je ne suis pas un homme fort. Nob n'est pas une place forte. Pour ton bien, je te le dis, le refuge est provisoire. Et la vindicte de Saül est sans faille.

— Puis-je au moins y dormir ?

— Bien sûr, bien sûr ! dit l'autre, levant les bras au ciel. Voulez-vous de l'eau ? Je vais prévenir mes frères. »

David attendit un instant, et Ahimélek revint avec cinq prêtres qui s'empressèrent autour du visiteur, le considérèrent sous toutes ses coutures, le dévisagèrent : c'était là le futur roi des douze tribus ! Ils lui retenaient indéfiniment les mains et plongeaient leurs yeux dans les siens, comme pour sonder son cœur et sa cervelle. Il le comprenait, ils s'étonnaient qu'un roi fût si jeune et si pauvre. Mais c'était la volonté du Grand juge que celui-ci succédât à Saül et qui allait contester les décisions du Grand juge, surtout sur un sujet aussi important que la royauté ? Ahimélek lui tendit une gargoulette ; il la vida. Il dut aller en chercher d'autres pour les compagnons du roi.

« Combien de temps pouvons-nous rester ? demanda David.

— Au nom de notre juge Samuel et dans ton intérêt, répondit l'un des prêtres, le moins possible. Ce n'est pas ici que tu pourras constituer une base pour la conquête du royaume. Mais notre hospitalité est assurée. »

Il n'y avait guère d'hommes jeunes à Nob ; ceux-là étaient partis ailleurs. Nob était une sorte de monastère pour prêtres proscrits. L'un des rares jeunes que David y eût vu était Ebyatar, un garçon anguleux au visage ardent. Et de quoi vivaient donc ces gens ? La frugalité du repas auquel ils furent conviés le premier soir fut exemplaire : une soupe de blé et une salade assaisonnée d'une allusion d'huile et d'un peu de sel. De vin, point, et de l'eau, tout juste. Peut-être ces gens étaient-ils à ce point tristes qu'ils ne songeaient plus à chasser, ni à pêcher.

Trois jours plus tard, David et ses compagnons décidèrent de chercher de plus grands pâturages. Les prêtres se réunirent pour les adieux, avec quelques hommes du village, dont l'un parut familier à David. Celui-ci demanda à Ahimélek s'ils pouvaient obtenir quelques provisions pour les jours à venir. Non, ils n'avaient rien. Rien de rien. Que des pains de proposition. C'étaient les gâteaux de fleur de farine qu'on offrait au Seigneur. David en fut interdit.

« Vous êtes les soldats du Seigneur, dit Ahimélek, il tolérera que vous mangiez ce qui lui est destiné. Mais je veux savoir si vous êtes sexuellement purs. Vous ne pouvez toucher ces pains si vous n'êtes purs. »

David et les hommes se regardèrent. Ce n'était certes pas le stupre qui les avait occupés ces derniers temps. Ils hochèrent la tête avec conviction.

« Nous le sommes, répondit David. Mais nous ne le serons peut-être pas longtemps. » Ahimélek écarquilla les yeux. « Si nous restons encore sans manger, nous risquons, en effet, de devenir des cadavres, et les cadavres sont impurs. »

L'affliction se peignit sur les visages des prêtres. Sur un signe d'Ahimélek, l'un d'eux alla chercher les pains qu'il avait enveloppés dans un linge fin. Il y en avait douze, et les soldats les mirent dans leurs besaces. C'était bien la première fois que le Seigneur leur donnait du pain tout cuit, observa Shammah, le fils d'Agée, l'un des soldats ralliés à David.

« Mais nous avons un autre présent pour toi », dit Ahimélek. Et il tendit à David un objet long et lourd, apparemment pesant, enveloppé dans plusieurs longueurs de tissu fin. « Regarde », dit-il.

David déballa l'objet et fut saisi de stupeur. Le glaive de Goliath !

« Comment ? D'où ?... demanda-t-il.

— Rappelle-toi, dit Ahimélek. Quand tu as défilé sur le char, tenant ce glaive et la tête du Philistin entre les jambes, tu l'as remis à sa demande à Abel, le prêtre. Nous l'avons alors déposé dans le sanctuaire où se trouvait l'Arche. Nous l'en avons ensuite retiré pour le mettre à l'abri. » Les soldats semblaient fascinés par ce glaive disproportionné. Quel géant avait eu assez de force pour le soulever par le pommeau et le manier ? Et c'était David qui avait occis, puis décapité le même géant ? « C'est à toi qu'il revient aujourd'hui », reprit Ahimélek. Les prêtres opinaient du bonnet. Le fils d'Ahimélek souriait de contentement. « A qui d'autre ? » demanda-t-il.

Ce ne fut qu'une lune plus tard que David et les siens apprirent les conséquences de leur bref passage à Nob. Ils arrivaient au désert de Judée quand Ebyatar les rejoignit sur la route. Vêtements en lambeaux, éploré, hâve.

« Mon père, ma mère... les autres, tous les autres... » commença-t-il, et il fondit en larmes. Son récit, quand il parvint à le faire, fut terrible. Le visage que David avait cru reconnaître lors des adieux à Nob était celui de Douèg l'Edomite, un des serviteurs de Saül et l'une de ses âmes damnées. Il avait rapporté à son maître que David avait trouvé refuge à Nob et Saül avait envoyé un détachement militaire arrêter Ahimélek, les autres prêtres et leurs familles et les avait fait venir à Guibéa. Il avait alors dit à Ahimélek : « Tu as aidé David, tu as invoqué le Seigneur pour lui ; tu lui as donné le glaive, et à cette heure-ci, il complote contre moi. Tu as comploté contre moi et tu dois mourir. » Ahimélek avait tenté de se défendre, arguant que Saül lui-même avait fait de David son gendre et lui avait donné une place de choix dans sa maison, mais Saül n'avait rien voulu entendre. Il avait donné à ses lieutenants l'ordre de tuer tous les gens de Nob. Mais les lieutenants ne voulant pas lever le glaive contre des prêtres. Ce fut donc Douèg l'Edomite qui s'en chargea. Il avait ensuite massacré tous les habitants puis incendié le village. Ebyatar, voyant arriver Douèg sans son père, avait deviné la trahison et s'était enfui.

David et ses compagnons écoutèrent son histoire avec consternation. « Saül, Saül, le bras du Seigneur sera lourd sur ta nuque ! » murmura à la fin David, la main sur l'épaule d'Ebyatar qui n'en finissait pas de pleurer.

24

Le crétin

Huit hommes, donc. Sans feu ni lieu. Rien.
La preuve du rien fut faite quand, au sortir d'une forêt et dans un moment d'inattention dû au fait qu'ils n'avaient pas mangé à leur faim depuis quelques jours, ils tombèrent sur un détachement de soldats cananéens, deux cents ou trois cents hommes dont plusieurs avinés. Il n'était pas question de fuir et encore moins de se battre. Les Cananéens les entourèrent, pas vraiment agressifs, mais d'une jovialité goguenarde et menaçante.

« Regardez qui va là ! Des soldats qui ont perdu leur général ! » s'esclaffèrent-ils.

Leur attention fut évidemment attirée par le glaive disproportionné que traînait David.

« C'est toi qui te sers de ce glaive, jeunot ? » demanda un lieutenant. David lui répondit d'un regard idiot. « Comment t'appelles-tu ?

— David.

— Tu t'appelles David et tu te sers de ce glaive ? »

Nouveau regard idiot assorti d'un sourire de même farine.

« Oui.

— Tu ne serais pas le David qui a tué Goliath, par hasard ?

— C'est moi, c'est moi ! » cria David d'une voix tellement aiguë que ses compagnons en furent interloqués. Mais il leur fit un clin d'œil à la dérobée.

Le lieutenant rameuta des soldats.

« Hé, ce godelureau dit que c'est lui qui a tué Goliath ! »

Ils s'esclaffèrent à nouveau et lui tâtèrent les biceps en faisant la moue. Il se laissait faire, comme s'il s'amusait ; de toute façon, ils s'amusaient aussi et mieux valait les entretenir dans cette humeur.

« Vous êtes les soldats de quel roi ? demanda Ebyatar, qui avait compris le jeu.

— D'Akish, roi de Gât.

— Il est riche, votre roi ? »

Le lieutenant éclata de rire. « C'est un roi, gamin.

— Est-ce qu'il peut nous donner à manger, nous avons faim ! »

Tous riaient, à présent. Ils avaient cru que ce David était un guerrier redoutable et voilà qu'ils trouvaient un jeune demeuré.

« Oui, nous avons faim ! » cria David.

Ses compagnons renchérirent : ils avaient faim, très faim. Le lieutenant leur fit donner du pain et des fromages. L'empressement avec lequel ils les dévorèrent témoigna qu'ils ne mentaient pas.

« On devait l'envoyer au roi, dit un soldat. Il sera content de faire la connaissance du redoutable David !

— On pourra manger, aussi, dit David. Qu'est-ce que vous faites, si loin de Gât ? »

C'était une ville de la plaine côtière et ils se dirigeaient dans le sens opposé.

« Nous allons en découdre avec le roi Saül ! »

Il agita les bras et tenta de lever le glaive de Goliath, mais en vain. « Je peux venir aussi ? Je ne l'aime pas ! s'écria-t-il.

— Non, on n'aime pas Saül ! Pas du tout ! renchérirent les soldats et Ebyatar. On veut aller avec vous ! »

Mais le lieutenant et les soldats qui l'entouraient paraissaient sceptiques à l'égard des capacités guerrières de ces vagabonds.

« On va vous envoyer à Gât », répondit le lieutenant. Il désigna un détachement de vingt hommes pour escorter David et sa bande. Comme les soldats d'Akish avaient des vivres en surplus, cela faisait trois jours de ventres pleins, sans compter le vin.

« Qu'est-ce qu'on fait ? chuchota la nuit l'un des compagnons de David.

— Laisse-moi faire.

— Tu ne veux pas qu'on prenne la fuite maintenant ?

— C'est trop risqué.

— Tu vas continuer à faire l'idiot ?

— Sûrement. »

Ils furent à Gât trois jours plus tard. Là comme ailleurs, David était célèbre. Sur le chemin du palais d'Akish, on chanta sur son passage des ritournelles. « Saül en a tué des milliers, mais David, des dizaines de milliers. » Or, les gens de Gât étaient des Philistins et cette ritournelle risquait de coûter la peau à David et à ses compagnons, plus captifs que visiteurs. Quand l'escorte arriva au palais et que David fut introduit dans une salle, il devina que le personnage ventru et maussade qui se tenait assis au fond était Akish, le roi. Il arriva donc à cloche-pied et le visage peint aux couleurs de la sottise.

Le roi écarquilla les yeux devant ces cabrioles. Les courtisans et les militaires à ses côtés firent des mines stupéfaites.

« Tu es David, fils de Jessé ?

— Pour te servir, noble roi. » Il se balançait d'un pied sur l'autre, l'air absorbé par cet exercice infantile.

« C'est toi qui a tué Goliath ?

— C'est moi qui ai tué Goliath ! » s'écria-t-il en levant les bras et il manqua perdre l'équilibre. Il poussa un cri d'orfraie. Le roi tendit le cou comme pour voir l'olibrius de plus près. « J'ai soif », dit David en souriant tellement qu'on ne voyait plus ses yeux. Pis encore, il bavait. Un filet de salive lui ornait la commissure des lèvres.

« Comment l'as-tu tué ?

— Un caillou. Poum ! Et il est tombé ! » Il répéta le geste et le roi esquissa d'instinct un geste de fuite.

« Soif, dit David.

— Mais c'est un crétin ! » s'écria le roi. Et se tournant vers les soldats qui le lui avaient présenté : « Un parfait crétin ! Est-ce que je manque de fous et de crétins que vous m'ameniez ce débile dans ma maison ? Donnez-lui à boire et fichez-le à la porte au plus vite avec ses compères ! »

Les mêmes soldats saisirent David et ses compagnons et les poussèrent vers la porte du palais ; là, ils leur tendirent des gobelets, puis ils expulsèrent de la ville le vainqueur de Goliath et ses compagnons d'infortune en les accablant de noms d'oiseaux. Ebyatar tremblait encore de peur.

Le soleil baissait. Quand ils furent à bonne distance de Gât, David s'écria : « Nous l'avons échappé belle ! » Et ils furent tous pris d'une crise de fou rire.

25

Un bon marché de voleurs

Ils rebroussèrent chemin : la côte était aux mains des Philistins et, si d'aventure ils retombaient dans leurs griffes, ils ne se tireraient pas d'affaire aussi aisément que cette fois-là.

« Si seulement nous avions un lieu à nous ! s'écria Ishboseth l'Achmonite, l'un de ses compagnons.

— Et si nous étions plus nombreux... », ajouta David.

Ils étaient parvenus dans les parages d'Adoullam, une cité cananéenne au pied de la montagne d'Hébron. Ils s'en écartèrent pour éviter de rencontrer d'autres Philistins et coupèrent au travers d'une rocaille parsemée de térébinthes et de tamaris, vers la forêt de chênes verts où ils pouvaient trouver refuge. Et toujours le ventre creux.

« Je mangerais des serpents ! s'écria Ebyatar.

— Essaie d'abord de les attraper », lui dit David.

Mais ils s'immobilisèrent quand ils parvinrent à un étang ; des grouses s'y abreuvaient, comme le font le soir ces gros pigeons. Il y en avait près d'une centaine. La brise soufflait contre eux et les volatiles ne pouvaient ni les entendre ni les sentir. Soudain, ce fut un envol d'hommes ! Ils bondirent comme des félins et s'abattirent, qui le visage dans l'eau, qui dans les herbes, chacun tenant sa grouse ; deux d'entre eux en tenaient même deux. Ils avaient donc dix grouses pour huit, et cela leur permettrait de combler un peu, pour un soir, le trou qui leur servait de ventre.

Restait à faire cuire les volatiles sans que la fumée attirât l'attention des Philistins, qui étaient décidément partout. Ils erraient dans les bois lorsque Ebyatar aperçut l'ouverture d'une grotte. Ils s'y engouffrèrent.

Des foyers refroidis, des reliefs de repas et des litières de fortune attestaient que la grotte, assez vaste, avait servi récemment de refuge. Mais la faim commandait et ils commencèrent à plumer leur gibier, puis à le saigner et le vider, cependant que David et Ebyatar essayaient de bâtir un feu avec du petit bois ramassé à l'extérieur. Il leur fallut une heure pour arriver à embraser de l'étoupe avec des étincelles de silex, puis à nourrir le feu avec des brindilles et des feuilles sèches.

La grotte était passablement enfumée et des plumes de volaille flottaient encore alentour, mais ils n'en avaient cure. L'un des soldats avait emporté un bol de cuivre dans lequel le jus de grouse fut recueilli ; ils y trempèrent goulûment les restes des deux pains de proposition. Ce fut un repas de roi et si les grouses revenaient le lendemain, elles trouveraient usage à coup sûr.

Ils étaient là à sucer tranquillement les os, se lamentant sur le manque de vin, quand deux hommes apparurent. Les mains encore dégouttantes de jus, David et les siens se jetèrent sur leurs armes. Les intrus levèrent les bras au ciel.

« Pour l'amour du ciel ! Soyez les bienvenus chez nous !
— Comment, chez vous ? demanda David.
— C'est notre grotte ; c'est là que nous habitons », dit l'un des deux hommes, qui était un considérable gaillard à la crinière roussâtre, mais assez dépenaillé. L'autre, un basané au cuir tanné, ne semblait pas plus policé. Ce n'étaient ni des soldats, ni des paysans, ni des bergers. Et ils portaient tous deux des dagues à la hanche.

« Posez vos armes et asseyez-vous, dit David, ensuite nous parlerons. » Les deux hommes s'exécutèrent et posèrent à même le sol des besaces qui semblaient pleines, ainsi qu'une outre de vin. « Comment se fait-il que vous habitiez dans une grotte alors que vous n'êtes qu'à une heure de marche d'Adoullam ?

Le roi futur

— Je pourrais te renvoyer la question, dit l'un des hommes en ricanant. Peut-être que vous faites le même métier que nous ?

— Lequel ?

— Nous sommes des voleurs. »

Celui qui avait ainsi parlé leva vers David un regard clair et souriant. Il ne semblait nullement honteux de son métier. Ebyatar et les soldats écarquillaient les yeux.

« Ecoute, reprit l'homme, si j'étais roi et que j'allais piller une ville voisine, on dirait que je fais bien mon métier. La seule différence entre moi et un roi, c'est que je ne suis pas roi. »

David se mit à rire. « Pourquoi êtes-vous voleurs ?

— Parce que notre roi ne nous a pas donné la part du butin d'un pillage qui nous revenait, répondit le roux. Vous n'êtes donc pas des voleurs, que vous posiez ce genre de questions ?

— Et c'est sans doute du vin volé qu'il y a dans cette outre ? demanda Ezer.

— Tu vois juste, étranger, et moi, je vois que tu as soif. »

Il délia les cordons de cuir de l'outre et les huit hommes s'empressèrent de chercher dans leurs besaces les gobelets et les bols dans lesquels ils buvaient d'ordinaire de l'eau.

« Un instant, s'écria David. Qu'est-ce qui me dit que toi et ton compagnon vous n'allez pas tenter de nous attaquer en douce quand vous nous aurez servi du vin ? »

Le basané se mit à rire. « Nous sommes des voleurs intelligents, étranger. Qu'est-ce que nous pourrions vous voler ? Il n'y a qu'à voir votre souper pour comprendre que vous êtes pauvres comme des cailloux. » Et il servit le vin à la ronde.

« C'est du vin de Galilée, observa Ezer.

— Exact. Nous l'avons dérobé à la caravane qui approvisionnait un riche marchand. Et nous n'avons pas dérobé que du vin. »

Après avoir étalé une couverture par terre, il vida une besace, déversant des fromages, du poisson séché, des pains au sésame et des galettes au miel, des figues sèches, des dattes, une jarre d'olives... C'était une assez convaincante invitation à la conversation.

« Comment t'appelles-tu ? demanda David.

— Moi je m'appelle Ammon, mon compagnon, Elie. Et toi ?

— David.

— C'est toi le David que recherchent les gens du roi de Guibéa ? » David hocha la tête. « C'est donc toi qui as abattu Goliath », ajouta l'homme en jetant un coup d'œil au glaive posé derrière David. « Et comment donc un héros tel que toi en est-il réduit à attraper des grouses pour se nourrir ?

— Longue histoire », répondit David.

Ammon distribua les pains à la ronde, puis de petits fromages ronds et fermes. « Je peux me servir de mon couteau pour couper le pain ? » demanda-t-il ironiquement. Il mastiqua silencieusement le pain et le fromage, puis désigna le reste des vivres d'un geste large : « Servez-vous. Il y en a encore. Vous devriez vous joindre à nous, vous ne courriez plus le risque de vous coucher le ventre vide.

— On a vu des rois voler, mais on n'a jamais vu des voleurs couronnés, répondit David. C'est vous qui devriez vous joindre à nous.

— Et comment mangerions-nous ? demanda Elie.

— Les gens nous donneraient des vivres parce que nous les protégerions.

— Contre qui ?

— Contre les voleurs », dit David, en souriant. Ammon et Elie éclatèrent de rire. « Et quand je serai roi, je vous nommerai à la tête de mes troupes.

— Parce que tu veux être roi ? demanda ironiquement Ammon.

— Il l'est, dit Ezer.

— Tu te moques de nous ? s'écria Ammon.

— Le Grand juge des Juifs l'a nommé roi à la place de Saül, expliqua Ezer.

— Voilà donc pourquoi vous en êtes là », dit Elie, songeur.

Au matin, la petite bande de David comptait dix hommes. Deux jours plus tard, les deux voleurs repentis avaient rallié six compères.

26

Retrouvailles

Des villages les accueillaient, leur offraient une litière et une pitance en échange de quelques services aux champs ou dans les maisons : sarcler, cueillir les olives et les amandes. Personne ne les connaissait ou ne semblait les connaître, mais depuis la trahison de Douèg, il convenait de se méfier. Certains s'enchantaient de l'air amène de David et certains soirs il lui arrivait de chanter, mais rarement, car il craignait d'être reconnu par les sbires de Saül. On lui demandait son nom, il disait David, et certains disaient, « Il paraît que nous avons un roi futur qui s'appelle aussi David et qui est beau. » Certains demandaient aux soldats si ce jeune roi n'était pas le fils de Saül, mais personne ne s'avisait que c'était lui et qu'il n'était certes pas le fils de Saül. Les filles lui lançaient des œillades qui le laissaient rêveur. Son cœur était resté à Guibéa, mais les propos de Samuel sur la malédiction de la race de Säul lui revenaient à l'esprit.

De toute façon, le cœur ne vagabonde pas quand la tête est aux abois. Les ennemis étaient partout : les gens de Saül et les Philistins. Quand ils parvinrent à la mer de Sel, dans le village de la côte septentrionale qu'on appelait Beth Ha-araba et que les pêcheurs lui demandèrent son nom, ils lui apprirent que des soldats de Guibéa étaient venus demander si l'on n'avait pas vu un jeune homme de ce nom. Il ne put que répondre qu'il y avait beaucoup de David dans le monde. Comme il avait l'accent de Judée et qu'il ne paraissait donc pas étranger, il put noyer le poisson et détaler sans qu'on lui en demandât davantage.

Longeant ensuite la vallée d'Akor, ils traversèrent le désert de Yéruel, puis arrivèrent à celui de Judée et gagnèrent enfin celui de Ziph. David s'y lia avec un vieux berger, dont il partagea le travail pendant quelques jours et qui lui assura le gîte et la subsistance. Les autres chassaient pour enrichir leur ordinaire. David songea qu'il n'était là qu'à deux journées de marche de Bethléhem. Peut-être y retournerait-il un jour y garder les troupeaux. Mais le poids du glaive le rappelait à la réalité. Le Grand voyant en avait décidé autrement.

Le soir, il regardait la lune. Un mois était passé et David se demandait si les paroles de Samuel ne s'étaient pas, comme tant d'autres, perdues dans le vent. Allait-il faire de l'échec une vertu ? Et les autres, tous les autres, Mikal, Jonathan, Ezer, qu'en était-il ? L'avaient-ils donc oublié ?

Il gardait les troupeaux avec le vieux, le lendemain, quand ils virent la route poudroyer sous les pas d'une caravane de chevaux, d'ânes et de mulets.

« Que viennent faire ces gens dans ces parages ? » grommela le vieux berger. Et il mit la main à son poignard. La région était infestée de pillards, mais ils sévissaient par bandes de cinq ou six et ceux-là étaient beaucoup plus nombreux. De plus, les pillards ne montaient pas des ânes, mais des chevaux.

Sa main se crispa néanmoins sur la dague et il fronça les sourcils quand la petite caravane quitta le chemin pour s'engager sur la piste qui menait à eux. David se leva et l'émotion entrouvrit sa bouche. Il s'élança vers le premier cavalier.

« Jonathan ! » cria-t-il, et le vent porta ce nom par-dessus les tiges grêles des armoises, les bleuets et les lupins charnus qui ondulaient sur la plaine. Le premier cavalier s'arrêta, mit rapidement pied à terre et courut vers David. Une fois de plus, ils s'étreignirent.

« Je me croyais abandonné ! dit David.
— Comme tu le vois ! » répliqua Jonathan en riant.

Un autre cavalier avait mis pied à terre ; c'était Joab,

l'un de ses lanciers émerites. L'ensemble de la caravane s'était arrêtée sous les regards sourcilleux du berger et dans les aboiements des chiens.

« Tous ceux-là sont tes hommes, dit Joab. Voilà la semence de ton peuple. »

Ils étaient près de deux cents, avec leurs armures, leurs besaces. Le sang afflua au visage de David, le sang de la fierté, le sang de la confiance. Il leva les bras au ciel : « Gloire au Seigneur ! cria-t-il dans un élan extraordinaire.

— Gloire au Seigneur ! » répétèrent-ils.

Ebyatar et les autres revinrent de la chasse, et les six soldats qui avaient, les premiers, rejoint David exultèrent en retrouvant leurs compagnons. Ce furent des exclamations, des rires, des pas de danse. David alla accueillir ceux qui arrivaient à pied. Trois d'entre eux s'élancèrent vers lui et, à eux trois, le soulevèrent du sol en poussant des cris de joie, tandis qu'il riait. C'étaient ses frères, les trois archers Eliab, Abinadab et Shammah.

« Te rappelles-tu le jour où tu m'as tancé parce que je voulais affronter Goliath ? dit David à Eliab, quand ils l'eurent reposé au sol.

— Pouvais-je savoir que le Seigneur Yahweh armerait ta main ? » répliqua Eliab.

Le Seigneur. Ils avaient donc, eux aussi, adopté le Dieu de Samuel. Il ne releva pas le fait et se tourna vers les autres qu'il salua un par un, dix lanciers et dix archers, les nommant chacun par leur nom. Il avait désormais cent vingt-sept hommes sous ses ordres.

« Mais que dit Saül ? demanda David, se tournant vers Jonathan et Joab.

— Quel est le poids de ce que peut dire Saül ? répondit Joab. Ces hommes estiment qu'ils sont les soldats du vrai roi. »

David frémit à cette imprudence verbale. Jonathan, resté jusqu'alors silencieux, posa la main sur l'épaule de David. « Et il en viendra d'autres, beaucoup d'autres, dit-il, baissant la tête. Je sais maintenant que c'est toi qui régneras sur Israël. Moi, je serai ton second.

— Que le Seigneur te protège ! s'écria David. Que ce

que tu dis advienne ! » Et presque d'une même haleine, il demanda : « Mikal ? »

L'expression de Jonathan répondit avant les mots. « Elle est saine et sauve, mais elle n'est pas heureuse. » Il regarda David, les yeux tristes. « Mon père lui a tenu rigueur d'avoir permis ta fuite. Il l'a donnée en épouse à un autre.

— Un autre ! cria David.
— Paltiel. C'est un homme bon. »
Les larmes jaillirent des yeux de David.

« Elle aurait dû te suivre, dit Jonathan. J'aurais aussi dû te suivre. Et pourtant je t'aime, puisque je suis ici. »

David demeura un long moment silencieux. Il y avait certainement un sens dans le fait que ses noces avec les deux filles de Saül, Mérab, puis Mikal, eussent été ainsi contrariées. Et, pour faire diversion, il se tourna vers Ezer, qui assistait à la scène, le visage tendu, et lui demanda : « Mais vous êtes venus ainsi armés de Guibéa ? Vous avez dû vous faire remarquer !

— Non, répondit Jonathan, nous n'avons pas fait un si long chemin. Nous venons de la Shéphéla, près de Lakish, où mon père et Abner se préparent à mener l'assaut contre les Philistins qui se sont aussi amassés là.

— Et le premier combat ?
— Il a poussé les Philistins à descendre au sud, justement.
— Mais ne devrais-je alors pas me joindre à vous ? » s'écria David.

Jonathan secoua lentement la tête. « Non, David. Une flèche traîtresse sera vite partie. Ce combat n'est plus le tien. Je ne sais pourquoi, mais je me lève le matin avec l'impression que le soleil de mon père se couche. Ma femme a mis au monde un enfant imparfait. Je n'aime pas ce signe. Cela signifie que la fortune nous délaisse. Non, je le redis, ce n'est pas ton combat. Tu en mèneras sans doute d'autres. »

Ezer saisit les mains de David : « Nous t'aurions trahi si nous n'étions pas venus. Comprends-tu ? Et ceux qui doivent nous rejoindre, s'ils ne le font, te trahiraient aussi.

— N'est-ce pas mon peuple que je dois défendre ? répliqua David.

— Ce n'est pas encore ton peuple, dit Jonathan. Tu dois d'abord survivre, David. »

C'étaient presque mot pour mot les paroles de Samuel. David en resta interdit. L'amour avait trouvé les mêmes mots que l'inspiration divine. Peut-être l'un et l'autre se confondaient-ils.

« Je pars maintenant rejoindre mon père et mes frères », dit Jonathan. Il remonta sur son cheval et, après un large salut, s'en retourna sur ses pas. Bientôt il ne fut plus que l'ombre d'un cavalier dans un nuage de poussière.

« Très bien, dit David à Joab, en maîtrisant son émotion. Selon toi, combien d'hommes doivent nous rejoindre ? »

— Je dirais trois cents. Mais je ne peux prévoir les effets de leur défection. Il est beaucoup de soldats pour lesquels tu es l'esprit de la victoire. Je ne serais pas surpris outre mesure si nous étions un millier d'ici quelques jours.

— Il nous faut donc une place forte, dit David. Nous ne pouvons rester ainsi dans ce désert, à la merci de tous. »

Ils convinrent que le lieu le plus proche et le plus adapté serait la bourgade de Horcha, sur une colline au sud d'Hébron. Il y avait là trois puits et la population en était réduite.

« C'est à Hébron que dort Abraham », dit David d'un ton rêveur.

Toujours accroupi, le menton sur les bras, indifférent aux fracas des jeunes hommes, le vieux berger avait observé attentivement toute cette scène.

« C'est donc toi, le roi David, dit-il quand celui-ci alla prendre congé de lui. Je me disais aussi...

— Que te disais-tu ?

— Je me disais que tu étais trop beau pour qu'il n'y ait pas sur toi un signe divin. »

27

Abigail

Ils vinrent par vagues, en effet. Une cinquantaine le premier jour, une dizaine le deuxième, puis encore une centaine le troisième. Ils affluaient. Ezer en dénombra trois cent vingt-trois au bout de quatre jours.

Mais cela ne s'arrêta pas. Il semblait qu'une étoile brillât dans le ciel au-dessus de Bethléhem, indiquant une destinée future à laquelle les individus aspiraient à participer, pour se fondre dans sa gloire. Un homme a besoin de gloire. Et un soldat autant que deux hommes ; or, ces Hébreux étaient tous des soldats.

En près de dix jours, ils furent plusieurs centaines. Non pas des déserteurs, mais des enthousiastes. Se battre sans David, cela vous privait de passion et l'on ne se bat convenablement qu'avec passion. Ils l'entouraient à toute heure, pour le voir, l'entendre, le toucher s'ils le pouvaient.

« A quel combat nous mènes-tu ? demandaient-ils.

— Le combat de demain sera le plus grand et le plus beau », répondait-il.

Les femmes de certains les rejoignirent. Horcha, qui n'avait été jusqu'alors qu'un douar d'une poignée de maisons, dut s'agrandir d'urgence. A la stupeur des habitants, des Moabites qui s'étaient jusqu'alors trouvés sans maître, David fit dresser des fortifications avec une tour de guet, et l'on construisit aussi de nouvelles habitations, ainsi qu'une maison de bains. En un éclair Horcha se changea en citadelle. Il n'y avait pas à discuter et les Moabites n'étaient d'ailleurs pas enclins à protester : ces gens leur apportaient du commerce et, quand ils firent halte, les caravaniers arabes qui daignaient à peine s'arrêter là poussèrent des exclamations de stupeur : Horcha était devenue une ville. Ils demandèrent comment cela s'était produit. « Par la volonté du roi David », leur répondit-on. Ils crurent que Saül était mort et que ce David-là était son fils. Ou bien alors n'était-il que le roi de la tribu de Juda. Les affaires de successions royales sont toujours compliquées.

Motif supplémentaire de satisfaction pour les gens de Horcha, qui étaient des pasteurs : armés comme ils l'étaient, les nouveaux venus pouvaient les défendre contre les pillards. Les bergers des environs, Moabites, Ammonites ou autres, s'en félicitèrent aussi ; ils paieraient la protection en nature, bétail, grain et commodités quotidiennes.

Il ne se passa pas de semaine, en effet, que les pillards ne vinssent de l'Araba voisine tenter de rançonner les douars de la région. Ils arrivaient à cinq ou six, comme à leur habitude, montés sur de petits chevaux rapides et commençaient leurs razzias par quelques meurtres et viols, pour montrer qu'ils ne plaisantaient pas. Ils furent surpris et bientôt furieux de devoir en découdre avec de véritables soldats qui se précipitaient sur eux avec des lances et des glaives et les taillaient en pièces. Leurs plus féroces ennemis étaient Elie et Ammon, promus au rang de lieutenants, ainsi que les acolytes recrutés par ces derniers. Il n'en serait pas demeuré un seul, mais Ammon donna l'ordre de laisser toujours un fuyard s'échapper, afin qu'il répandît les nouvelles de l'échec. Au bout de quelques semaines, la paix régna enfin dans la région. L'armée privée de David faisait la police dans une vaste part de la Judée, et c'était de cette surveillance qu'elle tirait d'ailleurs le plus clair de ses subsides en vivres, vêtements et services.

S'il n'était de fait roi d'Israël, David était en tout cas celui du désert de Judée jusqu'aux rives de la mer de Sel.

Toutefois, à mesure que de nouveaux soldats de Saül venaient le rejoindre, la situation devint précaire. Les réserves de viande et de grain de la région se firent insuffisantes. De plus, trahisons ou bien dissémination des nouvelles, la nouvelle de la présence de David et de sa bande finit par parvenir à Guibéa. Assez forts pour faire régner l'ordre dans la région, ils ne l'étaient pas encore pour affronter les troupes de Saül.

« Il nous faut des alliances », dit David au conseil qui s'était spontanément formé autour de lui, avec ses frères, Ezer et quelques soldats.

Alliances d'autant plus nécessaires que peu de jours auparavant, un détachement de soldats de Saül avait été repéré par une sentinelle. Ils avaient fait le tour de Horcha en reconnaissance. Un berger qu'ils avaient interrogé s'était empressé de rapporter leurs propos : « C'est donc là que se cache l'usurpateur et sa bande de renégats. Dès que nous en aurons fini avec les Philistins, nous viendrons leur régler leur compte. » David savait que Horcha n'était pas de taille à tenir un long siège si Saül y dépêchait quelques milliers d'hommes.

« Commençons par le problème des vivres », dit Ezer.

Or, il y avait à Carmel, au sud d'Hébron, un riche éleveur nommé Nabal, qui avait, comme les autres, bénéficié de la nouvelle gendarmerie instaurée par David et les siens. Avec trois mille moutons et mille chèvres, sans parler des terres et des maisons, Nabal était une notabilité. David lui adressa quatre émissaires pour lui proposer un marché.

Ils revinrent le jour d'après, au soir, dépités et vexés. Nabal les avait envoyés paître.

« Qui est ce David ? Qui est ce fils de Jessé ? De nos jours tous les esclaves qui prennent la fuite se déclarent rois ! Vous vendez du vent et vous réclamez de la viande en échange ! avait-il ricané. Allez dire à votre maître, dont tout le monde me dit que c'est un fanfaron et un usurpateur, que je ne fais pas cadeau de mon bétail ! Je me défends très bien tout seul contre les autres voleurs ! »

David s'enflamma. « Nous allons lui montrer ce que valent les armes des usurpateurs ! » s'écria-t-il. Il décida de monter une expédition punitive dans les plus brefs délais.

Mais le lendemain à l'aube, les sentinelles rapportèrent qu'un convoi arrivait sur le chemin qui menait à la citadelle. Un convoi ! David se leva d'un élan. « Des moutons, des chèvres, des bœufs ! » lui crièrent les sentinelles du haut de la tour de guet et des remparts. Ce n'était donc pas une expédition militaire. Mieux : en tête de cet étrange convoi avançait une femme montée sur une ânesse ! David se mit à rire.

La femme emprunta le chemin montant et quand elle arriva à la porte de Horcha, David, qui était allé accueillir l'étrangère, fut encore plus surpris. Elle était belle. Elle dévisagea David de la tête aux pieds et eut l'air de le reconnaître. Une esclave s'empressa pour l'aider à mettre pied à terre et David lui tendit une main pour l'aider. Puis elle s'agenouilla devant lui ; il la releva.

« Je pense que c'est toi, ce David dont on dit qu'il est roi. Je suis l'épouse de Nabal et je me nomme Abigail.

— C'est moi, dit-il.

— Si tu n'es encore roi, tu le seras bientôt », dit-elle d'une voix sonore, sous les regards amusés des hommes qui l'accueillaient. Le printemps de sa vie l'avait à coup sûr délaissée, mais l'été se montrait généreux ; elle en avait, d'ailleurs, accentué les couleurs par des fards discrets. Forte femme, songea David, et il l'avait à peine pensé qu'elle reprit : « Un roi doit être beau et tu es beau comme un roi. Mon seigneur et maître Nabal, reprit-elle en rajustant le capuchon de son manteau, est accoutumé à traiter avec des bergers et il a donc fini par en prendre les manières. Son nom le décrit, d'ailleurs *. C'est ainsi qu'en dépit de mes observations, il a refusé de te payer le dû de ta royale protection. Je viens réparer le mal », dit-elle en montrant le bétail que des esclaves s'efforçaient de contenir sur la place exiguë de Horcha. « Il y a là trente moutons et brebis, autant de chèvres et six bœufs. J'ai également apporté de la volaille, du blé, des fromages et du vin. »

David n'eut pas à se forcer pour sourire : le spectacle était à la hauteur des dons. L'un des baudets était surchargé de volailles liées aux pattes, un autre d'outres de vin. Abigail n'avait pas fait les choses à moitié.

« Sois la bienvenue, Abigail, et que les bénédictions du Seigneur ne te soient point comptées. Mais dis-moi... »

Elle le coupa. « Ce ne sont pas des biens volés, David.

---

* *Nabal* signifie « manant » en hébreu.

C'est la part qui me revient largement en mohar. » Ezer se retint de rire aux éclats en pensant aux deux cents prépuces réclamés comme mohar pour Mikal. « Il me semble aussi que c'est la part de la justice. » Elle s'exprimait avec assurance, et même avec une certaine emphase, et en tout cas avec chaleur et sincérité.

« Grâces te soient rendues pour le sentiment que tu as de la justice, dit David. Ce dont je peux m'inquiéter est que ton époux ne le partage pas... »

Elle écarta l'hypothèse d'un geste de la main. « Ce ne sont pas ces quelques têtes de bétail qui l'appauvriront, dit-elle. Mon époux est très riche. »

David répugna à évoquer les sévices qui pouvaient la menacer à son retour chez elle. Elle demanda un verre d'eau ; il lui fit offrir du jus de tamarin et l'invita à demeurer à Horcha pour le souper.

« Il faudrait donc que je passe la nuit ici, observa-t-elle.

— Je te ferai installer des quartiers dignes de toi et de ta générosité », répondit-il.

Il lui fit donner sa propre maison ; il dormirait cette nuit-là chez Ezer. Les soldats s'affairèrent à disposer du bétail comme il convenait, le pressant dans des étables désormais trop petites. Abigail s'en fut dans ses quartiers provisoires, suivie de ses esclaves.

Pour la première fois depuis bien des semaines, on fit bombance cette nuit-là à Horcha. La chère fut simple, mais abondante, et le vin coula moins chichement qu'à l'ordinaire. Abigail se tailla une place de reine au festin. Assise à la droite de David, elle semblait trôner. Dans la lumière flatteuse des lampes, elle souriait avec grâce et majesté.

Mais David se demanda si la générosité de l'inconnue était aussi spontanée qu'elle le paraissait. L'épouse de Nabal avait, à l'évidence, emporté des atours qui ne semblaient guère indispensables à une expédition telle que la sienne, ainsi qu'une appréciable quantité de bijoux. Une entreprise aussi généreuse n'impliquait pas qu'on se mît en frais de la sorte. Enfin, l'adresse insidieuse avec laquelle elle interrogea David sur ses démêlés avec Saül et les regards veloutés qu'elle filait vers lui à travers ses cils noircis à l'antimoine achevèrent de la trahir. Peut-être voulait-elle, d'ailleurs, se révéler. Les yeux de David se dessillèrent : Abigail était venue pour s'attirer les faveurs du futur roi.

Mais elle était mariée et, d'ailleurs, elle rentra chez elle le lendemain. La suite de l'histoire fut rapportée par ses gens. A l'heure où elle regagna son domicile conjugal, elle trouva Nabal festoyant parmi ses gens comme s'il venait d'être couronné. Il était pris de boisson et, bien que d'humeur joyeuse, n'était guère en état d'entendre le récit de l'expédition menée par sa femme. Elle remit donc son récit au jour suivant.

L'effet en fut radical : Nabal piqua une colère de forcené, puis s'écroula sous le coup d'une apoplexie. Il n'était pas mort, mais ne valait guère mieux. Dix jours plus tard, une seconde attaque acheva la besogne. Abigail se retrouva veuve. La générosité avait terrassé l'avarice.

Les nouvelles arrivèrent promptement à Horcha. Ezer, qui avait saisi l'intérêt d'Abigail pour David et vu le trouble de celui-ci, alla s'en entretenir avec son chef. « Un homme de ton rang doit avoir plusieurs épouses, observa-t-il. Abigail me semble disposée à se donner à toi. Et c'est le plus beau parti de la région. » David en convint et chargea son aide de camp d'aller demander la main d'Abigail. Un autre mariage avait été arrangé avec Ahinoam, la fille d'un autre riche propriétaire de la ville de Yizréel*, une vierge nubile depuis six mois. David décida que les deux auraient lieu le même jour.

Ce fut vite fait. Ezer partit vers Carmel avec une petite escorte armée. Abigail les vit sans doute arriver de loin, car elle les attendait sur le pas de sa demeure. « David nous a envoyés pour te demander d'être sa femme », dit simplement Ezer.

Elle se prosterna. « Je laverai les pieds des serviteurs de mon maître. »

Elle fut prête dans l'heure et, accompagnée de cinq servantes qui portaient son bagage, elle monta sur son ânesse et reprit le chemin de Horcha, escortée par les

---

* Il s'agit, à l'évidence de la ville qui se trouve dans la montagne d'Hébron, proche de Horcha et du désert de Ziph, et non de la Yizréel de Galilée, l'actuelle Esdrelon. On ignore le nom du père d'Ahinoam.

émissaires. Le lendemain, Ezer et son escorte partirent chercher Ahinoam.

Trois jours plus tard, un prêtre de Carmel, Yochaphat, maria David, Abigail et Ahinoam. Un peu ivre, il répéta plusieurs fois au cours du souper qui suivit qu'il avait marié le roi d'Israël. David l'entendit et songea qu'il n'était donc plus le gendre du roi.

La fête fut la plus grande que Horcha eût jamais vue. Abigail était assise à la droite de David, Ahinoam à sa gauche. L'une était opulente et l'autre, mince ; l'une blanche et l'autre brune. Elles étaient comme un abricot et une date. Il plaça sur leurs têtes des couronnes de lauriers-roses. Il avait goûté les raisins verts de l'arbre de Saül ; il en avait eu les dents agacées. Il sentait fuir une saison de sa vie et attendait la suivante avec impatience.

A la fin du souper, David leva les yeux au ciel et vit que la lune était pleine. C'était la troisième depuis la prophétie de Samuel. Un convive inconnu observait David. C'était un jeune homme maigre et pensif. Il s'approcha de David et lui demanda : « Tu comptes les lunes ?

— Oui, répondit David. Pourquoi ?

— Je suis le neveu de Samuel. Il m'envoie te dire qu'il y en aura vingt-cinq en tout avant que ton nom se lève au ciel. » Une prophétie de plus, songea David. Si celle-ci s'avérait, il ne restait plus que vingt-deux autres lunes avant la royauté, la vraie.

La nuit fut divisée entre l'abricot et la datte. Et David songea que le meilleur moyen d'aimer une femme est d'en avoir une autre, car ayant goûté le miel de l'une, on apprécie mieux le sucre aigrelet de l'autre. Il songea aussi que le ventre d'une femme restait pour le moment son seul territoire. Il planta donc le palmier et l'abricotier. Le comprenaient-elles ? Elles s'abstinrent de paroles, n'exhalant que des soupirs ou des cris brefs, comme la nuit qui vente et ulule.

L'aube et Abigail le trouvèrent assoupi dans le lit d'Ahinoam. Abigail, en effet, vint lui apporter un bol de lait d'amandes aux raisins secs. Après un sourire de complicité, les deux femmes se concertèrent du regard. Fallait-il l'éveiller ? Ce fut un rayon de soleil qui en eut l'honneur.

28

Le face à face d'Engeddi

Une armée privée, des moyens de subsistance, une femme de plus, belle, aimante et riche, il n'en fallait pas plus pour que le sommeil de David fût gâté. Il n'était toujours qu'un roitelet clandestin. Etait-ce là le destin qu'avait prévu Samuel ? Ou bien le Grand voyant s'était-il trompé ? Après tout, il avait bien erré en désignant Saül. Il avait pu se tromper aussi en le désignant, lui, David, comme roi.

Mais le rêve de Samuel était maintenant devenu le sien : celui d'unir les douze tribus, de changer des hordes persécutées par les Philistins et les Cananéens en une nation. Une vraie nation dont les lances et les glaives resplendiraient au soleil du Seigneur ! Transformer les humiliés en triomphateurs ! Réaliser le rêve des pères fondateurs : une Terre promise, une vraie !

Comme cela paraissait lointain !

Les soldats, par ailleurs, s'impatientaient. Ils avaient rallié David pour la gloire ; ils n'avaient trouvé que des prébendes. Courir la campagne après des pillards dépenaillés, c'était drôle un moment, mais ça ne vous faisait quand même pas une gloire. Ils s'inquiétaient fréquemment de savoir si Saül n'avait pas rendu aux chiens son âme malpropre.

Enfin, il y avait la hargne de Saül. Dans son délire de persécution, sa morgue blessée, il ne devait pas trouver de sommeil tant que David serait vivant. Et comme ce n'était

Le roi futur

pas la vieillesse qui en viendrait à bout, il fallait que ce fût un bon de coup de glaive qui transperçât ses entrailles de joli cœur. Ce ne serait pas ce mollasson sentimental de Jonathan qui le donnerait, ni Abner, qui n'oserait pas braver l'affection de ses troupes pour David, leur héros perdu. Ce serait donc lui, Saül, qui devrait se mettre en campagne et régler son compte à ce fils de chien. Un de ces quatre matins, se disait David, il trouverait Saül sur son chemin, fou de frustration et d'insomnie, plus meurtrier qu'une lionne dont on a tué les petits.

David avait vu juste.

Par deux fois, en effet, des détachements de l'armée de Saül virent reconnaître la place forte qu'était devenue Horcha. David crut même distinguer sous le casque les traits d'Abner, à la tête de deux ou trois cents hommes. Mais ces expéditions n'entraînèrent pas de combat. Outre la dévotion de ses troupes à David, peut-être Abner répugnait-il à attaquer un homme dont il savait que c'était le prochain roi. Peut-être aussi en était-il dissuadé par Jonathan, ou bien préférait-il laisser à Saül l'initiative d'une telle attaque.

Car celle-ci ne serait pas commode. Pour commencer, il était certain que Jonathan et ses hommes n'y participeraient pas. Il était probable que les frères de Jonathan y répugneraient aussi. Saül serait contraint de mener l'attaque avec celles de ses troupes qui lui étaient demeurées fidèles. Mais combien l'étaient restées ?

Ces questions prirent une acuité soudaine quand les éclaireurs qu'Ezer envoyait patrouiller dans la région rapportèrent que Saül lui-même et ses troupes, aux prises avec des Philistins, étaient à quelques heures de Horcha. Sans doute avait-il ses espions, lui aussi. Il projetait probablement d'assiéger Horcha.

« Ne nous laissons pas encercler à Horcha », dit David. Et il partit avec Ezer et trois cents hommes pour le désert de Maon, plus au sud. Saül dut en être informé, car il bifurqua lui aussi vers ce désert. Les troupes de Saül et la bande de David n'étaient plus séparées que par une colline que dominait un rocher et l'affrontement était inévitable. David entamait déjà sa fuite.

Pourtant, le combat fut évité de manière imprévue, car l'éclaireur posté par David au sommet de la colline revint en courant : « Saül fait volte-face ! Les Philistins arrivent ! Il va se battre contre eux ! » Saül ni David n'étaient apparemment les seuls à avoir des espions ; les Philistins avaient aussi les leurs et, informés de la présence de Saül et de ses troupes si loin de Guibéa, ils avaient décidé de les attaquer.

David et les siens poursuivirent leur fuite vers l'est, où ils comptaient une autre place forte, Engaddi, une oasis au bord de la mer de Sel. David, en effet, avait multiplié les bases pour ses opérations de police. Ammon avait plaidé pour conserver Adoullam, tandis qu'Ezer, qui faisait office de général de l'armée, avait confié la garde de Horcha à Ishbosheth l'Achmonite. Il y avait à Engaddi une caverne qui leur servait de repaire et où ils pouvaient passer la nuit.

Le lendemain à l'aube, ils étaient sans nouvelles de l'affrontement de Saül avec les Philistins et se demandaient si le moment était venu de sortir de leur cachette. Ce fut alors qu'ils virent Saül en personne entrer seul dans la cave et s'accroupir dans un renfoncement pour satisfaire un besoin naturel. Ils furent donc là, trois cents, retenant leur souffle, à regarder un homme exécré et solitaire vider ses entrailles.

« L'heure est venue, chuchota Ezer. Le Seigneur a remis ton ennemi entre tes mains. Fais ce que tu dois faire.

— Il n'en est pas question, dit David. Ce n'est pas à moi de mettre fin aux jours de celui que le Seigneur a choisi. Et certes pas dans ces circonstances indignes. » Mais il se leva, armé de son glaive, et alla vers Saül à pas de loup. Quand il fut arrivé derrière son ennemi juré, toujours en train de déféquer, il souleva un coin du manteau royal et le trancha d'un geste sec. Saül se retourna et aperçut David ; défiguré par l'épouvante, il se leva d'un bond et décampa.

David le suivit hors de la cave.

« Saül, mon roi ! » cria-t-il d'une voix forte. L'autre s'immobilisa et fit face. Ses troupes étaient loin, elles ne pouvaient le protéger. Et il ne pouvait fuir ; David, plus jeune, serait plus rapide que lui. Les hommes de David, eux, s'étaient amassés à l'ouverture de la caverne et observaient la scène. C'était la première fois que les deux rois se retrouvaient depuis que Saül avait tenté de transpercer David de sa lance. « Pourquoi laisses-tu dire que je te veux du mal ? » cria-t-il encore, tenant toujours en main le morceau du manteau. « Tu peux voir que le Seigneur t'a mis aujourd'hui à ma merci. J'ai voulu te tuer, oui, à cause de tout ce que tu as fait contre moi, mais je t'ai épargné. » Il avança vers Saül, rabougri, pétrifié, défiguré par la terreur. « Regarde, Saül, mon beau roi, je tiens un morceau de ton manteau, j'aurais pu plonger mon glaive dans ton corps quand tu étais en train de chier, mais je ne l'ai pas fait, parce que je me suis dit que je ne pouvais pas lever la main sur celui que le Seigneur a désigné. Tu serais mort dans tes excréments, mon beau roi, mais je t'ai épargné. Et pourtant, toi, tu étais décidé à me tuer ! Que Yahweh nous juge ! Et même s'il décide de prendre ma vengeance contre toi, ce n'est pas moi qui lèverais la main sur toi ! » Saül livide le regardait avancer vers lui, incapable de se mouvoir. « Tu connais le proverbe, roi : un tort en entraîne un autre. Mais qu'est-ce que le roi d'Israël venait chasser dans ces parages, dis-moi ? Un chien mort ? Une puce ? Tu m'avais poursuivi jusqu'ici pour me tuer. Que le Seigneur soit notre juge ! Il considérera ma cause, il plaidera pour moi et il m'acquittera ! »

David était parvenu à trois pas de Saül, le morceau de manteau dans la main gauche, le glaive dans la droite. Il plongeait ses yeux dans ceux du roi.

« David, mon fils ! » cria Saül d'une voix de vieillard qui se cassait, une voix pitoyable, abjecte, imprégnée de terreur et d'humiliation. « David ! » dit-il dans ses larmes, les mains sur le visage. Et il poussa un cri. « C'est toi qui as raison ! Et moi qui ai tort ! » Il se ressaisit et masqua l'effroi qui lui recroquevillait les épaules. « Ta générosité est infinie, oui, tu pouvais me tuer et tu ne l'as pas fait ! Et moi, j'étais venu te tuer ! Que le Seigneur te récompense pour ce que tu as fait aujourd'hui. » Il renifla. « Je sais, David, qu'un jour tu seras roi d'Israël. Je sais que le royaume d'Israël resplendira sous ton règne. Tout ce que je te demande, c'est de ne pas exterminer ma descendance, ni d'effacer mon nom de la maison de mon père ! »

Un temps s'écoula. « Je le jure », dit enfin David.

Ils se firent face un long moment. Pendant cet insupportable affrontement, la signification de la vengeance évitée commençait à s'imposer aux deux hommes et sans doute aux spectateurs aussi. En fait, David avait vraiment tué Saül. Il l'avait écrasé en l'épargnant, il lui avait imposé sa pitié, il lui avait signifié ainsi sa supériorité. Saül n'était plus le grand roi, mais un nain malade. Il l'abandonnait au Seigneur, ce qui voulait dire que, pour lui, Saül n'était déjà plus de ce monde. Saül le comprit-il ? Il n'entendit pas son aide de camp, soudain apparu à distance et qui criait son nom. Il se voûtait dans son manteau châtré et son expression devenait plus amère que le fiel. Quand il eut bu toute son humiliation, il tourna le dos à son interlocuteur et s'en fut vers ses troupes. Les rochers le dérobèrent rapidement à la vue. David demeura un temps sur place, regarda le pan de manteau qu'il avait coupé, le jeta par terre et revint à pas lents vers la caverne. Ses hommes le regardaient, immobiles, l'œil rond comme une nichée de chouettes surprises par le jour. Ils ne trouvaient rien à lui dire.

« Tu es vraiment le roi, murmura Ezer. Même Saül le sait, désormais *. »

---

* Selon l'Ancien Testament, David aurait, par deux fois, épargné la vie de Saül, livré à sa merci (I Sam. 24 et 26), une fois dans une caverne d'Engaddi, et une autre sur la colline de Hakila. La seconde fois, David, accompagné de deux « commandos » (il n'est pas d'autre mot), aurait pénétré de nuit dans le camp de son ennemi et serait parvenu jusqu'à Saül endormi. Mais là, il aurait une fois de plus refusé de tuer l'ennemi qui lui était livré.

Or, la répétition du geste de magnanimité de David paraît douteuse. D'abord, on ne voit pas comment David aurait pu se faufiler dans le camp ennemi, encore moins parvenir jusqu'à la tente même de Saül, sans qu'une sentinelle s'en avisât. On ne voit guère non plus pourquoi il aurait pris le risque énorme de s'aventurer dans le camp, jusqu'à la tente de Saül, pour renoncer soudain au projet d'occire son ennemi. Enfin, la description de l'exploit manqué, qui occupe tout le chapitre XXVI de I Samuel, présente beaucoup de traits communs avec celle de l'épisode d'Engaddi et évoque bien plus une « tartarinade » ajoutée qu'elle ne vibre des accents spécifiques d'un récit original.

29

Le rêve en péril

A la cinquième lune, des émissaires vinrent à Horcha annoncer à David que Samuel était mort. On l'enterrerait à Rama, près de sa maison.

David écouta leurs paroles désolées et disparut jusqu'au crépuscule. Il marcha dans le désert et se dit que c'était bien ainsi qu'il était désormais, seul dans le désert. Un père selon la chair, c'est beaucoup ; un père qui vous a choisi, c'est bien plus. La douleur n'était pas de celle qui font jaillir les larmes, mais de celles qui changent la vie.

Il se mit en route pour Rama, suivi du seul Ezer. La colline avait disparu sous une forêt humaine. De chaque tribu des centaines de gens étaient venues. Samuel avait été, au fond, leur vrai roi. Ils entraient dans la vaste maison pour s'incliner devant sa dépouille et prononcer des bénédictions, ce qui était le seul rite que pussent assumer tant de gens ensemble, puis ils allaient s'entretenir avec ses deux fils et sa veuve, Miriam.

Enveloppé dans son manteau et le capuchon rabattu, David était d'abord passé inaperçu. Sans doute aussi avait-il changé depuis quelque temps. Il s'était un peu épaissi et sa barbe descendait sur la poitrine. Il ne fut reconnu que par Miriam. Quand elle le vit, elle poussa un cri et elle le prit dans ses bras, comme s'il avait été son propre fils. « Une heure avant de rendre son âme au Tout-puissant, il a crié ton nom ! Il a crié que le Tout-puissant te protège ! » Or, ce nom se propagea dans la maison, puis à l'extérieur, puis sur la colline. « David ! David est là ! » Il répandit dans la foule un frisson contagieux et l'agita comme le vent dans les hautes herbes. Le vent s'était levé, portant un espoir indicible et flou. Plusieurs des Anciens qui avaient assisté à son sacre, Hanamel ben Ephron, Youssouf ben Adel, Tobiel ben Tobiel, qu'il avait tout à l'heure frôlés et qui ne l'avaient pas reconnu, se pressèrent vers lui, saisissant ses bras, ses épaules, ses mains. « David ! Tu es là ! Bien sûr, tu es là ! » Il était, lui, le vrai fils de Samuel et eux n'étaient plus de vieux barbus, mais les témoins de Samuel, les garants de la légitimité de David. D'autres Anciens encore, qu'il ne connaissait pas, s'écriaient : « Mon roi ! Notre roi ! » Ezer en avait les larmes aux yeux. Elles séchèrent quand il reconnut dans la foule Douèg, le serviteur de Saül qui les avait trahis. Il alla vers lui et l'invectiva :

« Va, Douèg, esclave impur, va donc, trahis David une fois de plus ! Allez, cours chez ton maître Saül pour lui dire que David était à l'enterrement de Samuel, cet enterrement auquel il lui était interdit d'assister ! Va, Douèg, à ton chenil ! Fais encore couler le sang impur ! » Et il le souffleta. L'autre se rebiffa et les deux hommes en vinrent aux mains. Ceux qui avaient aussi reconnu Douèg le chassèrent sans ménagements.

Qu'on pût bafouer publiquement Saül à l'enterrement du Grand voyant, c'était la preuve que ce roi n'existait plus que par son armée. C'était un chapeau de fer que sa couronne ! Mais cela prouvait aussi que David, lui, n'était pas encore intronisé. Brièvement accomplie au début du règne de Saül, l'union des douze tribus en la nation d'Israël agonisait ; bientôt, elle serait à refaire. Jamais le rêve du Grand voyant n'avait été plus en péril qu'au moment où il semblait le plus proche de se réaliser. Ah ! il lui avait fait un lourd cadeau, Samuel !

On apprit peu après que Saül, informé de la mort du Grand voyant, avait banni de son illusoire royaume tous ceux qui faisaient profession de commercer avec les esprits et les fantômes, c'est-à-dire les voyants.

30

Dix-sept lunes

Le paradoxe surgit avec la soudaineté d'une tempête de sable. Comme elle, il obscurcit les yeux, les esprits.

Deux ans à peine après que David avait décapité le champion des Philistins, Goliath, le roi philistin de la ville de Gât, Akish, celui-là même devant qui David avait mimé l'idiotie, lui adressa à Horcha une petite délégation. Une poignée d'officiers goguenards dans lesquels David, passablement déconcerté, reconnut celui qui l'avait mené à Gât. L'heure n'était plus aux pitreries. Un enfant de cinq ans eût vu que David était le maître à Horcha et que ce n'était pas exactement un débile. Il reçut les émissaires dans la grande salle de sa maison, qu'il était le seul à ne pas appeler palais. Assis sur un fauteuil couvert de fourrures, il était flanqué de ses frères, d'Ezer, d'Ishbosheth, d'Ammon et de quelques autres de ses officiers. Les Philistins embrassèrent la scène du premier coup d'œil.

« Bien joué, dit l'ambassadeur d'Akish, qui avait pris place sur un siège sensiblement plus bas que celui de David. Nous t'avons vraiment cru idiot. Tu ne l'es pas, ce qui prouve que tu es encore plus intelligent que bien d'autres rois. » David ne pipait mot. « Nos éclaireurs nous ont appris que tu as une armée et quelques places fortes, Engaddi, Adoullam, Horcha et peut-être aussi Carmel. Tu protèges les troupeaux de la région en échange de vivres, et tu es désormais riche grâce à un mariage avec une femme de Carmel. Nous estimons ton armée à mille hommes *. » David hocha la tête. « Mille hommes, c'est bien, reprit le Philistin, mais ce serait peu en présence des troupes de Saül. Tu as épargné sa vie, mais il ne t'en a pas su gré, il me semble. » David haussa les sourcils. « Il se trouve à une journée ou deux de marche d'ici, dans la vallée d'Ayyalôn, avec une armée de dix mille hommes. » David s'efforça de rester impassible. Ezer et les autres tressaillirent et remuèrent les pieds. « Saül a juré de t'envoyer au tombeau avant d'y aller lui-même. Il est possible qu'il projette de se mesurer à nous, mais dix mille hommes c'est un peu juste contre nos quinze mille soldats, d'autant que nous avons des chars et des alliés. » Le Philistin prenait son temps pour dire ce qu'il avait à dire. « Il semble beaucoup plus probable qu'il envisage de mener une action contre toi. Après-demain, dans deux ou trois jours au plus tard. » David écoutait ce discours sans plaisir. Comment ses éclaireurs ne l'avaient-ils pas informé de la présence de troupes aussi nombreuses ? « Le roi Akish, qui ne te tient aucune rigueur de ta comédie, t'offre sa protection contre Saül, reprit l'autre. Je suis venu te dire solennellement qu'il t'offre l'asile à toi, ta famille et tes hommes. A la condition que tu sois son allié. »

L'injonction de Samuel revint aussitôt à l'esprit de David. Survivre ! Il fallait d'abord survivre ! Seul avec sa petite troupe, il ne résisterait pas à un affrontement avec Saül, qui ruminait toujours sa vengeance. Peut-être même cette volonté de vengeance avait-elle été aiguisée par la magnanimité de David, humiliation suprême. L'offre d'Akish était un cadeau du ciel. « J'accepte l'invitation de ton roi », répondit David.

Les regards de ses lieutenants pesèrent sur lui.

« Dans ce cas, dit le Philistin, tu n'as que peu de temps pour quitter Horcha. Saül sera ici demain, ou si proche que ton départ risque d'être difficile et que tu serais contraint de partir par le sud. Je vais dépêcher un courrier à nos troupes près d'Hébron, afin qu'elles envoient un détache-

---

* I Samuel cite le chiffre de six cents hommes ; il semble un peu faible ; le nombre de fidèles de David et de transfuges désireux de s'assurer les faveurs du roi à venir devait être un peu supérieur.

ment pour te protéger. Elles devraient être ici le temps de deux sabliers. »

David hocha la tête. Il fallait qu'Akish fût tout à fait certain d'un affrontement prochain avec Saül pour quérir son assistance. Mille hommes de plus, cela comptait. Ordres furent donnés, d'une part par le Philistin pour mander le détachement et, de l'autre, par David pour que ses partisans fissent leurs ballots et quittassent Horcha avec lui avant le coucher du soleil. Il alla lui-même prévenir Abigail et Ahinoam.

« Si Saül vous trouve ici, il ne fera pas de quartier, leur dit-il. Nous allons chez le roi de Gât, Akish.

— Un Philistin ? s'étonna Abigail.

— La survie n'a pas de race, répondit-il. Akish nous offre l'hospitalité. Le seul Philistin, maintenant, c'est Saül. »

Elle appela ses servantes. David était à peine sorti que celles-ci commençaient à plier les robes pour les fourrer dans des sacs, tandis qu'Abigail rangeait ses bijoux et ses fards dans un coffret. Il retourna près de l'ambassade des Philistins pour leur faire servir une collation.

Le soleil n'était pas encore sur l'horizon qu'une longue caravane prenait la route d'Hébron, vers le nord, afin de remonter vers Har-Herès, Gezer et Gât *. Quand le chemin s'élevait et que le regard dominait les forêts et les vallées rougies par le couchant, il venait à David l'envie d'étendre la main et de les caresser, comme s'il avait été un géant.

Ils arrivèrent très avant dans la nuit. Des torches brûlaient sur des épieux cerclés de fer tout autour des remparts. Le lieutenant philistin cria des ordres aux guetteurs, d'autres cris lui répondirent, des ferrures grincèrent dans les anneaux des portes et celles-ci crièrent sur leurs huis. A l'intérieur des remparts, une foule avait reculé l'heure du coucher pour attendre les étrangers. Des enfants écarquillaient les yeux, cherchant du regard le vainqueur légendaire de Goliath. « Demain, vous serez tous mes sujets », murmura David dans sa barbe. Un chambellan identifia David, se dirigea vers lui, l'aida à mettre pied à terre, lui

---

* Le trajet représente une quarantaine de kilomètres.

expliqua que des quartiers lui avaient été réservés, pour lui et sa famille, dans le palais du roi et que d'autres quartiers avaient également été aménagés pour sa troupe. Enfin, le roi le conviait à un souper et un repas avait été prévu pour la troupe. Il fallut bien une heure avant que chacun se fût installé. Les soldats et leurs compagnes avaient emporté des montagnes de ballots. « Que de bagages ! murmura David. On devrait voyager avec une besace et c'est tout. » Lui n'avait emporté que le glaive de Goliath et ses propres armes.

Bientôt, il ne songea plus qu'à laver sa bouche du goût de la poussière. Ce fut la corne emplie de vin, une vraie corne de buffle garnie d'or, tendue par Akish en signe de bienvenue qui y pourvut. Un bref instant, les deux hommes se jaugèrent du regard. Puis Akish ouvrit les bras, les élevant un peu pour enserrer les épaules de David, qui était plus grand que lui. Son haleine disait qu'il avait bu et ses sourires rubiconds, qu'il s'offrait le luxe de la magnanimité. Il répétait sans arrêt : « Bienvenue ! Bienvenue au héros ! Bienvenue à l'astucieux David ! » Les courtisans, avec leurs jambières d'apparat, leurs tuniques brodées et leurs bonnets de fourrure paraissaient heureux de compter dans leurs rangs un aussi vaillant guerrier. Tout le monde s'assit par terre pour manger et boire. « Ah ! tu m'as bien fait rire ! » s'écria Akish. Ah ! tu es un malin gaillard ! » Il avait commencé sur le ton finaud et maintenant il riait à gorge déployée et David riait aussi. « J'aime les gens rusés ! » disait encore Akish, dont la conversation, du moins ce soir-là, était un peu courte. David souriait évidemment à ces compliments. Ses frères et Ezer lui adressaient des regards complices. Si Akish s'imaginait qu'il avait dompté le lion, il se préparait des désillusions.

Mais cela ne leur coupait pas l'appétit. La chère était abondante et même recherchée. Des soles frites aux grains de sésame, de la volaille rôtie dans une sauce au vin, de l'agneau grillé, de la crème de pois chiches, des salades, des galettes à la crème d'amandes, des fromages cuits et frais, et surtout du vin, des outres et des outres de vin. Pas trop rapeux, assez fruité. Ces gens-là le buvaient presque pur. Les courtisans s'en versèrent rasade sur rasade, trinquant à la vaillance de leur hôte, à la victoire, à la fécondité des femmes, à leur descendance et à la descendance de leur descendance, de plus en plus gais, de moins en moins circonspects. Le brouhaha monta, enflé par une aigre musique de cistres et de flûtiaux en os, puis il décrut et bientôt les discours devinrent pâteux. David tourna la tête ; Akish sommeillait. Des officiers dans leurs tenues d'apparat dormaient sans vergogne et ronflaient. Il n'avait, lui, vidé que deux cornes, la seconde fortement trempée d'eau. Ses compagnons avaient observé sa tempérance. Il leur fit un clin d'œil et ils se levèrent sans bousculer leurs commensaux, puis ils regagnèrent leurs nouveaux domiciles.

Le lendemain, assez tard, car le roi ne réapparut que lorsque le soleil était haut, David se confondit en remerciements sur ce festin.

« Je suis heureux de t'avoir parmi nous, dit Akish. Mais je veux te rappeler que je compte sur toi et tes hommes dans les combats à venir.

— Tu verras de quel bois nous nous chauffons », répondit David. S'il s'agissait d'aller en découdre avec Saül, on pourrait toujours compter sur lui. Quant au reste, c'était une autre affaire.

Et il se mit à compter les lunes.

31

Comme l'aigle et comme le lion

Il compta dix-sept lunes jusqu'à sa délivrance.

Elles furent mouvementées. En effet, son exil à Gât déplaçait vers l'ouest la région dans laquelle sa troupe faisait la police, essentiellement vers la Shéphéla et le Négev.

Mais ce n'était plus une police : c'était une troupe d'exterminateurs qui opérait sous la protection d'Akish en particulier et des Philistins en général. Le tendre joueur de lyre, l'adolescent duveteux qui avait troublé Jonathan n'existait plus. Ce ne serait pas en jouant de la lyre ni en faisant le pitre qu'il accomplirait la mission dont l'avait investi Samuel. Il organisait des opérations de nettoyage contre les tribus du Sud avec lesquelles les Philistins avaient des accrochages et dont les pillages devenaient par trop fréquents. Il commença par les Guéchourites du Negev, et en trois jours il fit place nette. Les Philistins en furent émerveillés : plus un Guéchourite à des lieues à la ronde. Ce fut encore l'occasion d'un festin.

Ces expéditions devenaient régulières, durant parfois la journée et parfois plusieurs jours. Une fois par semaine, David allait souper avec Akish, qui lui demandait ce qu'il avait fait de son temps.

« J'étais dans le Négev, chez les Kénites, répondait-il, et j'ai mis les pillards en fuite. »

Akish le félicitait. « Sales gens que les pillards, opinait-il, il faut leur donner une leçon. » Une autre fois, David avait été chez les Madianites, les Jéramehlites ou d'autres et

Akish le félicitait encore. Les rapports que celui-ci recevait à Gât disaient tous que l'ordre régnait enfin dans le Négev et le désert de Juda et que c'était grâce à l'action de ce Juif nommé David. Evidemment, les cadavres des Guéchourites, des Amalécites ou des Gizrites ne pouvaient pas parler, sans quoi Akish se serait posé des questions sur la férocité de ce joli garçon. Finalement, c'était une bonne recrue que ce David, et qu'importait qu'il eût décapité cet assommant fier-à-bras de Goliath ! De toute façon, ce jeune homme lui devait tout, il avait même reçu une ville, en cadeau. « Je suis comme un père pour lui », disait Akish en tapant dans le dos de David. Et aux officiers philistins qui s'inquiétaient du pouvoir de ce jeune Juif, il répondait qu'il ne fallait pas s'inquiéter, que David n'avait pas d'avenir hors de la sphère des Philistins parce que les Juifs le détestaient et que Saül lui courait après pour le tailler en pièces.

« Puisque tu es content de mes services, dit David à Akish, donne-moi des quartiers où je sois plus au large.

— Je te donne Siklag ! » s'écria Akish, dans un accès de munificence.

C'était toutefois un demi-cadeau que cette ville, au nord du Negev. Trop éloignée de Gât pour que les Philistins pussent y maintenir l'ordre, elle se trouvait dans l'aire favorite des nomades qui venaient de l'Araba à l'est et de l'Egypte à l'ouest et qui, non contents d'effectuer des razzias sur les oasis, se battaient volontiers entre eux. Néanmoins, David accepta l'offre avec empressement. Il partit le jour même et annonça aux habitants de Siklag que le roi Akish avait fait de lui leur nouveau maître.

« Mais n'es-tu pas ce David qui a tué Goliath ? lui demandèrent, surpris, les anciens de la ville.

— C'est moi, et je suis prêt à faire de même avec tous mes ennemis. Akish est désormais de mes amis et il me soutiendra.

— Mais Akish a-t-il donc fait la paix avec les Juifs ? insistèrent-ils.

— Akish a fait la paix avec moi et cela doit vous suffire », répondit David.

Il réquisitionna des maisons, s'attribua la plus belle, puis il installa sa troupe et transforma Siklag en une quatrième base. A la stupéfaction des prêtres, il commanda d'ériger dans les plus brefs délais un temple dont il confia la direction à Yochaphat, le prêtre qui l'avait marié et qu'il chargea d'en recruter d'autres. Dès le premier soir il fit célébrer un sacrifice sur un autel de fortune. Abigail et Ahinoam, elles, s'affairaient à l'installation avec leurs servantes et leurs esclaves. Elles avaient, elles aussi, appris à donner des ordres.

La ville fut occupée en un tournemain. Dès le lendemain de son arrivée, David fit rehausser les remparts par les habitants autant que par ses hommes et se comporta comme un potentat, à peine vassal du Philistin. Le vendredi, il rendait la justice jusqu'au coucher du soleil, du moins quand il partait présent. Car il partait souvent en campagne.

Amalécites, Gizrites et pillards du désert firent les frais de son ardeur, d'autant plus facilement que David avait obtenu l'alliance tacite des gens de la région, les Kénites, qui n'étaient pas juifs, mais qui se rappelaient que le beau-père de Moïse les avait jadis conduits au désert. Les Juifs, eux, comme ç'avait été le cas quand David siégeait à Horcha, ne pouvaient que se féliciter de sa protection. Ce fut le cas des Jéramehlites, un clan de la tribu de Juda dont les villes et les troupeaux étaient souvent attaqués par les pillards. Les uns et les autres lui fournissaient des hommes qui étaient contents d'aller en nombre décimer ceux qu'ils appelaient des voleurs. Chaque semaine, David partait avec sa troupe et quand ils avaient repéré un campement ennemi, ils fonçaient dessus sans crier gare. Pas de quartier ! Ceux qui ne pouvaient pas fuir, même les femmes, étaient impitoyablement massacrés et les cadavres, enterrés dans une fosse commune. Le camp était ensuite livré au pillage et ce qui en restait était incendié. Il ne restait plus trace de rien. David faisait table rase : ce serait toujours autant d'ennemis en moins le jour où le royaume lui reviendrait. Il ne faisait jamais de prisonniers : il aurait dû les ramener à Siklag ou pis encore, à Gât, où ils auraient raconté sa férocité.

« Comme l'aigle et comme le lion, lui avait dit un jour Ezer, décrivant un grand chef. Comme l'aigle qui voit de très haut et comme le lion, qui est impitoyable. » Il apprenait, en effet, à voir loin, et quant à être impitoyable, il le devenait, bien que ce ne fût pas dans sa nature. Quand il s'avisa que David avait adopté son précepte, Ezer avait ajouté : « Et prudent comme le renard.

— Je ne suis pas un voleur de poules ! s'était écrié David en riant.

— Le propre du vrai renard est de ne pas dire qu'il en est un », avait rétorqué Ezer.

David tombait parfois sur un ennemi plus gros que ses troupes. Ce fut le cas lorsqu'il répondit à l'appel de la demi-tribu de Manassé, celle qui se trouvait à l'est du Jourdain et du territoire de la tribu de Gad, entre Beth-Shéan et Rabba. Trois anciens étaient venus le voir, parce qu'ils avaient constamment maille à partir avec une autre demi-tribu, celles des Geshourites. « Ils se disputent à propos de tout, des puits, des pâturages, et ils prétendent même que nos vergers poussent sur leurs terres ! » se plaignirent les Anciens. « Délivre-nous donc de ces gens, puisque tu es si fort ! »

David hocha la tête et partit en reconnaissance avec ses frères, Ammon et Ezer. Ils passèrent trois jours à estimer les villes et villages des Geshourites. Or, ces gens étaient bien implantés et ils étaient nombreux. « Une vingtaine de milliers au moins, estima Ammon. Beaucoup d'hommes jeunes, aussi. » C'était déjà un trop gros morceau. Ils s'avisèrent qu'il était encore plus gros quand ils s'arrêtèrent pour souper et dormir à Mephaat dans une sorte d'auberge. Là, ils tombèrent sur un vieillard qui leur apprit que le roi de ces Geshourites, qui se nommait Talmaï, avait de nombreux enfants et qu'il était allié par des mariages à tous les potentats voisins, du roi de Bashan à celui d'Edom, en passant par ceux de Galaad, d'Ammon et d'Edom. Tout cela supposait à coup sûr beaucoup d'alliances et ce n'était pas une troupe d'un millier d'hommes qui en viendrait à bout. Il fallait changer de stratégie.

David rentra à Siklag, revêtit un manteau d'apparat et des bottes de cuir d'agneau brodé et se mit en route avec ses frères, Ezer et Ammon, le prêtre Ebyatar, qui désormais veillait au temple de Siklag, ainsi que celles de ses troupes qui n'étaient pas à Horcha ou Adoullam ; ils se dirigèrent vers Kerryot, où siégeait le roi Talmaï. Ezer le fit annoncer au majordome du palais comme le roi de Siklag et, de roi à roi, la courtoisie imposait l'hospitalité. Celle-ci devint particulièrement chaleureuse quand Talmaï, robuste quinquagénaire à la barbe encore colorée, apprit que le roi de Siklag était en fait David, le fléau des brigands et l'exécuteur de Goliath. Un souper de circonstance se transforma en petit festin.

N'avait-on pas assez d'ennemis dans la région pour que des rois forgeassent entre eux des liens de bon voisinage ? demanda David.

Talmaï répondit par une autre question. « Notre principal ennemi n'est-il pas Saül ?

— Si, répondit David. Et c'est aussi le mien.

— Mais n'est-il pas notre ennemi parce qu'il veut s'approprier tout le pays pour le réduire sous son joug ?

— C'est bien le cas, dit encore David.

— Mais n'étais-tu pas un temps considéré comme son héritier ? demanda Talmaï.

— Je ne pouvais être l'héritier de Saül, puisqu'il a des fils, répondit prudemment David.

— Les tribus des Juifs assurent que tu as été désigné comme l'héritier de Saül ? » insista Talmaï.

Ces gens étaient décidément bien informés.

« Et si je l'étais ? répondit David. N'aurais-je pas encore plus de raisons d'entretenir avec toi des rapports d'amitié ? »

Talmaï hocha la tête, sourit et leva sa corne de vin à la santé de son hôte. « Si telle est ta disposition, reprit-il, ne penses-tu pas que le meilleur moyen d'établir entre nous des rapports de confiance serait que tu deviennes mon gendre ?

— J'en suis convaincu, répondit David.

— Je serais heureux de te donner ma fille Maaka.

— Je serais fier d'en être l'époux. »

Talmaï se leva et annonça alors à l'assistance que David, roi de Siklag et futur roi d'Israël, épousait sa fille Maaka et devenait ainsi son gendre. L'assistance entière se leva et but à l'heureuse alliance. L'enthousiasme n'était pas feint. On voyait bien que ces Araméens étaient soulagés à l'idée qu'Israël cessât bientôt d'être une ennemie. Des souhaits jaillirent pour une prompte disparition de Saül.

Talmaï dépêcha un aide de camp pour aller chercher Maaka. Elle prit son temps pour se préparer et quand elle vint enfin, escortée de sa nourrice et de trois servantes, parée d'une robe de lin qu'alourdissaient des broderies de perles et drapée dans un manteau à l'ourlet paré de fils d'or, elle était voilée. Un voile blanc, arachnéen, une brume faite tissu, comme David n'en avait jamais vu.

Son père l'appela et elle avança, légère comme un insecte, les pieds semblant à peine toucher le sol.

« Je te donne à cet homme, David, roi de Siklag, désormais ton époux », dit Talmaï.

Derrière le voile, l'éclat des yeux scintilla. David écarta la brume blanche de ses doigts et découvrit une miniature de femme. Grave et sereine. Pour la première fois de sa vie, il se demanda s'il plaisait. Il lui sourit ; elle inclina légèrement la tête, sans détacher de lui son regard.

Il devait revenir pour l'emmener à Siklag deux jours plus tard et y faire célébrer son mariage par Ebyatar.

32

Ce que dit l'ephod

Ils prirent effectivement le chemin du retour. Mais à peine arrivés, ils trouvèrent des messagers d'Akish, sommant David et ses troupes de se rendre d'urgence auprès du roi à Aphek.

« De quoi s'agit-il ? demanda David.

— Les Philistins préparent une grande offensive contre Saül et ses troupes qui se trouvent à En-Harod. Le roi te demande de le rejoindre à Aphek. »

David connaissait bien En-Harod, « la source du tremblement », entre la plaine d'Yzréel et la vallée du Jourdain, au nord des montagnes de Gelboé et de ses épaisses forêts. Aphek se trouvait de l'autre côté du Jourdain. L'heure était donc venue où il lui faudrait affronter son vieil ennemi. Jonathan se trouvait-il aussi à En-Harod ? Le Seigneur seul pouvait le dire ! Et il fallait surseoir au mariage. Il passa au palais prendre ses armes et ordonna à Ezer de rassembler les troupes.

Ils trottèrent à vive allure jusqu'à la Galilée et y parvinrent en deux jours. Ils tombèrent sur un extraordinaire rassemblement d'armées philistines. Vingt mille hommes, des chars, des cavaliers, des bataillons de lanciers, des armures rutilantes... Il en eut le cœur serré. Les Philistins étaient visiblement décidés à en finir avec Saül et ses prétentions à régenter le pays. David demanda où se trouvait Akish. On le lui indiqua et il crut lire de la malveillance dans les yeux de ceux qui l'entouraient. Il trouva Akish, dont l'armée fermait les formations des Philistins. On ne savait quand l'attaque serait donnée.

A l'expression soucieuse d'Akish, David devina que leurs relations s'étaient troublées. Le roi était entouré de généraux des autres armées dont les visages étaient dénués d'aménité.

« Qui est cet homme ? demanda un général. N'est-ce pas l'Hébreu David ? Qu'est-ce qu'il fait ici ?

— C'est David. Il me sert depuis un an et je n'ai rien à lui reprocher.

— C'est un Hébreu, un ancien lieutenant de Saül. Il a tué des centaines de Philistins. Allons-nous engager un ennemi dans nos rangs ? Il nous trahira pendant le combat pour servir la cause de son maître.

— Saül n'est plus son maître, objecta Akish.

— C'est un Hébreu. Nous ne voulons pas d'Hébreux dans nos rangs, rétorqua le général d'un ton sans réplique. Renvoie cet homme dans la ville que tu lui as donnée. »

Il y eut un long silence, puis Akish se tourna vers David. « Tu m'as servi loyalement et je n'ai rien à te reprocher. Retourne à Siklag. Les autres rois ne veulent pas que tu te battes avec nous. Que mes dieux et ton dieu te bénissent. Va maintenant, afin de ne pas m'embarrasser. »

David hocha la tête. On ne pouvait éternellement jouer sur deux tableaux. Ils s'étreignirent, David appela Ezer et ils tournèrent bride sur-le-champ, fendant les rangs des Philistins pour reprendre le chemin du retour — un millier d'hommes auxquels on venait de signifier qu'ils n'étaient pas des frères d'armes. Ils avaient perdu leur seul protecteur. C'était assez amer déjà, mais ce n'était pas le fond de la coupe.

Quand au bout d'une journée de voyage maussade, ils arrivèrent en vue de Siklag, ils s'immobilisèrent, consternés. Derrière les remparts écroulés ne restaient plus que des ruines noircies. Ils s'approchèrent, en proie à la confusion, parlant tous à la fois. Ils fouillèrent les maisons, à la recherche des leurs, ou de leurs cadavres, et ne trouvèrent que des cendres encore chaudes, des vieillards égorgés.

« Pendant que le roi cherchait une fiancée et qu'il négociait avec nos ennemis, on a détruit notre ville ! » s'écrièrent certains. Des cris de révolte jaillirent. Ezer eut peine à calmer les esprits. « Ses deux femmes ont également disparu, rappelait-il. Il est autant victime que vous. » Ebyatar alla fouiller les ruines du temple ; il fut le seul à trouver une consolation : les pillards n'avaient pas repéré la cachette de l'ephod *, qu'il tenait en main, enveloppé dans un linge blanc.

Une grêle de malédictions emplit l'air. Mais nul ne pouvait dire contre qui. On pouvait mettre vingt noms sur les auteurs possibles de ce raid : tous ceux que David avait pourchassés et vaincus et qui étaient revenus prendre leur revanche. Les pillards avaient-ils emmené avec eux toute la population de Siklag, femmes et enfants ou bien les avaient-ils mis à mort dans le désert ?

« Sors l'ephod, dit David à Ebyatar. Il faut interroger le Seigneur. Dois-je poursuivre ces brigands ? Et les vaincrai-je ? »

Ebyatar hocha la tête et démaillota de ses linges une statue de bronze fondu grande comme la main. « Seigneur, nous T'implorons de nous écouter, commença-t-il, tenant l'ephod devant lui. Nous T'implorons de nous guider dans cette épreuve. Nous T'implorons Tes lumières. Veuille instruire Tes serviteurs de ce qu'ils doivent faire pour venger le juste et punir l'injuste ! » Il ferma les yeux et s'absorba en lui-même, entouré de tous ces hommes défigurés par la douleur et la colère. Au bout d'un moment, il frémit et leva les bras, tenant toujours l'ephod. Puis il poussa un cri, pareil à un râle.

« Vengeance ! cria-t-il. Vengeance ! » Il rouvrit les yeux. « Il faut les poursuivre ! Nous les vaincrons ! Nous libérerons les prisonniers ! Le Seigneur est avec nous ! » Et il exhala un profond soupir.

Une rumeur monta des hommes.

---

* I Sam. XXX, 7. L'ephod, instrument de consultation de la divinité, était à l'époque une image fondue « dont on attendait des oracles en des temps où les enseignements et prescriptions de Moïse se trouvaient méconnus ou bafoués » (André-Marie Gérard, « Dictionnaire de la Bible », Robert Laffont, 1989). Il faut rappeler que de nombreuses pratiques empruntées aux religions locales restaient en vigueur à l'époque de David, le début du Xe siècle avant notre ère.

« Mais qui poursuivrons-nous ? demanda un soldat.

— Le Seigneur nous le dira ! cria Ebyatar.

— Ayez foi ! » cria Joab, l'aîné des trois neveux de David qui l'avait rallié et qui avait manifesté beaucoup d'ardeur depuis plusieurs semaines, en dépit de son jeune âge. David l'avait élevé au rang de troisième général, après Ezer et Ammon.

David décida de partir sur-le-champ dans la direction où les champs avaient été foulés : cela devait le mener vers le torrent de Besor et, au-delà, vers le désert. Mais deux cents de ses hommes refusèrent de le suivre, épuisés par le chagrin. « Partirons-nous à la poursuite de spectres ? » gémissaient-ils.

Ils étaient partis depuis un grand sablier quand Ammon repéra dans le désert une forme qui agitait les bras. Deux hommes allèrent voir ce que c'était. Un garçon trop faible pour marcher, cela se voyait de loin, et l'un des soldats le porta dans ses bras pour le ramener. Ezer en profita pour ordonner une halte. Le garçon, livide, haletant, semblait près d'agoniser. Mais quand on lui eut donné à boire et à manger, quelques figues et des raisins secs, il se ranima peu à peu. David alla l'interroger. Le garçon dit qu'il était égyptien esclave d'un Amalécite, et qu'il avait été abandonné, sans vivres, depuis trois jours, parce qu'il était malade.

« Combien de gens étaient avec ton maître ? demanda David.

— Deux mille.

— Et qu'ont-ils fait ?

— Ce qu'ils font d'habitude, des razzias. Ils ont sévi chez les Kéréthites du désert de Juda, puis chez les Kénizites * de ce désert. Le jour où ils m'ont abandonné, nous sommes arrivés à Siklag, que nous avons pillée et incendiée. »

C'étaient donc des Amalécites et ils étaient arrivés à

---

* I Sam. XXX, 14, dit « le Negev de Caleb ». Il s'agit le plus vraisemblablement de la région occupée par le clan d'Edomites, dit Kénizites, descendants de Caleb, incorporé à la tribu de Juda.

Siklag presque immédiatement après le départ de David et de ses troupes.

« Peux-tu nous conduire à eux ? » demanda David.

Le jeune Egyptien ayant répondu à ses nouveaux maîtres qu'il le pouvait, Joab le prit en selle. Là-dessus, David expédia quatre de ses hommes vers les villes et les villages de la Judée voisine dont il avait défendu les biens et les troupeaux contre les pillards. « Dans chaque ville et dans chaque village, tu leur diras : "David, qui vous a protégés si vaillamment contre les pillards, se trouve lui-même aux prises avec eux en ce moment. Il a besoin d'hommes pour l'assister". Levez toutes les troupes que vous pourrez, mais quelles que soient les forces dont vous disposerez, rejoignez-nous impérativement avant l'aube, sur la rive du torrent Besor. Nous vous attendrons là. » Une nuit était, en effet, à peine suffisante pour que les hommes pussent remplir leur mission et revenir à temps.

La troupe se remit en route. C'était une journée calme et belle, presque sans vent. L'air était pur des poussières du désert.

Le soleil déclinait quand l'Egyptien poussa un cri et pointa le doigt. « Là-bas ! Des fumées ! Ce doit être eux ! » David donna l'ordre de s'arrêter et il partit avec Ammon et l'Egyptien en reconnaissance.

Cachés derrière des rochers, ils arrivèrent jusqu'à l'endroit d'où s'élevaient les fumées. Un vaste campement rougeoyait dans la lumière du couchant et une trentaine de feux avaient été allumés. Leurs fumées montaient presque verticalement dans l'air. Ces canailles festoyaient avec les troupeaux et les vivres qu'ils avaient volés à Siklag et ailleurs.

« C'est eux ! cria l'Egyptien. Je reconnais la tente de mon maître, celle sur laquelle s'élève une queue de cheval teinte en rouge avec le bout noir ! »

A vue de nez, les Amalécites devaient bien être deux mille, comme l'avait dit l'Egyptien. On ne pouvait compter toutes les tentes, mais il y en avait plusieurs centaines. Sous ces tentes devaient se trouver les prisonniers, Abigail, Ahinoam... David grinça des dents. Une cinquantaine de chameaux étaient groupés d'un côté, les chevaux et les mulets d'un autre. Les trois hommes étudièrent la situation pendant un moment, puis revinrent sur leurs pas, non sans avoir repéré l'endroit où le torrent était le moins profond.

« Nous resterons ici cette la nuit, dit David. Nous ne pouvons attaquer avant l'aube, pour ne pas tuer les prisonniers par mégarde. Qu'aucun de vous ne fasse de feu. Ils ne doivent même pas soupçonner que nous sommes ici. La surprise est essentielle à notre victoire. »

Ils dormirent à peine quelques heures. Le jour n'était pas levé que des bruits de sabots et quelques légers coups de sifflet annoncèrent le retour des émissaires. « Où est David ? — Je suis là. — C'est nous, Jérémie, Hoham, Pachhour et Youbal. — Avez-vous pu lever des gens ? — Oui, trois cents. — Ont-ils des armes ? — Pas tous. — Quelles armes ? — Des lances, des frondes, des dagues. Mais nous avons ramené vingt-huit montures, des mulets et des ânes. — Bien. Ezer, va les rassembler. Explique-leur où sont les Amalécites et ce qu'ils ont fait. Et reviens me voir. »

Aux toutes premières lueurs de l'aube, ils s'élancèrent. David et Ezer menaient l'assaut, glaive au vent. Ils formaient la pointe d'un triangle qui allait s'élargissant, afin de couper en deux le camp ennemi, puis d'en écarter les deux parties au maximum. Les sentinelles, qui commençaient à s'assoupir à la fin de la nuit, avaient à peine donné le cri d'alarme que David et Ezer avaient atteint les premières tentes et les avaient déchirées d'un coup de glaive. Les Amalécites dormaient, repus de viande et gorgés de vin ; les premiers surpris ne finirent ni leur sommeil, ni leur digestion. Ammon s'empara de l'un des plus jeunes et, dans la mêlée, la dague appuyée sur son torse, le saisit à la gorge et le somma de dire où se trouvaient les prisonniers. L'autre indiqua la troisième rangée de tentes et mourut aussitôt.

Les Amalécites tentèrent de résister, mais là où ils venaient de voir trois hommes, il y en avait bientôt six et quand ils les avaient vus, ils avaient tout vu. Leurs yeux se révulsaient. David fonça vers la troisième rangée de tentes et l'ayant déchirée comme les précédentes, trouva deux Amalécites les glaives levés. Les fantassins qui le suivaient leur passèrent les lances au travers du corps. Il y avait là des femmes prisonnières, mais ni Abigail, ni Ahinoam. Ces femmes toutefois, reconnaissant David, lui indiquèrent où se trouvaient ses épouses. Il fonça. Là encore des Amalécites se jetèrent sur lui, mais une femme sortit ; c'était Ahinoam et elle enfonça une dague dans le dos de l'un. David trancha le cou de l'autre, le troisième fut renversé et foulé aux pieds par le cheval et les soldats l'achevèrent. A ce moment, Abigail sortit, une dague au poing, Dieu seul savait où elle l'avait trouvée, mais elle paraissait décidée à s'en servir.

« David ! cria-t-elle, Dieu soit loué ! »

On louerait Dieu plus tard. David mit pied à terre et donna à Abigail l'ordre de monter sur le cheval, les jambes écartées, comme un homme, de prendre Ahinoam en croupe et de filer vers l'arrière, à travers la trouée que l'assaut avait percée. Il l'aida à monter et lui recommanda de serrer les cuisses, puis il hissa Ahinoam et donna une claque sur la croupe de la bête. Elles étaient parties.

L'assaut avait bien écarté comme un coin les deux parties du camp. Ceux des Amalécites qui le pouvaient se précipitèrent vers les chameaux, qui se trouvaient à quelque distance et, les ayant relevés, filèrent sans demander leur reste. Ceux qui n'avaient pas eu cette possibilité étaient contraints d'affronter leurs assaillants. Mais ils n'avaient pas affaire à des guerriers, ils devaient en découdre avec des assassins dont la rage décuplait les forces. Ils tentaient de se défendre, tout en reculant, mais les glaives des Juifs fonctionnaient comme des faux, taillant ici un bras, là une jambe. Les fuyards étaient poursuivis, taillés en pièces et jetés là à pourrir pour les chacals.

Quand il n'y eut plus un seul Amalécite vivant en vue, les deux ailes de l'armée se trouvaient à plus d'une lieue de distance. David fit sonner de la trompe. Le combat était fini. Les hommes baissèrent les armes. Le soleil se couchait, épuisé.

L'ephod avait dit vrai.

Restait à compter les morts et les blessés. Plus de cent. On travailla toute la nuit à les enterrer.

Puis on dénombra les prisonniers. Il y en avait plus de trois cents. Des jeunes filles, des hommes dans la force de l'âge, de jeunes garçons. Les Amalécites en eussent fait des esclaves. Ils avaient aussi contribué à la victoire. Quand David les rejoignit, Abigail et Ahinoam s'élancèrent vers lui.

« Je n'ai jamais eu peur, dit Abigail. Je savais que tu viendrais me libérer. »

Ammon compta les ennemis morts et en trouva mille cinq cents. Il fit traîner leurs cadavres à l'extrémité du camp. La journée avait été rude et David éprouvait une faim violente. Mais il se souvint de Saül et demanda à Ebyatar de préparer un sacrifice. Sur les instructions du prêtre, des soldats dressèrent un autel de fortune et David fit sacrifier un agneau, puis Ebyatar alluma le feu et versa une coupe de vin et une coupe de lait. La fumée monta comme une dague sans fin vers le ciel indigo.

« Ta parole a guidé les Justes, Seigneur, dit David, en présence des officiers qui l'entouraient. Ton bras a armé nos bras. Veuille que nos voix et celles de notre descendance célèbrent à jamais Ta puissance ! »

Puis l'on improvisa un repas. Le vin acheva de rasséréner les prisonniers et délia leurs langues. Ils racontèrent leurs exploits. Un jeune garçon s'était emparé de la dague d'un Amalécite mort et en avait tué un autre d'un coup dans le dos. Une jeune fille avait abattu le sien de face. Puis le sommeil vint d'un coup, tous s'effondrèrent sur place.

A l'aube, on ramassa le butin : des armes, de la vaisselle d'argent et de bronze, des bijoux, des fourrures, des vêtements... et puis les vivres. On chargea le tout sur les montures abandonnées par les Amalécites, puis les soldats mirent le feu aux vestiges du camp et ce fut derrière un rideau de fumée que les troupes prirent le chemin du retour. Mais quel retour ? Les recrues mobilisées la veille dans les villages de Juda pouvaient, elles, rentrer dans de vrais foyers. David et ses troupes n'allaient retrouver que des ruines à Siklag ; il faudrait entreprendre dès le lendemain la reconstruction de la ville dévastée. Puis faire venir Maaka.

Chevauchant en tête et absorbé dans ses pensées, David songea que l'ephod avait pourtant dit vrai. Dieu était avec lui. Il n'était donc pas avec Saül. Dieu ne pouvait être avec chacun de deux hommes ennemis.

Au retour, il convoqua les deux cents hommes qui n'avaient pas eu le courage de le suivre. Ils étaient piteux ; quand les lieutenants les avaient rassemblés, ils étaient en train de faire une soupe dans celles des poteries qui avaient échappé au saccage, avec le peu de blé qu'ils avaient trouvé dans des sacs crevés. Les soldats les avaient accablés de sarcasmes. Plusieurs demandèrent même que ces couards fussent exclus du partage du butin.

« Vous avez manqué de confiance dans le Seigneur, leur dit David. Vous en êtes assez punis par notre victoire pour que je n'y ajoute pas. Vous aurez donc vos parts du butin, bien que vous n'en ayez rien conquis. Mais je veux que demain vous vous mettiez au travail dès l'aube. Je veux que nous reconstruisions Siklag. »

Ce soir-là, il dormit d'un sommeil d'assassin dans sa maison dévastée. Epais. Lourd. Boueux. Il s'éveilla une fois pour boire. Pensées désordonnées. Se battaient-ils déjà à En-Harod ? Et quelle serait l'issue du combat ? Il songea ensuite qu'Abigail était enceinte et qu'Ahinoam ne manquerait pas de l'être, non plus que Maaka, bientôt. Son arbre poussait des branches ; subirait-il toujours la menace du glaive de Saül ? Il se demanda aussi ce que devenait Mikal. Tout le pain qu'on peut manger ne vous enlève pas le souvenir du morceau qui vous est tombé de la bouche. Abigail, qui s'était aussi réveillée, sembla deviner ses pensées. Elle le regarda, de ce visage un peu lunaire des femmes enceintes, et lui dit brusquement : « Tu seras roi d'Israël, n'en doute pas. » Il hocha la tête. Tout ce qu'on fait vous empêche de faire autre chose. Il ne serait jamais plus le petit berger rêveur qui donnait du plaisir volé à des filles dans les champs, mélangeant l'odeur de leur corps avec celui de l'herbe froissée. Toute action est le maillon d'une chaîne. Il était destiné à devenir roi d'Israël. Rien d'autre.

Ah ! il l'avait bien piégé, Samuel ! Qui donc voulait être roi d'Israël ? Toutes ces intrigues, ce sang, ce poids écrasant !

Puis il calcula que vingt-quatre lunes s'étaient écoulées depuis la prédiction du vieux. Et il se remit à penser à ce chien malade de Saül. Puis à Jonathan. Enfin, il se rendormit.

Le lendemain, il adressa des messagers portant des parts de butin aux Anciens des villages qui lui avaient envoyé des hommes. Bethuel, Ramoth, Jattir, Arara, Sipmoth, Eshtemoa, Rachal... Il en envoya aux Jéramehlites et aux Kénizites. « Ce sont les parts qui vous reviennent dans notre victoire contre les ennemis du Seigneur », tel était le discours que les messagers devaient tenir. Puis il donna des ordres pour la reconstruction de la ville. David voulait y célébrer rapidement ses nouvelles noces avec Maaka. Et il entreprit d'emblée la remise en état des remparts. Saül, ayant peut-être triomphé des Philistins, comme il l'avait fait plus d'une fois, le péril pouvait surgir d'un jour à l'autre.

33

La magicienne d'Endor

« Plus fin... Pas trop d'eau... »

Tout en étalant le mortier pour jointoyer de neuf les grosses pierres des remparts, David échangeait des propos hachés avec Ezer et Ammon. Les rapports des villageois des alentours et de ses éclaireurs concordaient : Saül était plusieurs fois venu rôder ces dernières semaines autour de Siklag et de Horcha, il avait fouillé les parages d'Adoullam et d'Engaddi, comme un chacal qui poursuit sa proie, mais qui n'a plus assez de dents... Cela allait-il durer toujours ? Ne fallait-il pas envoyer des espions à En-Harod et Aphek pour savoir comment se déroulaient les combats ?

« Les nouvelles viendront assez tôt, répondit Ammon. Tu seras le premier informé. »

Mais le soir où David mettait les Amalécites en déroute, et tandis que ses troupes rassemblées à En-Harod attendaient qu'il vînt donner l'assaut, Saül interrogea les trois ephodim de sa chambre.

« Seigneur, quelle sera l'issue de ce combat ? demanda-t-il. Ils sont plus de dix mille. Nous sommes trois mille. Laisseras-tu défaire ton serviteur et ton peuple ? »

Dans ces interrogations rituelles, les ephodim faisaient presque immanquablement jaillir, au bout d'un temps plus ou moins long, une voix au tréfonds de l'être. C'était la réponse. « Fais. Ou ne fais pas. C'est bien. Ou c'est mal. Les auspices sont bonnes, le Seigneur te protège. Ou cela ne plaît pas au Seigneur, cela échouera. »

Cette fois-ci, ils restèrent silencieux. Leurs yeux de jaspe fixaient le vieux roi d'un air menaçant.

Saül soupira. Il n'avait fait aucun songe depuis plusieurs nuits, et le Seigneur était demeuré sourd à ses prières. Il sortit de sa chambre et demanda au serviteur qui montait la garde : « Va me chercher ton manteau.

— C'est un manteau indigne de toi, répondit l'autre.

— Va le chercher, te dis-je. »

L'homme revint avec le vêtement demandé. Saül le revêtit, rabattit le capuchon et sortit, se voûtant à l'excès pour se donner l'apparence du grand âge. Il marcha ainsi jusqu'aux confins de sa ville, Guibéa, et là, s'arrêta devant un boulanger. Il contrefit sa voix.

« Dis-moi, je cherche une femme qui soit habitée par un esprit, afin de pouvoir interroger mes ancêtres. »

L'autre le considéra un moment. « Saül a chassé du royaume tous ceux qui font profession de dire l'avenir, ne le sais-tu pas ? répondit-il à la fin. Mais il en reste une, m'a-t-on dit, à Endor.

— C'est loin, observa Saül.

— C'est tout ce que je sais. »

Il rentra au palais et convoqua ses deux aides de camp les plus fidèles. « Faites seller tout de suite vos chevaux et le mien », leur ordonna-t-il. Le soleil se couchait, ils partirent au galop.

« Où allons-nous ?

— Au sud. »

C'était la direction opposée de celle où se trouvait l'armée. Galopant dans la nuit noire, ils aperçurent bientôt des lumières dans un hameau. Saül alla s'informer du chemin.

« Suis-je loin d'Endor ? »

C'était une maison cananéenne. Les Cananéens de cette région, proche du mont Tabor, s'étaient révélés indéracinables. Un homme lui répondit qu'il y était presque arrivé.

« Et où se trouve la maison de la magicienne ? »

L'homme lui lança un regard méfiant.

« Elle n'est plus magicienne.

— Mais où se trouve-t-elle ?

— C'est la première maison sur le chemin. Tu la reconnaîtras au grand chêne qui l'ombrage. »

Ils y furent, attachèrent leurs chevaux au chêne et Saül alla frapper à la porte après avoir ordonné à ses compagnons de l'attendre. Au bout d'un long moment, une femme tira la barre et ouvrit, la lampe à hauteur du visage de son visiteur. Une vieille femme aux orbites creuses parce qu'elle avait trop fréquenté la mort.

« Que veux-tu à cette heure ? demanda-t-elle.

— Je veux que tu me dises mon avenir en consultant les morts et en convoquant l'âme de l'homme que je nommerai.

— Tu sais que Saül a chassé tous ceux qui invoquent les fantômes et les esprits. Pourquoi voudrais-tu que je risque ma vie ? »

Il tira de sa poche une agrafe d'or ornée d'un cabochon de rubis qui étincela sous la lampe et dit : « Je te garantis au nom du Seigneur qu'il ne t'adviendra rien de mal à cause de ceci. »

Elle le fit entrer, sous les regards perplexes des aides de camp, et lui indiqua un siège. Elle alla chercher un brasero constitué d'une bassine de bronze montée sur des pieds, y jeta des brindilles et y mit le feu. Les flammes jaillirent et elle ajouta du bois plus épais et des feuilles sèches qui emplirent la pièce d'une fumée odorante. Elle aspira cette fumée.

« Qui dois-je invoquer ? »

— « Samuel. »

Accroupie devant le feu, elle parut s'absorber en elle-même au point qu'on pouvait craindre que les jambes et les bras lui rentrassent dans le corps et qu'elle ne fût bientôt plus qu'une boule de vêtements avec rien à l'intérieur, seulement un crâne qui émergerait. La pièce était enfumée, on n'y voyait presque plus rien que des volutes inquiétantes. La vieille poussa un cri d'enfant.

« Le voilà ! Mais c'est le Grand voyant ! cria-t-elle. Pourquoi m'as-tu trompée ? C'est toi, Saül ! » Et elle poussa un long râle furieux.

« N'aies pas peur. Dis-moi ce que tu vois.

— Je le vois monter de la terre, un vieil homme dans son manteau... »

Saül se jeta à terre et se prosterna, et l'impensable se produisit : Samuel parla par la bouche de la femme, recroquevillée devant le feu et la tête penchée en arrière, les yeux révulsés. C'était bien sa voix à lui qui sortait des lèvres ridées de la magicienne, seulement un peu plus caverneuse.

« Pourquoi m'as-tu dérangé ? Pourquoi m'as-tu fait remonter du Shéol ? demanda Samuel.

— Je suis en grande difficulté, dit Saül, épouvanté, ravalant sa salive, osant à peine relever le visage. Les Philistins se préparent à m'attaquer et ils sont nombreux. Et le Seigneur s'est détourné de moi. Il ne me répond plus, ni ne m'apparaît plus en rêve. Je t'ai appelé pour que tu me dises ce que je dois faire.

— Pourquoi m'interroges-tu, maintenant que le Seigneur s'est détourné de toi et est devenu ton adversaire ? Il a fait ce qu'il avait annoncé par ma voix. Il a arraché le royaume à tes mains et il l'a donné à David. Et demain, toi et tes fils vous serez avec moi, parce que le Seigneur jettera ton armée et ton peuple dans les mains des Philistins ! »

Saül, qui s'était à demi relevé s'écroula. La magicienne poussa un cri et s'élança vers lui. Il gisait sur le dos, la bouche articulant des sons qui refusaient de sortir. Elle se pencha sur ce roi défait par un fantôme et s'efforça de l'asseoir sur le sol. « J'ai fait ce que tu m'as demandé et j'y ai risqué ma vie, lui dit-elle. Maintenant, écoute-moi, il faut que tu manges un peu avant de reprendre la route. » Dans son égarement, il secouait la tête, émettant des sons indistincts comme s'il avait été frappé d'aphasie. Elle sortit et appela les deux aides de camp à son aide. Tous trois insistèrent tant que Saül se résolut à manger un pâté à la viande et deux galettes de pain sans levain *. Puis ils reprirent la route afin de rejoindre les troupes à En-Harod.

---

* I Sam. XXVIII, 21-25 avance que la magicienne aurait, pour nourrir Saül, tué un veau à l'engraissement et qu'elle l'aurait cuisiné pour lui cette nuit-là. Le détail est pittoresque, mais peu crédible : on imagine malaisément Saül attendant qu'on sacrifiât cette bête en pleine nuit et qu'on le cuisinât, alors qu'il devait rejoindre ses troupes à En-Harod, à cinquante kilomètres de là, pour une

Ils y furent à l'heure où David s'éveillait dans les ruines de Siklag.

---

bataille cruciale. A peine plausible dans le cas où la décision de tuer le veau aurait été prise par une personne disposant d'une vaste maisonnée, elle devient franchement invraisemblable quand il s'agit d'une magicienne dans un petit village de Juda.

34

La chute de l'arbre

Le choc fut effroyable.
Venus de la rive orientale du lac de Gennésareth, les Philistins lancèrent d'abord leurs chars contre les troupes de Saül, qui les attendaient à l'entrée sud de la plaine de Yzréel. Celles-ci n'avaient pas de chars et, dans un premier temps, ne s'en trouvèrent pas plus mal. Ces lourdes machines déviaient malaisément leur course ; il leur fallait, chevaux compris, vingt coudées pour prendre un virage. Leur fracas avertissait à l'avance de leur approche et il était alors aisé de fuir et de se replier de part et d'autre de leur passage. Les lanciers qui se tenaient sur ces monstres d'airain se transformaient alors en cibles commodes pour les frondeurs et les archers. Les Philistins perdirent ainsi de nombreux hommes.

Mais l'intérêt principal de leur assaut était de diviser tout de suite l'armée ennemie. Les chars des Philistins, en effet, taillèrent dans le front des Juifs une trouée dans laquelle s'engouffrèrent d'abord les lanciers, suivis par les archers, les fantassins venant ensuite. Il ne restait plus qu'à poursuivre à droite et à gauche les soldats de l'armée de Saül, deux moitiés d'armée plutôt, de mille cinq cents hommes chacune. Ou bien les Juifs tombaient sous la masse des assaillants, ou bien ils s'enfuyaient. Ce fut d'ailleurs un fuyard qui fit à David, le lendemain, le récit de la bataille.

Saül et Abner avaient projeté une ligne de repli, dans

la montagne de Gelboé. Mais seule une moitié de leurs troupes put y recourir, celle où se trouvaient le roi et ses trois fils. L'autre moitié, séparée par le choc des chars, se trouva isolée dans la plaine et là, fut encerclée et taillée en pièces par les Philistins. Contraints à la défensive, Saül et ses hommes gravirent la montagne sous une pluie de flèches. Ses archers tentèrent de répliquer, mais la distance entre eux et leurs ennemis était trop courte : dès qu'ils se campaient sur leurs pieds pour armer leurs arcs, ils perdaient encore leur avance. À la fin de la nuit, la bataille s'acheva dans des corps-à-corps. Jonathan, Abinadab, Malkishoua tombèrent l'un après l'autre. Atteint par une flèche au ventre, Saül demanda à son aide de camp de l'achever. Celui-ci, horrifié, refusa de tuer son roi. Alors Saül planta son glaive la pointe en haut et se laissa tomber dessus, ce que voyant, l'aide de camp l'imita. Les deux cadavres basculèrent dans les buissons de myrtes qui couvraient les pentes de la montagne alors qu'un soleil nouveau se levait sur le monde *.

Les fuyards qui avaient trouvé refuge dans les villes et les villages des Juifs de la région, sur la rive occidentale du Jourdain et au sud des monts Gelboé, achevèrent involontairement de donner l'avantage aux Philistins : « C'est fini !

---

* Cette version est celle de I Sam. XXXI, 4-6. Celle de II Sam. I, 4-16 est très différente : elle avance que Saül, cerné par les chars et les cavaliers ennemis, aurait avisé un jeune Amalécite dont on ne sait ce qu'il faisait là et, bien que ne souffrant d'aucune blessure mentionnée, mais sentant venir son agonie, aurait demandé à l'étranger de le tuer. Ce que ce dernier aurait fait. Puis l'Amalécite se serait emparé de la couronne et du brassard de Saül et aurait été porter les nouvelles funestes à David. Celui-ci l'aurait fait mettre à mort parce que le jeune homme avait porté la main sur l'oint du Seigneur. Or, cette version est suspecte pour plusieurs raisons. En premier lieu, Saül a trouvé la mort dans la montagne de Gelboé qui, si elle était à la rigueur accessible aux cavaliers philistins, ne l'était certes pas aux chars. En deuxième lieu, on imagine mal un roi, surtout un caractère tel que Saül, demandant à un jeune homme étranger, sinon ennemi, de mettre fin à ses jours. En troisième lieu, on ne voit guère qu'un jeune Amalécite se soit emparé des dépouilles les plus précieuses de Saül, couronne et brassard, qui revenaient aux chefs philistins et que, par-dessus le marché, il soit allé s'en vanter auprès de David. Il s'agit à l'évidence d'une broderie romanesque d'auteurs qui ne connaissaient pas la version antérieure de I Samuel et qui vise à donner un beau rôle supplémentaire à David. C'est la raison pour laquelle je ne l'ai pas retenue.

Saül et ses fils sont morts ! Les Philistins ont anéanti l'armée ! » annoncèrent-ils.

Epouvantés, les Juifs firent des ballots à la hâte et prirent la fuite à leur tour. C'était la fin. Les Philistins occupèrent leurs places sans coup férir.

Excédés par cinq années de harcèlements et de guerres féroces dont l'objet était de leur contester leurs propres terres, les Philistins témoignèrent d'une férocité vengeresse à l'égard de la dépouille de leur ennemi. Ils lui arrachèrent son armure qu'ils expédièrent au grand temple d'Astarté, à Gézer. Puis ils le décapitèrent et promenèrent sa tête au bout d'une pique dans leurs villes et celles qu'ils venaient de conquérir. Ils ne se montrèrent guère plus magnanimes avec le cadavre sans tête, ni avec ceux de ses fils, qu'ils allèrent clouer sur les remparts de Beth-Shéan.

Ce fut là que quelques hommes courageux et pieux de Jabesh allèrent les déclouer de nuit. Sinistre besogne qui entraînait l'impureté rituelle. Mais un roi était un roi, on ne pouvait pas le laisser aux chiens et aux vautours. Ils enveloppèrent ces dépouilles dans des toiles et les rapportèrent chez eux. Ils les lavèrent, les mirent dans des aromates et les enterrèrent sous le grand tamarinier de leur ville.

Ils jeûnèrent sept jours et, dans leur chagrin, prièrent le Dieu qui semblait les avoir abandonnés. L'arbre était tombé et ils n'en voyaient pas d'autre.

35

Fin d'une jeunesse

« ... Et ils les ont lavés et saupoudrés d'épices et ils les ont enterrés à Jabesh, sous le grand tamarinier... »

La voix de l'Ancien de la tribu de Nephtali se brisa. Il était venu à Siklag, avec deux Anciens de la tribu de Manassé pour rendre compte à David de l'issue du combat. Ils étaient assis tous les trois sur de grosses pierres devant ce qui avait été la maison de David, tandis que retentissaient les bruits du chantier alentour. Sans doute étaient-ils aussi venus pour voir ce qu'il en était des dispositions prises par Samuel : David allait-il faire valoir ses droits à la succession ? Ils avaient tous trois été présents lors du sacre de David. Mais enfin, Samuel avait aussi sacré Saül et l'on avait vu ce qu'il en était résulté. Peut-être David n'était-il pas à la hauteur... Après tout, les douze tribus avaient, six ans plus tôt, demandé un roi à Samuel et si les volontés du Grand voyant disparu demeuraient lettre morte, il faudrait aviser et, par exemple, nommer un roi par tribu.

David se voûta, il eut un vertige de chagrin et s'appuya sur Joab, qui se tenait près de lui. Puis il releva la tête. C'était un de ces jours où l'on se demande comment le soleil a le front de briller. Mais il brillait obstinément sur cette fin d'été, adouci par la brise marine. Les grenadiers ployaient sous les fruits.

« Qu'allons-nous devenir ? » demanda l'Ancien. Ses

deux compagnons tournèrent des yeux interrogateurs vers David.

« Le Seigneur s'est exprimé par la voix de Samuel. Il ne nous a pas abandonnés », dit David.

Ils hochèrent tous trois la tête.

« Non, le Seigneur ne nous a pas abandonnés, répéta l'un des Anciens de Manassé. C'est toi son héraut, désormais.

— Que vas-tu faire ? demanda l'Ancien de Nephtali. La lignée de Saül ne s'est pas éteinte avec lui, ni les trois fils qui sont morts à Gelboé. Il reste Ishyo.

— Et Abner, lui, est encore vivant, ajouta l'autre Ancien de Manassé. Et il est le cousin germain de Saül. »

La suite des événements était assez prévisible : Abner tenterait de relever la maison de Saül avec Ishyo comme héritier. Cela fait, et manipulant Ishyo à sa guise, il pourrait revendiquer une autorité que David ne lui eût certes pas concédée. David disposait déjà de son clan et de ses généraux, il n'avait pas besoin d'Abner.

« Vous avez entendu Samuel, leur répondit-il au bout d'un moment. L'arbre de Saül avait été frappé par la foudre du Seigneur. Il devait tomber. Ce faible rameau qu'est Ishyo ne suffira pas à le faire revivre. » Il parlait de façon simple, claire, forte. Leurs yeux s'animèrent. « Je vous le dis afin que vous le répétiez à tous les autres : il ne servira à rien d'essayer d'aller contre la volonté du Seigneur. Les alliances que certains seront tentés de conclure avec Abner ou Ishyo ne les mèneront qu'à encourir ma colère. »

Ils hochèrent rapidement la tête. La colère de David serait sûrement aussi redoutable que celle de Saül ! Puis ils se levèrent, appelèrent sur David les bénédictions du Seigneur et s'en furent sur leurs ânes.

Quand ils furent partis, les chefs de chantier vinrent lui poser des questions sur les améliorations à apporter au tracé de telle rue et à l'extension de telle maison. Il leur répondit distraitement. Siklag n'était plus sa ville ; ce n'était que le cadeau d'ennemis qu'un jour ou l'autre il abattrait.

Au souper, qui réunissait le prêtre Ebyatar, Ezer, Ammon, Ishbosheth l'Ammonite et Joab, ainsi que quelques autres lieutenants, David prit la parole devant un vaste bol de lentilles à la volaille.

« Il ne reste plus rien du royaume de Saül, commença-t-il. Abner est un intrigant qui essaie de se tailler une principauté en se servant du nom d'Ishyo, mais il n'en sortira rien de bon, car les douze tribus savent que l'arbre de Saül est mort. Les Philistins sont d'autant plus maîtres du pays qu'ils savent que nous sommes désormais divisés et qu'il est plus commode de dominer séparément chacune des douze tribus qu'une seule nation. Il me faut fonder une base à partir de laquelle nous puissions reconquérir ce pays.

— Nous quitterions Siklag ? demanda Ammon.

— Siklag est à nous et le restera. Nous avons d'autres places fortes comme Horcha et Adoullam ; elles nous serviront à l'occasion. Mais Siklag n'est pas la cité d'un roi juif.

— Où veux-tu aller ? demanda Joab.

— A Hébron. Il nous faut un lieu où la mémoire de notre peuple soit enracinée. C'est là que dort Abraham, c'est là que dorment nos ancêtres. Et nous comptons des amis alentour. A Bethuel, à Ramoth, à Jattir, à Arara, à Sipmoth, à Eshtemoa, à Rachal... Les Jéramehlites et les Kénizites sont nos alliés.

— Ce sont ceux auxquels nous avons envoyé leurs parts de butin, observa Ezer.

— Le Seigneur est avec toi, dit Ebyatar. Samuel l'a dit. Je le redis avec lui. »

Le lendemain, David appela Ebyatar.

« Je veux que tu interroges l'ephod, lui dit-il. Je veux savoir si c'est la volonté du Seigneur que j'aille à Hébron. »

Ils se rendirent ensemble dans le temple dont les maçons reconstruisaient la toiture en bois de chêne. Pendant que ces gens clouaient et suaient dans le vacarme des ahans et des marteaux, Ebyatar démaillota une fois de plus la statue de bronze. Ses yeux se fermèrent une fois de plus. Il trembla une fois de plus. Et une fois de plus, sa voix changea. Une drôle de voix, comme celle d'une vieille femme folle.

« Que veux-tu savoir, David, serviteur du Dieu unique ?

— Je veux savoir si je dois aller conquérir les cités de Juda.
— Tu le dois.
— Dans laquelle irai-je ?
— Hébron. C'est là que dorment tes pères. »
Je l'avais dit, songea David.
Il partit le lendemain pour Hébron, avec Ezer, Ammon, Joab et ses deux frères, Abishai et Asahel. Ebyatar aussi était du voyage. David convoqua les Anciens de la ville. Ils le connaissaient déjà, tout le monde connaissait David, le vainqueur de Goliath, le héros auquel s'identifiaient les petits garçons, maniant la fronde contre les oiseaux, et que les filles rêvaient d'avoir comme mari.

« Saül est mort et nous sommes sans roi, leur dit-il. Samuel m'a donné l'onction royale devant les Anciens des douze tribus. »

Tous concentraient sur lui des faisceaux de regards — les vieilles femmes et les jeunes hommes, les malandrins et les boulangers, les juges et les prêtres du temple, le forgeron et le boucher, les mendiants et les usuriers, les enfants et les hommes faits qui s'étaient battus à ses côtés. Il devinait ce qu'ils pensaient, que les rois vous entraînaient dans des guerres et vous faisaient payer des impôts.

« Nous n'avons qu'un roi, et c'est le Seigneur. Mais si nous n'avons pas un roi sur terre, nous serons bientôt les esclaves des Philistins. Si nous n'avons pas un roi qui soit le serviteur du Seigneur, nous serons les esclaves des Philistins. Voulez-vous être les serviteurs du Dieu unique ou bien les esclaves des Philistins ? » cria-t-il.

Il avait touché juste.

« Si vous êtes les serviteurs du Dieu unique, je suis votre roi. »

Les Anciens se levèrent. « David, dit le plus vénérable d'entre eux, nous te connaissons par tes exploits, mais nous connaissons encore mieux la parole de Samuel. S'il t'a choisi, c'est que tu es notre roi. » Et se tournant vers la foule autour de lui : « Cet homme est notre roi. Il est notre défenseur. Louez le Seigneur qui l'a désigné ! »

Ils crièrent les louanges du Seigneur. David savait que ces clameurs étaient confuses et que beaucoup parmi ceux qui les chantaient ne distinguaient pas leur Dieu de celui des Cananéens. Il leur apprendrait quel était leur dieu.

Il répéta le même discours dans les autres villes de Juda. Bethléhem où il était né, bien sûr, Nébo, Mambré, Shamir, Yattir, Carmel et bien d'autres, sans oublier celles du territoire de Siméon. Chaque fois, il faisait célébrer un sacrifice par le prêtre de la ville. En quelques mois, il fut admis qu'il était roi de Juda, sans parler de Siméon, puisque Siklag s'y trouvait et qu'il était déjà roi de cette ville *. Comment en eût-il été autrement, puisqu'il était de la tribu de Juda ? Les Benjaminites, frontaliers, n'avaient certes pas oublié qu'ils avaient fourni à Israël son premier roi, Saül, et ne se soumirent que du bout des lèvres. Ce fut donc à Hébron, dans le territoire de Juda, qu'il vint se faire donner l'onction par le prêtre, en présence d'Ebyatar, qui pleurait d'émotion.

La cérémonie eut lieu au temple, en présence des prêtres de toutes les villes de Juda et de Benjamin. Elle dura le plus clair de la journée, commença par un sacrifice de communion sur un grand autel construit pour la circonstance, et s'acheva par un autre sacrifice, près de la tombe d'Abraham où toute la population se rendit en procession. Le prêtre, comme l'avait jadis fait Samuel à Rama, versa l'huile sur le front de David, revêtu d'une robe de lin brodé d'or et d'un manteau écarlate, les pieds chaussés d'agneau clair. Le soleil déclinait sur les champs dorés quand, le front ceint du bandeau d'or, David traversa la ville aux côtés des prêtres, escorté par ses généraux, pour aller prier en leur compagnie auprès du tombeau.

« Réjouis-toi, Israël, un roi t'est donné par le Seigneur ! Prie le Seigneur, Israël, que ta gloire resplendisse aux yeux de ton Père éternel comme l'or au front de Son élu ! s'écria le prêtre après l'holocauste du soir. Prie le Seigneur, que tes vicissitudes ne soient que l'ivraie dans tes champs, que les mains des hommes pieux arracheront ! »

---

* Le territoire de Siméon n'est pas mentionné dans les terres qui reviennent à David lors de son couronnement à Hébron, mais il semble plus que probable qu'il ait été inclus d'office dans ses territoires, puisqu'il se trouvait justement inclus dans celui de Juda.

Un festin suivit, qui dura toute la nuit, et qui fut lui-même suivi des danses des jeunes gens dans les lumières des torches.

Quand David s'éveilla le lendemain, dans la vaste maison qu'il avait choisie et fait agrandir, il trouva sur sa porte des monceaux de guirlandes de fleurs que la population y avait suspendues à l'aube. Il envoya chercher à Siklag Abigail et Ebyatar, puis il dépêcha à Kerryot une escorte de cent hommes menée par Ezer et Joab en tenues d'apparat pour en ramener Maaka.

Et il prit enfin le temps de pleurer sur Jonathan. On meurt avant l'heure avec les morts. Et les morts meurent deux fois quand on les oublie. Mais on ne pleure jamais que sur soi-même, car on n'en finit jamais de mourir. Il pleura donc sur celui qu'il avait lui-même été. Sur le tendre jeune homme qu'il avait été et ne pourrait plus jamais être.

« Samuel, Samuel, tu m'as volé ma jeunesse ! »

Il envoya Joab porter un message à Jabesh. Il appelait sur les gens de cette ville la bénédiction du Seigneur pour avoir eu la piété d'ensevelir Saül et ses fils. Et maintenant que le Seigneur avait fait de lui le roi de Juda, il n'oublierait pas leur piété.

Non, il ne pratiquerait pas cet oubli-là, ni aucun autre. Il écrivit sa douleur :

« O prince d'Israël, abattu par la mort !
Comment sont tombés les guerriers !

Ne l'annoncez pas à Gât,
ne le proclamez pas dans les rues d'Ashkelon,
afin que les femmes philistines se réjouissent,
et que les filles des incirconcis exultent.

Monts de Gilboé, ne laissez tomber ni pluie ni rosée
    sur vous,
ni sur les champs d'offrandes !
Car là gisent les boucliers ternis des guerriers,
Et le bouclier de Saül, désormais sans huile.
L'arc de Jonathan n'avait jamais épargné

la poitrine de l'ennemi, ni le sang des vaincus ;
le glaive de Saül n'avait jamais immaculé
regagné son fourreau.

Ils étaient admirables et chèrement aimés, Saül et
    Jonathan ;
dans la vie dans la mort, ils demeurèrent unis.
Plus rapides que des aigles,
plus forts que des lions.

Pleurez Saül, ô filles d'Israël !
Lui qui vous revêtit d'écarlate et de broderies,
et qui orna vos robes de bijoux d'or.
Comment sont donc tombés les guerriers, tombés
    sur le terrain !
O Jonathan, abattu par la mort !
Je souffre pour toi, Jonathan, mon frère ;
tu m'étais tendre et cher,
ton amour pour moi fut admirable,
surpassant l'amour des femmes.

Ils sont tombés, les guerriers, tombés ;
et leurs armures parsèment le champ de
    bataille... * »

Il donna le texte à Ebyatar et lui demanda d'en faire des copies pour tous les prêtres de Juda, afin que ceux-ci en fissent encore des copies et qu'on enseignât ce thrène aux enfants d'Israël.

Abigail venait d'accoucher ; c'était un garçon et David l'appela Daniel, mais sa mère voulut l'appeler aussi Caleb. Ahinoam n'allait pas tarder à accoucher aussi. Il fit enfin célébrer son mariage avec Maaka.

C'était peut-être l'un des derniers plaisirs du monde que le corps d'une jeune femme. Cette grâce lisse et dange-

---

* On ignore si ce poème, transcrit en II Samuel I, 18-27, est complet. On ne peut le comparer avec la version qui, dit le même passage, figura dans le Livre de Yachar, un des trois livres de l'Ancien Testament mis à l'écart ou perdus.

reuse, avant que les seins commencent à ployer sous le poids du lait ! Cette façon d'être à la fois fleur et fruit ! Cette lyre de chair ! Et cette voix à l'aube qui prouve à un homme qu'il est encore en vie.

II

LE ROI ÉTERNEL

1

Une mesure pour rien

Quelques jours après le sacre de David, un autre sacre avait eu lieu de l'autre côté du Jourdain, à Mihanayim, à la limite des territoires de Galaad et d'Ammon. Abner y avait, en effet, organisé le couronnement d'Ishyo comme roi de Galaad, des Ashérites, de Yzréel, d'Ephraïm, de Benjamin et, comble d'impudence, de « tout Israël ».

Abner et la maison de Saül ne pouvaient ignorer que David était déjà roi de Juda. Ils avaient donc décidé de faire comme s'ils l'ignoraient.

« Ne t'y méprends pas, dit Joab, cela ressemble à une fanfaronnade, mais c'est un défi. Tôt ou tard, Abner et Ishyo viendront te contester la royauté de Juda et de Siméon. »

Abishai et Asahel, les deux autres neveux de David, n'étaient guère plus indulgents à l'égard d'Abner. Ezer, qui ne le portait déjà pas en son cœur, se contenta de parler d'un « Royaume des survivants ». Comment se faisait-il, disait-il, qu'Abner eût survécu au massacre du mont Gelboé ? Et Ishyo, où se trouvait-il donc au moment des combats ? Pourquoi n'avait-il pas été récupérer, lui, les dépouilles de son père et de ses trois frères quand les Philistins les avaient clouées aux murs de Beth-Shéan ? A quarante ans, Ishyo, il est vrai, ne s'était manifesté par aucun trait d'éclat, contrairement à ses frères disparus.

David écouta, mais ne dit rien, et chacun autour de lui le comprit : il répugnait à s'en prendre directement à la maison de Saül. Il remit à plus tard toute discussion sur ce sujet.

« As-tu renié ce que tu nous a dit un soir à Siklag ? As-tu oublié que c'est ta propre bouche qui a déclaré que l'arbre de Saül était maudit ? Nous sommes-nous donc battus pour rien ? s'écria Ezer, indigné. Avons-nous traversé le désert pour rien ? La volonté de Samuel ne vaut-elle plus rien ? Suffit-il qu'apparaisse un homme du sang de Saül pour que ton courage faiblisse ? »

Ce n'était pas une exaspération feinte : Ezer était indigné. Passait encore que David criât haut et fort son attachement pour Jonathan : on savait ce qu'il en était et cela pouvait se pardonner. Mais ses lamentations sur Saül, Saül qui avait tenté de le transpercer de sa lance et qui l'avait durant des années poursuivi de sa haine, qui lui avait enlevé son épouse, étaient intolérables. Et sa passivité à l'égard des menées d'Abner devenait franchement injurieuse pour ceux qui l'avaient défendu.

David perçut le danger. Les Anciens qui étaient venus le voir l'avaient déjà prévu, quand ils lui avaient rappelé qu'Ishyo et Abner restaient en vie. Il comprit surtout la menace implicite dans l'allusion d'Ezer à la volonté de Samuel. S'il ne réagissait au relèvement de la maison de Saül, il paraîtrait, en effet, infidèle à la volonté du Grand voyant. Et de surcroît, il se retrouverait en péril comme du vivant de Saül. Outre les Philistins, il devrait affronter en permanence la menace des armées du nord : car il ne représentait, lui, que deux tribus et il y en aurait dix liguées contre lui. Tant qu'il serait vivant, Abner et son roi de paille ne toléreraient pas un autre royaume d'Israël.

« Nous nous battrons à coup sûr avec Abner et Ishyo, dit-il deux jours plus tard à ses hommes de confiance. Mais ce ne sera pas moi qui porterai le premier coup. »

Il n'eut pas longtemps à attendre : les accrochages se multiplièrent, pour la bonne raison que les deux royaumes se jouxtaient : tout le long d'une ligne qui allait de Yabnéel à Beth-Hogla, et qui séparait le royaume de Juda du territoire des Benjaminites, injures, coups, razzias et meurtres se succédèrent. Les soldats des deux camps se traitaient mutuellement de domestiques, d'imposteurs et d'incirconcis. Les deux armées finirent par se mettre en branle et des émissaires d'Abner donnèrent rendez-vous à Joab, qui dirigeait le corps d'armée délégué par David, à l'étang de Gabaon, en territoire de Benjamin.

Ils se faisaient face, d'une rive l'autre, quand Abner vint proposer que chaque camp déléguât douze jeunes hommes qui se battraient en combat singulier. Joab accepta et envoya douze hommes. Ce duel était censé éviter des effusions excessives, mais Joab ne se faisait guère d'illusions.

Le massacre fut un crève-cœur : les combattants s'affrontèrent deux par deux, ils se saisissaient par les cheveux et se transperçaient mutuellement de leurs glaives. Aucun n'y survécut. Mais l'inutilité de ces morts enflamma la colère des troupes de Joab. Les duels n'avaient pas plutôt pris fin qu'elles se ruèrent sur les troupes d'Abner, la dague au clair. Ces dernières, prises de surprise, tentèrent maladroitement de tenir leurs positions, mais furent bientôt contraintes de se replier.

Asahel, le frère de Joab, se trouva de la sorte poursuivant Abner lui-même, qui lui cria d'aller en poursuivre d'autres. « Je vais te tuer ! Je vais te tuer ! Fuis ! » cria Abner. Mais Asahel tenait à sa proie ; il se jeta sur Abner, qui le transperça de sa lance et poursuivit sa fuite. La stupeur figea un moment les soldats de Joab qui avaient suivi Asahel ; on emporta le cadavre de ce dernier et la poursuite reprit. Abner et ses troupes, surtout des Benjaminites, cherchèrent refuge sur la colline d'Ammah, qui dominait la route des pâturages de Gabaon. Menées par Joab et Abishai, celles de David entreprirent l'escalade de la colline. Sans doute cela évoqua-t-il pour Abner le souvenir récent du repli funeste de Saül dans la montagne de Gelboé. Il s'avança et cria à Joab : « Ce massacre va-t-il durer toujours ?

— Si tu n'avais pas crié merci, hurla Joab avec dépit, nous t'aurions poursuivi jusqu'à l'aube ! Nous t'aurions tué, toi et le dernier de tes hommes ! »

Abner avait tué son frère ; il ne l'oublierait pas. Mais puisqu'il demandait grâce, Joab sonna de la trompe. Combats et poursuites s'arrêtèrent. Abner et les Benjaminites décampèrent sur l'autre versant de la colline, traversèrent le Jourdain et regagnèrent Mihanayim. Joab fit le décompte des morts : outre son frère, il avait perdu dix-neuf hommes, mais ses troupes avaient tué trois cent soixante des soldats d'Abner.

Cela ne rendrait pas la vie à Asahel. Joab désigna un détachement pour emporter la dépouille de son frère et l'enterrer à Bethléhem. Là, les femmes lavèrent le corps et l'ensevelirent dans le village de ses ancêtres. Cela fut fait dans la nuit. Joab rentra à l'aube à Hébron, le ventre plein de douleur et de rage.

La victoire revenait à David, sans doute, mais elle ne réglait rien. C'était une mesure pour rien. Une mesure de sang, une de plus.

2

Deux histoires de femmes

« Nous avons donc cédé à la tentation de la guerre, et nous avons perdu vingt jeunes hommes. Et où en sommes-nous aujourd'hui ? demanda David d'un ton fâché à ses hommes de confiance. Et toi, tu as perdu ton frère, et où en es-tu ? Exactement au même point que ceux de nos frères qui sont les sujets d'Ishyo et qui ont perdu un frère ou un fils à Gabaon. »

Ils l'écoutaient, tête basse, Ezer, Ammon, Joab et Abishai et tous les autres jeunes gens qui étaient pressés d'en découdre avec Abner et Ishyo. En effet, on en était au point mort. Deux hommes portaient toujours les couronnes d'Israël.

« Je ne veux plus que nous fassions la guerre à nos frères. C'est au Seigneur de décider de l'action à entreprendre », affirma-t-il avec énergie.

Mais quand ils se furent retirés, leur frustration explosa. « S'il avait montré plus de détermination à l'égard de la maison de Saül, il serait déjà le roi incontesté des douze tribus, s'écria Joab.

— Ce que je voudrais savoir, c'est la raison de sa tolérance à leur égard, dit Ezer. Comment peut-il afficher, comme il le fait, du chagrin pour la mort d'un homme dont tout le monde sait qu'il a plusieurs fois tenté de le tuer ? Ce n'est pas sérieux ! »

Le mystère demeurait entier.

Le *statu quo* n'arrangeait rien non plus. Les accrochages avaient repris de plus belle entre les gens de Benjamin et ceux de Juda. Il ne se passait pas de jour qu'il n'y eût de querelle sur l'utilisation d'un puits, de pâturages, de droits de passage de telles ou telles marchandises, cela n'en finissait pas et le plus souvent, les deux rois se voyaient affublés de noms d'oiseaux par les parties adverses. Cela indisposait les soldats, contraints de ronger leur frein, car les Philistins répugnaient à attaquer le pays de Juda, décidément trop grand pour eux. Mais David demeurait de marbre ; on n'engagerait pas d'hostilités contre les territoires du nord.

Force lui fut, toutefois, d'écouter plus attentivement les remontrances de ses proches quand on apprit qu'Abner avait revendiqué Rispa, la concubine de Saül. Or, celle-ci avait donné à Saül deux fils, Armoni et Meribbaal. Les prétentions d'Abner à relever la maison de Saül se précisaient : non seulement il était le cousin germain du roi défunt, mais encore il s'appropriait le deuxième surgeon de sa descendance en devenant le père adoptif des deux princes d'un deuxième lit.

Ce fut Joab qui dépeignit le danger avec le plus d'éloquence et de fougue. David l'écouta patiemment et peut-être avec un certain ennui. Joab n'aspirait qu'à venger la mort de son frère ; la passion l'aveuglait. « La sagesse du Seigneur est infinie, répondit David. Il trouvera moyen de déjouer les plans d'Abner s'ils sont tels que tu les décris. »

Or, les plans d'Abner étaient déjà déjoués. De retour de la chasse au faucon, Ishyo rentra un soir au palais de Mihanayim, qui jouxtait la vaste demeure d'Abner, et ses chambellans l'accueillirent avec des mines entendues.

« Qu'avez-vous avec vos airs de chouettes ? » demanda Ishyo, tandis que les serviteurs soulageaient ses compagnons de chasse de leur gibier.

« Rispa est depuis hier soir dans la maison d'Abner », dit l'un des chambellans.

Ils le regardaient, avec le visage moite de la délation. Ishyo tourna sec sur ses talons, descendit l'escalier qui menait au portail et traversa la rue en direction de la maison d'Abner. Il y déboucha comme le vent et tomba sur les gardes, stupéfaits de son irruption.

« Appelez-moi Abner », commanda-t-il.

On l'introduisit dans la vaste salle où Abner recevait les officiers, et qui était meublée de bancs, d'une table et de tapis et de peaux. Le général apparut dans une vaste robe de laine bordée d'écarlate de Tyr.

« Bonne chasse, mon cousin ? demanda-t-il. Quel bon vent t'amène ?

— Comment oses-tu coucher avec la concubine de mon père ? cria Ishyo. Renvoie immédiatement cette femme chez elle ! »

Abner s'immobilisa.

« C'est la concubine de mon cousin. Elle est comme veuve. Elle ne saurait te revenir, à moins que tu veuilles commettre le crime d'inceste. Elle me revient en premier lieu, répondit-il froidement.

— Renvoie-la chez elle ! répéta Ishyo.

— Je ne suis pas un babouin auquel on donne des ordres, Ishyo. J'ai été fidèle à la maison de Saül, à ses frères, à ses amis. Je t'ai loyalement servi. J'aurais pu te remettre dans les mains de David, je ne l'ai pas fait. Mais si tu le prends sur ce ton à cause de cette femme, je jure que je ferai tout ce qu'il faut pour abattre la maison de Saül ! » Ishyo devint blême. « Je ferai tout ce qu'il faut pour que la couronne de David s'étende sur la totalité d'Israël et de Juda, de Dan à Beersheba ! »

Ce fut alors qu'Ishyo comprit ce que sa vanité avait refusé d'admettre jusqu'alors ; le véritable roi des tribus du nord était Abner. Il commandait l'armée et il avait la confiance des Anciens de toutes les tribus. Tout roi qu'il était, il battit en retraite et rentra chez lui. Ceux de ses serviteurs qui avaient connu son père dans ses derniers mois de mélancolie lui trouvèrent le même visage. Ils savaient la cause de son humeur, elle n'était que trop évidente : Abner menaçait sa couronne comme David avait menacé celle de son père.

David devina-t-il le drame ? Il dit seulement un soir : « Ishyo ne va pas bien. »

Deux jours plus tard, Ezer vint lui annoncer que deux émissaires d'Abner demandaient à le voir. Ils portaient un message clair : « Entendons-nous et je ferai tout ce que je peux afin de mettre la totalité du royaume entre tes mains. »

David hocha la tête. « Je veux bien m'entendre avec lui, mais à une condition, répondit-il, qu'il amène Mikal avec lui. » Les émissaires se trouvaient à la porte quand David les rappela : « Attendez, je vais envoyer mes propres émissaires avec vous. J'ai un message qu'ils doivent livrer à Mihanayim. »

Les émissaires des deux royaumes firent donc chemin ensemble. Ils lièrent conversation, et même amitié.

« Qu'en est-il ? demanda l'un.

— Une histoire de femmes », dit l'autre.

Ils commencèrent par en rire, puis devinrent songeurs.

« Abner menace de quitter Ishyo à cause d'une femme, David veut bien se réconcilier avec les deux à cause d'une autre femme, reprit le premier.

— C'est un butin qu'une femme, observa l'autre.

— Oui, mais c'est un butin qui fait de petits rois », rétorqua l'autre.

Ils se remirent à rire.

3

Mikal

Le premier effet de l'anxiété dans laquelle vivait Ishyo fut de faire un cocu.

« Mon roi a payé un mohar de cent prépuces de Philistins pour la main de Mikal, dit le messager d'Hébron, et il demande que Mikal lui soit rendue. Tu as bu jadis au mohar qui devait faire de lui ton beau-frère. Il te demande de ne pas renverser le vin. »

L'occasion de se réconcilier avec David et de doubler Abner semblait tomber du ciel. L'expression d'Ishyo devint rayonnante.

« Elle partira avec vous », répondit-il.

Il manda sa sœur sur-le-champ et ordonna que ses servantes fissent des ballots de ses bijoux et de ses affaires.

« Que se passe-t-il ? demanda Mikal, courroucée.

— Tu pars rejoindre ton mari.

— Qu'est-ce que tu racontes ? Mon mari est là, à la porte.

— Je veux parler de David. Tu n'as pas d'autre mari, déclara Ishyo d'un ton qu'il voulait sans réplique.

— Est-ce que je veux encore de David ? Est-ce que tu es le roi ou le vassal de David ? cria Mikal. C'est mon père qui m'a donnée à Paltiel !

— Eh bien, moi je te rends à David ! »

La porte s'ouvrit et Paltiel s'élança et se jeta aux pieds d'Ishyo.

« Je t'en supplie, sanglotait-il, ne m'enlève pas ma femme ! Que le Seigneur te comble de tous ses dons ! Mais ne m'enlève pas ma femme ! »

Ishyo ordonna aux gardes de relever l'infortuné mari et de le jeter à la porte. C'était contrariant, à la fin, ces histoires de fidélité conjugale ! Puis, se tournant vers sa sœur : « Quant à toi, tu partiras, même si je dois t'enchaîner. Ton mohar a été payé. »

Un va-et-vient indescriptible régnait dans la salle, les gardes emmenant au-dehors Paltiel qui criait, les servantes déversant des ballots aux pieds de Mikal, des officiers venant demander des ordres de mission contre des pillards ammonites, quand Abner entra.

« Que veux-tu ? lui demanda Ishyo.

— J'attends Mikal pour l'escorter, répondit Abner.

— J'ai déjà prévu une escorte, dit Ishyo.

— C'est moi qui la conduirai », dit Abner d'un ton sec.

Ishyo se rembrunit. Abner lui volait-il l'emblème de sa réconciliation avec David ? En tout cas, son triomphe avait été bref.

Mikal prit la route le lendemain, avec les deux émissaires de David et l'escorte dirigée par Abner. Paltiel suivit la caravane jusqu'à Bahourim, gémissant et poussant des cris et des imprécations tout au long du chemin, jusqu'à ce que Abner importuné le contraignît à rebrousser chemin.

L'accueil d'Hébron fut éclatant. Ceux des soldats de David qui avaient jadis servi sous Abner multiplièrent les accolades jusqu'au palais. Enfin, tout rentrait dans l'ordre ! David lui-même le reçut comme s'il avait été de sa famille, l'installa dans le palais et donna l'ordre d'organiser un festin pour son hôte. Mais d'abord, expliqua-t-il, il convenait qu'il accordât quelque temps à ses retrouvailles avec Mikal.

Ils se retrouvèrent derrière les portes fermées des appartements qu'il avait réservés à la première en date de ses femmes. Il se firent face sans parler pendant un moment.

« Quatre ans », dit-il enfin.

Elle le considérait sans aménité excessive.

« Tu as grossi », observa-t-elle.

Il sentit le regard peser sur ses hanches, son abdomen,

son cou épaissi. Les petits disques d'argent poli dans lesquels il se regardait pour se coiffer disaient assez qu'il n'était plus le jeune homme insolent qui avait séduit la maison de Saül.

« Il y a une saison pour être un jeune homme et une autre pour être un homme, répondit-il avec un sourire. Tu n'as pas minci non plus.

— Je peux rentrer chez mon frère, si je ne te plais plus. Tu tenais donc tant à moi que tu m'as enlevée de force à mon mari, répondit-elle en défaisant le châle qui enserrait ses cheveux et en secouant la tête.

— C'est ton père qui t'a enlevée de force à ton mari. J'ai payé ton mohar.

— Je ne suis pas une génisse, répliqua-t-elle, et elle commença à défaire un de ses ballots.

— Ne sois pas non plus une pie-grièche. Tu serais restée avec moi, si ton père n'avait pris ombrage de moi. Considère que ces quatre ans n'ont pas existé. Rappelle-toi la nuit où je t'ai fécondée. Rappelle-toi que c'est toi qui m'as sauvé la vie.

— Fécondée... répéta-t-elle et elle se redressa et se tourna vers lui et dit sèchement : Ta semence n'a rien produit.

— Et celle de Paltiel ? » demanda-t-il, un rien perfide.

Elle haussa les épaules. « Rien non plus », dit-elle d'une voix basse et détournant le regard. Il songea à la malédiction de Samuel. « Ce n'est pas moi qui prolongerai la lignée de mon père », ajouta-t-elle avec amertume. Elle était donc stérile, et le cœur de David se serra. « Quant à t'avoir sauvé la vie, j'aurais dû savoir qu'en le faisant j'abrégeais celle de mon père.

— Ce n'est pas moi qui l'ai combattu sur le mont Gelboé ! protesta-t-il.

— Non, tu n'étais pas sur le mont Gelboé. Tu siégeais avec le fantôme de Samuel ! » Il tenta de l'interrompre, mais elle lui coupa la parole. « Tu as reçu l'onction royale de Samuel pendant que tu te chauffais dans les faveurs de ma famille, David ! Mon père le savait et cela le rongeait ! Comment avais-tu pu avoir l'impudence d'accepter l'onction royale pendant que mon père était roi ? Pendant que tu roucoulais avec Jonathan ? » David fut saisi par sa violence. « Ah ! tu chantais, tu chantais bien, pour Jonathan et pour moi, et pour qui encore as-tu chanté David ? Qui donc as-tu charmé de ta voix emmiellée, de ta poitrine d'ivoire, de tes mains conquérantes, de ton sourire de grenade éclatée ? Pendant que tu chantais, tu avais empoisonné mon père de tes hypocrites prétentions au trône ! Et maintenant...

— Mikal !

— Et tu lui avais enlevé le sommeil ! poursuivit-elle, ignorant son interruption. Et à la fin, il n'était plus que la moitié de lui-même. C'est ainsi que les Philistins ont tué le lion ! »

Les larmes jaillirent des yeux de David.

« Et tu m'a fait venir, tu m'as arrachée à l'amour d'un homme. Et pourquoi, David ? Pour associer ta semence à la maison de Saül ? » Elle éclata de rire. « Mais je suis stérile, David ! Tu n'arracheras pas un enfant de moi, tu n'arracheras pas un rameau à l'arbre de Saül !

— Ce n'est pas moi qui ai demandé à être sacré, dit-il à travers ses larmes.

— Il fallait choisir entre l'amitié de mon père et les folies d'un voyant ! cria-t-elle. Nous serions encore à Guibéa ! Mais non, tu as cru au Grand voyant ! Et ils sont morts ! Saül ! Mes frères ! Même le frère que tu aimais, comme tu dis. Tu n'as aimé aucune femme ! » Elle exhala un hoquet de rage et de sarcasme. « Et c'est moi qui t'ai sauvé la vie ! Moi ! Moi qui ai ruiné la maison de mon père ! Que je sois à jamais maudite ! Que les chiens mangent mon cadavre !

— Mikal ! » cria-t-il. Il se jeta vers elle et la prit dans ses bras. Mais elle restait inerte.

« Parce que je t'aimais, murmura-t-elle. Si le Seigneur que tu honores existait, il m'aurait faite sans cœur, David. Ou bien alors, c'est un dieu méchant !

— Mikal, je t'interdis... »

Elle se dégagea de lui. « Tu seras bientôt le roi d'Israël, David. Tu ne seras jamais le roi de mon cœur. Parce que tu as piétiné ce cœur en tuant mon père. Je suis ici prisonnière. Je n'ai même plus envie de rentrer à Mihanayim, si tu me rendais ma liberté. J'avais tenté d'oublier tout le mal qu'a causé mon amour pour toi. Maintenant que je t'ai revu, je ne pourrai plus l'oublier. Je préfère laisser Paltiel pleurer mon absence. Je suis morte. C'est un cadavre que tu as fait venir, David, un cadavre ! »

Il prit la fuite. Il alla chercher refuge chez Abigail, mais il ne pouvait rien lui expliquer. Ces choses-là ne s'expliquent pas. Elles s'enterrent.

4

Trahisons et duperies

David ne reçut Abner que le lendemain. Il avait préalablement donné l'ordre de l'emmener aux bains avec sa suite et de les faire tous masser d'huiles aromatiques ; des hommes à l'aise dans leurs corps deviennent plus malléables. Il avait aussi décidé de le recevoir de façon solennelle : entouré de ses vingt principaux généraux et officiers, dix de part et d'autre de son trône, debout dans leurs tenues d'apparat, soigneusement briquées et huilées, l'air altier, le poil brillant. La salle embaumait la myrrhe et l'encens. Bref, David accueillait son vieil ennemi en majesté, drapé du bleu céruléen et immatériel de la magnanimité, en plus de l'écarlate royal.

Abner se jeta aux pieds du monarque. C'était assez étonnant que cette masse de chair humaine pétrie à la fois d'héroïsme et de duperies, d'énergie véritable et de vanité sans cesse blessée, de dévouement authentique et de calculs, frétillant comme un chien qui reconnaît son prochain maître. David le releva, avec une lenteur compassée. Les officiers qui accompagnaient Abner se pressèrent pour déposer des présents aux pieds de David. Le point était-il assez entendu ? Abner rayonnait. Au fond, se dit David, c'était un domestique, il ne pouvait vivre que dans l'ombre d'un maître, et maintenant qu'il avait vu que ce pauvre Ishyo était un fantoche, il ralliait le camp du vainqueur. Après les accolades, éloges et protestations d'allégeance, on passa à table.

Juda n'était ni Horcha, ni Siklag : les victuailles eussent fait envie à n'importe quel potentat du territoire. Deux agneaux rôtis au thym, du gibier farci aux raisins secs, six salades différentes, des lentilles aux oignons, des fèves aux œufs, de la crème de pois chiches au sésame, du chou macéré au vinaigre, des laitues à l'ail, des tubercules au poisson, puis trois desserts, deux vins... Et la vaisselle était à l'unisson, des plats d'or et d'argent ouvragés, des cornes garnies d'or... Le faste de la cour de Saül était surpassé de loin.

« Roi, dit Abner en se levant, je bois à ton règne. Demain, je pars et je m'emploierai à te gagner ce pays, afin que ton sceptre domine un pays selon ton cœur. »

Des vivats jaillirent. Les cornes s'élevèrent.

« Sans coup férir », murmura David à l'adresse d'Ezer, assis à sa gauche.

Ezer hocha discrètement la tête. « Heureusement que Joab est en mission », observa-t-il. Joab, en effet, était parti à la chasse qu'il préférait : celle des hommes. Il traînait toujours dans la région des pillards qu'il fallait ramener au sens des réalités à coups de glaive ou de trique.

Le repas achevé, des danseuses vinrent distraire le regard de leurs corps nubiles, des pieds et des seins qui eussent tenu en entier dans la main. Abner exultait. Chacun pouvait juger qu'il pensait avoir réussi son coup. Ishyo pouvait se manger le foie à Mihanayim ; il eût mieux fait de s'abstenir de récriminations impertinentes sur la concubine de son père.

La fin de la soirée fut confuse comme à l'ordinaire après ces festins. Les convives épuisaient l'énergie du vin dans des accouplements plus ou moins clandestins qu'Ebyatar s'évita de voir en se retirant tôt. De toute façon, les danseuses étaient des esclaves et des filles d'incirconcis. David aussi était parti se coucher tôt, non sans avoir solennellement donné à Abner un sauf-conduit à travers le pays de Juda. Les échos de son entrevue avec Mikal résonnaient encore dans sa tête et seul le sommeil pouvait les étouffer.

Le lendemain, Abner entreprit une tournée des

Anciens des tribus voisines, celle de Benjamin d'abord, puis celles de Ruben, de Gad, d'Ephraïm, de Dan.

La substance de son discours fut la suivante : « Vous vouliez David pour roi, parce que Samuel l'avait choisi comme successeur de Saül. Vous aviez entendu la parole du Seigneur : "Par la main de mon serviteur David, je délivrerai mon peuple Israël des Philistins et de tous ses ennemis." L'heure est venue pour vous tous de l'acclamer. Il règne déjà sur Juda, hâtez-vous d'accomplir la volonté du Seigneur. »

Les plus surpris par ce discours furent les Benjaminites, parce que c'était Abner, lui-même de la maison de Saül, qui le tenait et aussi parce que, peu de temps auparavant, il était encore le héraut de son petit-cousin Ishyo. Mais enfin, s'il fallait que la couronne passât d'un Benjaminite à un homme de Juda, ainsi en serait-il. Quant aux Anciens des autres tribus, ceux d'entre eux qui avaient assisté au sacre de David par Samuel en gardaient un souvenir vivace.

Tout allait pour le mieux quand Joab rentra de son expédition de pillage chargé d'un butin abondant ; on lui en gâcha le plaisir le soir-même. S'étant fait informer des événements survenus durant son absence, il apprit qu'Abner avait rendu visite à David.

« ... Et David a donné un grand festin en son honneur. Tu aurais dû voir, un festin extraordinaire ! Il était là avec son escorte !

— Et où est Abner en ce moment ? demanda Joab.

— Il est reparti avec un sauf-conduit de David. »

Joab entra dans une colère folle. Encore empoussiéré de sa route, il précipita chez David.

« Qu'est-ce que j'apprends ? Abner était là et tu l'as reçu comme un prince ?

— C'est un prince, répondit calmement David.

— Tu as donné un festin en l'honneur de l'assassin de mon frère et tu lui as ensuite donné un sauf-conduit !

— Paierons-nous le sang par du sang ? demanda doucement David.

— Tu es vraiment d'une grande indulgence pour les crimes de la maison de Saül ! s'écria Joab. Qu'était donc mon frère ? Un agneau de sacrifice ? Tu t'es fait duper par cet homme ! Tu ne connais pas Abner ! C'est un hypocrite ! Il est venu pour t'espionner et rapporter ce que tu fais à Ishyo !

— Abner est brouillé avec Ishyo, parce qu'il a pris la concubine de Saül, expliqua David, qui s'efforçait de garder son calme.

— Et tu crois qu'Abner, qui règne actuellement sur les dix tribus du nord, va renoncer à son pouvoir et à ses droits pour te faire plaisir ? Ishyo est son pantin ! Il règne sur lui et à travers lui ! »

Ezer, qui avait assisté à l'entrevue, eut beau faire observer qu'il y avait quelque bien-fondé dans les soupçons de Joab, David ne voulait rien entendre. D'un geste, il signifia que c'en était assez. Joab prit congé. Ni le bain, ni la nuit qui suivit et ni les faveurs de sa femme n'atténuèrent sa contrariété. Le lendemain, il convoqua ses hommes de confiance et leur dit : « Envoyez des espions dans tout le pays pour me trouver Abner. Et quand vous l'aurez trouvé, prévenez-moi et j'accourrai. Tout cela est secret. »

Ces gens comprenaient à demi-mot. Le meurtre d'Asahel leur avait porté un coup amer qu'ils estimaient ne pouvoir laver que dans le sang. David, pensaient-ils, ne comprenait pas ces choses-là. Impatients de se faire valoir, ils dépensèrent donc des trésors d'énergie et d'astuce à retrouver Abner.

Ils n'eurent pas à chercher loin. Celui-ci avait achevé sa tournée des tribus et il avait repris le chemin d'Hébron quand les émissaires de Joab le trouvèrent au lieu-dit de la Fontaine de Sirât, au nord d'Hébron*. Il venait d'y arriver et se délassait aux bains de la région avant de goûter une nuit de sommeil. Les émissaires le tinrent à l'œil et l'un d'eux courut informer Joab qu'Abner reviendrait le lendemain à Hébron.

Joab reçut la nouvelle tard dans la nuit et, dès lors, fut incapable de dormir. Il donnait des ruades dans sa litière,

---

* Le site n'en a pas été établi avec certitude ; ce serait Sirât ou bien Bella, au nord d'Hébron, ce qui indique qu'Abner revenait donc bien à Hébron, rendre compte de sa mission à David.

ce qui alarma sa femme. L'aube le trouva debout, armé de pied en cap, et il fila avec son frère Abishaï et leurs séides jusqu'à la porte d'Hébron par laquelle arriverait son ennemi.

Quelqu'un cria : « Le voilà ! Le voilà ! »

Abner arrivait, en effet. Joab alla l'accueillir et le prit à part comme s'il voulait l'entretenir d'une affaire privée, et dès qu'ils se furent écartés, il lui planta la dague dans le ventre, exactement comme Abner avait planté sa lance dans le ventre d'Asahel. Abner s'écroula avec un cri sourd, porta les mains à la blessure et mit quelque temps à rendre l'âme tandis que les officiers de son escorte accouraient.

« Voilà », dit seulement Joab, retirant sa dague pour l'essuyer avant de rejoindre les autres.

Les compagnons d'Abner poussèrent des cris de vengeance, mais ils étaient à Hébron, où ils n'avaient aucun pouvoir. Ils transportèrent le cadavre au palais. On était aux premières heures de la matinée. David fut informé sur-le-champ et se livra à une manifestation qui alarma Ezer et les autres officiers.

« Moi et mon royaume sont innocents du sang d'Abner, fils de Ner ! s'écria-t-il. Que le sang de cet homme retombe sur Joab et toute sa famille ! Que la maison de Joab ne soit jamais épargnée par la souffrance et les maladies infâmes ! Qu'elle n'engendre jamais que des mendiants, des infirmes ou des gens condamnés à périr par le fil de l'épée ! »

Les officiers de la maison royale écoutèrent ce discours enflammé, d'abord avec inquiétude, puis avec une certaine satisfaction. Cela faisait décidément beaucoup de malédictions. On eût pu au premier abord craindre que David recourût à des mesures extrêmes, telles que de faire mettre à mort ses deux neveux, et d'abord Joab, mais il ne faisait que les disgrâcier. Or, cette défaveur spectaculaire renforçait l'autorité des autres officiers, que l'ascendant croissant de Joab alarmait.

Mais David ne se tint pas à ses malédictions. Il ordonna à Joab et à Abishaï de déchirer leurs vêtements, de porter une robe de chanvre et de se battre publiquement la poitrine en signe de deuil. Puis il fit organiser des funérailles solennelles pour Abner, et suivit lui-même le cercueil avec les signes de l'affliction la plus profonde. Le peuple d'Hébron assemblé sur le passage se disait que vraiment, c'était un homme bon que leur roi, qui ne recourrait pas, lui, à des mesures aussi brutales que l'assassinat, et l'on pleurait donc avec lui.

Au moment de la mise au sépulcre d'Abner, David leva les mains en l'air et reprit ses lamentations.

« Abner devait-il subir une mort aussi indigne ?
Tes mains n'étaient pas liées,
tes pieds n'étaient pas dans des fers,
mais tu es mort comme la victime d'un ruffian ! »

Quelques mauvais esprits trouvèrent de l'outrance dans cet étalage d'affliction. Après tout, cet Abner avait lui-même combattu David en mettant Ishyo sur le trône des dix tribus du nord, et s'il s'était fâché avec le roi soliveau, ce n'avait pas été par céleste inspiration, mais pour une triste histoire de concubine. Ils ne traitaient pas ouvertement David d'hypocrite, mais c'était tout comme.

Néanmoins, David poursuivit sa comédie au palais, après les obsèques, tenant en public des propos désolés.

« C'est un grand homme qui est mort en ce jour, le savez-vous ? Un grand guerrier ! Un grand homme ! Ah ! tout roi que je suis, me voilà faible et désarmé devant ces intenables enfants de Zeruiah ! Le Seigneur punira ceux qui ont fait le mal ! »

C'était pourtant sa propre sœur que Zeruiah, relevèrent quelques-uns dans leur barbe, et d'ailleurs il ne fallait pas exagérer : bien des gens de Juda pleuraient encore des frères et des fils tombés dans la guerre de David contre Saül. A qui David était-il donc fidèle ? A son peuple, ou bien à la maison de Saül ?

De marché en caravane et de réunion d'Anciens en bavardages de casernes, les funérailles d'Abner firent grand bruit dans le pays. En trois jours, tout le pays en fut informé, Ishyo comme les autres. La nouvelle eût dû l'enchanter : elle le consterna. Mais comme son père, c'était un grand anxieux et la vérité qui s'imposait à ses yeux comme à ceux de tous était qu'il se retrouvait seul face à David. Or, il ne disposait pas des alliances de ce dernier. Pis que tout : Abner avait donc, avant de mourir noué les faisceaux d'alliances tribales en faveur de David. Il fallait bien regarder la réalité en face : lui, Ishyo, campait désormais dans les ruines de la maison de Saül, avec les deux fils de Rispa, la concubine, et Meribbaal, le seul fils laissé par Jonathan, un gamin infirme qui boitait à cause d'une fracture de la jambe mal ressoudée. Le palais de Mihanayim était hanté de courtisans qui le guettaient dès qu'il mettait le nez hors de sa chambre.

Ishyo imita son père : il se cloîtra dans sa chambre. La garde de sa porte incombait à la seule personne en qui il eût confiance, sa nourrice. Elle s'y livrait à ses activités ordinaires, filer de la laine, ravauder, tamiser des lentilles ou du blé. C'est ce qu'elle avait fait cet après-midi-là. Mais il faisait chaud et elle s'était endormie.

Deux officiers, Baanah et Réchab, saisirent l'occasion : ils se faufilèrent dans la chambre d'Ishyo. Celui-ci ronflait dans sa sieste. Ils le décapitèrent et filèrent en douce, la tête emballée dans un sac. Le galop de leurs chevaux les porta le lendemain à Hébron. Ils demandèrent à voir David, qui les reçut. Ils se prosternèrent devant lui, ouvrirent le sac et en tirèrent la tête d'Ishyo.

« Voilà la tête du fils de Saül, l'ennemi qui voulait te tuer. »

Encore une fois, David poussa des cris scandalisés et proféra des malédictions.

« Tuer un homme innocent dans son sommeil, en vérité ! »

Il appela les gardes et leur ordonna de s'emparer de ces assassins et de les faire décapiter à leur tour.

Cela faisait à la fin beaucoup de duperies, de trahisons et de traîtres trahis. L'essentiel était que David conservait le masque de la droiture. Personne ne pourrait jamais dire qu'il avait conquis sa couronne par le meurtre.

5

Jérusalem ! Jérusalem !

L'été arrivait. Il se le rappellerait dans l'hiver de sa vie, quand le ciel gris prête aux souvenirs les plus vives couleurs.

Le trône de Juda et d'Israël revenait enfin à David, treize ans après que le dernier des grands juges, Samuel, le lui eut symboliquement attribué.

Pendant plusieurs semaines, les représentants des douze tribus défilèrent à Hébron, portant présents et discours. « Nous sommes ton sang et ta chair, réclamèrent-ils. Le Seigneur t'a dit : "Tu es le berger de mon peuple Israël. Tu seras son prince". » Les rois des environs envoyèrent des épices, des vases d'or, des coffrets d'ébène incrustés d'ivoire ou de gemmes, des esclaves, des animaux singuliers, comme des oiseaux qui parlaient, des manteaux de pourpre, des sandales d'or... Hiram, roi de Tyr, fit mieux : il chargea une ambassade de porter à David tout un chargement de bois de cèdre et des architectes, tailleurs de pierre et maçons pour lui construire un palais.

David atteignait la trentaine. La sveltesse mercurienne de l'adolescence avait fait place à une plénitude teintée d'embonpoint, la beauté du diable à une séduction empreinte de gravité.

Son arbre croissait. Six garçons lui étaient nés à Hébron : Chiléab, le fils d'Abigail, Amnon, d'Ahinoam, Absalon, de Maaka, Adonias, d'Aggith, Shephatias, d'Abitam,

Ithréam, d'Egla. Et des filles. Le palais avait grandi au fur et à mesure des appartements qu'il avait fallu construire pour les nouvelles épouses du roi, filles de chefs de l'une ou l'autre des douze tribus. Sans parler du jeune Meribbaal, que David comblait de faveurs et dans lequel il retrouvait le visage de son père Jonathan, Meribbaal qui n'avançait qu'avec une canne. Hébron même n'était plus à la mesure de la famille royale.

C'était aussi une ville du sud, une ville de Juda. Il fallait que la capitale du nouveau royaume de Juda et d'Israël se trouvât au centre du royaume. Ebyatar, deux de ses assesseurs et un astrologue avaient dressé sur un papyrus une carte des territoires des douze tribus, avec les villes qui s'y trouvaient. Elle était fixée à une table de cèdre et accrochée sur un mur de la salle royale. Plusieurs villes se trouvaient à la frontière de Juda et d'Israël. Il y avait d'abord Yabnéel, mais elle s'élevait dans une région encore infestée de Philistins et presque sur la mer, trop à l'extérieur du corps du royaume. Venait ensuite Ekron, qui avait été le premier site où les Philistins entreposèrent l'Arche d'alliance, avant qu'elle leur valût catastrophe sur catastrophe.

De plus, argua Ebyatar, cette ville avait été concédée à la fois à Juda et à Dan. David hocha la tête. Bet-Shémesh ? C'était une bourgade que rien ne distinguait, sinon le fait que les Philistins y avaient entreposé l'Arche pendant des années. Kiryât-Yéarim ? C'était là qu'elle se trouvait maintenant.

« Toutes ces villes seraient des sites convenables, admit David, mais on n'y trouve que peu d'eau, rien que des puits. Je veux une ville où il y ait une source. Il n'y en a qu'une seule sur la ligne de partage, c'est Jérusalem. »

Ebyatar, les deux autres prêtres et l'astrologue restèrent frappés d'étonnement ou d'émotion. Ah ! oui, c'était là un choix ! Jérusalem ! Ourousalim, comme disaient les Cananéens, Jébus, comme disaient ses habitants, les Jébusites, Salem, comme disaient les Philistins : donnée en partage à la tribu de Dan, elle n'avait pas plus appartenu à celle-ci qu'aux autres tribus. Elle résistait bien, et pour cause, aux tentatives de conquête des Hébreux. D'abord, elle s'élevait sur un escarpement naturel qui la protégeait, la vallée du Kédron à l'est et celle du Tyropoéion à l'ouest. Au sud, elle s'avançait sur un éperon rocheux imprenable, l'Ophel. Elle n'était vulnérable qu'au nord, mais on pouvait protéger ce côté.

Surtout, Jérusalem avait sa propre source, le Gihôn. C'était grâce à cette source que la ville avait résisté à tous les sièges. Mais la gageure était grande.

« Nous prendrons Jérusalem », conclut David.

Il convoqua Joab, qui n'avait pas eu cet honneur depuis la mort d'Abner.

« Demain, lui annonça-t-il, toi et quelques officiers m'accompagnerez à Jérusalem. Je veux que tu prennes avec toi des hommes jeunes, alertes et souples.

— Tu n'es pas retourné à Jérusalem depuis que tu es allé montrer aux Jébusites la tête de Goliath », observa Joab, levant les sourcils.

David resta un moment sans répondre, les yeux baissés. Quand il releva la tête, il dit tranquillement : « Jérusalem sera ma capitale. »

Joab hocha la tête, puis sourit, émerveillé. « Elle nous a toujours résisté.

— Ce n'est pas par la force, mais la ruse qu'il faudra la prendre, répondit David. Quand j'étais berger à Bethléhem, j'y allais parfois. Ecoute-moi bien : lorsque tu abordes la ville par la vallée du Kédron, juste au-dessous des murs de la cité, tu peux voir deux grandes ouvertures. Elles se trouvent toutes deux à gauche quand tu es en face de la ville. L'une, à une soixantaine de coudées de hauteur dans la colline, ressemble à un puits ; elle mène à un long tunnel qui suit le contour des murailles et qui débouche dans une grande salle voûtée à l'intérieur de la ville. La dernière partie de ce tunnel, celle qui mène à la salle voûtée, est en pente raide. Quand j'étais jeune et léger, je parvenais cependant à l'escalader. Il faudrait des crochets de fer qui permettent d'attacher une ou plusieurs cordes afin de parvenir en nombre à la salle voûtée. L'autre entrée est beaucoup plus bas, quasiment au niveau du Kédron ; elle descend un peu, puis remonte et rejoint un puits naturel, vertical, qui débouche dans le tunnel dont je te parlais tout à l'heure *. »

David s'interrompit. Le projet enthousiasmait Joab, qui avait peine à contenir son agitation. « Les hommes qui se seront infiltrés dans le premier tunnel, reprit David, pourront aisément jeter des cordes à ceux qui auront pénétré dans le second et entretenir l'afflux de nos troupes. A mon avis, il faut moins de trois cents hommes pour pénétrer dans la ville de nuit et profiter de la surprise des Jébusites. Ceux qui seront entrés les premiers ouvriront les portes, devant lesquelles nos troupes seront déjà massées. Il y a trois portes, à l'est, à l'ouest et au nord. Mais quand vous serez avec moi à Jérusalem, vous pourrez les identifier.

— Comment sais-tu tout cela ?

— Je te l'ai dit, j'y suis allé. J'ai exploré le premier tunnel. »

Joab arpentait la salle. « J'ai mes hommes, disait-il. Je vais les choisir tout de suite.

— Va », lui dit David. Joab se jeta dans ses bras. « Jérusalem ! » répétait-il en quittant la salle.

---

* Il est établi que la conquête de Jérusalem s'est bien effectuée de la manière qui est ici décrite et qui n'est que très sommairement évoquée par les livres de Samuel : par l'infiltration de troupes dans les galeries naturelles, d'origine karstique, qui cheminent à travers la colline de Jérusalem, constituée d'une couche calcaire, relativement friable, sur une couche dolomitique dure. Les galeries ont été creusées par les infiltrations hydrologiques au cours de millions d'années. Elles ont été étendues au cours des siècles ultérieurs, et notamment au VIIIe siècle avant notre ère par Ezéchée, lors du siège de la ville par les troupes de l'Assyrien Sennachérib. Ezéchée fit, en effet, creuser un tunnel qui partait de l'intérieur de l'enceinte de Jérusalem et descendait à niveau égal jusqu'à la source du Gihon. L'eau de celle-ci trouvait alors un débouché jusqu'à la piscine de Siloam, à l'intérieur de la ville, ce qui permit aux assiégés de résister au blocus assyrien. Il semble qu'entre-temps les accès au système de galeries utilisé par les troupes de David aient été bouchés.

Des études intensives ont été menées depuis le XIXe siècle sur le système de galeries de Jérusalem. Un exposé complet en a été offert par la *Biblical Archaeology Review*, juillet-août 1994. Incidemment, les études philologiques ont permis de dissiper un malentendu ancien sur un passage énigmatique, sinon absurde, de II Sam. V, 8, où David dit, faisant allusion à la conquête de Jérusalem : « Que chacun de ceux qui tueront un Jébusite utilise un crochet de fer... » Le mot hébreu qui a été traduit par « crochet » est *tsinnor* ; mais celui-ci signifie aussi bien « canal » ou « tunnel ».

Ils partirent donc à la paresseuse, David, Ezer, Ammon, Joab, Abishai et une phalange de prêtres et d'officiers sur leurs chevaux et leurs mulets, une vraie délégation royale d'une centaine de personnes qui prenaient la vie du bon côté, le plus mou. Ils arrivèrent le lendemain à Jérusalem, suscitant l'émoi de la population.

« Voilà la porte du sud », murmura David à Joab.

Les gamins coururent dans les rues en criant : « David est là ! » Les plus vieux étaient ébaubis. C'était le même David qu'ils avaient vu défiler quatorze ans auparavant, sur un char, la tête du géant Goliath entre les jambes. Et voilà, ce gamin était devenu le roi du pays !

Les lieutenants qui faisaient office d'ambassadeurs demandèrent à voir le chef de la cité. Le potentat les reçut dans une sorte de citadelle qui dominait les remparts. C'était un bel homme à mi-chemin de la quarantaine, mince et huilé, nommé Araphaël. Il trouva l'occasion bonne pour faire l'intéressant. Le roi d'Israël venait lui rendre visite ! Les deux princes se donnèrent l'accolade. Araphaël fit le finaud et David, le bonasse. Il était roi des douze tribus et donc du territoire de Philistie et les guerres étaient cruelles et inutiles. Il était donc venu établir un traité de bon voisinage et se demandait si, l'occasion en étant offerte, Jérusalem ne voudrait pas bénéficier de sa protection.

Araphaël écouta la proposition d'un air entendu.

« Jérusalem est indépendante, dit-il, et s'est toujours suffi à elle-même. Maints généraux ont tenté de s'en emparer, comme tu sais, et même les Hébreux, mais elle ne craint ni les pillards ni les princes. Ta proposition de bon voisinage ne peut que nous enchanter, mais nous ne sommes pas des vassaux. »

David fit mine d'argumenter, puis d'ergoter ; l'autre lui opposait un sourire satisfait. « Quand il n'y aura plus d'aveugles, ni d'infirmes, tu seras le bienvenu », conclut Araphaël.

David hocha la tête avec lassitude et tristesse.

Pendant ce temps-là, Joab et ses éclaireurs repéraient les ouvertures des galeries indiquées par David, ainsi que les portes de la ville. Vers la mi-journée, David et son ambassade rebroussèrent chemin.

« C'est tout vu, dit Joab. Dis-moi quand et je serai prêt.
— Le plus tôt, répondit David. Prenez des cordes, plusieurs longueurs. Que feras-tu pour les crochets ?
— Je les fais fabriquer dès ce soir. »

Les deux forgerons d'Hébron ne dormirent pas cette nuit-là : ils fabriquèrent une centaine de crochets avec des anneaux ouverts pour y passer les cordes.

Trois jours plus tard, les Jébusites dormaient d'un bon sommeil et les sentinelles sur les remparts regardaient le mont des Oliviers, comme à l'accoutumée, pendant que les commandos de Joab jouaient les rats dans les deux galeries indiquées par David. Ils s'écorchaient les mains, les genoux, mais l'excitation leur servait d'anesthésique. Vers minuit, ils se trouvèrent massés dans la salle voûtée dont David avait parlé. Dès qu'ils jugèrent que leur nombre était suffisant, ils jaillirent dans les ruelles, en direction des portes de la ville. Les sentinelles n'étaient encore au fait de rien. Elles n'avaient pas vu arriver les troupes par la vallée du Kédron, parce que les torches éclairaient à peine le haut des remparts. Et comme ce soir-là le vent soufflait de l'est, les flammes penchaient vers eux et leur envoyaient par-dessus le marché des escarbilles dans le visage. Il eût vraiment fallu avoir le crâne à hauteur de leurs jarrets pour que les vigies se rendissent compte qu'on attaquait la ville. Et de toute façon, ce n'était pas par les remparts que l'attaque se faisait, mais par les boyaux et par les portes.

Soudain, des cris inaccoutumés retentirent dans la ville. Des chiens aboyèrent. Les gardes aux portes de la Vallée, du Fumier, des Brebis et des Poissons furent assommés, étranglés ou transpercés, et les portes ouvertes en un tournemain. Trois mille soldats de David, menés par Ezer, Ammon, Ishbosheth, Abishai, déferlèrent dans la ville et occupèrent les points stratégiques. La troupe qui dormait dans la caserne avait à peine ouvert un œil qu'Araphaël était égorgé dans son lit et ses lieutenants ligotés ou dépêchés de vie à trépas.

A part quelques écorchures, foulures et entorses faites dans les tunnels, les troupes de David n'avaient pas perdu un seul homme.

Bien avant l'aube, Jérusalem avait changé de maître. Elle vit se lever le premier soleil juif de sa longue histoire. Les notables tentèrent de protester ou de parlementer.

« Qu'y aurait-il à discuter ? leur rétorqua Joab. Vous êtes à nous. Nous vous avons proposé l'amitié, vous vous êtes déclarés imprenables. »

« Jérusalem ! Jérusalem ! » s'écria David, arrivé à l'heure où les aiguilles des cadrans solaires ne font pas d'ombre. « Je te rends vierge et je te féconde par la même occasion ! Tu n'as point de passé et je te donne ton avenir ! Sois la matrice d'Israël ! Accomplis la volonté de Samuel ! C'est celle du Seigneur, désormais ton seul Dieu ! »

6

La chair et la pierre

Le déménagement et l'emménagement agirent sur David comme un élixir aphrodisiaque. Il forniqua ardemment.

Une interminable guirlande de seins, de pubis et de fesses orna le ciel intérieur du roi. Il n'eut plus besoin de rêver, il faisait le tour de tout ce que pouvait être la femme. Il en savait désormais tous les aspects, de la fraîcheur acidulée à la plénitude sucrée, de la cannelle des chairs sombres venues de l'Araba au jasmin des esclaves blondes que ramenaient d'Asie Mineure les princes de Tyr et de Sidon. Il savait au premier coup d'œil reconnaître le sein pommé, associé à des fesses hautes et serrées, des jouvencelles venues d'Afrique avec les caravanes du Sinaï, et le sein en poire qui annonçait des fesses basses chez les vierges d'Asie mineure, qui se dandinaient comme les chameaux qui leur servaient de montures. A l'instar du chasseur qui reconnaît le passage de la caille à son cri mouillé et celui de l'hirondelle à son chant bref et flûté, il distinguait aux modulations de leurs cris celles qui prenaient leur plaisir sur la fleur du clitoris et celles qui le prenaient dans les ténèbres du vagin.

On eût critiqué le stupre, mais tout ce sperme était comme les fleurs de cerisiers, il annonçait des fruits. Et qui donc critiquerait un arbre fertile ?

Certaines des compagnes royales ne duraient qu'une nuit, d'autres laissaient le sentiment de l'inachevé et David y revenait. Quelques-unes furent épousées, d'autres ne furent que des concubines, d'autres encore disparaissaient avec un présent, mais revenaient quérir des faveurs pour un père ou un frère. Elles ne concevaient pas toutes, mais il ne tenait plus le compte de ses enfants. C'était la nourrice d'Abigail qui s'en chargeait, une vieille ridouillée qui s'y connaissait en mensonges et qui calculait les vraisemblances à l'aide d'un boulier et de ragots.

« Il va peupler la ville ! » disait Ezer en riant, mais il confessait qu'il ne s'ennuyait pas non plus. Il suivait en cela l'ordre de David.

« Ne laissez pas rouiller les glaives ! disait-il avec un demi-sourire que démentait le ton autoritaire. S'il s'est émoussé, changez de fourreau ! La variété stimule l'appétit ! » Les solitaires furent tancés ; s'amusaient-ils donc tous seuls ? L'important était que tous les garçons qui naissaient à Jérusalem fussent circoncis, même si leurs mères étaient jébusites, et aussi qu'il y eût le plus grand nombre d'enfants. Le jeune Meribbaal était à peine pubère depuis six lunes que David lui enjoignit de prendre une jeune Jébusite dans sa couche. « On ne boîte pas du milieu ! » déclara-t-il.

D'ailleurs, les femmes jébusites ne répugnaient guère aux mélanges. Après les premières et inévitables algarades, querelles de soldats et empoignades de troquets, les Jébusites faisaient bon cœur contre mauvaise fortune. La fortune, au demeurant était loin d'être mauvaise. Jérusalem devenait la capitale d'un royaume et les premiers à comprendre l'aubaine furent les commerçants : dès l'arrivée de David, les délégations de tribus s'étaient multipliées et chaque fois, ces visiteurs louaient des chambres ; ils achetaient des salades, du poisson, du pain, des olives, de l'huile, des concombres, de la volaille, des manteaux, des sandales, quand ce n'était pas un âne, un mulet ou un cheval, de la verroterie de Syrie ou de l'orfèvrerie phénicienne. On faisait des affaires, on troquait à s'en égosiller dans des marchandages qui duraient infiniment *. L'avantage des

---

* Il n'existait à l'époque aucune forme de monnaie : le commerce se faisait exclusivement par troc, par exemple, un sac de lentilles (d'un poids déterminé) contre une mesure de poisson sec, etc.

meilleurs commerces revenant évidemment aux circoncis, plus d'un Jébusite d'âge pourtant certain se résolut à sacrifier un morceau de peau qui, somme toute, ne lui servait à rien.

Plus riches, les Hyérosolimitains se laissèrent aller à manger plus, et mieux. Les maraîchers doublèrent, puis triplèrent les surfaces cultivées sur le mont des Oliviers et les bouchers abattirent deux fois plus de bêtes. On fit venir quatre fois plus de bière de l'Aram * de Coba, de Damas et d'au-delà, jusqu'à l'Euphrate, car ces gens-là faisaient la bière la plus sapide. Les marchands de vin durent tripler les importations depuis les vignobles de Galilée et de Juda et les arrière-petits surgeons du sarment volé jadis par les espions de Josué permirent de créer de nouveaux vignobles sur les collines de la Shéphéla.

Cet essor se fit également sentir dans la pierre. Entre le moment où David décida de se faire construire un palais sur la ville haute, encore plus beau et plus grand que celui qu'il avait laissé à Hébron, et le moment où il s'y installa, soit une quinzaine de lunes, le nombre de maisons aux pieds de l'édifice avait doublé : en effet, des Juifs des territoires voisins — Ruben, Gad, Ephraïm, Benjamin et Juda — affluaient à Jérusalem, afin d'être plus proches de David, qu'ils appelaient la Lumière d'Israël.

Celui-ci s'en inquiéta plus qu'il ne s'en félicita. « Toutes ces maisons collées les unes aux autres... observa-t-il. Une lampe renversée et l'incendie ravagera des quartiers entiers. »

Il venait de nommer Joab gouverneur de la ville ; il exigea de lui un cadastre et le respect du tracé des rues, afin qu'on ne vît plus s'entasser n'importe qui n'importe où. Le nouveau règlement ne s'imposa pas sans heurts. Tel qui possédait un terrain jouxtant un autre n'entendait pas en perdre une bande pour faire passer une rue entre les deux. « Faites-la passer ailleurs ! protestait-il.

— Elle passera là et pas ailleurs », insistait Joab, dont chacun connaissait le caractère emporté.

L'autre exigeait alors une compensation exorbitante.

---

* La Syrie.

Campagnard âpre au gain, il n'entendait pas céder pour rien une partie de son gain.

Joab explosait. « Quand toi et les tiens aurez péri dans les décombres de ta maison parce que celle de ton voisin aura pris feu, ton terrain ne vaudra pas une lentille ! C'est l'intérêt général, comprends-tu, que je fasse passer une rue entre les deux terrains ! »

Et quand les édiles creusaient un caniveau dans la fameuse rue, c'étaient d'autres récriminations. Les riverains se plaignaient qu'elle charriât des ordures. Il fallait leur expliquer que les caniveaux recueillaient les eaux de ruissellement pendant la saison des pluies et que, sans eux, ce seraient les maisons elles-mêmes qui seraient emportées.

Cet afflux de population contraignit Joab à changer à deux reprises le tracé et la hauteur du mur d'enceinte de la ville. Comme ils l'avaient établi au-dessus de celui des Jébusites, la superficie de la ville s'en serait trouvée réduite, aussi en élargirent-ils les contours à l'est et à l'ouest.

« Il nous faudra bientôt tout repenser, dit un jour Joab à David.

— C'est tout réfléchi », répondit David. Joab attendit l'explication. « Les prix des terrains ont tellement augmenté qu'ils serviront eux-mêmes de régulateurs, dit David. Seuls viendront à Jérusalem ceux qui en ont la nécessité et le pouvoir. Sais-tu le prix que j'ai dû payer l'emplacement du temple ?

— Mais il y a déjà un temple... fit Joab, surpris.

— Non, l'autre temple que je veux construire... » David devint rêveur. « Un grand temple. Pour l'Arche. Le plus grand temple.

— L'arche, répéta Joab. Mais elle se trouve à Kiryat-Yéarim... Elle est dans les mains des Philistins...

— Nous l'en reprendrons, dit David en se lissant la barbe. Quel serait le sens de notre établissement à Jérusalem, si ce n'était d'abord pour qu'elle apparaisse aux yeux de tous comme la Cité de notre Seigneur ? Que serions-nous devenus sans la protection du Seigneur ? Et quel symbole plus éclatant de sa protection, sinon l'Arche ?

— Il faudra donc reprendre la guerre contre les Philistins, observa Joab sans déplaisir.

— La guerre ne s'arrêtera que lorsqu'ils auront compris que cette terre est le royaume des douze tribus. Le royaume de Dieu. S'ils n'en sont pas contents, qu'ils s'en aillent ! »

C'était là parler, pensa Joab. Et le soir-même, il s'en entretint avec son frère Abichai, ainsi qu'avec Ezer et Ammon. Selon les rapports des espions, les Philistins, d'ailleurs, recommençaient à s'agiter. Ce nouveau roi, ses prétentions à gouverner tout le pays et l'éclat de sa capitale les contrariaient. Ne l'avaient-ils pas chassé de leurs rangs, cet aventurier ? Et il allait leur en remontrer, à eux ?

7

Un objet dangereux

Les Philistins n'avaient pas lésiné : six mille hommes. Le plus gros de leurs troupes, environ quatre mille hommes selon les espions, était venu de Bet-Shémesh par le val des Réphaïm, le reste était venu de Gaza par la Shéphéla en passant par Lakish. Un siège risquait de couper Jérusalem du pays, mais descendre affronter les Philistins était risqué, car une grande partie des troupes de Saül était restée à Mihanayim et nourrissait des sentiments hostiles à l'égard de Joab, à cause des assassinats d'Abner et d'Ishyo ; ils restaient sceptiques à l'égard des dénégations de David. Or, Ezer ne pouvait réunir au mieux que cinq mille hommes.

David convoqua Ebyatar et s'enferma avec lui dans ses appartements. Ebyatar avait apporté de l'encens pour le brûler devant les teraphim. Trois, comme ceux de Saül, mais pas les mêmes : ceux-là étaient restés à Mihanayim. Un domestique apporta des braises, qu'ils jetèrent dans trois bols de bronze posés devant les statues. Le prêtre et le roi jetèrent de l'encens dessus.

« Prions », dit Ebyatar.

Ils prièrent en silence. Les fumées montèrent avec lenteur, puis se perdirent dans les solives du plafond de cèdre sculpté.

« Demande au Seigneur, dit David. Si j'attaque les Philistins, les réduira-t-il à ma merci ? Car c'est Sa ville, Jérusalem, qui est en jeu. »

Ebyatar s'absorba dans sa méditation. Au bout d'un long temps, sa voix enfin sortit de son gosier. « Attaque les Philistins, David, psalmodia-t-il d'une voix aiguë, je les mettrai à ta merci. »

Les espions rapportèrent que les deux groupes des armées philistines s'étaient rejoints pour ne former qu'un seul corps, et que celui-ci avançait dans le val des Réphaïm. Leur destination évidente était Jérusalem : c'était la seule ville qu'il y eût au bout du val.

David convoqua Joab et Ezer et leur ordonna de scinder l'armée en deux groupes de deux mille hommes chacun, qui iraient se poster de part et d'autre du val, cachés dans les épaisses forêts qui couvraient les collines. « L'endroit le meilleur est celui où le val se resserre avant Baal-Pérassim, expliqua-t-il. Mille hommes seront affectés à la défense de la ville elle-même, sous la commande d'Ammon. Nous les laisserons avancer sans nous signaler et, dès qu'ils seront à notre hauteur, nous les accablerons de nos flèches et de nos frondes. Que les lanciers n'interviennent que lorsque les ennemis seront déjà enlisés dans la déroute. Faites vite. Nous devons nous installer de nuit dans les forêts, pour que leurs espions ne nous repèrent pas. Nous nous installerons au goulet du val, là où celui-ci mesure moins de deux cents coudées *. »

La nuit même, l'armée partit s'embusquer dans les forêts et David alla avec elle.

Les espions juchés sur les arbres rapportèrent que les Philistins avançaient en rangs compacts, les chars en tête, comme d'habitude.

« Laissez passer les chars, ordonna David. Une fois isolés, ils seront une cible facile. »

Les éclaireurs philistins apparurent à l'aube, au pas de gymnastique. Ils étaient six ou sept, regardant à gauche et à droite, s'arrêtant de temps à autre pour souffler et scruter à l'est le fond du val, puis débattre entre eux. Ils étaient visiblement étonnés de ne trouver aucun Hébreu devant eux. Sûrement, les espions de Jérusalem avaient prévenu leurs maîtres ; mais alors, où étaient les troupes de David ?

---

* Environ quatre-vingts mètres.

Le soleil était déjà haut quand on vit deux éclaireurs retourner vers l'armée qui avançait.

Un peu plus tard, un fracas d'airain et des nuages de poussière annoncèrent l'arrivée des chars. Vingt-deux chars qui étincelaient au soleil, avec un cocher et un lancier sur la plate-forme de chacun et filant deux par deux en direction de Jérusalem. Un moment plus tard, les lanciers à cheval leur succédèrent. David cria un ordre. Les archers perchés dans les arbres et les frondeurs au sol firent aussitôt s'abattre une pluie de flèches et de cailloux. Les lanciers tombèrent sans savoir d'où ils étaient attaqués, les chevaux sans cavaliers et souvent blessés s'égaillèrent dans toutes les directions en hennissant, augmentant ainsi leur propre épouvante, et créant la confusion la plus désirable. L'arrière des bataillons philistins buta dans cette mêlée, puis ne pouvant plus avancer, bloqua le val ; ce qui en fit des cibles commodes. Plus loin à l'arrière, archers et fantassins philistins perdirent rapidement leur belle ordonnance et, ne pouvant avancer eux non plus, s'emmêlèrent dans les chevaux affolés qui rebroussaient chemin et qui les piétinaient. Ils croyaient avoir distingué l'ennemi à droite, mais s'étant élancés vers la forêt pour en découdre avec lui, ils tournaient ainsi le dos aux archers et frondeurs de l'autre côté et tombaient d'une flèche dans le dos ou d'un caillou à l'occiput. Leurs troupes étaient bloquées, tous corps d'armée mélangés ; les généraux criaient de rebrousser chemin en désordre, car c'était, en effet, la seule issue. Mais l'arrière des troupes n'entendait pas ces ordres et continuait d'épaissir la mêlée en avançant.

David, Ezer et leurs officiers de leur côté, Joab et les siens de l'autre sortirent à ce moment de la forêt et coururent vers ceux des généraux qui étaient les plus proches et qu'on distinguait à leurs belles armures. Fous de rage, les généraux en oubliaient qu'ils n'avaient pas d'yeux derrière la tête. L'un d'eux s'élança ainsi vers David, mais au moment où il levait son glaive et David son bouclier, la lance d'un Juif le transperça dans le dos. La dernière image qu'il eut du monde fut celle des pieds bottés de David entre des touffes d'asphodèle.

Les chars ayant fait demi-tour, revenaient. Les Juifs les

entendirent venir et remontèrent sur les pentes des collines. Les chars ravagèrent ainsi ce qui restait de leurs propres troupes, filèrent vers l'arrière quand ils le purent par une trouée, tandis que d'autres tentaient de s'échapper en empruntant les pentes du val, ce qui fit que trois d'entre eux versèrent. Le soleil entreprenait sa descente quand le combat cessa tout à fait. Les Philistins laissaient sur le terrain près de six cents morts, les Juifs, moins de cent.

La moisson du butin commença. Les Juifs gagnaient trois chars, ceux qui avaient versé, quelques chevaux, des cuirasses, des casques, des glaives, des lances qu'on pouvait encore réparer, des ornements d'or sur les trois généraux tombés, des amulettes par douzaines... Tout cela fut chargé sur les chars, auxquels on attela les chevaux.

Le retour à Jérusalem fut triomphal. David fit célébrer en grande pompe un sacrifice sur l'autel érigé dans le champ du futur temple.

Un mois plus tard, les Philistins vinrent prendre leur revanche. Ils étaient encore plus nombreux que la dernière fois, rapportèrent les espions, et instruits par l'expérience, ils occupaient cette fois tout le val des Réphaïm ; un corps spécial avait été chargé de battre la forêt et d'avancer sur la lisière des deux côtés.

David fit appeler Ebyatar et, une fois de plus, interrogea les teraphim. « Contourne-les, dit la voix inspirée du prêtre, et dès que tu entendras un crépitement au sommet des arbres, attaque-les en face de la forêt de peupliers. Car je les aurai alors défaits avant toi. » Cette précision laissa David perplexe : les contourner était stratégiquement judicieux, mais que serait donc le crépitement au sommet des arbres ? Ebyatar n'en savait pas davantage et David ne put tirer de lui une seule explication.

Le lendemain, vers l'heure de midi, David partit le long de la vallée du Sorek, qui était déserte. Il observa les arbres pour identifier leurs essences et ne trouva d'abord que des chênes verts, puis des pins espacés. De l'autre côté de la montagne, les Philistins qui avançaient en sens inverse, en direction de Jérusalem, battaient furieusement les fourrés, se demandant quelle ruse imagineraient cette fois les Juifs.

Quand le soleil commença à décliner, sous un ciel de plomb, Ezer poussa un cri :

« Des peupliers ! »

Il y avait là effectivement un bois de peupliers qui s'arrêtait aux franges de la plaine, au bout de la vallée du Sorek, là où cette rivière rejoignait les Réphaïm. Et l'orage éclata. Aux premiers crépitements sur les sommets des peupliers, David comprit. La pluie. En quelques instants, elle passa du friselis à un déluge perlé. Le tonnerre fit trembler les collines. Des trombes d'eau déferlèrent sur les collines de Jérusalem. Le torrent des Réphaïm allait grossir, puis déborder !

David fit un signe et Ezer et Joab donnèrent les signaux de l'attaque. Les Juifs contournèrent la montagne au pas de course et s'engagèrent dans le val des Réphaïm, mais en se tenant sur les pentes, qui devenaient déjà glissantes. Le torrent commençait en effet à gronder. A trois lieues de là, les Juifs trouvèrent les Philistins en mauvaise posture : les chars dérivaient dans le torrent et faisaient même volte-face, les chevaux ne pouvaient plus avancer et tentaient de gagner les berges, et les lanciers et archers philistins étaient dans l'eau furieuse jusqu'à mi-corps. Les Juifs leur foncèrent dessus. L'orage redoubla de violence. Ceux des Philistins qui avaient gagné les berges étaient trop peu nombreux pour soutenir l'assaut et voyant leurs camarades décimés par la vague ennemie, prirent le parti de s'enfuir dans la forêt. Ils ne perdraient rien pour attendre, on les y retrouverait plus tard. Mais les lanciers et les archers qui se débattaient dans le courant, et dont plusieurs s'étaient déjà noyés, durent subir la grêle des flèches des Juifs. Les cordes des arcs mouillés ne bandaient plus et les lances étaient impossibles à manier dans l'eau. Le massacre était assuré, déjà le torrent charriait des cadavres. Ceux qui le pouvaient gagnèrent la berge où il y avait le moins de Juifs et s'engagèrent au pas de course vers Baal-Pérassim, où ils s'étaient fait battre un mois plus tôt. Les chars qui avaient pu remonter sur la terre ferme couraient déjà à vive allure, suivis par les soldats eux-mêmes poursuivis par les Juifs.

Tout ce monde courut ainsi jusque dans la plaine de

Jérusalem, jusqu'à Géba, où les Philistins finirent par s'égailler. Pour regagner leurs territoires, ils devraient faire un grand détour par la vallée d'Ayyalon, puis la Séphéla. Ils n'y seraient pas avant une semaine et la leçon avait été assez cuisante : mieux valait ne pas s'en prendre à la cité de David.

À Jérusalem, on célébra la victoire trois jours et trois nuits.

« Baal est vraiment avec ce roi », dit un vieux Jébusite à sa femme, tandis que la ville retentissait de trompes et de chants.

« Il lui offre des sacrifices à chaque victoire », observa-t-elle, en remuant dans le pot la soupe d'avoine à la viande de volaille qu'elle préparait pour souper. « C'est comme ça qu'il faut faire pour avoir sa faveur.

— Je vais faire circoncire nos deux fils, dit-il.

— A leur âge ?

— Il n'est jamais trop tard pour bien faire, répondit le vieillard en ouvrant la fenêtre pour évacuer la fumée de l'âtre. Ce bois est vert, femme.

— Achète-moi du bois sec, alors !

— Quand ils seront riches, nous aurons du bois sec, déclara-t-il philosophiquement.

— Et quand seront-ils riches ?

— Quand ils seront circoncis. Ce sera leur façon de faire des sacrifices à Baal.

— Leur dieu ne s'appelle pas Baal, mais El, rectifia-t-elle.

— Baal, El, c'est tout un ! conclut-il avec impatience. Ce ne sont pas les noms qui changent quelque chose ! »

Ebyatar alla voir David. Il le regarda de cet air que le souvenir rendait à jamais pathétique aux regards de David. Le souvenir du jour où il l'avait rejoint dans le désert de Judée, hâve et hagard, pour lui raconter que les troupes de Saül avaient massacré toute sa famille. Certes, Ebyatar s'était remplumé depuis lors. Il pointait même du ventre en dépit de sa silhouette fragile d'enfant mal nourri, mais aux yeux de David, il était toujours le fils d'Ahimélek, le prêtre si pauvre qu'il n'avait trouvé que des pains de proposition pour le nourrir, lui et ses compagnons.

« David, lui dit-il avec gravité. Maintenant, il faut récupérer l'Arche.

— L'Arche... » répéta David.

Cela faisait longtemps qu'Ebyatar évoquait l'Arche d'alliance et son rapatriement à Jérusalem, et David s'était accoutumé à l'approuver sans y réfléchir. Il avait même acheté à prix d'or un terrain pour l'y loger, dans un temple qui serait magnifique. Mais à vrai dire, David ne savait pas très bien ce que c'était. Samuel ne lui avait jamais parlé de l'Arche. David n'en avait que fortuitement, et comme furtivement, entendu parler çà et là.

« Qu'est-ce exactement que l'Arche ? demanda le roi.

— Mon père l'avait vue jadis, répondit rêveusement Ebyatar. C'est un coffre d'or.

— Qu'y a-t-il dans ce coffre ?

— David, dit doucement le prêtre en posant la main sur le bras du roi, il y a dedans les restes des tables de la Loi. Brisées. Parce que Moïse les avait brisées dans un geste de colère quand il a trouvé son peuple dansant autour du Veau d'or. »

David se leva et remplit de vin deux cornes niellées d'argent qui se trouvaient sur une table et il en tendit une à Ebyatar. Celui-ci y trempa les lèvres.

« C'est la preuve de l'alliance conclue avec nous par le Seigneur, reprit-il, reprit-il, l'alliance grâce à laquelle tu règnes sur les douze tribus et qui nous a permis de conquérir Jérusalem.

— Et les tables sont brisées, dit David. Ne faudra-t-il pas y mettre alors des tables neuves ? »

Ebyatar roula des yeux effarés. « Des tables neuves ! » Il ravala sa salive. « Il faudra interroger le Seigneur, David. On ne touche pas l'Arche impunément ! » Et devant l'air étonné de David, le prêtre expliqua : « Quand les Philistins nous l'ont enlevée jadis, à Aphek, et qu'ils l'ont transportée dans le temple de leur dieu Dagon, des choses épouvantables sont advenues dans ce temple... C'est pourquoi ils en ont confié la garde à un Juif pieux qui se nomme Abinadab et qui habite Kiryat-Yéarim. Non, non, David, il faut témoigner de beaucoup de respect quand on touche l'Arche. Je te raconterai son histoire. Mais il nous faut l'Arche. Sans elle, Jérusalem, n'est rien. »

Un mois lunaire plus tard, David envoya trente-six messagers aux Anciens de tout le royaume : à Dan, dans l'enclave de la tribu qui se trouvait entre le territoire de Nephtali et celui de Manassé au-delà du Jourdain, à Ebron dans le territoire d'Asher et à Bethléhem du nord, dans celui de Zébulon, à Yizréel dans le territoire d'Issachar et à Beth-Shéan, dans celui de Manassé, à Sukkot, dans le territoire de Gad, et à Yanoah dans celui d'Ephraïm, à Joppé, dans le territoire maritime de Dan et à Gabaon, dans celui de Benjamin du sud, enfin à Kiryat-Ayim dans le territoire de Ruben et à Beer Shéba, dans celui de Siméon. Le discours des messagers était simple : David voulait rapporter l'Arche de chez les Philistins et l'installer à Jérusalem. Et il voulait qu'une délégation de tout le peuple d'Israël se rendît à Kiryat-Yéarim pour la transporter à Jérusalem.

Les espions des Philistins eurent évidemment vent d'une aussi vaste entreprise et la rapportèrent à leurs maîtres.

« Ah ! ils veulent l'Arche ! s'écrièrent-ils. Eh bien, qu'ils l'emportent donc à Jérusalem ; comme ça la ville tombera ! »

Les espions juifs rapportèrent à David la réaction des Philistins. Et Ebyatar reprit son récit sur l'Arche.

Quand ils l'avaient enlevée soixante-dix ans auparavant, en plein camp des Hébreux, dans la région d'Aphék, et qu'ils l'avaient transférée dans le temple de Dagon, à Ashdod, les Philistins avaient installé l'Arche près de la grande statue de ce dieu. Le lendemain, la statue était tombée de son piédestal, la face en avant. Ils la redressèrent. Mais le jour suivant, Dagon était de nouveau tombé, sa tête s'était séparée de son corps et ses deux bras s'étaient cassés. Ce n'était pas de très bon augure, bien que certains mauvais esprits eussent prétendu que le phénomène s'expliquait de façon naturelle : l'Arche avait été posée sur la plate-forme de la statue. Comme cette plate-forme était mal aplanie, le poids de l'Arche l'avait déséquilibrée, voilà tout.

C'était plausible. Néanmoins, et bien qu'on eût sorti l'Arche du temple, une épidémie éclata à Ashdod peu après une invasion de rats *. Après avoir souffert d'affreux bubons, beaucoup de Philistins moururent. Comme si les bubons ne suffisaient pas, ils enduraient une épouvantable diarrhée qui leur valait des hémorroïdes monstrueuses. C'en était assez et le gouverneur d'Ashdod décida que l'Arche ne resterait pas un jour de plus dans sa ville. Après conférence des rois et gouverneurs, il fut décidé de la transférer à Gât **. Là encore, il y eut une invasion de rats et la même épidémie éclata.

De Gât, l'Arche fut envoyée à Ekrôn, mais les habitants poussèrent les hauts cris. « Renvoyez cette Arche de malheur chez les Hébreux ! Vous voulez nous tuer tous ? Rendez-la plutôt à ceux auxquels vous l'avez prise ! »

L'Arche était depuis sept mois aux mains des Philistins et elle commençait à leur brûler les mains. Les cinq rois philistins consultèrent alors leurs prêtres et leurs devins.

« Rendez l'Arche à Israël, dirent ces connaisseurs des choses surnaturelles, et joignez-y un cadeau en guise de dédommagement, afin de nous exorciser. Ne nous mettons pas dans la position des Egyptiens, qui furent frappés de sept plaies immondes parce qu'ils persécutaient les Hébreux.

— Et quel cadeau ?

— Faites réaliser des reproductions en or des bubons, des hémorroïdes et des rats. Un bubon, une hémorroïde et un rat par prince. »

Impressionnés, les princes obtempérèrent. Non contents de ces cadeaux paradoxaux, les prêtres et devins exigèrent que l'Arche fût renvoyée chez les Hébreux sur un chariot somptueux, spécialement construit pour la circonstance et attelé à deux vaches qui n'avaient jamais porté de harnais. Sur le même chariot, un coffret de bois précieux abritait les fameuses reproductions en or des plaies souffertes par les Philistins. Des courriers furent mandés pour prévenir les Juifs qu'on leur rendait l'Arche.

---

* A l'évidence, une épidémie de peste.
** Les deux villes sont distantes d'une trentaine de kilomètres.

Celle-ci fut donc envoyée sous escorte à Bet-Shémesh. Une escorte magnifique : cinq princes philistins en tenues d'apparat, armures, casques et bottes, boucliers huilés et lances briquées. C'était la saison des moissons. L'extraordinaire objet, qu'on disait en or, étincela donc sur fond d'or.

Les vaches s'arrêtèrent devant la ferme d'un certain Josué ; on interpréta cela comme un signe du Seigneur. Les prêtres du temple local s'empressèrent et soulevèrent d'abord l'Arche, puis le coffret aux cadeaux. La première fut posée sur une grande pierre qu'on s'empressa d'abriter sous une tente ; quant aux bubons, rats et hémorroïdes en or, on les partagea entre les colonies juives d'Ashdod, Gaza, Ashkelon, Gât et Ekrôn. Les vaches furent sacrifiées au Seigneur et l'on en partagea les restes entre les habitants de Beth-Shémesh, ce qui donna l'occasion d'une grande fête.

Après avoir beaucoup ri des hémorroïdes, des bubons et des rats en or, David demanda :

« Et pourquoi l'Arche ne se trouve-t-elle plus à Beth-Shémesh ?

— Parce qu'il y avait là un clan, celui de Jéconias, qui n'avait pas confiance dans l'Alliance du Seigneur, répondit Ebyatar. Quand ses gens virent arriver l'Arche, ils se dirent qu'elle allait leur apporter des calamités à eux aussi. Ils refusèrent de s'associer à la fête de Beth-Shémesh. Le résultat fut que soixante-dix membres de ce clan moururent. » C'est vraiment là un objet dangereux, murmura David. Ebyatar feignit de ne pas l'avoir entendu et poursuivit : « Les gens de Beth-Shémesh furent tellement épouvantés par cette nouvelle hécatombe qu'ils dirent : "Personne n'est en sécurité devant le Seigneur, le Saint Dieu." Et ils se demandèrent à qui ils pouvaient déléguer la garde de l'Arche. Ils adressèrent des messagers à Kiryat-Yéarim pour leur demander s'ils ne voulaient pas assumer cette garde. L'Arche repartit donc dans cette direction et elle fut confiée à un saint homme, Abinadab, dans la maison duquel elle se trouve toujours. Mais Abinadab est mort et c'est son fils Eléazar qui a désormais la garde de l'Arche.

— Il ne lui est donc rien arrivé ?

— Non », répondit Ebyatar.

8

Deux chérubins d'or massif

    Ceux des Philistins qui eussent été tentés d'attaquer les Hébreux pendant le transfert de l'Arche, en dépit des calamités qui leur pendaient au nez, en furent dissuadés par un autre motif. Plus de trente mille Juifs, en effet, avaient répondu à l'appel de David et se présentèrent à Kiryat-Yéarim. Ils peuplaient toute la plaine au pied de Jérusalem, et bien qu'ils eussent emporté quelques vivres pour la circonstance, on eut quand même fort à faire à les nourrir et abreuver pendant la semaine que dura leur rassemblement.
    Enfin, David leur fit dire de se tenir prêts au voyage, des trompes retentirent et le cortège se mit en marche.
    En tête venaient David à cheval et douze prêtres, suivis par cinq mille hommes armés, les chars enlevés aux Philistins, puis des lanciers à cheval et des lanciers à pied, des archers, des fantassins. Un chariot somptueux, couvert de drap rouge, était traîné par deux bœufs, tout de suite après l'état-major. Les délégations venaient ensuite : un véritable exode ! Il y avait des gens depuis Emmaüs jusqu'à Kiryat-Yéarim. Et tout ce monde avançait avec une lenteur irrésistible. Des cavaliers philistins campés sur les hauteurs observaient ce déploiement avec stupéfaction.
    David arriva le premier à Kiryat-Yéarim, flanqué des prêtres et de l'état-major et suivi de près par douze sonneurs de trompe. Il gravit la colline au sommet de laquelle s'élevait la maison d'Abinadab. Lui, les prêtres et les pre-

miers officiers de sa suite mirent pied à terre. C'était une maison modeste en retrait de la route, au cœur d'un verger ensauvagé. David frappa à la porte. Un vieil homme coiffé d'un bonnet vint ouvrir. Deux garçons beaucoup plus délurés sortirent de la maison par la fenêtre pour repaître leurs yeux d'un spectacle qu'ils ne reverraient jamais. Eléazar, lui, regarda effaré le personnage magnifique qui se tenait devant lui, en manteau de pourpre et bottes brodées d'or, puis les douze prêtres, puis les militaires, et son regard découvrit au-delà l'attroupement qui s'étendait jusqu'à l'horizon. Ses yeux s'emplirent de larmes.

« Tu es le roi, dit-il. Tu es David. » Celui-ci hocha la tête. Eléazar ouvrit la porte en grand. « Tu es venu prendre l'Arche. Il était temps qu'elle ait une demeure. Je me fais vieux. C'est une charge, dit-il en s'écartant pour laisser entrer le roi et les prêtres.

— Nous l'emmenons à Jérusalem, dit David. Veux-tu venir à Jérusalem ? »

Eléazar ne répondit pas ; peut-être n'avait-il pas entendu la question. Il se dirigea vers une pièce attenante et montra du geste un coffre oblong, posé sur des planches de bois, haut d'un bon bras et long comme deux *, sommé de deux objets indistincts : une couverture de laine n'en laissait rien voir.

« La voilà, dit-il simplement. Avez-vous des barres ?
— Des barres ? demanda Ebyatar.
— Pour les glisser dans les anneaux et la porter. » Et le vieillard se prosterna devant l'objet, puis avec une lenteur extraordinaire, presque terrorisée, fit glisser la couverture. Un coffre d'or apparut, surmonté de deux chérubins également d'or. David et les prêtres en restèrent muets. Puis ils se prosternèrent eux aussi.

« C'est un trône, dit David quand il se fut relevé.
— C'est le trône du Seigneur, répondit tranquillement Eléazar. Comment allez-vous le transporter ?
— Sur un chariot », répondit David.

---

* Les dimensions auraient été de 1,10 m à 1,30 m de long et 0,70 m à 0,80 m de hauteur et de largeur, selon les dimensions qu'on donne à la coudée orientale.

Les prêtres sortirent, désarmèrent deux lanciers et revinrent glisser les armes dans les anneaux de portage. Puis David et Ebyatar s'emparèrent des têtes de lance et à petits pas, portèrent l'Arche à l'extérieur. Les deux garçons de la maison, Uzza et Ahio, les fils d'Eléazar, se joignirent spontanément au cortège. Les trompes retentirent, comme pour informer les nuages eux-mêmes de l'événement. Une foule immense entourait alors la maison d'Abinadab. Une rumeur formidable en monta, comme un chant de soulagement, mais David n'en comprit vraiment la cause que lorsqu'il eut hissé l'Arche sur le chariot de pourpre. Le soleil s'était levé et l'objet étincelait comme s'il eût été fait d'un morceau de ce soleil. David le contempla longuement tandis que la foule refluait vers le chariot. C'était le centre du paysage, c'était le centre du monde, de l'univers. Un tournoiement gigantesque lui parut animer son champ de vision, dont l'Arche était le centre immobile. Un chant infini l'animait.

Lui succéda une musique bien plus terrestre : les tambourins et les castagnettes dont les musiciens venus avec les délégations des douze tribus jouaient avec un entrain assez cacophonique. Qui donc leur en eût tenu rigueur ? De toute façon, chaque groupe de musiciens était suffisamment distant de l'autre pour ne pas souffrir de la disparité des rythmes et des airs. Uzza et Ahio prirent le contrôle du char, Ahio devant et Uzza derrière, dansant de joie. Ils avaient grandi avec l'Arche, il était juste, estima-t-on, qu'ils l'accompagnassent à Jérusalem.

Le trajet fut mouvementé.

Le chemin était malaisé. Déjà détrempé par les pluies récentes, il montait, descendait, sinuait, versait à droite ou à gauche et l'Arche se balançait sur le chariot de façon alarmante. On arriva à une aire de battage du blé. Les roues du chariot patinèrent sur la paille et l'Arche glissa dangereusement vers l'arrière. Uzza la saisit pour l'empêcher de tomber. Mal lui en prit : elle était lourde et tomba quand même, mais sur lui. Elle lui écrasa la poitrine et il mourut sur-le-champ.

Le cortège s'arrêta dans la consternation. Les

musiques firent rapidement place au silence. Les prêtres se lamentèrent.

« Il a été trop familier avec l'Arche ! dirent-ils.

— Elle allait tomber ! » protesta son frère Ahio.

On transporta le cadavre d'Uzza dans la localité proche et on l'y enterra. Ebyatar avait beau le réconforter, David faisait fort mauvaise figure.

« Je ne peux pas rapporter cette Arche à Jérusalem ! » s'écria-t-il.

Nouveau motif de consternation pour les prêtres. On avait convoqué les douze tribus pour installer l'Arche à Jérusalem et l'on rentrerait bredouille ? On discuta, on tenta d'ergoter, David trancha. Le crépuscule approchait et l'on allait se retrouver avec cet objet dangereux en pleine nuit, sans savoir où aller, et Dieu seul savait alors ce qui adviendrait. Les prêtres se résignèrent. David ordonna de faire rebrousser le cortège vers Gât.

Ce fut ainsi que les habitants de Gât furent à leur tour consternés par le retour de cette Arche dont ils s'étaient crus débarrassés à jamais. Akish, le roi que David avait servi, et qui avait eu sa part de défaites militaires quelques semaines auparavant, tenta de s'opposer à ce retour. David le rassura avec hauteur : l'Arche ne serait pas sous la responsabilité de la ville, mais sous celle d'un Juif pieux, que les prêtres avaient désigné en désespoir de cause.

« Pourquoi ne la prends-tu pas chez toi à Jérusalem ? » demanda Akish, avec son bon sens ordinaire. Il ignorait encore la mort du jeune Uzza.

« Nous sommes trop loin de Jérusalem, répondit David. Nous viendrons la reprendre bientôt. »

Tout à la joie impromptue de revoir David, Akish se laissa duper. Le roi de Gât donna une fête pour le roi de Jérusalem et l'on n'en parla plus. Quant au nouveau gardien, il se nommait Obed-Edom. C'était, certes, un homme pieux, mais point sot. Il connaissait la réputation de l'Arche. Lui aussi essaya donc de se défaire de l'alarmante responsabilité qu'on lui imposait, mais les prêtres usèrent d'autorité et eurent raison de ses réticences : ce qui avait été décidé ne serait pas défait et c'en était assez.

David coucha chez son ancien protecteur, Akish, et le

lendemain, chacun rentra chez soi. Cela ressemblait furieusement à une débandade.

Sur le chemin de Jérusalem, Ezer, Ammon et Joab étaient pensifs. Les prêtres étaient pensifs. Les soldats étaient pensifs. Et David aussi. Tous étaient occupés par la même pensée : ou bien l'Arche était le siège de la divinité d'Israël et dans ce cas, elle n'avait pas été propice à David, puisqu'elle lui avait infligé ce camouflet de la mort d'un jeune innocent. Ou bien elle n'était pas le siège de la divinité d'Israël, pas plus que de la Philistie d'ailleurs ou d'aucune religion connue, et alors David s'était trompé. C'était un objet maléfique dont il valait mieux ne plus entendre parler. On eût dû d'ailleurs se méfier de ces histoires de reproductions de rats et d'hémorroïdes en or. Bref, le Dieu qu'on croyait n'était pas celui d'Israël et l'on se retrouvait donc sans Dieu. Dans tous les cas, on avait perdu la face, et ce n'était pas bon pour la gloire de Jérusalem.

Les femmes trouvèrent David de mauvaise humeur et ne purent pas changer grand-chose. Il buvait et grommelait. Il songea à interroger les teraphim, mais il n'avait pas envie d'écouter leur réponse. Le monde devenait compliqué et c'était pour lui la plus forte contrariété possible. Il voulait bien se battre et risquer sa vie, mais il ne voulait pas se sentir mal à l'aise.

Ebyatar fit son siège et parvint à obtenir une entrevue.

« Il faut rapporter l'Arche à Jérusalem, dit le prêtre.

— Pas question, elle porte malheur, répliqua David.

— Tu ne crois pas que c'est le symbole de notre alliance avec Yahweh ? s'écria Ebyatar d'un ton vif. Tu ne crois pas que c'est le siège de Yahweh ?

— Si c'est le siège de Yahweh, ce n'est pas un dieu bon. Il n'y avait aucune raison de tuer ce gamin parce qu'il avait essayé de l'empêcher de tomber. Uzza ne faisait rien de mal. Il essayait de retenir l'Arche, je le répète parce que je l'ai vu. Et il a été écrasé par ce coffre.

— C'est un accident ! protesta Ebyatar. Il y a aussi des gamins qui tombent d'un sycomore et qui se tuent, alors qu'ils n'ont rien fait de pire que d'essayer de récolter des figues ! »

David le considéra un long moment. « L'Arche n'est

pas un figuier de sycomore, Ebyatar. Si c'est le siège de Yahweh, alors l'accident n'aurait jamais dû arriver. » Il alla remplir deux cornes de vin et en tendit une au prêtre. « Dis-moi plutôt qu'il n'y a rien dans cette Arche.

— Blasphèmes ! cria Ebyatar, tellement agité qu'il en secouait la corne de vin. Il y a dedans les tables de la Loi !

— Qu'est-ce que tu en sais ? répondit calmement David.

— Si tu ne le crois pas, alors il n'y a rien, rétorqua Ebyatar d'un ton glacial.

— Je ne le crois pas, je ne les ai jamais vues. Je n'ai jamais ouvert cette Arche. Vous racontez tous des histoires.

— Alors, tu n'es pas l'homme que Samuel pensait choisir, dit Ebyatar. Tu es devenu comme Saül. Tu es un roi comme tous les autres. Tu n'es pas le roi choisi par Yahweh. Tu es un roi sans destin. »

David lui lança un regard mauvais. Un silence s'installa.

« Les seules choses réelles, David, sont les choses auxquelles tu crois. Tant que tu as cru, vraiment cru, ce que te disait Samuel, la chance t'a souri. La chance, c'est-à-dire Yahweh. Cesse de croire et c'en est fini de toi.

— Où veux-tu en venir au juste ? demanda David, la lippe dédaigneuse.

— Tout le peuple, les douze tribus, se demandent comme toi si l'Arche est bien le siège du Seigneur. Laisse-la à Gât, et ils se diront que non, elle ne l'est peut-être pas, et au fur et à mesure que le temps passera, ils se diront qu'elle ne l'est certainement pas. Et Yahweh lui-même, se diront-ils, qu'est-ce que c'est ? Un dieu comme Baal, comme Dagon, comme El, comme tous les autres dieux des Cananéens. Et nous ne serons plus aussi hébreux que nous pensions le devenir. Nous nous fondrons dans la masse de ces gens. Qu'est-ce qui nous distinguera d'eux ? Pourquoi serions-nous, nous, le peuple du Seigneur ? Pourquoi aurions-nous conquis cette terre ? »

David se leva et regarda par la fenêtre le paysage qui s'étendait au pied de la ville. La plaine baignée par les flots de la nuit et le ciel indigo. Il était né pas très loin, à Bethléhem, mais le chemin avait été long. Il vida la corne de vin. Tout cela n'était sans doute qu'un songe, mais cela n'existait aussi que parce que le dormeur n'avait pas changé de rêve. Il se retourna et s'adossa à l'entablement de la fenêtre. Ebyatar leva les yeux vers lui.

« Redresse le navire, dit-il. Rapporte l'Arche à Jérusalem.

— Comment expliquerai-je la mort d'Uzza ?

— Le manque de respect, dit Ebyatar.

— C'est un mensonge.

— C'est un mensonge, admit Ebyatar. Le mensonge te fait-il peur, David ?

— Que veux-tu dire ?

— Avais-tu révélé à Jonathan et à Saül que tu avais été sacré roi par Samuel ?

— Tu n'as pas le droit... » commença David. Mais ses yeux se mouillèrent. Il baissa la tête.

« Ce mensonge-là ne servait que toi. Celui que je te demande... »

Ebyatar n'acheva pas sa phrase. David avait compris.

« Je rapporterai l'Arche », dit-il d'un ton las.

Ebyatar but lentement son vin. Puis il se leva et contempla, lui aussi, le ciel de la nuit.

9

Le mépris

Il alla donc reprendre l'Arche à Gât.
Il y mit la forme et les frais. Ebyatar, les autres prêtres et un prophète qui s'appelait Nathan racontèrent que l'Arche avait apporté bonheur et prospérité à la famille d'Obed-Edom. Ils se gardèrent bien de dire que c'était David qui avait payé pour tout cela. L'Arche était bénéfique aux vrais serviteurs de Dieu.

Une autre expédition fut montée avec le concours de l'armée pour aller chercher l'Arche à Gât, avec des cadeaux pour Akish, une ceinture d'or articulée garnie de cabochons de grenats, un siège d'ébène et d'ivoire, un éventail en plumes d'autruche. Le chariot sur lequel il fallait charger l'Arche était beaucoup plus stable, et la plate-forme en était munie de rebords capitonnés pour empêcher l'Arche de basculer. Une vaste tente fut installée au-dessus du terrain de l'Arauna, que David avait acheté à Jérusalem, sur les hauteurs qu'on appelait la Forteresse de Sion, près de la Cité royale où il faisait bâtir ses palais. Il l'avait choisi parce qu'il voulait y construire un temple. Des messagers partirent une fois de plus aux quatre coins du royaume pour convier le peuple à l'installation finale du siège du Seigneur dans sa ville.

On se remit à l'ouvrage et l'on essaya aussi d'y remettre du cœur. Les boulangers enfournèrent du pain comme jamais, les pâtissiers fabriquèrent des gâteaux par milliers, les bouchers se préparèrent à nourrir un bon morceau de peuple. Les gens des douze tribus reprirent la route de Jérusalem, en espérant que, cette fois, ils ne seraient pas déçus. La déception vieillit. Personne ne veut vieillir.

Mais l'Arche arriva bien, dans le vacarme des trompettes, des cistres, des tambourins, des castagnettes, des triangles, des flûtes, des lyres et des cris. Elle arriva à l'heure de midi pour défiler à travers la ville, de la porte de la Vallée à la porte des Maraîchers. Elle avait à peine franchi la première qu'un groupe de jeunes gens flanqué de musiciens se mit à danser en la précédant. A la stupeur générale, David, torse nu, vêtu d'un simple pagne de lin, l'ephod, et les pieds dans des sandales d'or, les précédait et se mit à danser au son des tambourins.

Le roi dansait !

Il était beau, le roi qui dansait, avec son corps lisse et ses cheveux huilés, devant l'Arche qui rutilait en se dandinant sur le chariot, comme si elle suivait le rythme elle aussi. Il dansait bien. Il était souple et heureux. Le peuple dansa. Dans la rue, aux fenêtres, sur les toits, les spectateurs applaudissaient en cadence. Il dansa tout le long du trajet, jusqu'à ce qu'il fût parvenu à la Forteresse de Sion, à l'emplacement du futur temple. Là, on jeta un manteau de pourpre sur ses épaules ruisselantes. L'immense tente pourpre claquait dans la brise au-dessus d'un vaste espace dallé. Au milieu se dressait un socle haut comme un homme, d'un seul bloc de pierre. On hissa l'Arche, sous les yeux inquiets du roi et des prêtres. Les trompes et les trompettes sonnèrent. Des reflets pourpres dansaient sur les parois d'or, créant l'illusion que le coffre céleste flambait d'un feu immatériel. Les mêmes reflets sur les chérubins leur prêtaient aussi l'apparence de la vie.

Les prêtres — cent vingt et un prêtres — se prosternèrent, puis se relevèrent, une seule prière jaillit de leurs poumons et ils commencèrent les sacrifices sur l'autel voisin. David enflamma le brasier sur lequel gisait un veau blanc. Il chanta de sa voix ferme et chaude un psaume qu'il avait composé pour la circonstance et que les prêtres et l'assistance reprirent après lui. Le roi chantait et on chantait avec lui.

Puis on distribua la nourriture. David, épuisé, rentra au palais pour prendre un bain et souper avec les siens, prêtres lieutenants, femmes, enfants. Echevelé, ivre de fatigue, il fut accueilli à la porte de ses appartements par Mikal.

« Quel jour glorieux pour le roi d'Israël ! s'écria-t-elle. Il s'est montré nu et dansant aux esclaves de ses domestiques, comme n'importe quel galantin pris de boisson ! »

Ils se firent face un moment, en présence des chambellans déconcertés. Il considéra les yeux trop faits, les joues creuses, la bouche amincie par la frustration, puis les bijoux qui accentuaient la dureté du masque. Il ne lui manquait plus que la barbe pour ressembler au Saül insomnieux des mauvais jours. Femme stérile, mauvaise engeance.

« J'ai dansé sous les yeux du Seigneur, qui m'a choisi à la place de ton père et de sa famille, répondit-il lentement. J'ai dansé de joie sous les yeux du Seigneur qui a fait de moi le roi de son peuple. Et je me déshonorerai encore plus à tes yeux, Mikal. Quant aux esclaves et aux domestiques dont l'opinion t'inquiète, eux m'honoreront pour cela. » Et il se dirigea vers ses appartements pour s'y laver, tandis que les domestiques s'emparaient l'un de l'ephod, l'autre du manteau de pourpre.

Il enjamba le muret d'une cuve de pierre. On lui versa de l'eau chaude sur la tête et le corps, on lui tendit un savon, on lui frictionna les épaules, le dos, les fesses, les bras, les jambes, les pieds, il se lava le visage et le sexe, on lui sécha les cheveux, on les huila, puis quand il fut sorti du bain, on les démêla. Il les noua derrière la nuque.

« La fête a été somptueuse, c'est le plus grand jour de notre peuple. Et le roi est beau comme le troisième chérubin », lui dit le chef des domestiques en lui tendant une robe fraîche, de lin brodé d'or et d'argent, avec des fleurs de corail, au cou, aux manches et à l'ourlet du bas.

David sourit. Mais qu'étaient donc les chérubins, en fait ? Puis il se tourna vers le chef des domestiques : « Dis à ma femme Mikal de prendre un homme. Je ne serai jamais plus dans sa couche. »

10

*Plus qu'un homme
et moins qu'un ange*

« Je veux savoir ce qu'il y a dans l'Arche, dit David. Il y a bien un couvercle au-dessus. Il a été fait par des hommes, ouvert et fermé par des hommes. Je veux que toi et des prêtres le souleviez devant moi, afin que je puisse voir le contenu du coffre.

— Est-il juste de vérifier ce que renferme le trône du Seigneur ? demanda Ebyatar.

— Est-il juste de croire que le Seigneur nous veuille dans l'ignorance ? répartit David.

— Et s'il n'y avait rien ?

— Nous saurons que le trône suprême n'a pas besoin de contenir quoi que ce soit. Mais elle est trop lourde pour être vide.

— Je dois en conférer avec les autres prêtres », répondit Ebyatar, contrarié.

Quand il fut parti, le roi convoqua le prophète Nathan. C'était un petit homme de cinquante ans au visage d'enfant ridé et à la voix claire ; il était parfaitement chauve et sa barbe couvrait presque toute sa poitrine. Il entretenait des rapports d'une déconcertante familiarité avec les puissances invisibles. David le mit au fait de sa volonté et des réserves d'Ebyatar.

« Confondra-t-on le trône avec le roi ? » répondit Nathan.

David éclata de rire et Nathan se mit à rire avec lui.

Le soir, Ebyatar annonça au roi que les autres prêtres avaient admis que si l'Arche comportait un couvercle, cela signifiait qu'il était licite de l'ouvrir. L'entreprise fut fixée pour le lendemain. Dix prêtres étaient présents et Josaphat le Mitnite, membre du corps d'élite des Trente, récemment promu ministre, avait mobilisé une équipe de dix hommes assermentés, car il convenait qu'on n'ébruitât pas l'ouverture de l'Arche *.

En présence de David et de Joasaphat, les prêtres commencèrent par une longue prière qui redisait leur confiance dans la bienveillance du Seigneur et la nécessité pour Ses créatures de se dessiller les yeux, afin de mieux L'honorer. Les ouvriers édifièrent alors des échafaudages de part et d'autre de l'Arche, qui se trouvait sur son socle de pierre, et qu'il était hors de question de descendre. Deux prêtres montèrent d'un côté, Ebyatar et David du côté opposé. Les deux prêtres soulevèrent le couvercle et le tirèrent vers eux jusqu'à ce que David et Ebyatar pussent voir l'intérieur du coffre. David se pencha vers l'intérieur de l'Arche. Il n'osait demander une torche pour y voir plus clair : il se trouvait alors trop près de la tente, qui eût risqué de prendre feu. Ebyatar tremblait d'émotion et faisait vaciller l'échafaudage.

« Tirez un peu plus », demanda David aux deux prêtres qui lui faisaient face.

David se pencha sur le coffre. L'intérieur était en bois de cèdre. L'or qui le recouvrait avait été martelé dessus.

---

* A la fois trône, coffre et châsse, donc meuble liturgique, l'Arche devait à l'origine contenir les tables originelles de la Loi, preuve de l'Alliance forgée par Dieu avec les Hébreux. Une tradition rabbinique, non étayée cependant par l'Ancien Testament, voudrait que l'Arche eût contenu les fragments des tables brisées ensemble avec des tables neuves et un exemplaire du Pentateuque. Mais nul ne sait si elle contenait autre chose. Quelques auteurs interprètent certaines versions des Nombres comme prouvant que le bâton d'Aaron y fut aussi placé ; mais ce bâton ayant été planté, ayant fleuri et porté des fruits, il eût été blasphématoire de le déraciner et l'on ne voit guère comment, d'ailleurs, on l'eut enfermé dans un coffre de deux coudées et demie, soit un peu plus d'un mètre de long. Saint Paul avance pour sa part que l'Arche contenait un vase de la manne envoyée par le Seigneur aux Hébreux dans le désert. Mais le passage en question de l'Exode (XVI, 33-34) dit que le vase de manne fut placé *devant* et non dans l'Arche.

Cela se voyait aux bords : des feuilles d'or avaient été cloutées au bois. Il aperçut au fond deux blocs de pierre oblongs.

« Les Dix paroles, dit Ebyatar. Les tables de la Loi.

— Mais Moïse ne les a-t-il pas brisées ? demanda David.

— On les aura recopiées.

— Que sont devenus les morceaux des anciennes ?

— Je l'ignore. »

David se pencha. Les pierres étaient bien gravées.

« Et ce bâton couvert d'or ?

— Le sceptre d'Aaron.

— Mais n'avait-on pas dit qu'il avait fleuri et porté des fruits ? demanda encore David.

— On l'aura par la suite recouvert d'or, répondit Ebyatar, en proie à une émotion décidément insurmontable et qui le faisait suer à grosses gouttes.

— C'est donc un bâton symbolique, conclut David. Refermez l'Arche », ordonna-t-il aux deux prêtres, et il les aida à ajuster le couvercle. Puis il redescendit prudemment et tendit la main à Ebyatar, qui ne tenait plus sur ses jambes.

« Je n'ai rien vu dans l'Arche qui doive inspirer la terreur aux serviteurs de Dieu, déclara-t-il aux prêtres. Dieu punit ses ennemis quand ils sont cachés dans les cavernes ou qu'ils se trouvent à des lieues de l'Arche. Il ne me semble pas juste qu'on entretienne des racontars sur les méfaits de ce trône. »

Ils paraissaient déconcertés par ce discours.

« Mais... Uzza ? dit un prêtre. Tu l'as vu toi-même ?...

— C'était un accident », répondit David reprenant l'interprétation d'Ebyatar. Et ce fut celui-ci qui, cette fois, parut embarrassé. « L'intention d'Uzza était pure. Il voulait empêcher le trône de Dieu de tomber », ajouta David.

Pris au piège de son propre raisonnement, Ebyatar hocha la tête. « Oui, je pense que c'est ainsi qu'il faut interpréter cet accident, dit-il avec un soupir.

— Et les plaies qui ont frappé les Philistins ? demanda le même prêtre qui avait évoqué la mort d'Uzza.

— Elles doivent nous conforter dans le sentiment que

les justes n'ont rien à craindre de l'Arche, répondit David. Si vous entretenez cette peur, vous créerez de nouveaux Jaconias. On leur avait inspiré la peur, alors le retour de l'Arche les a épouvantés. »

Ce fut au tour du prêtre de hocher la tête.

« C'est l'amour de notre Seigneur qui doit nous habiter, conclut David, comme ce doit être la crainte de Lui qui doit habiter ses ennemis. »

Le soir, il demanda au prophète Nathan de souper avec lui.

« Me voici dans une maison de pierre et de cèdre, et l'Arche est sous une tente. Est-ce là une situation juste ? lui déclara-t-il. J'ai acheté à grand prix le terrain de l'Arauna. J'y ai fait élever l'autel que tu connais. Ne dois-je pas commencer la construction de la grande maison de Dieu ?

— Si le Seigneur désire un temple de pierre et de cèdre pour son Arche, il te le fera savoir, répondit Nathan.

— Le Seigneur restera-t-il donc sans maison à Jérusalem ?

— N'a-t-il pas déjà à Gabaon le plus haut sanctuaire * ? demanda Nathan en guise de réponse. Et le peuple ne va-t-il pas Le prier au mont des Oliviers ** ? Attends donc un signe du Seigneur.

— Interrogerai-je les teraphim ?

— Seulement s'il ne te vient pas de songe. »

David resta un moment silencieux.

« Dis-moi, Nathan, qui suis-je, demanda-t-il enfin, pour que le Seigneur m'ait élevé si haut ?

— La pierre de faîte demande-t-elle pourquoi elle somme l'édifice ? Rappelle-toi, David, que tu es le même que celui que tu étais quand tu gardais tes troupeaux. Tu es l'instrument choisi par le Seigneur pour réaliser Ses desseins.

---

* C'est dans cette ville benjaminite, dont le nom signifie « Lieu élevé », que se trouvait, en effet, le grand autel des sacrifices — peut-être un dolmen — ainsi que l'antique tente qui abritait auparavant l'Arche d'alliance.

** Le mont des Oliviers, de l'autre côté de la vallée du Kédron, en face de Jérusalem, était un lieu de prières populaire (2 Rois, XXIII, 13).

Le roi éternel

— Qu'adviendra-t-il maintenant ?

— Il n'adviendra que du bien si tu demeures le serviteur de ton Dieu. Mais rien ne sera aisé. Il y aura d'autres missions. Tu es jeune, tu es roi, nous sommes riches désormais et nous sommes entourés de voisins jaloux.

— Pourquoi nous, alors ? demanda David en se penchant pour poser sa main sur le bras de Nathan. Pourquoi nous seuls ?

— Pourquoi pas nous ? répondit Nathan en souriant. Tu nous as montré que nous en sommes dignes. »

Le repas s'achevait. Il choisit une datte dans le plat devant lui et la mangea délicatement. « C'est peut-être pour cela que tu jouis de la faveur du ciel. »

David s'absorba dans ses réflexions. Il avait jadis aimé le combat ; à présent, c'était devenu une mission. Il avait jadis aimé une femme, puis une autre et une troisième ; mais il ne s'appartenait plus. Il avait été ardent ; il devenait réfléchi. Il soupira. Tout avait un but désormais. Un roi aimé, c'était plus qu'un soldat et moins qu'un ange. Un serviteur. Il fallait s'en tenir là.

11

Chronique militaire ordinaire

Nathan avait vu juste : il fallait encore se battre.

De l'ouest, les Philistins revinrent à la charge. Ils étaient obstinés. Ils furent défaits.

De l'est, les Moabites s'élancèrent à l'assaut de Jérusalem. En huit jours, David en fit des vassaux qui lui payaient tribut.

Au nord, Hadadézer, roi de l'Aram de Çoba, se rendait sur l'Euphrate pour y restaurer un monument à sa gloire, quand les troupes de David l'interceptèrent dans le territoire de Nephtali et mirent ses troupes en déroute. Ils capturèrent la plus grande partie de ses chevaux, ainsi que les carquois ornés d'or de ses archers. Les Araméens de Damas vinrent à la rescousse de leur voisin. Mal leur en prit : ils se firent décimer, et quand David eut enlevé aux deux royaumes les villes de Bethai et Berothai, il y installa des garnisons et leur fit payer aussi des tributs.

Entrer dans les rapports de ces royaumes était comme se mêler d'une querelle de lavandières : on s'y faisait d'emblée des alliés comme des ennemis. Ce fut ainsi que Toï, roi de l'antique cité de Hama, sur l'Oronte, qui avait eu maille à partir avec Hadadézer, envoya son fils Joram à David parce qu'il avait été informé de la défaite que les Juifs avaient infligée à l'Araméen. Le jeune Joram arriva chargé de vases d'or, d'argent et de cuivre, ainsi que de sourires.

« Il faudrait aussi capturer ses suivants, observa Josaphat en riant, ils portent leur poids d'or sur eux. »

Tous les vases furent adressés au temple, pour qu'Ebyatar les consacrât au service du Seigneur.

Mais il advenait aussi que les maisons royales eussent leurs caprices. Ainsi, quand Nahash, le roi des Ammonites, mourut, David, qui avait fini par se lier d'amitié avec lui, envoya une mission de condoléances à son fils, Hanoun, l'héritier du trône. La mission fut mal reçue. Les petits potentats ammonites alertèrent l'héritier et l'assurèrent que les Hébreux étaient tous des hypocrites et des espions. Le jeune homme les crut, s'empara des émissaires de David, leur rasa la moitié de la barbe et leur coupa les robes et les manteaux au ras des fesses avant de les renvoyer chez eux.

David entra en fureur et courut au-devant des émissaires. Il les arrêta à Jéricho et leur interdit de quitter la ville avant que leurs barbes eussent repoussé. Les Ammonites flairèrent un règlement de comptes imminent ; ils forgèrent en hâte une coalition avec les Araméens de Çoba et du nord, le roi de Maaka et le roi de Tob. Informé de cette coalition, David envoya Joab l'affronter. Les dés étaient jetés : les armées ammonites campèrent devant les portes de la ville, les araméennes, avec celles de Maaka et de Tob, de l'autre côté. Cela faisait douze mille hommes. Jéricho était encerclée.

Joab divisa l'armée, soit dix mille hommes, en deux moitiés, l'une sous son commandement, l'autre sous celui de son frère Abishai : il ferait face aux Araméens, Abishai aux Ammonites et si la partie tournait à la défaveur de l'un ou de l'autre, ils accourraient chacun au secours de l'autre. David attendait à Jérusalem les résultats du combat sans prendre un moment de repos. L'Arche resterait-elle à Jérusalem, comme le ciel le voulait, ou bien repartirait-elle pour de nouveaux exils ? Car il ne faisait pas de doute que si Joab et Abishai perdaient cette guerre-là, l'indépendance de la cité serait gravement compromise.

Or, ce fut une guerre tordue. Joab fonça sur les Araméens avec une violence qui les prit par surprise. Ils possédaient sans doute des équipements supérieurs, mais leur stratégie était fondée sur la peur qu'ils étaient censés répandre. Quand ils virent que leurs chars n'inspiraient aucune épouvante aux Juifs, ils en furent eux-mêmes épouvantés. En effet, ces machines rutilantes mais peu maniables, et qui étaient censées faire office de fer de lance, n'étaient pour les Juifs que des objets de parade : une phalange d'archers émerites avait vite fait d'en dépêcher les cochers au Shéol, et les chevaux sans maîtres se mettaient alors à courir dans tous les sens, enchaînés par leurs harnais et traînant derrière eux des véhicules bruyants chargés d'agonisants. Les lanciers, qui suivaient les chars, se trouvèrent donc soudain à découvert et criblés de flèches par les corps d'archers juifs, placés, non au centre, mais de part et d'autre du corps d'assaut. Au bout de quelques moments de bravade, la panique s'empara d'eux et ils s'enfuirent de part et d'autre.

Les Ammonites, constatant que les Araméens s'étaient égaillés et se retrouvant donc seuls, détalèrent à leur tour devant les troupes d'Abishaï et s'enfermèrent dans Jéricho. Abishaï monta la garde comme un chat devant un trou de souris.

On en serait resté là, mais les Araméens se regroupèrent au nord et ne voulurent pas se le tenir pour dit. Criant vengeance, ils appelèrent à la rescousse le même Hadadézer qui n'avait pas encore cuvé sa défaite et ils rallièrent des royaumes jusqu'à l'Euphrate. Leur intention était de donner l'estocade à ce nouveau roi qui prétendait tout régenter. Ils se promettaient déjà un butin fabuleux quand, sous le commandement de Choubach, général en chef d'Hadadézer, ils gagnèrent en force la plaine orientale du Jourdain. Ses espions coururent en informer David. Ils ne pouvaient calculer le nombre des ennemis, mais ils estimaient à vingt, voire vingt-cinq mille les hommes massés à Hélam. Or, celle-ci était une ville de montagne, d'accès malaisé ; on n'en pouvait descendre que par deux chemins. Le choix de ce site montrait déjà que les Araméens ne connaissaient pas la région et l'erreur fut cuisante.

En moins de dix jours, David leva la plus forte armée qu'il eût jamais commandée : les douze tribus lui donnèrent encore dix mille hommes (les cinq mille placés sous le commandement d'Abishaï encerclaient toujours Jéricho). Il fit savoir par ses émissaires que le salut du royaume en dépendait. Ses généraux équipèrent leurs forces de toutes les armes prises aux ennemis dans les victoires précédentes, après leur en avoir montré le maniement, et organisèrent un système de ravitaillement rudimentaire : la bataille devrait être rapide, point n'était besoin de prévoir une trop longue campagne. Du pain, des dattes, du poisson séché suffiraient pour les deux ou trois jours de l'affaire.

David traversa le Jourdain et monta jusqu'à la plaine qui s'étendait au pied de la montagne sur laquelle s'élevait Hélam. Le spectacle de tous ces Hébreux qui semblaient les narguer d'en bas fut une trop grande provocation pour les Araméens et leurs alliés : ils se ruèrent à l'assaut. Mais ils ne pouvaient descendre que par l'un des deux chemins, au pied desquels David avait posté un corps d'armée complet. L'exiguïté de ces chemins contraignit les Araméens à descendre par rangs de dix ou douze hommes seulement. C'était courir à l'abattoir et ce fut une boucherie, en effet, au bas du parcours. Les Juifs attendaient les Araméens et taillèrent dans leurs rangs. Il ne restait aux Araméens qu'à remonter le chemin, ce qu'ils firent, et à dévaler la montagne par l'autre versant. Ils en avaient assez des Juifs *.

---

* Il s'agit là, bien évidemment, d'une reconstitution de cette bataille telle qu'elle a pu se produire, étant donné les forces probables en présence et la configuration des lieux. Les éléments fournis par II Sam. X sont aussi imprécis que succincts, sinon douteux, pour la raison apparente qu'ils sont de deuxième ou énième main. Ainsi, en une exagération poétique, le texte testamentaire rapporte-t-il que David aurait tué, outre « quarante mille » Araméens, « sept cents conducteurs de chars ». Ces chiffres ressortissent plus à l'imagination épique qu'à l'exactitude de l'historien : pour tuer quarante mille hommes, il eût fallu que David exterminât la totalité des armées ennemies, ce qui est peu probable. S'il n'en extermina même que la moitié, cela suppose qu'il affronta au moins 80 000 hommes, hypothèse tout à fait improbable quand on pense qu'en 27, sous Octave, les armées romaines dans la totalité de l'Empire comptaient 300 000 hommes et qu'à Azincourt l'armée d'Henry V comptait 15 000 hommes. Les petits royaumes du Xe siècle avant notre ère ne pouvaient mobiliser autant d'hommes et ne possédaient certes pas les moyens logistiques indispensables pour nourrir tous ces gens. Pareillement, pour tuer sept cents conducteurs de chars, il eût fallu que David exterminât les équipages de tous les bataillons de chars ennemis, soit 350 chars, en comptant deux hommes par char. Or, une accumulation d'autant de chars (et de chevaux, 700 également, car chaque char était tiré par deux de ces animaux) est hautement improbable, encore plus dans une région montagneuse et fortement boisée telle que celle de Héram.

Ashérites, Ammonites, Geshourites, Moabites, Edomites, Araméens, Philistins, Avvites, Madianites et tous les autres, sans parler des pillards de l'Araba, qui entrèrent dans une longue période de vaches maigres, ils durent tous se faire une raison : mieux valait vivre en paix avec ces Hébreux que d'essayer de leur arracher un rogaton.

Les victoires avaient d'abord été grisantes, mais elles étaient à la longue devenues monotones. On n'en finirait jamais de ces bains de sang, de ces décapitations, de ces mutilations, de ces plaies béantes... Quand il ne partait pas lui-même en campagne, ce qui le désennuyait, David recevait les généraux de retour de leurs expéditions, il écoutait leurs comptes rendus, le détail des stratégies, la liste des morts et des blessés, puis celle des ennemis, puis l'inventaire du butin. Il allait le lendemain expertiser ces prises : ça, c'est de l'or martelé (le plus fin, qu'on appliquait à coups de marteau sur du cuivre ou de l'argent) ; ça, c'est de l'or fondu, ça de l'argent pur, ça de l'argent avec de l'or, ça du cuivre, ça du bronze ; ça, c'est pour les généraux, ça c'est pour le temple, ça c'est pour les villes qui nous ont envoyé des volontaires... Le partage des bijoux était moins rigoureux. Pour un clin d'œil, on concédait un collier de verroterie ou de perles d'ivoire à un lieutenant qui avait fait une conquête.

Puis David allait souper avec les généraux et invitait l'un ou l'autre de ses fils qui étaient d'âge, parfois deux ou trois ensemble, par exemple Amnon et Absalon, car Chiléab était mort de maladie... Il en était d'ailleurs né plusieurs autres à Jérusalem : Shammaï, Shobab, Nathan, Ibhar, Elisha, Népheg... Les gamins, la bouche fardée par la sauce, écoutaient avec de grands yeux étincelants ces guerriers pleins de gloire et d'énergie, et ils finissaient par s'endormir dans des évocations de tintamarres.

Les conversations de militaires étaient monotones, à la longue. David y mettait le plus souvent terme en se levant dès la fin du repas pour aller rejoindre l'une ou l'autre de ses femmes. A vrai dire, le cœur n'y était plus autant qu'autrefois. Autrefois ! Deux ou trois ans auparavant ! Il lui arrivait de s'endormir, lui, au milieu d'une caresse.

Etre roi, ce n'était pas seulement être une moitié d'ange, mais aussi un fonctionnaire. L'idée, un soir, le fit rire. Il était un fonctionnaire du cadastre céleste ! La jeune Madianite qui attendait de sa nuit avec le roi on ne sait quel miel céleste en fut décontenancée. Elle le crut ivre et s'en dépita. Il riait sous cape, et de bon cœur ! Son ventre déjà un peu rond en était secoué !

Le matin, il trouva ridicule son rire de la veille. Etre roi, c'était bien plus que cela : c'était aussi être prêtre.

12

La femme de la terrasse

La cité royale était vaste. Elle n'était pas encore achevée qu'elle englobait déjà, non seulement les appartements du palais, les quartiers des épouses, des enfants, des chambellans, des domestiques, des esclaves, mais également les maisons des généraux — Ezer, Ammon, Ishbosheth, Joab, Abishai et les autres. Des terrasses du haut de la tour du palais royal, on voyait le linge à sécher qui battait au vent, les enfants qui jouaient à la balle, au fond des cours les piscines où se lavaient le linge et les hommes, et par-delà les vallées du Tyropoéion et du Kédron, le mont des Oliviers avec Ananya bleutée dans le lointain. A l'ouest, les forêts dont le soleil de la fin de l'été dorait les frondaisons. Au nord et au sud, le Kédron qui frétillait dans son lit, éparpillant ses reflets d'argent.

David, ce jour-là, s'était levé un peu plus tard que d'habitude. Il alla seul uriner dans la salle réservée à ses besoins naturels *. Un trou au milieu d'une vaste dalle ouvrait sur un puits qui acheminait les excréments au plus bas de la vallée du Tyropoéion, dans une cuve d'épandage. C'était par le même trou que s'écoulaient les eaux des ablu-

---

* Selon II Sam. XI, 2, ce serait le soir que David aurait pour la première fois aperçu Bethsabée. Il se serait levé de sa couche et serait allé sur sa terrasse, et ce serait de là qu'il aurait donc vu Bethsabée procédant à ses ablutions. Vu la très faible intensité de l'éclairage à l'époque, l'heure est douteuse. Encore plus douteuse l'hypothèse que David ait envoyé chercher une femme mariée à une heure avancée.

tions, par le relais de drains creusés dans le sol. Dans tous les appartements de la Cité royale des trous similaires aboutissaient à la même cuve. Son regard erra un moment sur les pièces d'orfèvrerie de l'Euphrate disposées sur une table en face de son lit ; elles représentaient sa part du butin dans le trésor que Joab venait de découvrir dans le palais de Maaka et que le roi de ce pays avait tenté de dissimuler. La plus belle était une large coupe d'agate rouge ornée de gros cabochons d'émeraude. Puis il enfila une robe de laine fine, chaussa des sandales de cuir blond, et agita une sonnette. Son premier chambellan, Ephraïm, lui apporta un bol d'or rempli de lait frais et d'amandes au miel. Le roi sirota une ou deux gorgées, puis il sortit sur la terrasse de ses appartements, la plus haute de la Cité royale. Il huma le parfum des jasmins qui serpentaient au sortir de grands bacs de pierre, et de gardénias qui répandaient sur la terrasse leur senteur charnelle. Son regard embrassa le paysage avec satisfaction. C'était Jérusalem, sa ville, qui dominait ce pays chaud et velouté. Sa ville, car il l'avait conquise. Comme il avait conquis Israël. A quarante ans, il avait tout conquis. Tout ce que pouvait désirer un Juif. Tout ce que pouvait désirer un homme. En fait, tout ce qu'avait désiré Dieu. Il respira profondément.

Son regard erra sur les bâtiments en contrebas. Des esclaves balayaient une terrasse. D'autres tendaient du linge sur des cordes. Une femme assistée d'une domestique faisait ses ablutions dans une piscine. Le regard de David s'attarda et s'immobilisa. Elle était à trente coudées, parfaitement visible. Assise dans la piscine, avec de l'eau jusqu'au ventre, elle leva alternativement une jambe, puis l'autre pour se savonner les pieds, puis elle se leva, et révéla l'ensemble de son corps, svelte, mais plein, les cuisses grasses, les chevilles fines, et une peau ambrée que l'eau satinait. Un bronze clair mouillé. A l'aide d'une éponge enduite de savon, elle se lava d'abord les épaules, puis les seins. Des seins jeunes, pommés, sans l'ombre d'un pli entre leurs orbes et les côtes. Les tétons sombres, couleur de caroube, forts, larges, dardaient sous l'eau froide. David se pencha, pour mieux distinguer le détail de ce corps. Il posa le bol sur le rebord de la balustrade. La baigneuse se massa alors le ventre avec l'éponge, insistant sur le nombril, puis sa main descendit jusqu'à la toison et un léger mouvement des hanches en avant révéla un pubis bombé. Elle se passa la main d'un geste un peu alenti entre les jambes, sur la vulve, puis le clitoris et David ressentit à la fois une érection et l'incapacité de détacher son regard de cette inconnue. Dans son esprit se superposaient l'image d'une datte et celle de cette femme. Une datte ! Une datte fondante et ferme à la fois. La domestique frictionna le dos de la femme, jeta le contenu d'une fiole d'huile parfumée dans une jarre d'eau et, par petites giclées, rinça le corps de sa maîtresse. Puis elle l'enveloppa d'une grande serviette et se pressa pour disposer des sandales devant la piscine. Tout en se séchant par tapotements, la femme y glissa les pieds, et d'un pas un peu alangui franchit la porte de la terrasse et disparut. David resta penché sur la balustrade. L'érection était tenace ; il se flatta le sexe de la main, drapa sa robe par-devant pour le dissimuler, puis regagna sa chambre.

Il agita de nouveau la sonnette ; Ephraïm apparut. David l'emmena au balcon et lui indiqua la terrasse sur laquelle l'inconnue se baignait peu auparavant.

« Qui habite là ? demanda-t-il.

— Je crois que c'est Urie le Hittite, un de tes lieutenants le plus braves. Un des Trente. »

David se le rappela. Il connaissait chacun des Trente. Un bel homme de trente ans, qui avait été délégué aux opérations dans les provinces du nord, particulièrement celles qu'habitaient les Hittites, éternels agités. D'où le surnom d'Urie. Ce dernier avait acquis là-bas l'habitude de tailler au carré sa barbe d'un noir de naphte, ce qui lui prêtait un air encore plus redoutable. « Où se trouve-t-il en ce moment ?

— Il est devant Rabba, sous le commandement de Joab. »

David hocha la tête. « Et sa femme, qui est-elle ?

— Bethsabée, la fille d'Eliam », répondit le chambellan.

David alla à la table où gisait le butin et choisit une broche d'or constituée d'un gros grenat serti de pierres bleues, ces turquoises qu'appréciaient particulièrement les Araméens, l'enveloppa dans un carré de lin et la tendit à Ephraïm. « Envoie-lui tout de suite deux messagers. Qu'ils lui donnent ceci et lui enjoignent de les suivre sur-le-champ.

— Qu'ils reviennent ici ?
— Ici même. »

Le regard d'Ephraïm s'attarda un instant sur le présent que lui tendait le roi, puis le chambellan s'inclina et s'en fut.

Une agitation considérable s'empara de David. Il allait et venait dans la chambre, sortait sur la terrasse, revenait s'allonger, se relevait...

Deux coups retentirent à la porte. Il alla ouvrir. Elle était là, drapée d'un vaste manteau de laine brune rayée de bleu.

« Entre », lui dit-il.

Elle entra et il referma la porte.

« Le roi a demandé à me voir, dit-elle.
— Un homme a demandé à te voir », rectifia-t-il.

Elle tenait le présent en main. « Est-ce un cadeau du roi ou bien de l'homme ?

— Des deux », répondit-il en souriant. Il n'avait pas pu, de la terrasse, apprécier le visage, fin et charnu. Les yeux qui s'effilaient sans fard vers les tempes. Il lui releva le menton pour mieux l'admirer. Elle se laissa faire, sans fausse honte, mais sans complaisance non plus.

« J'appartiens à un homme, dit-elle.
— Je le sais.
— Il faut donc que le cadeau vienne de mon roi.
— Si tu l'entends ainsi.
— Je me trouve ici par obéissance.
— Par obéissance », répéta-t-il.

Il défit le manteau. Les seins tendaient une robe de laine souple et légère, comme les Araméens savaient les tisser. Il tendit la main vers l'un des seins et le pressa doucement. Elle entrouvrit la bouche. Il l'attira vers lui et sentit son haleine ; elle venait de mâcher du géranium et de la menthe. Il prit la main de Bethsabée et la posa sur son membre. Elle battit deux ou trois fois des paupières, mais garda les doigts où il les lui avait posés. Elle esquissa même le geste de masser le sexe érigé.

« Tu vois mon désir, murmura-t-il.

— J'ai dit tout ce que j'avais à dire », répondit-elle sans détacher son regard de celui de David.

Il souleva la robe et trouva les braies, chercha le cordon qui les nouait et tira dessus. Le sous-vêtement tomba. De la même main, David mesura la courbe du ventre, puis celle du pubis. Elle soupira et lui caressa vraiment le sexe. Il releva sa robe et elle toucha la chair qui lui était destinée. Elle ravala sa salive. Il descendit jusqu'à la fente et y glissa un doigt. Elle ferma les yeux. Il imprima à son doigt un mouvement qui mimait celui d'un membre. De la main qu'elle gardait libre, elle s'accrocha à l'épaule de David.

« Je n'ai pas fini de me purifier dit-elle. Neuf jours... »

Il ne l'écoutait plus. Il l'entraîna vers la table couverte de butin et l'y renversa. Un bol de cuivre tomba avec fracas. Il réintroduisit son doigt dans la fente et d'un mouvement oblique de la paume, caressa le clitoris pendant un long moment. Elle haleta. Il reconnut l'humidité du nectar qui prélude à l'orgasme, écarta les jambes de Bethsabée, les plaça sur ses épaules et entra lentement dans cette femme. Il ne la besogna pas longtemps. Son désir s'était exacerbé comme rarement ces dernières années. Quand il se trouva sur le point d'éjaculer, elle le comprit sans doute à ce qu'il fermait les yeux ; elle l'attira vers elle avec force et il se répandit pendant un temps et avec une fougue qui lui parurent inusités. Quand il se retira, il s'avisa qu'il était abondamment mouillé. Elle n'avait émis qu'un gémissement.

« Le roi aussi était donc désiré », dit-il.

Il lui avait laissé sa robe pendant tout ce temps-là. Il la releva pour jouir du regard. Il se pencha et lui lécha la fente. Elle retint un cri et se redressa, assise sur la table. Elle le regarda, presque hagarde.

« Jamais... commença-t-elle à dire, mais il ne sut pas à quelle négation elle se référait.

— Retourne chez toi », dit-il, sans quoi je serais encore en train de te baiser au crépuscule. J'ai à faire. Tiens-toi prête à ce que je te rappelle.

— Je suis sans doute fertile, dit-elle.
— Ce sera donc un enfant royal », répondit-il.

Effarée, elle alla reprendre ses braies, s'enveloppa rapidement dans son manteau, ouvrit la porte et disparut sans la refermer derrière elle. Il la ferma à sa place, ramassa la coupe en cuivre et la reposa sur la table, remit de l'ordre dans le butin et resta pensif un long moment. « Le butin, murmura-t-il, le butin, c'est cela aussi. » Puis il agita la sonnette. « Ephraïm, dit-il d'un ton égal, je vais faire mes ablutions. »

Des ordres retentirent et quelques instants plus tard, les domestiques et les esclaves accoururent avec des brocs d'eau chaude, un plateau de flacons d'huiles, des serviettes, la robe fraîche du jour, des bottes... David venait de pisser et il était déjà nu dans la piscine. Mais il tournait le dos aux domestiques, afin qu'ils ne vissent pas qu'il avait la toison mouillée au-dessus de son sexe.

13

L'infamie

Il la rappela le soir et ils passèrent la nuit ensemble.
Il la rappela le lendemain soir. Et la nuit d'après.
Elle était la brûlure et le baume. Chasseur, il était devenu proie. Il ne se lassait pas d'un corps qui lui semblait sans cesse renouvelé et toujours inconnu. Elle semblait ne pas se lasser non plus, bien au contraire, d'être prise et reprise de toutes les manières. Sans doute existe-t-il pour une femme plusieurs façons d'être vierge. Si elle ne l'était plus physiquement, elle le demeurait sexuellement.

Elle ne parlait quasiment pas. A quoi bon ? Toute parole eût dévoilé l'indénouable, l'impardonnable, l'irréparable. Six semaines après leur première rencontre, elle lui dit : « Je suis enceinte. » Ce ne pouvait être que de ses œuvres : elle n'avait pas revu Urie depuis douze semaines. Il la renvoya chez elle avec un seul mot : « J'aviserai. »

Le palais bruissait de rumeurs. Mikal vint voir David.

« Est-ce pour bafouer les unions de tes lieutenants les plus fidèles que tu as pris la place de mon père ? Tu m'as arrachée à mon mari et m'as fait prendre un amant. Encore, moi, avais-je été ton épouse. Le pouvoir t'a rendu fou et impie. » Il lui adressa un regard glacé. « Il n'y a que toi-même que tu n'aies pas trahi, David, reprit-elle. L'être humain ne change donc pas. »

Il la renvoya sèchement à ses appartements. Mais les dangers de ce que Mikal appelait sa folie n'en étaient pas moins réels.

Il adressa un message à Joab, à Rabba, pour lui demander de lui envoyer Urie. Celui-ci arriva trois jours plus tard, crotté et fourbu. Enigmatique, aussi. David l'accueillit avec chaleur.

« Comment progresse le siège ? demanda-t-il.

— Les Ammonites peuvent tenir quelque temps encore. Ils ont des puits et deux sources proches. Et la ville est adossée à la montagne, par où ils se font ravitailler. Leurs alliés de Kesalon passent la nuit par des sentiers que nous ne pouvons contrôler. Mais nous finirons par leur donner l'assaut.

— Voilà plus de trois mois que tu n'as pris de repos, dit David. Il faut savoir ménager sa monture. » Il souriait d'un air paterne. « Va donc te délasser aux bains du palais et rentre chez toi. »

Urie hocha la tête en souriant aussi, d'un air résigné. David appela Ephraïm et lui donna discrètement un cadeau à l'intention d'Urie, une ceinture cloutée d'or et de gemmes. Puis il se coucha plus tranquille. Urie rentrerait chez lui et ne résisterait pas aux charmes de Bethsabée. Cela expliquerait une grossesse.

En lui apportant son bol de lait d'amandes, le lendemain matin, Ephraïm l'informa qu'Urie n'était pas rentré chez lui : il avait passé la nuit dans les quartiers des domestiques, au rez-de-chaussée. Les domestiques en étaient déconcertés.

« N'a-t-il pas même été voir sa femme ? demanda David.

— Si c'est le cas, la visite a été brève. Il a soupé avec la garde et il est allé dormir chez les domestiques. »

David, alarmé, demanda qu'on fît venir de nouveau l'officier.

« Je te disais hier que ta campagne avait été longue et que tu avais besoin de repos. Pourquoi n'es-tu pas rentré chez toi ? lui demanda David d'un ton amical, mais moins chaleureux que la veille.

— Israël et Juda vivent sous la tente, mon roi, mon général, répondit Urie. L'Arche est sous une tente. Joab, et mes camarades d'armes dorment à la belle étoile. Comment pourrais-je rentrer chez moi manger et boire et dormir avec ma femme ? Sur ta tête, mon roi, je ne le pourrais pas ! »

David le considéra un long moment, perplexe. Que cachait ce refus de rentrer chez soi ? Urie était-il donc indifférent à la beauté de sa femme ? Ou bien avait-il été informé de l'adultère et cherchait-il à embarrasser David ? C'était l'hypothèse la plus plausible : quelque sincère que pût être la solidarité du soldat à l'égard de ses camarades, il était impensable qu'il se trouvât à Jérusalem et n'éprouvât pas au moins le désir de revoir sa femme et de coucher avec elle. Quant aux discours sur le fait qu'Israël et Juda vécussent sous des tentes, ils étaient tellement spécieux qu'il n'était même pas opportun de les relever : Urie avait à Jérusalem, dans la Cité royale, une maison en dur, comme tous les Trente, et les douze tribus comptaient assez de villes pour dormir sous des toits de bois. L'obstination d'Urie était aussi exaspérante que gênante. « Bien, lui dit David, reste ici jusqu'à demain et je te laisserai repartir. Mais viens donc souper avec moi ce soir. »

Il convoqua pour le repas du soir plusieurs officiers, afin qu'Urie se sentît plus en confiance. Et il donna secrètement l'ordre que le vin qu'on servirait à ce dernier ne fût pas coupé. Il remplit lui-même à plusieurs reprises le gobelet d'Urie, qui parut s'égayer de la compagnie et parut même tout à fait saoûl. C'était bon signe, l'alcool chauffe le bas-ventre. Puis David donna le signal du coucher et regagna ses appartements.

« Est-il rentré chez lui ? demanda-t-il le lendemain à Ephraïm.

— Non, répondit celui-ci. Quand il a quitté la salle du banquet, il titubait, mais il est allé se coucher au dortoir des domestiques. »

La colère s'empara de David. Il rédigea sur-le-champ un billet pour Joab : « Je veux que tu mettes cet homme en première ligne et que tu le laisses affronter son destin. »

Dans les jours qui suivirent, David fut informé de la suite des événements : quand le courrier parvint au front, les Ammonites tentaient une sortie. Joab suivit les instructions royales et dépêcha Urie en première ligne, sous les remparts de la ville d'où les archers ammonites faisaient pleuvoir leurs flèches. Il y en eut une pour Urie. Le même courrier revint à Jérusalem porter la nouvelle. David feignit une colère parce que ses hommes s'étaient trop approchés des remparts. Puis il se rasséréna et chargea le courrier du message suivant : « Dis à Joab ne pas céder au désespoir à cause de la mort d'Urie. On ne sait jamais où tombera le glaive. Qu'il rassemble ses hommes et son courage, qu'il avance sur la ville et il la rasera jusqu'au sol. Courage ! »

Urie était donc mort. Cela ne réglait rien, bien au contraire. Bethsabée allait accoucher. Quand elle prit le deuil, le scandale empuantissait l'air. David le Héros généreux avait envoyé à la mort le mari de sa maîtresse. C'était comme s'il l'avait tué de ses mains. Les derniers membres de la maison de Saül qui avaient suivi David à Jérusalem s'assombrirent et recommencèrent à s'interroger sur les imprécations du roi précédent à l'égard de David, « ce petit intrigant ».

En fait, David était désormais prisonnier de ses propres actions. S'il avait alors abandonné Bethsabée, on l'eût taxé de goujaterie. Il la fit donc venir au palais, dans des quartiers éloignés de ceux de Mikal.

Nathan jusqu'alors n'avait pas rendu visite à David. Il ne pouvait toutefois manquer d'être au courant de l'affaire et il était improbable qu'il n'eût pas son opinion là-dessus. Mais il paraissait respecter une consigne de discrétion. Cependant, quelques semaines après l'installation de Bethsabée au palais, alors qu'elle était sur le point d'accoucher, un litige concernant un crime commis sous l'empire de la folie l'amena à souper avec David. La sanction du criminel devait être la mort, sauf clémence royale.

Dans le cours de la conversation, il dit à David de sa voix frêle :

« Je voudrais te raconter une histoire. Il y avait dans une ville un homme pauvre et un riche. Le premier n'avait pour tout bien qu'une jeune brebis qu'il élevait, lui donnant à manger dans son plat, et il la portait dans ses bras comme si c'était une fille. L'homme riche possédait de vastes troupeaux. Mais un jour qu'un voyageur se présenta chez lui, il répugna à sacrifier une de ses bêtes et enleva la brebis à l'homme pauvre pour la servir à son hôte.

— Mais c'est une histoire abominable ! s'écria David. Ce riche devra payer quatre fois le prix de la brebis ! C'est un homme sans compassion ! »

Nathan le regarda et lui dit de la même petite voix : « Cet homme, c'est toi. » David blêmit. « Je viens te porter le message du Seigneur : "Je t'ai fait roi d'Israël, je t'ai arraché aux griffes de Saül, je t'ai donné la fille de ton maître et ses femmes, je t'ai donné les filles d'Israël et de Juda. Et comme si ce n'était déjà assez, je t'aurais donné d'autres faveurs encore. Pourquoi as-tu méprisé la parole de ton Seigneur en faisant ce qui est coupable à mes yeux ? Tu as frappé du glaive Urie le Hittite, tu l'as assassiné avec le glaive des Ammonites et tu as volé sa femme. » David tourna vers Nathan un regard égaré. « Puisque tu as fait cela, reprit le prophète, ta famille ne sera jamais plus à l'abri du glaive.

— J'ai péché contre le Seigneur, dit David.

— Tu ne mourras pas, dit Nathan, mais l'enfant que tu as engendré paiera pour toi. »

La victoire militaire n'était donc pas la seule loi au monde ? Il y avait l'autre loi. Comment ne l'avait-il pas compris ? La chair paierait l'aveuglement de la chair. David comprit qu'on lui avait gâché à jamais le plaisir des femmes. Jamais plus il ne ressentirait le printemps dans ses reins, jamais plus il n'aurait le désir pur comme la pluie d'été quand elle vient de la mer. Le Seigneur lui avait tout donné, et maintenant, il reprenait ses dons peu à peu, avant que la mort arrachât la nappe du festin terrestre et fît crouler toute la vaisselle au sol.

Quand l'enfant naquit, un garçon, il se révéla fragile et malade. David pria et jeûna. Les Anciens de la maison royale le pressèrent de se nourrir, il refusa. Il ne se lavait pas non plus, ni ne se démêlait les cheveux et la barbe. Au septième jour de jeûne, hirsute, hâve et hagard, il trouva ses appartements étrangement silencieux. Il sortit de sa chambre et trouva les domestiques effrayés dans les corridors. Il avait visiblement interrompu leurs chuchotements.

« L'enfant est mort ? demanda-t-il.

— Il est mort », répondirent-ils.

Ils avaient eu peur de le lui annoncer et de le jeter dans le désespoir. Il appela Ephraïm.

« Viens m'aider à me baigner, dit-il. Appelle les domestiques. Je veux des vêtements frais. »

A la stupeur générale, il se baigna longuement, se laissa huiler et démêler les cheveux. Puis paré de ses plus beaux atours, il enfila son manteau et se rendit au temple pour prier. Rentré au palais, il demanda qu'on lui servît à souper.

« Quand ton fils était vivant, tu jeûnais, observa Ephraïm, et maintenant qu'il est mort, tu veux manger ?

— Quand l'enfant était vivant et malade, je jeûnais et je priais dans l'espoir que le Seigneur me ferait une grâce. A quoi cela servirait-il de jeûner maintenant ? Je ne lui rendrai pas la vie. Ce n'est pas lui qui viendra à moi, mais moi qui irai vers lui. »

La loi était la loi. La chair avait payé. Que voulaient donc ces gens ? Des simagrées ?

Mais l'affaire avait laissé des flétrissures sur l'image du roi. Quand Joab lança son offensive sur Rabba, et qu'il en eut déjà capturé la ville basse, qu'on appelait la Ville des eaux, il adressa à David un message singulier : « Tu ferais mieux de rassembler toi-même le reste de l'armée et de venir prendre d'assaut la ville haute, sans quoi je vais le faire moi-même et je lui donnerai mon nom. » Le général donnait donc des ordres au roi ! David partit au combat et entra dans la ville. Il y trouva un joli butin, mais il se dit que sans l'affaire d'Urie, Joab ne lui aurait pas ainsi manqué de respect.

14

Le fruit empoisonné

La guerre, la guerre ! La malédiction de Nathan se vérifiait sans arrêt.

David était las, et les meilleurs vins de Galilée n'effaçaient plus le goût de poussière qu'il avait dans la bouche. Depuis longtemps, il ne jouait plus de la lyre. Il ne chantait plus. Et il n'écoutait que rarement un jeune musicien de Jérusalem dont il avait pourtant loué le talent à manier les cordes et l'art des inflexions vocales.

« J'ai fait depuis vingt ans couler assez de sang pour remplir un lac, dit-il un soir à Bethsabée.

— Fallait-il y verser ton sang pour t'apaiser ? répondit-elle. C'est ton sang ou celui des autres. »

Mais le front se transporta bientôt dans l'enceinte du palais. Les pires guerres sont celles qu'on appelle « civiles ». La première de celles qui devaient accomplir les prédictions épouvantables de Nathan ne fut révélée à David que bien après qu'elle eut commencé et que le sang eut déjà été répandu.

Ce fut par une nuit venteuse que David, qui finissait de souper avec Abigail, perçut une agitation soudaine dans le palais. Des gens qui couraient dans les corridors, des portes qui claquaient, des cris. Il se pencha par la fenêtre et aperçut à la lueur dansante des torches plusieurs mulets que des valets agités emmenaient aux étables. « Le roi ! Le roi ! Prévenez le roi ! » criaient des gens que David ne parvenait pas à identifier. Ses femmes envoyèrent leurs domestiques aux nouvelles. Lui-même partit à la recherche d'Ephraïm. Il ne trouva pas le chambellan, mais deux domestiques aux yeux exorbités. Il en saisit un par le bras.

« Que se passe-t-il ?

— Mon roi... Mon roi ! Les princes... Tes fils... Tous assassinés ! »

Le sang déserta son visage.

« Assassinés par qui ? hurla-t-il.

— Pardonne-moi, mon roi, pardonne-moi... par Absalon ! »

Ephraïm était accouru avec d'autres chambellans et des domestiques ; il soutint David chancelant jusqu'à sa chambre. A peine entré, David déchira ses vêtements et se jeta sur sa couche en criant. Les chambellans et les domestiques déchirèrent également leurs vêtements. Une confusion exaltée et funèbre régna dans les appartements royaux. Les femmes criaient dans leurs quartiers et se lacéraient le visage.

Un jeune homme apparut alors. C'était Jonadab, le fils du frère de David, Shammai. Il traversa la foule et se jeta aux genoux de son oncle.

« Mon roi ! Je t'en conjure ! Tes fils, mes cousins, sont presque tous vivants ! Ecoute-moi ! » David se redressa, le regard fou, et saisit le jeune homme par les bras. « Ecoute-moi ! Un seul prince est mort, Amnon ! »

David se rassit, se passa les mains sur le visage, regarda son neveu et cria d'une voix cassée : « Pourquoi est-il mort ? Qui l'a tué ? »

Les chambellans et les domestiques écoutaient, médusés.

« Absalon.

— Pourquoi ?

— Je te le dirai, mon roi, mon oncle. Mais remets-toi d'abord. »

David s'appuya sur le jeune homme pour se lever. La nouvelle se répandit dans le palais. Bientôt on entendit une femme crier par la fenêtre. C'était Ahinoam, la mère d'Amnon. D'autres pleurs emplirent la nuit. Les autres femmes se joignaient à la douleur d'Ahinoam.

« Laissez-nous, dit David. Ephraïm, apporte-nous de

l'eau. » Et quand ils furent seuls, David dit au jeune homme, assis sur un tabouret, un gobelet d'eau à la main : « Raconte, maintenant.

— Amnon a vu Tamar, ta fille. » C'était, comme Absalon, une fille de Maaka. Elle était très belle, on ne le savait que trop ; encore plus que sa mère. Jonadab laissa peser son regard sur son oncle. « Il ne l'avait jamais vue auparavant, » dit-il. Elle avait en effet passé ses dernières années chez son grand-père, Talmaï, le père de Maaka. « Il est devenu fou de désir. Malade. Il ne pouvait pas, disait-il, passer une heure de plus sans la voir. » Jonadab baissa les yeux. « Je lui ai alors conseillé de prétendre qu'il était souffrant et de te demander de permettre à Tamar de s'occuper de lui. » David hocha la tête ; apprenant qu'Amnon était alité, il était, en effet, allé lui rendre visite. Amnon avait demandé à son père la présence de Tamar pour apaiser sa fièvre. Et David avait ordonné à Tamar d'aller nourrir Amnon. « Quand Tamar est allée préparer des pâtés pour lui et qu'elle les lui a présentés, il a prié les gens qui étaient dans sa chambre de s'en aller. Il a demandé à sa sœur de lui apporter les pâtés au lit. Et alors...

— Et alors ? demanda David, d'un ton pressant.

— Alors, il lui a demandé de le rejoindre dans sa couche.

— Et alors ? fit David, courroucé.

— Elle a refusé. Elle l'a conjuré de ne pas la déshonorer. Elle lui a dit que s'il te le demandait, tu l'autoriserais peut-être à la prendre pour femme. »

David haleta. Cette impatience du sang ! Il revivait son désir pour Bethsabée. Tous ces jeunes mâles gonflés de sève lui renvoyaient une image de lui qui le heurtait.

« Et alors ? » dit-il d'un ton las.

« Et alors... il l'a forcée. » David se sentit vieillir ; il savait tout cela. Il s'était même mis en colère contre Amnon. Toutefois, comme il ne voulait pas d'un scandale de plus au palais, il n'avait pas sévi contre Amnon. C'était son fils aîné et il l'aimait. « Mais Amnon a alors été saisi par un démon ! Il a dit à Tamar qu'il la détestait et il l'a chassée. Elle lui a objecté que c'était encore plus cruel que le viol. Mais il n'a rien voulu entendre, il a appelé un domestique et lui a demandé de chasser Tamar et de mettre le loquet sur la porte quand elle serait sortie. » David se passa une fois de plus les mains sur le visage. « Quand Tamar est sortie, elle a déchiré sa robe, sa robe de jeune fille, et elle s'est couvert la tête et le visage de terre et elle pleurait. C'est alors qu'elle a rencontré Absalon, qui lui a demandé la cause de son état. Il lui a demandé si elle avait... couché avec Amnon, et quand elle a répondu que c'était le cas, il lui a répondu qu'il ne fallait pas en faire grand cas, parce qu'Amnon était son demi-frère. Elle a été habiter chez Absalon. C'est alors que tu as appris tout cela, et l'on dit que tu as eu une grande colère... »

David l'écoutait à peine, consterné. Il aurait dû expédier Amnon dans une autre ville, l'exiler. Il n'avait pas osé.

« Mais je croyais que tout cela était oublié et enterré, dit-il. C'était il y a deux ans... Et Tamar n'a pas conçu...

— Absalon, lui, n'avait pas oublié. Il avait organisé une fête dans sa propriété de Baal-Hassor, près d'Ephron, pour la tonte de ses moutons...

— Je sais, coupa David avec impatience. Il m'a invité. Et j'ai refusé d'y aller, parce qu'il ne pouvait recevoir dans sa propriété tout le monde qu'il voulait inviter. Et alors ?

— Alors, il a invité ses frères. Amnon y est allé comme les autres. Absalon avait organisé une fête magnifique, hier soir. Nous avons tous beaucoup bu. Et quand Amnon a été ivre, Absalon a ordonné à ses serviteurs de le tuer. Ils l'ont fait devant nous, d'un coup de glaive dans la poitrine. Et nous avons pris la fuite, Adonyas, Shephatiah, Shammai, Shobab, Nathan, et tous les autres... »

David demeura un long moment silencieux. Deux années de rancune assassine ! Il but un peu d'eau, mais comme le chagrin l'avait rendu gauche, elle tomba sur sa poitrine nue. Il baissa la tête et vit les rides de son torse et de son ventre ; il avait vieilli, il ne le savait que trop. Il dit : « Vous êtes comme des ânes sauvages. Vous ne connaissez que vos désirs et la force. Vous ne connaissez que le pouvoir. On ne vous a jamais enseigné la Loi. »

Jonadab lui adressa un regard interrogateur. Et Bethsabée, alors ? Ne lui avait-on jamais enseigné la Loi à lui non plus, David ? Mais David était le roi, on ne pouvait rien lui dire.

« Et où est Absalon en ce moment ?
— Il a pris la fuite. Je ne sais pas où.
— Je le bannis. »

L'aube pointait. Pourquoi la nuit ne se prolongeait-elle pas ? Pourquoi l'homme qui avait fondé Israël et Jérusalem n'avait-il pas le pouvoir d'étendre encore ce long manteau noir sur le monde ? Fallait-il vraiment tout dévoiler, les cadavres et les crimes, les sexes dressés et les vierges violées ? Ephraïm frappa à la porte. « Une sentinelle vient d'apercevoir une caravane qui approche. Il a cru reconnaître les princes. »

David sortit sur la terrasse. Dans la lumière grisâtre du petit matin, il reconnut ses fils, en effet, menés par Adonyas. Ils avançaient à travers les lambeaux des brumes nocturnes. Et la forme inerte enveloppée dans un manteau et couchée sur un mulet, juste derrière, c'était sans doute Amnon. David évoqua le profil impérieux, le nez busqué, la bouche trop rouge et le rire conquérant, triomphal, qui parfois la fendait comme une grenade... Un souvenir revint avec force, celui du jour où David avait appris à l'enfant à égrener des grenades dans un bol, pour les manger ensuite plus commodément et éviter de mâcher les téguments. Il avait cru lui enseigner ainsi le travail et la patience. Mais Amnon était aussi le fruit empoisonné que son arbre avait porté. Et Absalon, n'était-ce pas aussi un fruit empoisonné ? Et tous les fruits ne le sont-ils pas ? Qui peut juger ? Quelle chair jugera une autre chair ? L'arbre condamnera-t-il ses fruits ? Des larmes coulèrent de ses joues.

Des pas retentirent dans les escaliers, la porte s'ouvrit, c'étaient les princes en pleurs. Il les prit dans ses bras. Dieu seul pouvait juger.

15

Le banni

Il n'en avait pas fini avec Absalon.

Le deuil régnait encore sur le palais quand Joab vint voir David. « Je te demande s'il est sage de bannir ton fils le plus aimé du royaume. »

Il se tenait debout devant le roi. Derrière lui se dressaient les trois teraphim, comme jadis dans la chambre de Saül. Une lumière oblique d'automne éclairait les masques énigmatiques des statues. Un pressentiment fondit sur David, mais il le chassa. La répétition apparente de la situation jadis vécue avec Saül l'angoissait.

Il n'avait fait part qu'à Jonadab de son intention de bannir Absalon. Evidemment, Jonadab l'avait rapporté à son cousin. Mais quel intérêt avait Joab à plaider la cause d'Absalon ? Etait-il à son tour tombé sous le charme de son cousin ? Absalon était déjà, assurait-on, le plus beau garçon de tout le royaume : sans un seul défaut des pieds à la tête, disait-on de lui. Grand, mince, les attaches fines et le teint doré, un visage délicat mais viril, couronné par une crinière exceptionnelle, le Créateur l'avait comblé. Quand il parcourait le pays sur son char, son manteau pourpre volant au vent et suivi par une escorte de cinquante cavaliers, on croyait voir un archange descendu sur terre. Pour le caractère, c'était une autre affaire. Nul n'aurait osé émettre la moindre réserve sur Absalon en présence de son père, mais David n'en entendait pas moins des échos sans charité sur le jeune homme : impérieux jusqu'à l'arrogance, séducteur jusqu'à la démagogie, ambitieux jusqu'à la présomption.

« Je le bannis, répondit tranquillement David. Il a tué un frère, et ce frère était mon fils et mon aîné. D'ailleurs, il s'est exilé lui-même. Tu sais sans doute où, ajouta-t-il en fixant Joab du regard.

— Chez son grand-père Talmaï, me dit-on.

— Je crains que ce ne soit pas la complaisance de Talmaï qui lui enseignera à ne pas faire le fanfaron.

— Je ne crois pas non plus aux bienfaits du bannissement, répondit Joab.

— Si tu sais quelque chose, dis-le.

— Je ne sais rien. Je connais seulement le caractère d'Absalon.

— Et tu connais le mien. Absalon est banni. »

On n'en parlait pas au palais. Ses frères et ses sœurs évitaient le sujet. Même sa mère, Maaka, n'osait plaider sa cause. Un meurtre prémédité, et celui d'un frère de surcroît, n'était guère un crime pour lequel on pouvait invoquer une folie passagère. Des deux femmes d'Absalon, aucune n'avait demandé la clémence. L'une était partie clandestinement avec ses deux enfants en bas âge dans les jours suivant le crime de Baal-Hassor, l'autre avait hâtivement pris congé de David. Mais les domestiques avaient bien entendu ce qu'elles pensaient de l'affaire : Amnon avait été un débauché et Tamar, une étournelle. Absalon n'avait fait que venger l'honneur perdu de sa sœur et c'était cruel de le bannir pour sa vertu. Surtout que...

Le « surtout que... », jamais formulé en entier, était ce qu'il y avait de pire. Absalon n'avait pas, lui, tué le mari d'une femme qu'il avait déshonorée. N'est pas juge qui veut !

David fit la sourde oreille, bien que dans une ville de la taille de Jérusalem et dans un palais rempli de femmes et, comme tous les autres, peuplé d'ambitieux, d'intrigants et de médisants, la rumeur bruissât souvent à l'égal d'un essaim de guêpes en folie. Absalon avait tué son fils aîné, David n'allait quand même pas boire le vin de l'amour filial avec lui !

Mais enfin, le palais ni Jérusalem n'étaient plus les

mêmes sans la beauté et les éclats de voix d'Absalon. Un soir de festin donné à un roitelet en visite, Abishaï raconta une histoire. Un vieillard qui n'y voyait pas clair avait agressé dans la rue un quidam qu'il avait pris pour un débiteur tenace. L'autre se défendant de lui devoir les six mesures de lentilles en cause, le vieillard s'impatienta et le quidam facétieux, pour s'en défaire et mettre fin au scandale, lui promit de régler sa dette le soir-même à l'angle de la rue des Ferronniers. Le vieillard y fut à l'heure dite et le quidam lui tendit un grand sac. Sur quoi le débiteur fut chaleureusement remercié. Rentré chez lui, le vieillard s'avisa, ivre de rage, que le sac ne contenait que de la terre. Il se rendit illico chez son véritable débiteur. Là, il fut accueilli par la femme et les enfants en pleurs. Le débiteur était mort la veille. Le vieillard épouvanté s'en alla en criant que le mort était sorti de la tombe pour lui remettre un sac de terre ! Des éclats de rire saluèrent le récit. Mais il était quelqu'un qui riait de manière particulière, le rire de gorge saccadé caractéristique d'Absalon. David chercha du regard celui qui riait ainsi ; c'était Adonyas. Il avait pris les manières de son frère.

« Que devient Absalon ? » lui demanda David, car il savait qu'Adonyas, comme Joab et Tamar, échangeaient des courriers avec lui.

« Son fils aîné, qui avait trois ans, est mort. Sa seconde épouse a conçu une fille qui s'appellera Tamar », répondit Adonyas, un peu confus de ce que son père eût saisi son imitation d'Absalon.

David hocha la tête et parut pensif. Joab releva cette ombre sur son visage. Non, le royaume n'était plus lui-même sans Absalon.

Les lunes passèrent. L'une après l'autre, elles imitèrent la faux qui menace de couper les étoiles sur leurs invisibles épis, puis le quartier de melon qui fait rêver les assoiffés, puis le masque sans traits qui effraie les criminels et enchante les cœurs fous, avant de décliner et de tourner à l'écorce vide qui se dessèche dans les champs du ciel. Un matin, Ephraïm vint annoncer à David qu'une vieille femme demandait à voir le roi ; elle disait qu'elle avait une affaire très grave à lui soumettre.

Il la reçut. Elle avait bizarrement emmitouflé sa tête dans une écharpe, comme on emballerait une tête coupée. Vieille, certes mais encore vigoureuse, elle se prosterna devant David en protestant de son infinie soumission à la Lumière d'Israël. Il songea furtivement au nombre de gens qui, de la Lumière en question, ne voyaient d'abord que les orteils et puis il se pencha pour la relever.

« Ton secours, mon roi ! J'implore ton secours ! gémit-elle.

— Qu'y a-t-il ?

— Mon roi, je suis veuve. J'avais deux fils. Une querelle entre eux s'est envenimée. Ils étaient dans un endroit désert. L'un d'eux a donné à l'autre un coup qui l'a tué !

— Je ne peux ressusciter les morts, répondit-il.

— Ce n'est pas ce que je demande. La belle-famille du mort crie vengeance ! Elle demande que je lui livre mon autre fils ! Elle veut le tuer, afin d'abolir sa descendance ! Mon roi, s'ils le faisaient, le nom de mon époux disparaîtra et il ne lui resterait plus un seul descendant en ce monde !

— Rentre chez toi, je vais régler ce problème, dit David. Si quelqu'un vient te menacer, amène-le-moi et il ne te causera plus d'inquiétude.

— Que ta majesté implore le Seigneur tout-puissant d'empêcher les parents du défunt d'accomplir leur vengeance et d'assassiner mon fils !

— Aussi sûr que le Seigneur existe, lui promit David, il ne tombera pas un cheveu de la tête de ton fils ! »

Elle aurait dû s'en aller sur cette assurance ; mais elle s'enracinait.

« Puis-je ajouter un mot, roi ? »

Elle avait trop de faconde, elle était trop théâtrale et son histoire était suspecte. David devint curieux. « Ajoute, dit-il.

— Comment t'est-il donc entré dans la tête de faire le même tort au peuple de Dieu ? Car tu t'es condamné de ta propre bouche, mon roi, tu as refusé de faire revenir l'homme que tu as banni. Nous mourrons tous ; nous serons pareils à l'eau versée sur le sol. Mais Dieu accordera sa grâce à celui qui ne s'entêtera pas à écarter le banni. Je suis venue te voir parce que les gens m'ont menacée. J'ai pensé que si je m'adressais au roi, il résoudrait ma difficulté et me sauverait de l'homme qui veut nous arracher, moi et mon fils, à Israël, qui est la propriété de Dieu. J'ai aussi pensé que les paroles de mon roi me réconforteraient. Car, mon roi, tu es comme un ange du Seigneur, tu peux distinguer ce qui est juste de ce qui ne l'est pas. Que le Seigneur ton Dieu soit avec toi ! »

La machination devenait évidente. « Ne me raconte pas d'histoires, femme, dit David. Je veux savoir quelque chose.

— Je t'écoute, mon roi.

— Est-ce que c'est Joab qui a arrangé tout cela ?

— Sur ta tête, mon roi ! Quand ta majesté a posé une question, il n'est pas possible de s'y dérober et de biaiser. Oui, ton serviteur Joab m'a envoyée. C'est lui qui a mis toute cette histoire dans ma bouche. Il l'a fait pour faire avancer cette affaire. Dans ta majesté, mon roi, tu es sage comme un ange du Seigneur et tu comprends tout ce qui se passe dans ce pays. »

David eut un petit rire bref. Il fit signe à Ephraïm, qui avait assisté à la conversation, de raccompagner cette femme après lui avoir fait un présent. Quand le chambellan fut revenu, il le chargea d'aller chercher Joab. Entre-temps, il interrogea les teraphim du regard. On ne pouvait les consulter sans cesse. Son regard erra par la fenêtre et se perdit dans le ciel incertain. Oui, il vieillissait, il faudrait bien qu'un jour il s'en allât comme les autres. La terre absorberait ses fluides, comme elle absorbe l'eau, ainsi que l'avait dit la vieille. Absalon régnerait un jour sur ce pays. Le bannissement ne pouvait s'éterniser.

Ephraïm revint avec Joab. David lança un long regard au général.

« C'est bon, tu peux dire à Absalon de revenir. Mais qu'il évite de se montrer en ma présence. »

Joab se jeta aux pieds du roi, renouvela avec exaltation sa profession d'obéissance et de fidélité, et demanda la bénédiction du roi. Enfin, il prit congé et s'en fut en hâte. Un point semblait sûr : il avait partie liée avec Absalon.

Quand David, se ravisant, le fit rappeler pour lui dire qu'Absalon devrait changer de quartiers, Joab était parti. A cheval. Evidemment, il avait filé à Geshour avertir Absalon.

David se demanda s'il n'allait pas convoquer Nathan. Mais les prophètes ne disent jamais que des choses sinistres, et David ne le savait que trop bien : la mort d'Urie avait assombri le paysage. Une bonne partie des Trente conservait encore la mort du jeune officier comme une cicatrice douloureuse dans la mémoire. De surcroît, il s'était mis à pleuvoir, ce qui réveillait les vieilles douleurs, et en plus de ses courbatures, David avait déjà dû arbitrer deux querelles de succession compliquées. Il était las et décida d'aller faire une sieste.

16

L'exil

Dès le lendemain, le palais et tout Jérusalem bourdonnèrent de la nouvelle : Absalon revenait.
Il y eut des attroupements à la Porte de la Vallée. Quand il arriva avec ses deux femmes et ses serviteurs, des vivats jaillirent de ces petits groupes. « Absalon ! Champion de l'honneur ! Dieu te bénisse ! » Mais Joab avait disposé autour de la porte des policiers qui dispersèrent ces factieux. D'autres groupes attendaient le prince aux portes du palais. Mais Joab avait fait assigner à Absalon une maison de la Cité royale, à convenable distance du palais.
Ses frères s'agitèrent néanmoins, les uns alarmés, les autres enthousiastes et parfois alternativement l'un et l'autre. Absalon comptait aussi des clients, ou plutôt une faction, qui célébra son retour à sons de trompe : quelques têtes brûlées de l'armée, des fils de marchands riches, fêtards impétueux, et un quarteron de vieux intrigants qui tricotaient des combines pour s'attirer les faveurs du prince héritier, parce qu'après la mort de son aîné Amnon, c'était évidemment à lui que reviendrait le trône. Mais ce n'étaient apparemment pas les seules raisons de la faveur dont continuait de jouir Absalon.
Ephraïm, qui entretenait son propre réseau d'espions, informait le roi avec discrétion, de préférence au lever. « Hier, le fils de Nebayot le marchand de mulets a donné une grande fête à l'occasion de la circoncision de son premier fils. Il a invité Absalon, qui y est allé avec sa suite.

— Sa suite, répéta David d'un ton morne, en grappillant du raisin dans un bol.

— Des officiers qui lui sont fidèles. »

David interrogea Ephraïm du regard et cracha des pépins. « Quels officiers ? »

— Certains des Trente », répondit Ephraïm, comme à contrecœur.

Certains des Trente... Sans doute ceux qui ne voulaient pas oublier la mort d'Urie.

« Il en est qui estiment qu'Absalon a témoigné d'un grand sens de l'honneur, qu'il a bien fait de tuer Amnon et que son bannissement est injuste.

— Bon, je ne l'ai pas reclus, il peut sortir », conclut-il d'un ton sec.

Une autre fois, Ephraïm dit : « Il y a deux jours, Absalon a donné une grande fête à Baal-Hassor. Il a invité les fils des prêtres du temple.

— Ils y sont allés ?

— Ils y sont allés. »

Il n'y avait pas de mal, après tout, à ce que des jeunes gens allassent chez celui qui était, en tout état de cause, le prince héritier. Sauf que...

Au fil des mois, il devint évident aux yeux de tous qu'Absalon n'était pas accablé par la contrition. Il employait cinq cuisiniers, consommait presque autant de vin que le palais tout entier et donnait sans cesse des soupers de dix personnes ou plus. Bethsabée, comme les autres femmes et concubines, était au moins aussi informée des agissements de son beau-fils que son époux. Nourrices, domestiques, esclaves, cuisinières, couseuses, laveuses, marchandes de fards entretenaient un réseau d'information beaucoup plus fin que celui des espions. Un soir que David soupait chez elle, elle lui dit :

« Je suis inquiète. Absalon se comporte comme si tu n'étais plus de ce monde.

— Il faudra bien qu'un jour je n'en sois plus », répondit-il philosophiquement, en dégustant un de ses plats favoris, des aubergines à l'ail et à l'huile. Il coupait avec le couteau un bout d'aubergine et le posait sur du pain.

« Nous serons dans une jolie situation, ce jour-là si toutefois nous te survivons, dit-elle avec fermeté.

— Qu'est-ce que ça veut dire, "Si nous te survivons" ? Bien sûr que vous me survivrez !

— Il a tué un frère, il en tuera d'autres.

— C'est mon fils ! protesta-t-il, en vidant sa corne de vin.

— Il a déclaré que lorsqu'il viendrait au pouvoir, il me ferait lapider !

— Propos d'ivrogne, objecta-t-il en s'essuyant les doigts.

— Quand tu ne seras plus là, il n'y aura plus personne pour le bannir, David ! s'écria-t-elle d'un ton strident. Ce n'est pas lui qui écoutera les voyants et les prophètes ! Ou peut-être que les voyants et les prophètes voudraient aussi me faire lapider !

— C'est mon fils », répéta David, en coulant un regard vers le jeune Salomon, âgé de deux ans et qui traînait autour de la pièce un chariot de bois.

Bethsabée soupira, baissa la tête et ne pipa plus mot. Oui, Absalon était son fils, mais Salomon l'était aussi. En tout cas, elle élèverait Salomon bien mieux que ne l'avaient été ces princes trublions. Le repas s'acheva dans la morosité. David alla terminer la soirée avec une concubine.

Les appréhensions de Bethsabée n'étaient pas sans fondement il le savait, mais enfin, David était toujours roi. On n'allait pas faire tout un plat des incartades d'un prince impétueux.

L'agacement que ces avertissements lui causaient tourna à l'anxiété lorsque, deux jours plus tard, juste avant son audition matinale et en présence de Josaphat, des prêtres Ebyatar et Sadoq et de l'adjudant général Seraiah, frère de David, Ephraïm l'informa que les hommes d'Absalon avaient mis le feu à un champ d'orge qui appartenait à Joab.

« Pourquoi a-t-il fait cela ? s'enquit David.

— Parce qu'il y a quelques semaines, Absalon a demandé à Joab de te porter un message et que Joab a refusé. Alors il a mis le feu au champ pour le forcer à aller le voir.

— Voilà des méthodes bien brutales pour obtenir un entretien, observa David. Et alors ?

— Joab est allé le voir.

— Que lui a-t-il dit ?

— Je l'ignore. »

L'incident prouvait au moins que Joab n'était pas le féal d'Absalon. Mais cela démontrait également qu'Absalon n'avait rien perdu de son arrogance. Et Joab apparut sur ces entrefaites, le masque sombre, l'œil mi-clos.

« Tu as vu Absalon, lui dit d'emblée David.

— Je l'ai vu. Il me charge de répéter ceci. "Pourquoi ai-je quitté Geshour ? Je m'y trouvais mieux qu'ici. Que mon roi me convoque et s'il juge que j'ai fait quelque chose de mal, qu'il me mette à mort." »

C'était bel et bien une mise en demeure. Dès après la séance du conseil, David chargea Joab d'aller quérir Absalon.

« Il vaut mieux le calmer », observa Joab.

David acquiesça.

« L'armée lui est acquise. »

Cela rappelait de mauvais souvenirs. L'armée avait été acquise à David, du temps de Saül.

Absalon vint à l'heure de midi, escorté du seul Joab. Il se jeta aux pieds de David. L'ample chevelure se répandit sur les pieds du roi, comme une gigantesque tache d'encre sur le sol. Etait-ce voulu ? David se pencha et releva son fils. Puis, l'œil fixé sur les teraphim en face du trône, il l'embrassa et lui dit : « Je te pardonne *. »

---

* Selon II Sam. XIII, 38 et XIV, 28, le bannissement d'Absalon aurait duré cinq ans, trois à Geshour et deux à Jérusalem. Bien que la chronologie de l'Ancien Testament soit assez aléatoire, elle n'est pas entièrement fantaisiste ; mais ce temps semble quand même excessivement long. En effet, Absalon, fils de Maaka la Geshourite, est né à Hébron peu avant ou après que David eut été couronné roi d'Israël, à l'âge de trente ans. C'était donc un enfant de trois ou quatre ans quand David s'installa à Jérusalem. L'assassinat de son frère Amnon ne peut avoir eu lieu avant qu'Absalon eût acquis le poids psychologique et politique que lui prête II Samuel, soit vers dix-sept ou dix-huit ans dans le contexte socio-psychologique de l'époque. David n'aurait donc pas atteint alors la cinquantaine. Un bannissement de cinq ans implique que David aurait eu cinquante-trois ou cinquante-quatre ans quand Absalon aurait été pardonné et aurait entrepris de ravir le pouvoir à son père.

Il y a là un problème de vraisemblance : comment le peuple juif aurait-il pu

Enfin, il se leva et alla remplir trois cornes de vin. Il tendit la première à Joab, comme pour signifier que les préséances demeuraient ce qu'elles étaient.

Mais le temps des affaires de famille et des préséances avait pris fin.

Contrairement à toute prudence et aux espérances de David et des siens, Absalon parut interpréter le pardon si laborieusement gagné comme un blanc-seing pour toutes ses outrances. Il regagna ses appartements dans le palais et donna le soir même un festin tonitruant, avec des danseuses et un orchestrion qui tint le palais éveillé jusque fort tard.

Dans les jours qui suivirent, il reprit son char, le fit astiquer et recommença à parcourir les environs de Jérusalem en manteau de pourpre, avec une escorte de jeunes lions. Tout son comportement devenait de plus en plus séditieux.

Il allait régulièrement attendre aux portes de Jérusalem et interpellait ceux qui venaient soumettre à David des affaires juridiques.

« Toi, d'où viens-tu ? demandait-il.

— Je viens de Béthanie et je suis de la tribu de Juda (mais il en venait également de Mahanat, de Béerot, de Céla ou d'ailleurs). Et toi qui es-tu ?

— C'est Absalon le fils du roi », disait solennellement un comparse.

L'étranger considérait alors Absalon et se disait évidemment qu'un aussi beau et aussi impérieux jeune homme ne pouvait être qu'un prince. Il se prosternait devant le futur roi, qui le relevait et lui donnait l'accolade.

---

se détourner aussi soudainement et de manière aussi frivole d'un roi dans la force de l'âge, aussi glorieux que le fondateur de la Jérusalem juive, et comment David, qui n'était certes pas un névrosé velléitaire, se serait-il laissé faire ? Il paraît bien plus vraisemblable que la sédition d'Absalon ait eu lieu peu après le scandale causé par la mort d'Urie, quand les répercussions du crime affaiblissaient encore le prestige de David. Absalon, en effet, n'a pas pu annuler par son seul ascendant l'immense prestige dont David jouissait jusqu'à l'« affaire Urie », comme le donne à entendre le récit biblique. Il faut qu'il y ait eu une autre cause à la vulnérabilité de David, et ce ne peut être que l'affaire Urie, encore fraîche.

Le bannissement d'Absalon aura donc duré vraisemblablement un ou deux ans et non cinq.

« Et que viens-tu faire à Jérusalem ? demandait le futur roi.

— J'ai une affaire que je veux soumettre au roi ton père, notre juge.

— Quelle est cette affaire ?

— Mon père est mort et il nous a laissé à tous trois, ses fils, des terrains en nous disant avant de mourir que nous devrions avoir trois parts égales. Or, il y a là des terres fertiles et il y en a qui le sont moins. Devons-nous partager les terrains selon leur superficie ou bien selon leur valeur ?

— C'est un cas très intéressant, observait Absalon, malheureusement, le roi ne pourra pas te recevoir.

— Et pourquoi ?

— Il est trop occupé par les affaires du royaume.

— Mais que sont donc les affaires du royaume s'il ne peut s'occuper de celles de ses sujets ?

— Ah ! si j'étais seulement juge dans ce pays, je veillerais à ce que toute personne qui me soumettrait une plainte ou une affaire obtînt de moi prompte justice ! »

Chacun en concluait que le royaume était sans juge ou bien que la justice y était boiteuse. Quand Absalon serait-il enfin roi ? se demandait-on dans les douze tribus.

Ephraïm et Joab étaient informés de ces menées, mais ils n'osaient plus en alerter David. Les femmes du roi s'étaient également résignées à ne plus mettre David en garde : il ne voulait rien entendre. Les hommes se faisaient tancer de jalousie et les femmes, d'esprit de pique.

Cela dura des mois. Un jour, excédé, Joab vint voir le roi. Le temps était froid. Il ventait et la neige menaçait. David le reçut et le fit sortir sur la terrasse de sa chambre. Le paysage était morne et gris.

« L'homme qui a eu le bonheur de voir cela a tout vu, dit David.

— Tu n'as pas encore tout vu ! » s'écria Joab en tournant les talons.

Il sortait des appartements royaux quand il tomba sur Absalon qui se rendait chez son père. Ils croisèrent les regards, comme on croise le fer.

« Tes affaires ne vont-elles donc pas bien, Joab ?

demanda le prince. Tu as l'air contrarié. » Mais il n'attendit pas la réponse et entra chez David.

Emmitouflé dans son manteau, devant un brasero et face aux teraphim, le roi évoquait davantage un paquet d'ombre que le centre du pouvoir. Absalon se prosterna comme d'habitude, attendit que son père le relevât et se pencha sur lui pour recevoir l'accolade. Ephraïm se tenait près du roi, les mains dans les manches.

« Mon roi, mon père, je veux accomplir un vœu que j'ai fait au Seigneur quand j'étais exilé à Geshour », commença Absalon. David se passa les doigts sur les paupières et leva la tête pour examiner le jeune homme. Qu'il eût fait un vœu était possible. Qu'il s'en souvînt était remarquable. Qu'il voulût l'accomplir était étonnant. « J'ai fait le vœu que si mon exil prenait fin, je serais serviteur de Dieu à Hébron. » Ephraïm sursauta. Absalon prêtre, voilà qui était incroyable.

David hocha la tête. « Tu peux aller, mon fils. Dieu te bénisse ! »

Absalon s'élança pour baiser les mains de son père, se releva, jeta un regard à Ephraïm et s'en fut.

Le silence régna dans la pièce pendant un moment.

« Absalon prêtre..., murmura enfin Ephraïm.

— Ajoute du bois dans le brasero, dit David. Les voies du Seigneur sont impénétrables. Et qui suis-je, pour refuser mon fils au service du Seigneur ? »

On l'apprit quelques jours plus tard, trop tard : Absalon n'était pas encore arrivé à Hébron que ses messagers parcouraient tous les territoires des tribus, porteurs de l'annonce suivante : « Quand vous entendrez le son des trompes, Absalon sera roi à Hébron ! » C'est bien comme un roi, d'ailleurs, qu'il y fit son entrée, avec une escorte de deux cents hommes, dans une fanfare de trompes et de cymbales qui stupéfia la ville. Quelques jours plus tard, Israël, à l'exception de Jérusalem, était persuadée qu'Absalon était bien roi, non seulement d'Hébron, mais de tout le royaume.

Un voyageur arriva de Megiddo à Jérusalem, demandant de quoi David était mort. Quand on lui apprit que le roi était bien en vie dans son palais, il fut abasourdi. Israël avait donc deux rois ? La confusion enfla. Des clameurs retentirent dans les rues : « Absalon est roi ! Vive Absalon, serviteur du Seigneur et de l'honneur ! » Les derniers rapports d'espions signalaient qu'Absalon était en route pour Jérusalem avec une armée de cinq mille hommes. Cette fois, Joab, son frère Abishaï, Ephraïm et les autres chambellans coururent en informer David avec résolution. La nouvelle, d'ailleurs, avait couru dans la ville et des gens s'amassaient déjà sur les remparts pour voir arriver le nouveau roi.

« Absalon est en route avec une armée pour s'emparer de Jérusalem, s'écria Ephraïm. Il s'est proclamé roi. Ne vas-tu rien faire ? Ne vas-tu pas te défendre ?

— Contre mon fils ? répondit David, avec un regard désolé.

— Mais alors... Mais alors, il faut quitter Jérusalem ! Veux-tu être mis à mort par ton propre fils ? »

David leva vers ses visiteurs un visage qui, en quelques jours, avait vieilli de plusieurs années. Il poussa un profond soupir, les larmes coulèrent sur ses joues et se perdirent dans sa barbe. Il se leva. Un brouhaha régnait dans le vestibule, derrière la porte : c'étaient les femmes et les concubines qui faisaient le siège de ses appartements.

« Réunis tout le monde dans la cour, dit-il à Ephraïm.

— Je te l'avais dit ! » hurla Bethsabée, quand il ouvrit la porte.

Mais David ne l'écoutait pas. Il descendit dans la cour du palais et s'arrêta sur la plus haute marche. Les chambellans, les prêtres, tous les hommes de la garde royale, les domestiques, les esclaves l'attendaient déjà. Ses femmes et ses concubines l'y rejoignirent.

« Israël a choisi Absalon comme roi, proclama-t-il du haut des marches. C'est donc la volonté du Seigneur ! Il nous faut quitter Jérusalem sur-le-champ. Absalon ne fera de quartier à personne dans cette ville. »

C'était une abdication.

Les femmes éclatèrent en sanglots. Les concubines aussi, mais David leur ordonna de rester pour prendre soin des bâtiments.

« Il laisse des femmes pour défendre son palais ! » ironisèrent quelques-uns. Les domestiques se déclarèrent prêts. On sellait déjà les montures dans les écuries. Pendant qu'Ephraïm dirigeait les préparatifs, David retourna sur la terrasse. Le Seigneur l'avait donc frappé. Il lui arrachait le trône. Il lui arrachait Israël. Il lui arrachait l'œuvre de sa vie. Et tout cela pour avoir enlevé une femme à son époux et avoir dépêché celui-ci à la mort ! Il était, lui David, devenu pareil à la mort même, elle qui avait arraché tant d'hommes à leurs femmes ! Aucun soupir n'aurait pu soulager aucun cœur.

« Je suis prêt, mon roi. Tout est emballé. Je prends moi-même soin de tes parts de butin », dit Ephraïm.

David se drapa dans son manteau et ouvrit la porte sans se retourner. Les domestiques habillés et prêts pour un voyage vers nulle part faisaient une haie d'honneur dans l'escalier. Son écuyer l'attendait devant son cheval. Les portes du palais avaient déjà été ouvertes pour les femmes et les domestiques qui étaient partis en tête. Sous les yeux de la populace indifférente ou sarcastique, escorté de près par Joab et Abishaï et entouré par tous ses domestiques, il traversa les rues et descendit jusqu'à la Porte de la Vallée, celle-là où Absalon avait promis de rendre un jour la justice. Une foule s'était massée sur les remparts et observait en silence, grignotant des dattes, des galettes au miel, du raisin, l'exil de l'homme qui lui avait donné cette ville.

David aperçut à la Porte un groupe d'hommes autour d'un chariot. Parmi eux, Sadoq et Ebyatar. Il reconnut aussi les autres, c'étaient ceux de la tribu de Lévi et enfin, il identifia, dans un tressaillement, la forme posée sur le chariot : c'était l'Arche. L'Arche ! Ils emmenaient l'Arche hors de Jérusalem !

« Cette Arche n'est pas ma propriété, elle est celle de mon peuple, dit-il à Sadoq. Remettez-la à sa place. S'il plaît au Seigneur que je la revoie là-haut, il le fera. Mais s'il ne le veut pas, que sa volonté soit faite. » Ils le regardaient, visiblement agités par des sentiments contradictoires. « Et toi, Sadoq, peux-tu voir clair ? Retournez tous les deux, toi et Ebyatar et prenez avec vous ces deux jeunes hommes, ton fils Ahimaaz et Jonathan, le fils d'Ebyatar. » Ils se passèrent les mains sur le visage ; ils pleuraient, eux aussi, mais le temps des larmes lui-même était passé. « Vous saurez où me trouver, je remonte vers Jéricho *. Adressez-moi là-bas un message dès que vous le pourrez. »

Les gardes kérétiens et pélétiens, ainsi qu'Ittaï, avec six cents Guittites en armes, le rejoignirent alors qu'il descendait vers la vallée du Kédron. Ittaï, qui était aussi de Gât, venait à peine d'entrer au service du roi avec ses six cents compatriotes.

« Tu es là, toi aussi ? lui demanda David. Qu'est-ce que tu viens faire ? Retourne servir le nouveau roi. Tu es un étranger et, de plus, tu t'es exilé de ton pays. Tu viens seulement d'arriver et tu veux me suivre dans mes errances ? Je ne sais pas où je vais. Retourne à Jérusalem avec tes compatriotes, et que le Seigneur t'assiste de sa bienveillance.

— Aussi vrai que le Seigneur existe, répondit Ittaï d'un ton exalté, je serai ton serviteur et je te suivrai.

— Eh bien alors, avançons ! » répondit David.

Le dernier espion accourut essoufflé.

« Ahitophel... », dit-il à Ephraïm, qui suivait David. Ephraïm ralentit le pas. « Ahitophel le Guilonite, le conseiller royal, il a rallié Absalon ! Et Amasa, le neveu du roi ! »

David avait entendu. Ils couraient tous au secours de la victoire ! Ils le trahissaient tous ! Même son neveu ! Même Ahitophel, le juge respecté, l'interprète de la Loi ! Il cracha par terre de colère.

Ils arrivaient sur l'autre flanc de la vallée et commençaient l'ascension du mont des Oliviers. David descendit de cheval, confia la bête à l'un de ses domestiques, se déchaussa, rabattit en arrière le capuchon de son manteau et entreprit de gravir à pied l'ancien sanctuaire. Il pleurait. Les gens pleuraient autour de lui, car la plupart avaient aussi entrepris l'ascension de ce mont antique où, depuis

---

* Le texte de I Sam. dit : « Vers les Sources du désert », ce qui ne correspond à aucune dénomination connue ; il pourrait s'agir de Jéricho, oasis également appelée Ville des Palmiers. De fait, c'est vers le nord de la vallée du Jourdain que David se rendait, jusqu'à ce les informations venues de Jérusalem l'engageassent à traverser le fleuve et à se replier à Mihanayim, l'ancienne capitale de Saül.

des générations, l'on venait prier le Maître du monde, et que pouvait-on faire d'autre en ce jour d'infortune que le prier ! Parvenu au sommet, David pria donc. Puis il s'écria : « Déjoue, ô Seigneur, les desseins d'Ahitophel ! »

Comme il arrivait au sommet, là où la coutume voulait qu'on s'agenouillât, il rencontra Houchaï l'Archite, un fidèle des jours anciens, conseiller officieux et dévoué. La robe déchirée et la tête couverte de terre en signe de deuil, il se jeta dans les bras de David.

« Que fais-tu ici ?

— Où pourrais-je donc être, si ce n'est ici ? Je te suis, mon roi, mon ami. L'amitié se révèle dans les jours de peine mieux qu'au soleil du triomphe. »

David le considéra un moment, lui sourit, puis lui saisit les épaules. « Avec moi, tu ne seras qu'un exilé de plus. Mais si tu rentrais à Jérusalem, tu pourrais m'aider à déjouer les plans d'Ahitophel. »

L'autre parut surpris.

« Tu veux que je t'abandonne ?

— Je veux que tu rentres à Jérusalem et que tu dises à Absalon : "J'ai été le serviteur de ton père, me voici serviteur de ta majesté." Tu auras de ton côté les prêtres Sadoq et Ebyatar, et leurs fils, Ahimaaz et Jonathan, et grâce à eux, tu pourras me faire rapporter tout ce que tu entendras. »

Houchaï hocha lentement la tête. Puis il se brossa les cheveux de la main, nettoya son visage avec les pans de sa robe, s'enveloppa dans son manteau et monta sur son mulet. Puis il descendit en direction de Jérusalem.

Ephraïm et Joab observaient la scène d'un air perplexe. David avait-il ou n'avait-il pas renoncé à la royauté ?

Un peu plus loin, au sommet du mont, David trouva Ziba, le domestique de Meribbaal, le fils infirme de Jonathan, auquel il était attaché depuis l'enfance. Il chercha des yeux le fils de Jonathan et ne le trouva pas. Ziba, qui équilibrait de gros sacs chargés sur deux baudets, abandonna sa tâche et se jeta à ses pieds.

« Où est Meribbaal ? demanda David.

— Il est resté à Jérusalem. Il pense qu'il a peut-être une chance de retrouver le trône de son grand-père. »

Meribbaal était-il donc assez bête pour imaginer qu'Absalon allait renoncer au trône en sa faveur ?

« Et qu'est-ce que c'est ces baudets ?

— Ce sont des montures pour le cas où quelqu'un de ta famille serait fatigué. Dans ce sac, j'ai mis deux cents pains, dans celui-là du raisin, dans cet autre des figues et des dattes. Le dernier sac contient une outre de vin.

— Pour qui tout ça ?

— Pour toi et ta suite, mon roi. »

Le domestique était-il plus intelligent que son maître ? Et l'intelligence se réduisait-elle donc à l'opportunisme ?

« Très bien, dit David. Quand je reviendrai, tu auras tout ce que possède ton maître. »

Donc, pensa Ephraïm, qui échangea un regard avec Joab et Abishaï, il n'avait pas renoncé à revenir.

David se rechaussa, les autres suivirent son exemple. Le soleil déclinait quand la caravane se remit en route. Les gardes qui fermaient la marche regardaient sans cesse derrière eux.

Hier encore, chacun dormait chez soi. Cet exil était survenu comme la mort.

17

Un fils parricide

Au crépuscule, la route entre les forêts noires ressemblait à un songe. La brume qui montait des arbres devenait une poussière d'or que le regard avait du mal à percer. Çà et là, les derniers rayons du soleil déferlaient par les trouées, embrasant cette nuée et aveuglant les voyageurs. De temps à autre, une bête, prédateur ou proie, lièvre ou renard, traversait la route en courant, pour sauver sa vie ou l'entretenir. Les chauves-souris commençaient à voler bas. Puis ce furent des paquets d'ombres, de plus en plus longs, comme les approches de la mort. Deux ou trois chacals firent de brèves apparitions et rebroussèrent chemin, épouvantés par la masse du mystérieux troupeau qui passait devant eux.

David frissonnait dans l'humidité qui précède la nuit quand il perçut aux arrières une certaine agitation. La caravane approchait alors du village de Para. Des voix crièrent : « Le roi ! Alertez le roi ! » Lui et Ephraïm ralentirent le pas et se retournèrent. Ittaï, le chef des Guittites, accourait au trot avec deux jeunes gens en selle.

« Roi, ce sont Ahimaaz, le fils de Sadoq, et Jonathan, le fils d'Ebyatar, qui arrivent tout droit de Bahourim !

— Ahimaaz ! Jonathan ! Dieu vous bénisse ! Quelles nouvelles apportez-vous ? s'écria David.

— Roi, il ne faut pas aller à Jéricho ! Il faut tout de suite traverser le fleuve ! dit Ahimaaz, haletant.

— Si tu vas à Jéricho expliqua Jonathan, les gens de

cette ville te livreront à Absalon, toi et les tiens, et s'ils ne te livrent pas, Absalon fera le siège de la ville ! Il se prépare à courir à ta poursuite avec des milliers de soldats ! ajouta Jonathan.

— Que s'est-il passé ? demanda David.

— Tu étais sorti de Jérusalem depuis un grand sablier quand Absalon et les siens sont entrés dans la ville, raconta Ahimaaz. Il a tout de suite tenu conseil pour savoir ce qu'il fallait faire, m'a dit mon père. Ahitophel a proposé de se lancer sur-le-champ à ta poursuite avec douze mille hommes et de t'isoler de ta garde. Mais Absalon a alors demandé l'opinion de Houchaï. Celui-ci a rappelé à Absalon que tu étais un guerrier endurci et que tu pouvais te cacher dans un trou. »

Entendant ces propos, qui lui rappelaient de vieux souvenirs, Joab se mit à rire.

« Et ensuite ? demanda David, se retenant de sourire.

— Nos pères nous ont envoyés, Jonathan et moi, à l'extérieur de la ville, à En-rogel. Ils nous ont commandé d'attendre là les instructions qu'ils nous feraient parvenir par une domestique. Celle-ci nous a rapporté que Houchaï a conseillé à Absalon d'attendre que tout le pays sache qu'il était le roi et qu'il était installé à Jérusalem. A ce moment-là, selon lui, ce serait le pays lui-même qui s'emparerait de toi et te remettrait entre ses mains.

— Un fils parricide, murmura David, voilà ce que j'ai engendré ! » Mais la prière qu'il avait adressée au Seigneur avait été exaucée : Houchaï avait dupé Absalon, il avait été agréé par lui et il avait bien déjoué le plan d'Ahitophel.

« Bon, reprit-il. Maintenant rentrez chez vous.

— Nous ne le pouvons pas, répondit Jonathan.

— Pourquoi ?

— Nous avons été dénoncés. Un gamin nous a vus à En-rogel et il a entendu ce que nous disait la domestique. Il est alors allé nous dénoncer aux gens d'Absalon. Nous avons pris la fuite. Nous sommes arrivés à Bahourim et nous avons trouvé refuge chez une femme. Les gens d'Absalon nous ont poursuivis jusque dans cette maison. Les voyant arriver, la femme nous a fait descendre dans une fosse pour nous cacher et elle a jeté du blé par-dessus.

Quand on lui a demandé où nous étions, elle a répondu que nous étions partis vers l'étang. Nous avons de nouveau pris la fuite. Et nous voilà.

— Bon, vous allez donc rester avec nous », dit David.

Il tint ensuite conseil avec Joab, Abishaï et Ittaï. Il n'avait pas un instant à perdre. Il fallait impérativement traverser le Jourdain avant la nuit. Tout de suite après Para, on suivrait la gorge de la rivière Souwenît en passant au sud de Jéricho et l'on atteindrait bientôt le fleuve. Au bout de ce chemin, il le savait, il y avait deux gués peu profonds en cette saison.

« Nous n'aurons certainement pas fini de traverser le fleuve avant la nuit, observa Abishaï.

— Peu importe, rétorqua David. Le pire que nous risquions est de nous mouiller les pieds ! »

Ils partirent au trot. Chevaux, ânes, mulets, chameaux, et un millier de personnes, ils trottèrent à la suite de David, à la fois chef et éclaireur. C'était tout ce qui lui restait de son peuple. Et quand vint le soir violet, ils trottaient encore. La vieille expérience qu'avait David du pays, quand il faisait la police contre les pillards transjourdains, se révélait aussi exacte que précieuse : il choisissait les terrains plats, ceux où l'on risquait le moins de verser. Le cheval arriva à de hautes herbes et des joncs. David mit pied à terre, entendit l'eau et se pencha pour y plonger les doigts. Elle était glacée. Ils avaient enfin atteint la rive occidentale du Jourdain. De l'autre côté, Absalon n'était plus en territoire ami. Et s'il s'aventurait dans une poursuite, David pouvait toujours gagner les déserts de l'Araba, renouer des alliances, rallier des troupes et reprendre l'offensive. L'autre rive du Jourdain, c'était le salut.

Derrière lui, Joab, Abishaï, Ittaï, Ephraïm et les autres s'étaient arrêtés.

« Il nous faut des torches ! » cria David.

Un officier apporta un bol de terre cuite dans lequel grésillaient des braises. Il y plongea une baguette entourée d'étoupe à une extrémité et l'étoupe flamba.

« Les torches ! cria Joab.

— Quatre suffiront », dit David.

Un autre officier déroula un étui de cuir où étaient rangées des torches, et les enflamma. David appela un soldat et avança dans l'eau. L'eau lui arrivait à peine au mollet. « Reste ici et tiens haut la torche », lui dit David. Puis il demanda une autre torche et un autre soldat et avança avec le deuxième jusqu'à un autre passage où l'eau arrivait au genou. Et ainsi de suite jusqu'à ce que les quatre torches eussent servi de repères aux gués, qui étaient en zigzag. Puis David revint sur ses pas, pour guider les montures des femmes et des enfants.

Les reflets des flammes dansèrent sur l'eau jusqu'à l'aube. Les derniers des gardes traversaient le gué. On éteignit les torches d'un ou deux coups secs sur les herbes. On fit une halte, on se sécha, on vaqua aux besoins naturels, on laissa boire et brouter les montures, les femmes se lamentèrent, les enfants se dérouillèrent les jambes en criant, on mangea ce qu'il y avait à manger, on but et l'on remplit les gourdes.

David se retrouva en face de Joab. Ils étaient tous les deux fourbus. Ils se regardèrent et s'étreignirent, en essayant de ne pas trop parler, pour ne pas devenir comme des femmes.

« Un fils parricide, c'est quand même immérité », dit David.

18

Ce qu'on apprit plus tard

Plus tard, bien plus tard, les récits abondèrent.

Ignobles, comme tous les récits de vengeance. Les gens aiment à se croire justes. Ils parlent des contemporains morts avec la condescendance des juges, qui sont toujours des gens dégoûtés.

Quand le conseil de l'inepte Ahitophel fut repoussé par Absalon au profit de celui de Houchaï, le grand, l'illustre, le vénérable conseiller de David dut boire deux hontes : celle d'avoir été rejeté par son nouveau maître et celle d'avoir proposé d'assassiner l'ancien. Quelques regards de trop pesèrent sur lui. Il rentra chez lui, à Guilon, et se pendit.

On alourdit facilement sa mémoire d'immondices. Qui n'a jamais trahi se lève.

Avant de disposer de sa propre vie, il avait donné à Absalon un conseil frappé au sceau de l'infamie : il lui avait recommandé de faire publiquement l'amour sur le toit du palais avec les concubines de son père, afin que chacun sût qu'il abjurait tout respect pour le roi détrôné.

Bellâtre gonflé de suffisance, fier de sa chevelure comme un paon de sa queue, sûr de la divine supériorité de sa beauté, et pétri de la vanité de sa royale filiation, comme ceux qui héritent du pouvoir au lieu de l'avoir forgé, Absalon avait suivi ce conseil de valet et s'était ainsi ravalé au rang des domestiques.

Les populaces ne sont certes pas des parangons de

moralité, mais l'outrance choqua et donna ensuite lieu à des commentaires suffoqués d'indignation. On traîna son nom dans les caniveaux.

Qui n'a jamais forniqué par vanité se lève.

Bien des gens qui, à Jérusalem, avaient fait fortune parce que David avait choisi cette ville comme siège de la gloire divine trahirent ce roi qu'ils avaient d'abord conspué parce que l'amour d'une femme l'avait rendu fou.

Qui n'a jamais abjuré décence et raison parce qu'une image désirée a mis le feu à ses reins, à sa vanité, ou même à sa raison d'être, se lève.

19

« *Tu hais ceux qui t'aiment et tu aimes ceux qui te haïssent !* »

David décida de monter vers le nord. Joab, Abishaï, Ittaï, Ephraïm et tous les autres, abondèrent dans ce sens : en terre de Galaad, près du pays des Ammonites, les nouvelles de l'usurpation n'étaient pas encore parvenues et si elles l'étaient, elles avaient été accueillies avec scepticisme. Là restaient encore des chances de rallier des partisans de la royauté qui avait succédé à Saül, parce qu'elle avait été désignée sur les instances du Seigneur par le Grand voyant Samuel.

Ils arrivèrent ainsi à Mihanayim, deux jours plus tard, fourbus, affamés, crottés, ivres de poussière.

« Nous nous arrêtons là quelques jours, dit David, en attendant les nouvelles. »

Ils venaient d'arriver quand les anciens de la tribu de Manassé vinrent les retrouver. Shobi, fils de Nahash, de la ville de Rabba, Machir, fils d'Ammiel, de Lodebbar, Barzillaï le Giliadite, de Rogelim, Barzillaï majestueux patriarche de quatre-vingts ans, qui y voyait à peine, mais qui s'était néanmoins déplacé. Ils avaient entendu l'incroyable nouvelle. Ils apportaient des litières, des couvertures, des pots, des plats, des cruches, des gobelets. Et des veaux gras, des agneaux, de la volaille, du poisson, du pain, des fèves, des lentilles, des fromages, des salades, des fruits, du miel et du vin. Ils avaient appris l'incroyable nouvelle ! David détrôné par son fils ! David prenant la fuite de sa ville, Jérusalem, comme un malfaiteur !

« David ! Est-il possible que le Seigneur qui t'a désigné comme notre roi t'inflige ces tribulations ?

— C'est un fils indigne que celui qui se lève contre le père, dit Barzillaï. Le Seigneur l'abattra comme un arbre pourri. »

Cette prédiction fit trembler David.

Ils pleuraient, ils s'indignaient, ils criaient vengeance. Leurs fils vinrent aussi crier vengeance, assoiffés de punition. La colère générale bouillonna quand Joab et les autres firent savoir que c'était le propre fils du roi qui avait soulevé le peuple contre son père.

« Absalon ! Absalon ! Que ton nom soit maudit à jamais ! » clamèrent-ils.

David tentait de réfréner ces malédictions. « C'est la chair de ma chair et c'est la volonté du Seigneur qu'elle se lève contre moi », disait-il.

Personne ne voulait entendre raison.

Le destin fut assez ironique pour que les Anciens de Mihanayim, qui avaient jadis vénéré Saül, puis Ishyo, installassent David et sa suite dans l'ancien palais de Saül. Il y avait là des casernes, des écuries ; il suffisait de remettre tout cela en état. On s'y employa.

C'était quand même le monde à l'envers : les gens du nord qui avaient soutenu Saül contre David se rangeaient aux côtés de ce dernier quand ceux du sud, qui avaient les premiers élu David roi, s'étaient rebellés contre lui !

Le premier soir, David monta sur la terrasse qui avait été celle de Saül et évoqua les fantômes du roi fou et du fils aimé. La nuit opaque et venteuse ne lui offrit que des images intérieures : le visage de Jonathan, l'image de Saül se croyant trahi et se dressant soudain pour tenter de le tuer d'un coup de lance. Ce soir-là, il dormit mal. Ephraïm avait emporté ses teraphim et les avait installés dans la chambre royale. David eut plusieurs fois la tentation de les interroger, puis y renonça. Il devinait que leur réponse serait sinistre. Quand le fils se rebelle contre le père, il n'est qu'une issue et elle est fatale pour l'un ou pour l'autre.

L'aube et Ephraïm le trouvèrent gourd. La tristesse, le froid et la fatigue l'emportaient sur tout. Le chambellan lui apporta un bol de lait chaud. Il lui dit aussi qu'on faisait chauffer de l'eau dans les anciens bains royaux, afin de le délasser.

Un peu rasséréné, David tint conseil, avec Joab, Abishaï et Ittaï.

« Les Anciens assurent que nous pouvons lever une armée dans la région, annonça Joab.

— Combien serions-nous ?

— Plus de cinq mille selon eux. Il en est déjà spontanément venu deux cents depuis l'aube.

— A-t-on des informations sur Absalon ? demanda David.

— Il a franchi le Jourdain, répondit Abishaï. Et son nouveau général est Amasa.

— Laissons-le venir », dit David.

Ils attendirent quatre jours, dans la fièvre, et chaque jour leurs rangs grossissaient. Les hommes arrivaient, et avec des armes ! Des arcs, des lances, des massues et des glaives. D'où venaient tant d'armes ? Ils les avaient recueillies sur les champs de bataille anciens et s'en servaient le plus souvent pour la chasse. Joab, Abishaï et Ittaï les passèrent en revue et leur donnèrent des instructions sur la quantité de flèches que chacun devait emporter avec soi, la façon de se servir d'une lance et de manier un glaive. Tous brûlaient de livrer leur premier combat.

David partagea l'armée en cinq corps de mille cent hommes, chacun sous le commandement d'un officier émerite. A l'évidence, Absalon arriverait du sud, par la seule voie qui menait à Mihanayim, celle qui venait de Galaad et passait par Mispa. Il conviendrait de poster deux paires de corps d'armée de part et d'autre de cette route, à mille coudées d'intervalle. Pour plus d'efficacité, ils se posteraient aux endroits où la route était le plus étroite, expliqua David. Ces corps d'armée agiraient à la façon de pinces. Il importait que chaque corps prît ses positions dissimulé dans les forêts, pour que les adversaires ne pussent pas en estimer l'importance.

« Laissez Absalon avancer, dit David, et quand il sera

bien engagé, que ce soient les deux corps d'armée les plus proches de Mihanayim qui attaquent les premiers. Une fois que cette attaque sera en cours, les deux autres corps attaqueront les arrières des troupes d'Absalon. De cette manière, ils seront prisonniers dans une nasse, ne pouvant ni avancer, ni reculer.

— Et le cinquième corps ? demanda Ittaï.

— Celui-là attendra dans la plaine qui s'étend au pied de Mihanayim, pour régler leur sort aux fuyards et à ceux qui auraient réussi à passer. Il agira comme un bouchon. Je serai avec vous.

— Il n'en est pas question ! se récria Joab. Tu vaux dix mille d'entre nous !

— S'il t'arrivait quelque chose, pour qui nous battrions-nous ? » dit Abishaï.

Il se rendit à leurs arguments, bien qu'à contrecœur. Il était désormais trop vieux pour les champs de bataille.

Avant le midi du quatrième jour, des éclaireurs rapportèrent qu'Absalon, Amasa et leurs troupes étaient arrivées à Galaad, à moins d'une heure de marche. Et aussi qu'Absalon avait juré de raser la ville de Mihanayim pour avoir donné refuge à son père. La population, toutefois, lui était beaucoup moins favorable que celle du sud : elle ne connaissait pas ce prince et beaucoup le jugeaient impie.

« Epargnez mon fils, recommanda David à Joab, Abishaï et Ittaï. Vous le reconnaîtrez à sa chevelure. »

L'armée sortit au trot de Mihanayim pour prendre ses positions selon les instructions de David. Il se tint à la porte et leur envoya ses bénédictions. Puis il monta sur la terrasse la plus haute du palais pour voir ce qu'il pourrait des engagements. Mais les forêts masquaient la plus grande partie du théâtre présumé des opérations et il redescendit attendre les nouvelles à la porte de la ville.

Les troupes d'Absalon s'étaient engagées comme prévu dans le chemin qui menait à Mihanayim, et elles étaient à brève distance de Mispa quand les archers de David jaillirent soudain de la forêt, de part et d'autre de la route et firent pleuvoir sur eux leurs flèches. L'avant de la première colonne des armées d'Absalon se trouvait déjà décimé, quand Amasa donna aux lanciers l'ordre de charger cette armée fantôme et aux archers de riposter. Or, ce n'était commode ni pour les uns, ni pour les autres, parce que les archers de David s'étaient postés dans les hautes branches des arbres et qu'en raison de ce camouflage naturel, on ne savait pas où tirer. Quant aux lanciers, la plupart s'étaient à peine engagés dans la forêt qu'ils étaient abattus par les soldats embusqués et achevés à coups de glaive*.

Absalon et Amasa appelèrent du renfort des arrières, mais au même instant, les troupes de David ouvrirent le second front et firent subir aux bataillons de queue le même sort que celui des bataillons de tête. L'armée était prise dans une trappe, comme l'avait calculé David.

Toujours tapis dans la forêt, les hommes de David reconnurent Absalon qui était à dos de mulet ; il filait dans une clairière, sans doute pour tenter d'ouvrir une percée latérale. Ils le virent tourner la tête pour voir s'il était suivi, et soudain heurter une branche basse. Assommé, il tomba et le mulet continua sa course **. Ils coururent en informer Joab.

— Et vous ne l'avez pas achevé ? s'écria Joab. Je vous aurais donné des trésors *** !

— Par ta tête ! s'écria le soldat. Pour tous les trésors du monde ! David n'a-t-il pas recommandé qu'on ne touche pas à un seul cheveu de son fils ? »

Joab, suivi de quelques officiers, se fit mener là où Absalon était tombé. Il était encore là, le front ensanglanté. Le masque convulsé de haine, Joab lui plongea le glaive dans la poitrine. Le jeune homme tressaillit, ses bras se

---

* Cette reconstitution se base, outre le site, sur les mots de II Sam. XVIII, 8 ; « Et la forêt fit ce jour-là plus de victimes que le glaive. »

** II Sam. XVIII, 9 rapporte dans un passage célèbre qu'Absalon serait resté suspendu « aux rameaux » de la branche fatale. L'image est spectaculaire, mais improbable : on ne voit guère que des rameaux de chêne eussent pu soutenir le poids d'un homme. Un point reste certain : Absalon fut assommé par le choc, accident qui survient encore de nos jours à des cavaliers en forêt, sans quoi il se fût dégagé, fût-ce d'une fourche d'arbre, et se serait enfui.

*** L'auteur de II Samuel avance que Joab aurait dit : « Je vous aurais donné dix pièces d'argent et une ceinture ! » C'est là indiquer que son texte est d'une époque postérieure : il n'existait de monnaie d'aucune sorte au Xe siècle avant notre ère.

levèrent, une jambe se plia puis ses membres retombèrent et son corps resta inerte. Le plus beau garçon d'Israël était mort.

« Enterrez-le ! » ordonna Joab.

On trouva à brève distance une fosse où jeter le cadavre. Joab et les officiers le recouvrirent de pierres. L'heure n'était pas aux funérailles, et ils coururent rejoindre le gros de leurs troupes. L'armée d'Absalon était en déroute. Comme prévu, ceux qui avaient pu effectuer une percée vers Mihanayim étaient tombés sous les coups du corps d'armée dirigé par Ittaï. Les autres s'étaient dispersés dans les forêts. Joab fit sonner de la trompe. La trompe d'Abishaï lui fit écho. Le soleil achevait de saigner. La vallée plongeait dans l'ombre. Le ciel oriental se teignait d'indigo. Joab fit allumer des torches et inspecta le champ de bataille. Abishaï vint rejoindre son frère, escorté du jeune Ahimaaz, exalté. Les trompes d'Ittaï retentirent dans la plaine.

Les deux chefs firent le compte de leurs hommes ; il en manquait près de trois cents. Ils les enterreraient et compteraient les cadavres des ennemis demain. Pour le moment, ils étaient las. Il leur tardait de rentrer à Mihanayim.

« Et Absalon ? » demanda Abishaï, tandis que les hommes se regroupaient sur le chemin du retour.

Joab lui répondit par un geste éloquent de la main, signifiant que le fils de David était parti dans l'au-delà.

« Et Amasa ? demanda Joab à son tour.

— Il a fui. Vers Jérusalem sans doute, répondit Abishaï.

— Dommage ! s'écria Joab, dépité. Je lui aurais bien planté mon glaive dans le ventre !

— Laisse-moi courir en avant et annoncer au roi que le Seigneur l'a délivré de ses ennemis ! plaida le jeune Ahimaaz, s'adressant à Joab.

— Ce n'est pas à toi, aujourd'hui, d'être le porteur de nouvelles, répondit Joab. Une autre fois, peut-être, mais aujourd'hui le fils du roi est mort.

— Absalon est mort ? » s'écria Ahimaaz.

Joab hocha la tête et chargea un Koushite d'aller porter les nouvelles au roi.

« Je vais avec lui ! Qu'importe ! s'écria Ahimaaz.

— Pourquoi ? demanda Joab. Personne ne te remerciera pour ces nouvelles.

— J'y vais quand même ! » dit Ahimaaz.

Et le jeune homme s'élança. Il courait si vite qu'il devança le Koushite.

David attendait, voûté, devant la porte de Mihanayim, en compagnie d'Ephraïm et d'un domestique. Les sentinelles fixaient des torches sur le haut des remparts et de part et d'autre de la guérite des sentinelles.

« Il me semble avoir entendu le son de la trompe, dit-il au guetteur qui se tenait près de la guérite. Monte voir s'il n'y a pas un messager sur la route. »

Le guetteur monta sur le toit de la guérite. « Je vois un homme, dit-il.

— Il est seul ?

— Il est seul.

— Alors, il apporte des nouvelles.

— J'en vois un autre, pas très loin derrière lui.

— Il apporte aussi des nouvelles.

— Le premier est un jeunot.

— Ce doit être Ahimaaz ou Jonathan. Je lui donnerai une récompense. »

Ahimaaz arriva à bout de souffle devant la porte de Mihanayim, reconnut le roi dans la lumière fuligineuse des torches et s'arrêta, haletant. « Tout va bien ! » s'écria-t-il. Il s'inclina devant David. « Béni soit le Seigneur qui a mis à ta merci ceux qui se sont rebellés contre toi ! » parvint-il à articuler.

« Et mon fils Absalon ?

— Roi, c'est Joab qui m'a envoyé, il y avait beaucoup d'agitation, mais je ne sais pas tout ce qui s'est passé.

— Reste avec moi », lui dit David, et l'autre se mit près du roi et reprit son souffle.

Un peu plus tard, le Koushite arriva et reconnaissant aussi David s'arrêta devant lui. « Bonnes nouvelles, mon roi ! s'écria-t-il. C'est Joab qui m'envoie. Le Seigneur t'a vengé en ce jour de tous ceux qui se sont rebellés contre toi. »

David hocha la tête. « Et mon fils Absalon ?

— Que tous tes ennemis et tous les rebelles qui te veulent du mal se trouvent là où il est », répondit le Koushite.

David se couvrit le visage de ses mains et fondit en larmes. Puis il monta dans sa chambre et se mit à crier : « Absalon ! Absalon ! Mon fils ! J'aurais dû mourir à ta place ! » On l'entendait crier depuis la porte de la ville.

Quand ses généraux rentrèrent, il pleurait encore. On entendait encore ce vieillard bramer le chagrin que lui causait la mort de ce fils qui avait voulu l'assassiner. Joab, Abishaï, Ittaï apprirent alors par Ephraïm que David entendait faire du lendemain une journée de deuil.

« Ça, il n'en est pas question ! » cria Joab à Ephraïm, épouvanté par la violence du militaire.

« Et nous, nous avons risqué notre vie pour quoi ! » cria Abishaï, exaspéré. « Pour qui donc avons-nous fait couler le sang de nos frères juifs et de nos partisans ? Fais donc taire ce vieillard sénile au lieu de nous raconter des sornettes ! » Ephraïm prit la fuite, livide. Les autres regagnèrent leurs quartiers avec des mines lugubres.

Joab alla droit au palais et exigea d'être reçu sur-le-champ par David. Ephraïm plaida le chagrin que lui causait la mort de son fils. « Je m'en fiche ! » s'écria Joab et Ephraïm, saisi par la panique, ouvrit la porte des appartements royaux. Joab trouva David dans un état d'accablement pathétique. Une chiffe. Même plus un roi. David leva vers lui des yeux larmoyants.

« Ecoute, dis Joab, contenant mal sa colère, tu as humilié ce soir tous tes serviteurs. Tu as humilié tous ceux qui se sont battus pour toi, qui ont risqué leur vie pour toi, pour tes fils, tes femmes et tes concubines. Tu es un être indigne, David. Tu aimes ceux qui te haïssent et tu hais ceux qui t'aiment ! Tu nous as fait sentir à nous tous, officiers et soldats, que nous ne sommes rien pour toi. Tu aurais été content si nous étions tous morts et qu'Absalon, cet infect bellâtre intrigant, avait encore été en vie, n'est-ce pas ? Maintenant, David, je te somme, entends-tu, oui, moi, ton général, je te somme d'aller féliciter tes généraux, tes soldats et tes lieutenants ! Tout de suite, tu m'entends ? Et si tu refuses, David, je te le jure au nom du Seigneur, il ne restera pas un seul homme avec toi cette nuit ! » La voix de Joab retentissait comme le tonnerre. Blême, les yeux ronds de stupeur et de peur, David reculait sur sa litière comme s'il voulait rentrer dans le mur auquel il s'adossait et Ephraïm tremblait de tous ses membres. « Et cela sera, je te le jure, mon roi, le pire désastre que tu auras jamais vécu depuis que tu as été mis au monde ! Debout, David ! » Et Joab pointa le doigt vers la porte.

Hagard, les yeux habités par la terreur, David se leva. Il passa devant Joab, vieille ombre que la gloire avait à jamais abandonnée, lui, le fondateur d'Israël, lui qui avait défié Saül, corseté par la peur de recevoir un coup de dague dans le dos. Abishaï était au bas de l'escalier des anciens appartements de Saül. « Convoque l'armée, toute l'armée dans la cour, lui commanda Joab d'un ton sans réplique. Le roi veut les féliciter avant qu'ils aillent dormir. »

Un petit sablier plus tard, toute l'armée était réunie dans la cour, sous les lueurs des torches. Elle regardait de tous ses yeux ce roi pour lequel elle avait risqué sa vie. Ce vieillard blafard à la voix chevrotante qui leur disait que seule l'émotion de la victoire l'avait retenu de les féliciter plus tôt, et qu'il appelait sur eux les bénédictions du Tout-puissant pour la vaillance dont ils avaient fait preuve. Les applaudissements furent mesurés.

Joab se tenait derrière lui, le regard terrible. Les femmes et les domestiques, les enfants et les habitants de Mihanayim se tenaient aux fenêtres. Une femme, surtout, l'observait ; c'était Maaka, la mère d'Absalon. Elle vint le consoler dans sa chambre, alors qu'il balbutiait des lamentations d'une voix cassée. Ils pleurèrent tous les deux fort avant dans la nuit.

Dans une autre pièce de l'ancien palais, désormais hanté, Joab et Abishaï enveloppés dans leurs manteaux étaient assis par terre, en face d'un brasero, et regardaient d'un air sombre les braises scintiller. De temps en temps, un crépitement semblait en ranimer, elle rougeoyait de colère, expédiait des miettes dans l'air comme des injures, puis grisonnait et à la fin blanchissait.

« Un roi..., dit Joab.

— C'était un roi, corrigea Abishaï.

— Complètement sénile, une vieille femme ! » s'écria Joab.

Ittaï observait la scène avec désolation, mangeant des dattes et jetant leurs noyaux dans le feu.

« Et s'il mourait maintenant... dit Abishaï sans finir sa phrase.

— Il y a d'autres enfants, observa Joab.

— Heureusement que tu lui as fait prononcer ce discours, dit Ittaï.

— Si je ne l'avais pas fait, il y aurait eu une révolte et je connais des soldats qui auraient essayé de le tuer, répondit Joab.

— Qu'allons devenir, maintenant ? demanda Abishaï. Cette victoire, au fond, ne règle rien.

— Non, elle ne règle rien », admit Joab au bout d'un temps.

Ce fut ce soir-là que la gloire de David, le grand roi d'Israël, s'écroula dans le bruit mou des mensonges qui ont fait leur temps.

20

Infamies et vengeances

La victoire ne résolvait rien, en effet, comme l'avait constaté Abishaï. En choisissant Absalon comme roi, Israël avait désavoué David. Mais Abishaï n'était pas le seul à s'en être avisé.

Le lendemain, au petit matin, une ample silhouette féminine drapée de deux ou trois épaisseurs de manteaux traversa les couloirs ruinés et glacés du vieux palais d'un pas décidé. Elle arriva à la porte de la chambre de David et, entendant des pas, Ephraïm accourut pour arrêter l'intruse.

« Il est avec Maaka, dit-il, tendant la main pour barrer le passage.

— A leur âge... » rétorqua la femme avec un haussement d'épaules. Et elle poussa le bras, mais avant d'entrer, elle se retourna vers Ephraïm et ajouta : « Va donc voir si tu peux nous trouver trois bols de lait chaud. »

Une bouffée d'air froid entra avec la visiteuse et communiqua quelque vie aux deux formes confuses et sombres allongées sur la litière, dans le coin le moins exposé de la chambre.

« Abigail, dit Maaka d'une voix misérable, laisse-nous avec notre douleur...

— La douleur ne nourrit pas le monde », répondit Abigail, car c'était elle. David s'assit péniblement, cligna des yeux, se massa les bras, puis les genoux, se passa les mains sur le visage, éclaircit sa voix, mais ne dit rien ; il leva vers

Abigail un visage encore plus fripé que d'habitude. Elle cherchait un siège, mais se contenta d'un tabouret. « Ce matin, Israël est sans roi », dit-elle froidement. Maaka aida David à se lever. Il resta d'abord voûté un moment, tenta d'affermir son équilibre, chercha ses sandales, appela Ephraïm et s'en fut vaquer aux besoins du matin.

Maaka et Abigail restèrent face-à-face. Elles se jaugèrent du regard. La séduction ayant fui, il ne leur restait que la sagesse.

« Dieu te garde ton fils Daniel, dit à la fin Maaka.

— Tu n'as plus qu'une fille, Tamar, dit Abigail, mais tu vis. Comme nous toutes, hors d'un palais tu n'es qu'une vieille femme sans subsistance. De plus, nous avons des enfants. Moi, j'ai Daniel. Je n'entends pas qu'un prétendant à venir le passe au fil de l'épée. Je te demande ton assistance. Il faut rendre à David son énergie. Pour son bien. Pour le nôtre. » Et elle ajouta : « Et pour notre peuple. Tous ces jeunes gens qui meurent... »

Maaka se leva, lissa sa robe, se passa la main dans les cheveux, remit la litière en ordre et s'assit dessus. « Une si grande épreuve... » murmura-t-elle. Il ne restait presque plus rien de sa beauté d'antan. Des yeux fardés, un cou de lézard, des cheveux de couleur incertaine, variant entre le gris des racines et le cuivre ardent du henné aux extrémités.

« Ç'aurait été une épreuve encore pire si ton fils Absalon avait passé David par le fil de l'épée, Maaka. » Celle-ci poussa un cri et se remit à pleurer. « Ce n'est pas le moment, Maaka, coupa Abigail. Il faut se hâter. Chaque heure qui passe accroît le danger.

— Que veux-tu que je fasse ?

— Inciter David à l'action. Rallier ses troupes. Reconquérir Jérusalem. »

David revint, soutenu par Ephraïm. Abigail lui céda son tabouret.

« Il fait froid », dit-il en s'asseyant. Puis il regarda Abigail : « Oui, Israël est sans roi.

— Laisseras-tu ruiner l'œuvre du Seigneur et l'œuvre de ta vie ? dit-elle.

— L'œuvre de ma vie... répéta-t-il d'une voix cassée.

— Abigail a raison, dit Maaka.

— Tes troupes pensent que tu vas abdiquer, reprit Abigail. Si tu ne réagis pas rapidement et énergiquement, n'importe lequel de tes autres fils va essayer de refaire ce qu'Absalon a tenté.

— Que veux-tu que je fasse ? demanda-t-il plaintivement.

— Descends voir les soldats, Joab, Abishaï, Ittaï, pour leur rendre du courage. Envoie des messagers à ceux qui avaient pris le parti d'Absalon, et notamment a ton neveu Amasa, et dis-leur que tu leur pardonnes afin qu'ils se rallient à toi. Envoie des messagers à Jérusalem. Envoie des messagers aux douze tribus. »

Ephraïm était revenu avec trois bols de lait et des petits pains sur un plateau. Il se pencha devant David, qui saisit le sien et but à petites gorgées. « Bien », dit-il quand il eut bu tout son lait et mangé son pain. Il se leva, se lissa la barbe, passa la main dans les cheveux et secoua sa robe, et puis enfila son manteau avec l'aide de Maaka. « Tu es de bon conseil, Abigail », dit-il avant de se gagner la porte.

Il trouva Joab au bas de l'escalier. Les deux hommes se firent face, puis David saisit la main de Joab et lui dit : « Nous avons des choses à faire.

— Je vois que tu as dominé ton chagrin, dit Joab.

— Un roi peut enterrer un fils, répondit David. Un père, jamais. Où sont ton frère et Ittaï ?

— Ils sont allés enterrer les morts et compter les ennemis tués.

— Ce n'étaient pas des ennemis, Joab, dit tristement David. Ce n'étaient pas des ennemis... »

Pendant quelques jours, Mihanayim se changea en un domaine des limbes. On y respirait plus librement, puisqu'il n'y avait plus d'ennemis, mais chacun retenait quand même son souffle : qu'advenait-il du trône ? On n'était nulle part. C'était déjà mieux qu'à Jérusalem, où la consternation s'étendit comme un voile noir. Le Seigneur était du côté de David et on l'avait trahi ! Les autres villes n'en menaient pas plus large : quand les nouvelles de la mort d'Absalon y parvinrent, les femmes se frappèrent le visage et les hommes, la poitrine.

« Mais Absalon, qu'est-il devenu ? » demandaient les gens à ceux des soldats qui s'étaient battus à ses côtés et qui, la bouche pleine d'amertume et le front plissé par la honte, avaient regagné Jérusalem et les villages d'alentour : Béthanie, Bethléhem, Bethphagé, Manahât, Bahourim.

« Il est mort le premier soir.
— Et Amasa ?
— Il s'est enfui. »

Il ne s'était pas enfui ; il s'était terré dans sa propriété, le visage gris et rongé d'inquiétude. Ce n'était pas tant David qu'il craignait que ses généraux, et surtout Joab.

Quand Sadoq et Ebyatar reçurent les messagers de David, ils levèrent les bras au ciel. Où était le roi ? Comment allait-il ? Quand revenait-il ? Or, le roi leur demandait d'adresser, eux, le message suivant aux Anciens des douze tribus : serez-vous les derniers à ramener le roi dans son palais ? Les desseins du Seigneur ne vous ont-ils pas convaincus ? Porterez-vous le deuil d'Absalon ou l'étendard d'Israël ? David avait pensé se recommander de l'onction de Samuel, mais la plupart des Anciens qui avaient connu le Grand voyant étaient morts et quant aux autres, mieux valait ne pas réveiller en eux trop de souvenirs anciens. L'allusion à Samuel fut ainsi supprimée.

Le sang d'Amasa manqua se figer quand les messagers s'engagèrent sur le chemin herbeux qui menait à sa maison. Deux hommes qui voyageaient seuls sur la route, c'étaient forcément des messagers. Quelles nouvelles apportaient ceux-là ? Il envoya un domestique leur ouvrir.

« Que voulez-vous ?
— Ton maître Amasa.
— Qui êtes-vous ?
— Des messagers du roi.
— Quel roi ?
— David.
— Donnez-moi le message.
— Nous ne pouvons le remettre qu'entre ses mains. »

Amasa sortit. Ils lui tendirent le rouleau dans son

sachet de cuir. « Tu es ma chair et mon sang. Je te pardonne. Je ferai de toi mon commandant en chef à la place de Joab, avec l'aide de Dieu. David. »

Amasa fondit en larmes et, dès le lendemain, alla célébrer un grand sacrifice à Gabaon, appelant sur David les bénédictions du Seigneur. Tout Juda fut informé de ce revirement. Dès le troisième jour, les Anciens ou leurs messagers affluèrent à Mihanayim : ils louaient la sagesse du Seigneur qui avait protégé son serviteur, ils imploraient la clémence du roi et déploraient l'égarement qui les avait incités à suivre un rebelle...

« Nous rentrons », annonça David le lendemain.

David franchit la porte du palais sous les acclamations de la population amassée pour saluer son départ ; il fit le vœu de ne jamais la revoir. Et la caravane s'ébranla par un matin venteux, où la menace de la neige piquait la peau.

Dès les premières étapes, de petites délégations des villes et des villages, Mispa, Gadara, Betonim, venaient saluer le roi, apportant en hommages de petits lots de fruits secs, de galettes, de poisson séché, de lentilles. Puis des messagers vinrent informer Joab et Abishaï qu'une délégation de gens de Juda attendait le roi à Gilgal, pour l'aider, lui et les siens, à traverser le fleuve. Il y avait Shiméi, l'Ancien de Bahourim, à la tête de mille Benjaminites, et Zira, le serviteur de Meribbaal, avec ses quinze fils et vingt domestiques, et de moindres délégations d'autres villes de Juda.

« Ils ne connaissent pas tes gués », observa Joab à l'adresse de David.

Ils traversaient en effet avec de l'eau jusqu'à mi-ventre, voire jusqu'à la poitrine, et arrivaient trempés et glacés sur l'autre rive. Là, ils s'ébrouaient aux pieds du roi qu'ils aspergeaient à qui mieux mieux. Ce fut le cas de Shiméï le Benjaminite, l'homme de la parentèle de Saül, qui avait insulté David ; il avait rejoint le camp d'Absalon et venait maintenant s'en repentir publiquement. Ses insultes résonnaient encore aux oreilles de David : « Fous le camp ! Fous le camp, voyou ! Voyou sanguinaire ! Le Seigneur se venge de toi, à cause du trône que tu as volé à Saül, et il donne maintenant ton trône à Absalon ! Assassin, voilà comment tes crimes te rattrapent ! » Oui, c'était le même homme qui se jeta comme un paquet de linge mal essoré aux pieds de David. « Je supplie ta majesté de bien vouloir oublier l'abjection qui a été le fait de ton serviteur quand ta majesté a quitté Jérusalem ! Car j'avoue publiquement mon infamie, et je suis le premier aujourd'hui de toute la maison de David à venir au-devant de ta majesté. »

C'était là une jolie vignette de l'abjection. David surmonta un haut-le-cœur. Ah ! se débarrasser de cette crapule...

« Ne faudrait-il donc pas mettre ce Shiméï à mort ? suggéra Abishaï. N'est-ce pas l'homme qui a maudit l'oint du Seigneur ? »

Allait-on ajouter l'esprit de vengeance à l'infamie ? « De quel droit mes neveux se mêlent-ils de mes affaires ? » coupa David. S'il fallait exécuter Shiméï, il faudrait passer par le fil de l'épée la moitié de la population de Jérusalem, sans parler des autres villes. Tremblant de terreur et de froid, sous les regards malveillants d'Abishaï et de Joab, l'autre écoutait ces propos en continuant de ruisseler. « Ta vie est sauve, dit David à Shiméï. Va, maintenant. »

Et l'autre courut de nouveau dans l'eau pour regagner l'autre rive et détala sur son âne.

Vint ensuite le misérable Meribbaal, le fils de Jonathan, qui s'était fait porter comme un ballot jusqu'à l'autre rive. Il était pieds nus, la barbe hirsute et sale... Une erreur de la nature ! C'était là le fils du beau Jonathan ! David soupira en le voyant se jeter à ses pieds. Le pardon était déjà acquis.

« Pourquoi ne m'as-tu pas suivi dans l'exil ? lui demanda David en l'aidant à se relever.

— J'allais te suivre. J'avais sellé deux ânes et je les avais chargés de provisions pour la route. Mais mon serviteur Ziba m'a dit que j'avais tort de te suivre, parce que tu avais été injuste avec Absalon. Il m'a dissuadé de te suivre et il est parti avec les deux ânes. J'ai attendu ton retour et je suis heureux de te voir revenir », ajouta Meribbaal. Cela se voyait assez qu'il avait fait pénitence ! « Toute la famille de mon père a mérité le sort que tu lui as réservé. Maintenant, tu fais de moi ce que tu veux, je suis à tes ordres. »

Et Ziba se tenait là-bas, sur la berge, après ses protestations de fidélité à David. Et de ses yeux torves, il suivait avec inquiétude la conversation entre David et le fils de Jonathan. David le comprit. Il posa la main sur l'épaule de Meribbaal. « Je lui avais attribué tes biens. Je ne puis les lui retirer en entier. Il t'en reviendra la moitié.

— Que m'importe, tu es rentré, tout est bien », dit l'infirme.

Ah ! cela serait pénible que l'heure des règlements de comptes ! se dit encore David. Les naïfs dupés, les dupeurs dupés, et tous traînant leurs séquelles de vindictes !

« Il faut traverser maintenant », vint dire Joab.

Il y avait deux ou trois douzaines d'hommes dans le fleuve, torses nus dans les flots glacés et faisant la chaîne pour se passer les ballots de main en main jusqu'à l'autre rive. Mais ce n'était rien comparé à la foule qui s'amassait sur les deux rives : on aurait cru que près de la moitié d'Israël s'était donné rendez-vous à Gilgal ! David s'apprêtait à traverser quand il aperçut Barzillaï, qui avançait vers lui avec peine et raideur.

« Mon roi, s'écria Barzillaï, t'aurais-je laissé partir sans ma bénédiction ? »

Barzillaï, l'homme qui lui avait envoyé des vivres et des biens de première nécessité, qui avait rallié des hommes en son nom ! Barzillaï qui avait forfait à son alliance par le sang avec la famille de Saül pour soutenir David ! David le prit dans ses bras et ils se donnèrent l'accolade.

« Viens avec moi à Jérusalem, dit David. Je m'occuperai de toi, je pourvoirai à tes besoins.

— Je suis un vieil homme, maintenant, répondit Barzillaï, en posant sa main décharnée sur celle de David. Je ne bois plus, je ne mange plus, je n'entends plus les gens. Je ne pourrais te servir que pendant bien peu de temps et je serais un fardeau pour toi. Laisse-moi mourir dans ma maison et finir près du tombeau de mon père et de ma mère. Mais puisque tu dois rentrer, voici mon fils Kimham. Emmène-le, il te servira plus longtemps. » Et il tira par le bras un homme jeune à fière allure, qui se pencha pour baiser la main que lui tendait David.

Kimham était le frère cadet d'Adriel, le garçon qui avait obtenu la main de la plus jeune fille de Saül, Mérab. Il en avait eu cinq garçons et trois filles. Et c'étaient les cinq garçons que David avait dû sacrifier à la vengeance des Gabaonites ! Les propres enfants de Mérab, celle qui avait failli être sa femme ! Ce souvenir mouilla brièvement les yeux de David.

« J'emmène ton fils, dit-il à Barzillaï. Je ferai pour lui ce que tu estimes le mieux. Et je ferai pour toi ce que tu me demanderas. » Et ils échangèrent les ultimes bénédictions.

« Des barques ! cria Joab, observant la chaîne des ballots. Vous n'avez pas de barques ? » Ces gens-là n'allaient quand même pas se repasser le roi de main en main comme un sac de linge ! Mais une barque arriva enfin et David put y prendre place avec cinq de ses femmes et les jeunes enfants, ainsi que Kimham. Quand les derniers membres de la caravane et les dernières bêtes eurent passé le fleuve, David avait déjà franchi les portes de Jérusalem.

Des ovations assourdissantes l'y accueillirent. Les foules sont comme des folles : elles oublient ce qu'elles ont juré la veille. Il se réinstalla dans le palais et les femmes récupérant avec fracas leurs anciens appartements, les concubines affolées par le retour du roi qu'elles avaient trahi sur la couche de son propre fils, les crêpages de chignons, les injures, les horions, les claques, les pleurs, les dénonciations, les gens des deux partis se retrouvant par la force du destin et se reprochant des trahisons, des calculs, des abandons... ce fut un charivari à donner le vertige. Les rues retentissaient de sons de trompes et de tambourins, les marchands vendaient même de l'eau, parce qu'on avait épuisé les réserves de bière et de vin.

Les seules à ne pas participer à la liesse furent les concubines avec lesquelles Absalon avait couché sur le toit du palais au vu et au su de la ville entière. David les mit aux arrêts dans leurs propres appartements. Ephraïm fut chargé de les informer solennellement que le roi ne leur rendrait jamais plus visite. La cassette royale pourvoirait à leurs frais, avec parcimonie, mais elles n'auraient jamais plus l'occasion de caresser le membre royal. Elles se récrièrent. Elles n'avaient été que des victimes ! Des agneaux sacrificiels ! Elles avaient payé pour le roi ! Etait-ce ainsi qu'on les récompensait ? Mais David n'en démordit pas : elles avaient été souillées. Souillées ? protestèrent-elles. Mais c'était le propre fils du roi qui les avait souillées ! Le roi entendait-il assimiler son propre fils à un incirconcis ? Rien n'y fit. Ce fut ainsi que dix jeunes femmes dans la fleur de l'âge se trouvèrent contraintes à la continence éternelle.

Par la suite, Ephraïm approcha le roi discrètement pour lui dire que la rigueur de sa décision avait eu une conséquence inattendue : ces jeunes femmes faisaient l'amour entre elles, et c'était un scandale pour la domesticité, qui finissait parfois par participer à certains excès.

« Une femme n'en a jamais engrossé une autre, répondit philosophiquement David. Tout cela n'a aucune importance. »

Jusqu'à la mort de David, il y eut donc au palais dix recluses qui vouaient la gent masculine de Juda et d'Israël au shéol.

La vie reprenait à peine son cours normal qu'un nouvel accroc survint. Les Anciens du nord, ceux des tribus d'Israël, qui estimaient avoir le plus contribué au rétablissement de David, vinrent en délégation lui demander d'arbitrer une querelle qu'ils estimaient avoir avec les gens du sud, ceux des deux tribus de Juda — Juda et Siméon — mais aussi Lévi, tribu qui s'était fondue dans ces dernières. La grande salle du palais contint à peine tout ce monde : beaucoup de gens demeurèrent à l'extérieur des grandes portes de cèdre.

« Pourquoi les gens de Juda ont-ils participé au retour du roi à Jérusalem, alors qu'ils ont été les premiers à le trahir ? Comment se fait-il qu'ils aient regagné si vite la faveur du roi ? » demanda Hadar ben Menna, un Ancien de Nephtali qui servait de porte-parole aux gens du nord. C'était un petit homme replet et porté sur l'éloquence.

« Le roi est de notre tribu », rétorqua Téma le Sage, qui faisait, lui, office de porte-parole de Juda, de Siméon et de Lévi. « Est-ce que nous vous avons demandé quelque chose ? Est-ce que nous avons obtenu du roi des faveurs qui vous auraient été refusées ? Il est des nôtres, un point c'est tout !

— En voilà des façons de nous parler ! s'indigna Hadar ben Menna. Nous avons dix fois plus d'intérêt que vous à ce que David demeure sur le trône ! Nous sommes beaucoup plus nombreux, plus anciens et plus loyaux que vous ! »

David leva la main. « Vous êtes tous frères devant le Seigneur ! s'écria-t-il. A quoi servent donc ces querelles ? Au jour du grand festin, nous serons tous assis les uns à côté des autres et nul ne sera plus important que l'autre. »

Peine perdue : les chamailles continuèrent et il y eut même des remous dans la salle du palais entre des gens du sud et des gens du nord qui s'invectivaient, les vieux agitant des index noueux et les jeunes, des pognes chargées de menaces. Un homme d'une quarantaine d'années, un noiraud à la barbe qui rebiquait, se fraya un passage jusqu'à la première rangée des assistants et se mit à crier : « Que nous importe David ? Nous n'avons rien à faire du fils de Jessé ! Laissez-le tomber ! Rentrez chez vous, gens d'Israël ! »

C'était un Benjaminite du nom de Sheba ben Bishri. Il n'y avait pas de quoi s'étonner : les Benjaminites n'avaient au fond jamais accepté que David, fils de Juda, eût détrôné Saül le Benjaminite et toute sa famille.

« Oui, il a raison, rentrons chez nous ! cria un autre. Si les traîtres ont ici autant de droits que les justes, nous n'avons que faire dans cette maison ! »

Traîtres, justes, tout cela était vite dit : bien des gens du nord avaient aussi rallié Absalon et tous les gens du sud n'avaient pas trahi David. Néanmoins, on parla beaucoup d'honneur et la querelle s'envenima. D'un côté de la salle, le sud et le nord échangèrent des horions ; de l'autre, un mouvement s'amorça chez les gens d'Israël, qui refluaient vers la porte. Joab et Amasa s'alarmèrent à l'idée d'une empoignade à la sortie et ils canalisèrent les participants dans la cour, séparant ceux qui voulaient en découdre.

« On n'en sortira donc jamais de ces règlements de compte ? s'écria Joab à l'adresse du roi quand tous ces gens furent partis. Pourquoi ne témoignes-tu pas de plus d'autorité ? Si les gens du nord te retirent leur soutien, c'est le royaume qui se déchire !

— Que veux-tu que je fasse ? se lamenta David. Chacun tire la couverture à soi et le jour du jugement, il n'y a que des justes ! » Mais il était visiblement contrarié par la sécession qui menaçait. Il fit appeler son neveu Amasa :

« Ce Sheba ben Bishri, lui dit-il, est bien capable de fomenter une révolte contre moi. Je veux que tu mobilises les armées de Juda pour qu'elles se tiennent prêtes et que tu reviennes au rapport dans trois jours. »

Amasa quitta peu après le palais avec deux cents hommes et des montures. L'un des hommes de Joab alla l'en prévenir. Joab demanda où allait Amasa ; on lui répondit qu'il était allé mobiliser les armées de Juda sur les ordres du roi.

« Voilà bien un royaume ! s'écria Joab en colère. On charge un traître de la mobilisation ! Il est temps d'en finir ! Si David passe son temps à pardonner aux traîtres, personne ne lui sera plus fidèle ! »

Trois jours plus tard, Amasa n'était pas rentré et David commença à s'inquiéter.

« Va donc aux nouvelles, dit-il à Ephraïm. Serait-il tombé dans un traquenard ? Aurait-il rallié Sheba ben Bishri ? Ou bien la mobilisation est-elle plus difficile à réaliser que prévu ? »

Ephraïm partit aux nouvelles, mais n'obtint aucune information. Personne n'avait vu Amasa. Abigail, qui commençait à se piquer de politique, intervint une fois de plus auprès de son époux : il se tramait quelque chose de louche dans le royaume, assurait-elle, et l'on n'allait pas passer sa vie en exil ! Ce maudit Benjaminite de Sheba ben Bishri était certainement en train de manigancer une sédition, et les gens du nord allaient finir par élire un roi. Il était temps de sévir. David manda alors Abishaï : « Je veux que tu ailles retrouver Sheba ben Bishri et que tu saches où il va et ce qu'il fait. Prends avec toi la garde royale et retrouve-le. Il est capable de nous valoir encore plus d'ennuis qu'Absalon. Essaie de l'empêcher de se réfugier dans une ville fortifiée où il nous échapperait. »

Satisfait, pour la première fois depuis longtemps, de la

résolution affichée par le monarque, Abishaï partit avec les gardes kéréthites et péléthites placés sous le commandement de Benaïa ben Joïada. Comme il avait informé de l'expédition son frère Joab, celui-ci décida de le suivre. Il trouvait amer que David eût confié une mission à ce tourne-casaque d'Amasa plutôt qu'à lui. Les deux frères partirent sur la piste de Sheba ben Bishri. Arrivés à Gabaon, ils apprirent que Sheba était déjà parti, mais que le général Amasa était toujours là.

« Où ? demanda Joab.

— A cette heure-ci, il doit être près du grand autel, lui répondit un berger qui observait tout.

— Que fait près d'un autel ce fils d'Ismaélite ? » grommela Joab.

Il attacha par-dessus ses braies un glaive dans son fourreau, la ceinture serrée sur sa peau nue, et revêtit par-dessus une tunique épaisse. Puis, avec Abishaï et leurs hommes, il gravit la colline au sommet de laquelle s'élevait le grand autel.

Le vent soufflait. Les deux grandes cornes de l'autel semblaient vouloir éperonner les nuages. Les restes d'un sacrifice fumaient encore. Amasa et ses hommes s'étaient installés tout autour, avec des gens de Juda. « Belle façon de mobiliser des troupes », marmonna Joab. Il se dirigea vers Amasa.

« Tout va bien, mon cousin ? demanda-t-il quand il fut à trois pas d'Amasa.

— Tout va bien, je te remercie », répondit Amasa.

Joab continua d'avancer, ouvrit les bras, saisit la barbe d'Amasa dans un geste familier, comme pour l'embrasser et d'un coup, dégaina son glaive et le lui plongea dans le ventre de l'autre. Puis il recula et retira son glaive. Amasa s'écroula. Le coup, porté de bas en haut, avait été si violent que les entrailles jaillissaient de l'abdomen.

« Un traître de moins ! » cria Joab. Et il se pencha pour essuyer son glaive dans le manteau d'Amasa.

Joab considérait ceux qui l'entouraient dans une attitude de défi. Il était comme un bloc de courage et de vengeance, sans nuance. A force de le manier, il s'était identifié à son glaive. Il demeura impavide, comme enraciné dans le sol, quand tous les hommes présents sur la colline se levèrent et accoururent pour se pencher sur le cadavre d'Amasa. Ils étaient deux cents dont, quelques instants plus tôt, Amasa avait été le chef, mais aucun n'éleva un mot de protestation. L'un d'eux seulement se pencha pour fermer les yeux de son général.

« Ceux qui sont pour David et Joab, suivez Joab ! » cria un des lieutenants de Joab.

Mais les soldats ne parvenaient pas à détacher leurs yeux du cadavre d'Amasa. Tout s'était passé si vite, comme dans un cauchemar.

Trois hommes furent chargés d'envelopper la dépouille d'Amasa dans un manteau et ils la descendirent près de la route, où ils s'empressèrent de l'enterrer.

« Suivez-moi ! cria Joab aux soldats d'Amasa et aux gens de Juda. Nous allons chasser cet autre traître de Sheba ben Bishri. »

La chasse aux méchants est un exercice irrésistible. Et la détermination d'un chef est une drogue pour ses hommes. Ils dévalèrent tous la colline et rejoignirent les troupes d'Abishaï. Amasa était oublié. Comme l'avait été Abner. Comme l'étaient tous ceux auxquels une conception différente de l'honneur avait valu le tranchant du glaive.

21

La tête d'un homme

Joab envoya des éclaireurs dans toutes les directions avec ordre formel d'être au rapport dans les six jours. Il attendrait à Gabaon.

« Je veux que vous me retrouviez la trace de cette canaille de Sheba ben Bishri », ordonna-t-il.

Il campa là avec trois mille hommes et quand David lui adressa un message lui reprochant d'avoir tué Amasa et lui ordonnant de rentrer à Jérusalem, il n'en tint aucun compte.

« Dis au roi que je ne rentre pas à Jérusalem, parce que, si je le faisais, c'en serait fait de sa couronne », répondit-il à l'émissaire. Et le soir, au frugal souper qu'il partageait avec Abishaï, Benaïa, Elhanan, Ittaï, Jonathan, le fils de Shammah le Hararite et quelques autres braves qu'il avait emmenés avec lui, il explosa : « En voilà assez de ces lamentations sur des traîtres auxquels j'ai fait justice ! Le royaume est plus grand que David, et s'il ne le sait pas, je le sais, moi ! »

A Jérusalem, David ravala sa colère ; ou plutôt, ce furent Abigail, Maaka, Bethsabée, Haggith, Eglah et toutes les autres femmes qui tremblaient pour leurs fils qui la lui firent ravaler. Elles se présentèrent ensemble devant lui et lui adressèrent une admonestation solennelle par la voix d'Abigail :

« Ton seul rempart contre un nouvel exil, c'est Joab, le chef de ton armée. Désavoue-le une fois de plus, et tes fils se soulèveront contre toi ou bien ils périront par le glaive, que ce soit celui des Juifs ou celui des Philistins ! »

L'argument était bien choisi. L'image d'un de ses fils, Adonyas, Salomon ou tout autre subissant le sort d'Absalon épouvanta David. Il leva les bras au ciel, pria le Seigneur de lui épargner cette épreuve et acquiesça à tout ce que ces femmes demandaient. Depuis son retour à Jérusalem, d'ailleurs, il voyait plus souvent des femmes que des hommes, non pour l'amour certes, car la saison en était passée ou presque, mais parce qu'elles étaient de meilleur conseil que bien des hommes. Elles l'avaient suivi depuis toujours, alors que les hommes, eux, étaient animés par la vanité ou la vindicte plus que par l'attachement à sa personne. Il fut ainsi contraint de taire ses chagrins et ses scrupules.

A Gabaon, les éclaireurs revinrent un par un, porteurs de nouvelles différentes, mais concordant. Ce Sheba était comme un furet : il était partout à la fois. Il avait fait le tour des tribus du nord et du sud, et, pour le moment, il se trouvait dans la ville fortifiée d'Abel-beth-Maaka, en Galilée, aux sources du Jourdain. Il avait rallié une petite armée dont le noyau était constitué du clan même de Bishri, et il comptait l'augmenter à brève échéance.

« On y va, dit Joab, avant que le roi décide de l'épargner, lui aussi. »

Ils arrivèrent au pied des remparts. Ceux-là étaient élevés de vingt coudées au moins et paraissaient épais de quatre. Joab installa tranquillement son camp devant la ville et fit abattre et équarrir des arbres pour construire une rampe d'accès au sommet des remparts. Parallèlement, il entreprit de miner ceux-ci en creusant des fossés. Les habitants en furent d'autant plus effrayés qu'ils ignoraient l'objet de ces préparatifs : ils ne connaissaient pas leurs assaillants et envoyèrent un émissaire pour savoir au moins de qui il s'agissait.

« Dis seulement à tes concitoyens que je suis Joab, général de David, roi d'Israël et de Juda, et que je m'apprête à prendre cette ville d'assaut. »

L'émissaire s'en retourna épouvanté. Peu après, une

vieille femme apparut au haut des remparts et agita les bras.

« Va voir ce qu'elle veut », ordonna Joab à un soldat.

« Elle veut te parler », revint dire le soldat.

Joab réfléchit un moment, puis alla sous les remparts et leva la tête.

« Es-tu Joab ? cria la femme.

— C'est bien moi.

— Ecoute alors ce que j'ai à te dire. »

Il s'attendait à ce que des archers apparussent à l'improviste pour le cribler de flèches et avait donné l'ordre à ses troupes de se tenir prêtes à cette éventualité et de passer le commandement à son frère Abishaï. Mais la femme dit :

« Ma ville est la plus pacifique et la plus loyale d'Israël. Elle est comme la nourrice de ce peuple et c'est celle que tu veux détruire ?

— Dieu m'en garde ! répondit Joab de toute la force de ses poumons. Je ne veux pas ruiner ta ville. Mais il s'y trouve un homme nommé Sheba ben Bishri, un Benjaminite du pays d'Ephraïm, qui a fomenté une révolte contre le roi David. Livrez-moi cet homme et je lève le camp.

— Nous t'enverrons sa tête ! » cria la vieille.

Joab s'en revint sur ses pas.

Un grand sablier plus tard, la femme réapparut au sommet des remparts et agita de nouveau les bras. Joab envoya un soldat. La femme balança de toute la force de ses bras un paquet plus gros qu'un melon enveloppé dans un linge sanglant. Le paquet roula aux pieds du soldat, qui le ramassa et le rapporta à Joab. Celui-ci l'ouvrit : c'était bien la tête de Sheba. Les autres généraux et les soldats s'assemblèrent autour de lui pour examiner cet objet sinistre. Il renoua le linge, le fit placer dans une besace et annonça qu'il levait le camp.

« Voilà, dit-il au souper, comment on mate une sédition. »

L'histoire épouvanta David, qui ne voulut même pas examiner la tête de son ennemi.

« Je ne savais pas, dit-il, qu'en coupant la tête de Goliath, jadis, je commençais une collection ! »

22

Le conseil des matrones

Les voleurs disent volontiers que seul le poulet volé a du goût. L'axiome est intolérable aux fines gueules et aux gens honnêtes, mais il est souvent vérifié par ceux qui n'ont pas besoin de voler de la volaille.

Somnolant dans un état crépusculaire devant un brasero et les trois teraphim adossés à un mur de sa chambre, un soir que l'hiver finissait, David songeait à une servante qu'il avait aperçue au service de Bethsabée. Par l'échancrure de la robe, on lui devinait un petit sein ferme et la souplesse du mollet qui claquait prestement la savate sur les dalles laissait présager de celle du reste. En d'autres temps, il en eût fait une concubine. Aujourd'hui, il se contentait d'y songer.

« L'âge... », se dit-il, avec une fausse philosophie. Il atteignait soixante ans. Bien des lunes s'étaient écoulées depuis que David avait endossé une armure pour la dernière fois. Ce fut à l'occasion d'une bataille contre les Philistins. Il semblait qu'on se fût battu contre eux depuis le premier matin du monde et que le dernier soir du monde tomberait sur une guerre avec les Philistins. David avait voulu y participer. Il y souffrit d'un vertige et tomba. Quand il rouvrit les yeux, un géant philistin le traînait par les aisselles. Prisonnier! Il y avait un vacarme extraordinaire, mais l'instant suivant, il vit Abishaï foncer sur le Philistin et lui asséner un coup de glaive. Lâché par son ravisseur, David tomba de nouveau. Une escouade menée par Benaïa vint le remettre sur pied. Ils l'emmenèrent à l'arrière, lui donnèrent à boire et l'assirent. Il n'était pas blessé, à peine quelques éraflures superficielles.

Mais la blessure qui lui en était restée était inguérissable : il savait qu'il était désormais trop vieux pour se battre.

« Plus de guerres ! lui avait ordonné Joab. Nous ne voulons pas que s'éteigne la lampe d'Israël ! »

De retour à Jérusalem, ses dix femmes, qu'il appelait le Conseil des matrones, poussèrent les hauts cris en le voyant ramener par Benaïa. Plus de guerres, jamais ! Il gouvernerait de son palais !

L'âge, oui.

Mais en ce qui concernait les femmes, l'argument ne le persuadait qu'à demi. Jadis, quand il désirait les filles des bergers de Bethléhem, il se comportait en braconnier. Il les désirait parce qu'elles étaient interdites. Il avait désiré Mérab et Mikal parce qu'elles étaient les filles du roi, tout comme il s'était laissé désirer par Jonathan, parce que ce dernier était le fils du roi, donc inaccessible.

Or, aucune femme n'était plus inaccessible. S'il avait demandé à Bethsabée de lui adresser sa servante, elle l'eût fait sur-le-champ, ravie de pouvoir offrir à son époux un plaisir dont elle n'avait cure, désormais, mais dont elle savait qu'il entretenait chez lui la flamme de la vie. Il ne pouvait plus braconner : tout lui était offert. Peut-être n'avait-il désiré Bethsabée elle-même que pour cette raison-là, parce qu'elle était interdite.

Finalement, se dit-il, la royauté lui avait enlevé le plaisir de vivre. Il l'avait pressenti, jadis, mais sans s'y attarder : être roi, c'est être prêtre. Un roi ne s'appartient plus. La liqueur sécrétée par ses lombes n'est plus la sienne, elle est celle de son peuple. Tout acte sexuel est désormais sacerdotal. Pour récupérer la propriété de son sperme, son plaisir, son rapport direct avec le ventre d'une femme, il faudrait qu'il renonçât à sa couronne. Il pourrait, en effet, demander qu'on lui adressât la servante sans nom. Elle ne serait pas avec un homme, elle coucherait avec le roi. Et au-delà des murs les plus opaques, au moment où il relèverait les jambes de cette fille et qu'il enfoncerait son membre dans la fente, les mains sous les fesses, dix femmes et vingt domestiques seraient en train de se dire : « En ce moment, le roi possède la servante. » Et quand elle reviendrait dans ses quartiers, elles l'envelopperaient de regards entendus et se lanceraient dans des supputations sur le cycle de la nouvelle favorite. Le roi avait sensiblement réduit son commerce sexuel depuis quelque temps, aussi une nouvelle grossesse dans les quartiers des femmes serait-elle un événement.

Ces représentations pouvaient suffire à endormir les ardeurs d'un homme, et pourtant, David aimait les femmes ! Il aimait leurs corps lisses, même quand ils étaient amollis par les années, même quand les seins commençaient à céder sous leur propre poids, même quand le ventre avait perdu sa fermeté et que le visage se relâchait au menton... Mères, sœurs, épouses, maîtresses, concubines, elles consolaient, elles étaient la porte ouverte vers la sérénité du nourrisson. Mais elles ne pouvaient lui rendre sa liberté. Tout comme elles veillaient jalousement à la stabilité du trône, ses dix femmes guettaient la moindre occasion de satisfaire à son désir, y pourvoyant volontiers par procuration, puisqu'elles-mêmes avaient passé le seuil du désir. Il était donc entouré d'un cercle de matrones, maquerelles dévouées, honnêtes, désintéressées, aimantes, mais qui ne pouvaient lui rendre le plaisir du poulet volé. Avec autant de vigilance qu'Ephraïm contrôlait du doigt la température de l'eau du bain royal, elles veillaient à ce que la chandelle du plaisir royal ne défaillît jamais, car chacun sait que le plaisir tient en vie, et leurs vies à elles dépendaient de la sienne. Mais ce n'était pas sur cette flamme qu'il ferait griller la volaille volée. Il ne jouissait plus de cette liberté-là.

A vrai dire, il l'avait perdue depuis l'onction donnée par le vieux Samuel devant les Anciens. Il avait alors été contraint de mener la guerre contre Saül, parce que Saül avait voulu la guerre. Jusqu'alors, il avait vécu content à Guibéa, jouant de la lyre, excité à l'idée d'aller guerroyer contre les Philistins comme les garçons vont chasser les oiseaux, bordé par la tendresse de Jonathan, la dévotion des soldats et le braconnage des filles qui tombaient dans ses filets comme des cailles heureuses. Mais Samuel l'avait nommé roi et il avait fallu être roi.

Quand il y avait eu une famine, l'autre année, et que chacun s'était interrogé sur les raisons pour lesquelles la pluie s'était faite avare et les champs aussi secs, tandis que les insectes proliféraient et mangeaient l'orge et les lentilles, les salades et les fruits destinés aux hommes, il avait interrogé Nathan. Et Nathan avait interrogé les teraphim.

« Il y a une faute de sang dans le pays, avait-il répondu.

— Une seule ? avait demandé David, d'un ton sceptique.

— C'est celle de Saül, qui a massacré les Gabaonites. Le Seigneur leur avait fait la promesse de les protéger. Saül n'a pas respecté la promesse du Seigneur. »

David ferma les yeux. « Mais c'est il y a longtemps. Le Seigneur tiendra-t-il éternellement rigueur des fautes anciennes ? La famille de Saül n'a-t-elle pas assez payé pour ses fautes ?

— Tu m'as demandé la cause de la famine. Je te l'ai dite, mon roi. Je ne puis rien te dire de plus. »

David avait convoqué les Gabaonites et leur avait demandé s'ils tenaient encore rigueur au trône des fautes d'un roi précédent. Or, c'était le cas. Ils ne voulaient pour racheter la faute ni or, ni argent, ni cuivre ; ils voulaient la vie des derniers descendants de Saül. Ils les nommèrent : Armoni et Méribbaal, les deux enfants nés de Rispa, la concubine de Saül, et les cinq autres que Mérab avait donnés à son mari Adriel, le fils même de Barzillaï. Le cœur déchiré, David avait appelé Kimham, celui-là même que Barzillaï avait confié à sa garde, et il lui dit : « Le prophète Nathan dit que, pour laver la faute qui cause la famine dans ce pays, il faut exterminer le reste de la race de Saül. » Kimham s'était pris la tête dans les mains, il savait ce que cela signifiait.

« Ce n'est pas à moi de prononcer une sentence, ce n'est pas à moi de l'exécuter et ce n'est pas à moi qu'il appartient de contester ce que dit le prophète, avait répondu Kimham. Mais s'il faut sacrifier mes neveux, c'est comme si l'on sacrifiait mes fils. » Et il avait déchiré ses vêtements et couvert sa tête de terre.

David avait fait arrêter les sept enfants et les avait livrés aux Gabaonites, en leur rappelant que le Seigneur n'interdisait pas la clémence.

« Qui es-tu, toi, pour contester ce que disent vos teraphim ? avaient-ils répondu. Donne-nous plutôt le fils de Jonathan, qui habite chez toi. »

— J'ai fait serment de le protéger, dit David. Vous ne toucherez pas à un seul de ses cheveux. »

Et avec la sauvagerie de tous ceux qui croient que le sang lave le sang, les Gabaonites avaient précipité les sept enfants du haut d'une falaise. Rispa, la mère de deux d'entre eux, était allée coucher là, dans les champs, près des cadavres, et avait veillé sur eux nuit et jour, pour éloigner les fauves et les oiseaux de proie.

C'était au début de la saison des moissons ; elles furent bonnes, parce que le Seigneur, disait Nathan, était de nouveau disposé à écouter les prières offertes pour le royaume. Mais David fut pendant des mois d'une humeur détestable.

Comme roi, il avait donc fallu haïr et tuer. Tuer ou laisser tuer ceux avec qui l'on avait partagé le pain et le sel, comme Abner, Ishyo et Amasa. Et leurs enfants et petits-enfants, comme les cinq fils de Mérab ! Laisser tuer la chair de sa chair, comme Amnon, comme Absalon. Il fallait aimer l'odeur fade du sang et grincer des dents en attendant sa vengeance. Il fallait renoncer au pardon, car un roi ne doit pas pardonner.

« Je ne suis pas David ! » se prit-il à murmurer.

Il leva la tête et ne vit que le brasero et les trois teraphim, qui le considéraient d'un air sévère.

« Je ne suis que votre jouet ! » leur dit-il.

Il n'avait servi qu'à accomplir le dessein de Celui dont ils étaient les intermédiaires : réaliser la nation d'Israël. Il avait cru faire l'amour, il n'avait fait qu'engendrer des princes !

« Je ne suis que Son serviteur, n'est-ce pas ? »

Une voix intérieure lui répondit : « Tu n'as existé que par Lui. »

Il l'avait chanté jadis :

« *O Seigneur, mon Dieu, je me réfugie en toi ;*
sauve-moi, protège-moi de mes poursuivants,
avant qu'ils me prennent à la gorge comme font les lions
et m'emportent au-delà tout de espoir... »

Sans le Seigneur, où serait-il, que serait-il aujourd'hui ? Quelques ossements blanchis dans une caverne. Il l'avait guidé pour réaliser la nation d'Israël et de Juda, et lui, David, y avait sacrifié sa vie, et personne ne lui en savait gré. Les généraux lui reprochaient d'être trop bon ! Il soupira. Il était tenu au ciel par le Seigneur et sur la terre, par le conseil des matrones.

Et même quand il pensait aux seins d'une servante, il finissait par penser à Dieu !

23

La journée des trois rois

Le pire était le froid. Il pénétrait les articulations et les rendait gourdes. Il entrait par les pieds et montait jusqu'aux fesses, il entrait par les manches et montait jusqu'aux épaules. On lui confectionna donc des braies qui descendaient jusqu'aux chevilles et il portait en permanence des bottes souples d'agneau, avec le poil en dedans. On fit également fabriquer un brasero gigantesque sur lequel on aurait pu rôtir un agneau et qui rougeoyait en permanence dans sa chambre. Des fourrures et des tentures furent pendues aux murs pour empêcher l'humidité de s'y infiltrer.

Le conseil des matrones estima alors qu'une vierge tiendrait encore plus chaud qu'un brasero. Les vierges donnent la fièvre aux hommes, une vierge chaufferait au moins la couche du roi. Le vieil Ephraïm, le fidèle chambellan qui avait servi depuis tant d'années et l'avait suivi en exil, avait franchi l'horizon et son âme reposait avec les justes. On l'avait bien remplacé par des hommes jeunes et vigoureux, mais l'heure n'était plus aux chambellans, elle était au confort ultime d'un vieillard.

« Elle s'occupera de toi, dirent Maaka et Bethsabée, elles-mêmes percluses de rhumatismes. Et la nuit, elle fera en sorte que tu n'aies jamais froid. »

Il hocha la tête. Le conseil des matrones dépêcha donc des éclaireurs dans tout le royaume pour trouver une vierge belle et intelligente pour chauffer le roi. On en ramena plusieurs à Jérusalem ; ce fut une beauté du village de Shunem, au pied de la colline de Moré en Galilée, qui obtint la palme. Elle se nommait Abishag.

Elle resta vierge.

Israël était alors gouverné bien plus par l'administration que par la volonté royale. Et le malheur advint. Adonyas, le premier dans l'ordre de succession au trône depuis la mort d'Absalon et d'Amnon, décida de se servir avant l'heure. Adonyas n'avait visiblement rien appris de l'exemple d'Absalon. Sa beauté, car il était grand et fort avec un visage de fille impudente, lui était déjà comme un alcool que lui versaient les miroirs de bronze poli. Son titre d'héritier au trône l'intoxiquait comme les vapeurs de chanvre qu'on fait brûler dans les braseros. Sa fortune changeait le monde en un paradis où il n'y avait qu'à tendre la main pour saisir les fruits. Et comme Absalon, il parcourait le pays dans un char que précédaient cinquante éclaireurs à cheval et que suivaient autant de courtisans. C'était une torche qu'Adonyas, une bannière qui claquait au vent, une vision angélique et glorieuse !

L'affaire était mijotée depuis quelque temps, mais elle éclata avec une soudaineté qui stupéfia Jérusalem et David lui-même.

Un dimanche, sur le coup de midi, des messagers vinrent essoufflés annoncer qu'Adonyas avait organisé un sacrifice extraordinaire de moutons, de veaux et de bœufs au sanctuaire de Zohéleth, près d'En-Rogel et donc de Jérusalem, puis qu'il avait donné un festin sans précédent. Cent personnes ! Parmi les convives, on comptait ses frères, les petits princes, Joab, chef des armées, plusieurs lieutenants, Ebyatar et d'autres prêtres... Et comble des combles, il s'était proclamé roi d'Israël !

L'un des messagers arriva chez Nathan.

« As-tu vu tous les convives ? demanda Nathan.

— Oui, je les ai vus, un à un.

— Y avait-il là Sadoq ?

— Non, le grand prêtre Sadoq n'était pas là. Seul Ebyatar était présent. C'est lui qui a sacré Adonyas.

— Et Benaïa, le chef de la garde ?

— Non plus.

— Et Reï et Shiméï, les braves ?

— Non, je ne les ai pas vus. Itteï n'était pas là non plus.

— Et tous les fils du roi étaient présents ?

— Non, Salomon n'y était pas. »

Nathan s'enveloppa d'un vaste manteau et se rendit au palais. Il fit dire à Bethsabée par un serviteur qu'il l'attendait dans le jardin du palais. Il y avait, en effet, dans l'enceinte de la Cité royale, un verger d'abricotiers. Elle arriva sans tarder, s'appuyant sur une canne ; une convocation de Nathan était une chose exceptionnelle.

« Pourquoi nous voyons-nous à l'écart ? demanda-t-elle, alarmée.

— Parce que nous ne savons pas quelles oreilles pourraient nous entendre. Aujourd'hui même, Adonyas s'est fait proclamer roi à Zohéleth. »

Elle porta la main à son cœur.

« Ton fils Salomon n'y était pas. Avait-il été invité ?

— Il me l'aurait dit ! s'écria-t-elle. Salomon ne... C'est lui qui...

— C'est lui dont David veut qu'il devienne roi, c'est cela ? compléta Nathan. Donc David n'est pas informé de ce couronnement ?

— Certainement pas... Je veux dire, je ne le crois pas... »

Elle posa sa main sur celle du vieillard.

« Ecoute, reprit celui-ci, il n'y a pas une minute à perdre. Demain ou ce soir, Adonyas sera de retour à Jérusalem. Pour ta sécurité et celle de Salomon, je te conseille d'aller tout de suite voir David et de lui demander s'il a forfait à sa promesse de désigner Salomon à sa succession et pourquoi Adonyas s'est proclamé roi. A ce moment-là, j'entrerai et je raconterai tout à David. »

Un instant plus tard, Bethsabée frappait à la porte des appartements de David. Ce fut Abishag qui lui ouvrit et la fit entrer. David n'était plus qu'un paquet de manteaux sur un divan bas, dont émergeait une barbe blanche.

« Qu'est-ce qu'il y a ? demanda-t-il quand Bethsabée se jeta à ses pieds.

— Mon roi, ne m'as-tu pas juré devant le Seigneur que

ce serait ton fils Salomon qui te succéderait sur le trône ? Alors pourquoi Adonyas s'est-il proclamé roi aujourd'hui ? Il a sacrifié quantité de moutons, de veaux et de bœufs, il a invité à son festin tous tes fils, à l'exception de Salomon. Il a invité Joab, le chef des armées, et Ebyatar le grand-prêtre et cent personnes ! » Elle haletait. « Cela signifie, mon roi, que lorsque tu seras parti rejoindre tes ancêtres, moi et mon fils Salomon nous serons traités comme des criminels ! »

David se redressa. « Adonyas s'est proclamé roi ?

— Mon roi, viendrais-je, moi, te dire des mensonges ? »

On frappa à la porte et Abishag alla ouvrir de nouveau. Elle revint murmurer quelque chose à l'oreille de David, qui ordonna à Bethsabée de rentrer chez elle en attendant qu'il la rappelle. Elle croisa Nathan à la porte. Le prophète avança à bas comptés et, parvenu devant David et ayant aperçu un visage furieux, fit un effort physique considérable et se prosterna le plus bas qu'il put devant le roi ; il ne se releva qu'avec l'aide d'Abishag.

« Mon roi, je suppose que ta majesté a décidé qu'Adonyas devrait te succéder et s'asseoir sur son trône, commença-t-il d'une voix chevrotante. Car il a fait aujourd'hui de grands sacrifices de moutons, de veaux et de bœufs et il a donné un grand festin auquel assistaient les fils de ta majesté, Joab, le commandant de tes armées et Ebyatar. Et puis ils ont commencé à crier : "Vive le roi Adonyas !" Je pense qu'ils le crient encore à l'heure qu'il est, car le festin n'est pas terminé. Mais ni moi, ni le grand-prêtre Sadoq, ni Benaïa, le chef de ta garde royale, ni Salomon ton fils n'ont été invités. » Il observa le visage de David, qui paraissait sombre. « Tout cela a-t-il été organisé par la volonté de ta majesté ? Et y a-t-il une raison pour laquelle nous n'avons pas, nous, tes serviteurs, été informés de celui qui doit te succéder sur ton trône ? »

David resta sans mot dire pendant quelques instants. Ce Joab était de tous les coups fourrés, mais Ebyatar ? Comment avait-il pu se laisser entraîner dans cette usurpation ?

« Cela n'a pas été organisé par moi », finit-il par dire

d'une voix étranglée. Puis, se tournant vers Abishag : « Fais appeler Bethsabée. »

Celle-ci n'était pas loin. « Ecoute bien ce que je vais te dire, Bethsabée », reprit David. Et, s'adressant à Nathan : « Ecoute bien ce que je vais lui dire, Nathan. Aussi vrai que Dieu existe, Lui qui m'a délivré de mes tribulations, j'ai fait le serment devant le Seigneur Dieu d'Israël que Salomon me succéderait sur mon trône, et en ce jour, j'acte mon serment. »

Bethsabée se jeta de nouveau aux pieds de David. Quand elle se releva, elle était en larmes. « Que mon roi David vive longtemps », articula-t-elle. Mais elle ne parvenait pas à retenir ses sanglots. David demanda alors à Abishag de faire appeler le grand-prêtre Sadoq et Benaïa, le chef de sa garde.

« Prenez les officiers de la garde royale avec vous, leur ordonna-t-il. Allez chercher Salomon, faites-le monter sur ma mule et escortez-le jusqu'à Gihon. Là, je veux que Sadoq et Nathan lui donnent l'onction royale et comme roi de tout Israël. Je veux qu'on fasse ensuite retentir les trompes et que l'on crie "Vive le roi Salomon !" et que les prêtres et la garde royale l'escortent jusqu'ici, au palais. » David observa une pause. « Ensuite, dit-il lentement, il régnera à ma place, car c'est lui que j'ai désigné comme roi d'Israël et de Juda. »

D'un geste de la main, il les congédia. Abishag se leva. Sadoq, Benaïa et Bethsabée se jetèrent aux pieds du roi, tous murmurant ensuite des vœux de longue vie et de grandeur, puis Abishag alla ouvrir la porte et ils sortirent.

Un silence parfait régna dans la pièce. Abishag alla s'asseoir aux pieds de David et s'absorba dans une longue réflexion.

La petite escorte parcourut les couloirs déserts du palais et fit résonner les dalles jusqu'aux appartements de Salomon. Deux esclaves qui jouaient aux osselets à la porte levèrent la tête, interrompirent leur partie et se levèrent pour ouvrir la porte. Bethsabée entra la première. Salomon leva les yeux vers les trois visiteurs, surpris. Il lisait, assis, un rouleau de papyrus. La mine grave de sa mère l'alarma.

Le visage mince et brun du jeune homme s'assombrit. Il se leva.

« Mon père ?... murmura-t-il.

— Ton père le roi va bien, mon prince, dit Benaïa. Nous sommes venus sur ses ordres exprès te couronner roi en ce jour. »

Salomon tourna les yeux vers sa mère ; ils étaient mouillés de larmes ; elle hocha la tête. Il s'élança vers elle.

« Mais je ne suis pas prêt », dit-il en lissant de la main une chevelure épaisse et sombre qui lui retombait sur le front et parfois le faisait ressembler à Absalon.

« Il n'y a pas une minute à perdre, mon prince, dit Sadoq. Prends ton manteau et suis-nous. »

Benaïa ordonna aux deux esclaves d'aller sur-le-champ chercher un manteau de pourpre du roi et de se rendre ensuite dans la cour. Ils détalèrent et il descendit à leur suite en donnant rendez-vous aux autres dans la cour.

« Où sont mes frères ? demanda Salomon. Pourquoi ne sont-ils pas avec vous ? »

Mais déjà sa mère et Sadoq se dirigeaient vers la porte.

« Tes frères sont allés assister au couronnement d'Adonyas, contre la volonté du roi ton père. »

Salomon ouvrit grand la bouche de stupeur, mais Sadoq l'entraînait déjà.

La garde royale s'assemblait en bas, on sellait les chevaux et l'on amenait la mule de David, ainsi qu'une ânesse pour Bethsabée. Les deux esclaves accoururent en portant le manteau de pourpre au-dessus de leurs têtes rasées. Des trompes sonnèrent. A la terrasse des concubines, des visages curieux se penchèrent. D'autres apparurent aux fenêtres. La cour retentissait d'ordres et de hennissements. Une fois en selle, Sadoq saisit la corne d'huile sainte qu'il était allé chercher sous la Tente de l'Arche. Trois prêtres le suivaient. Enfin, la caravane se mit en route, les sabots des chevaux montés par les deux cents hommes de la garde rythmant le parcours. Ils atteignirent la Porte de la Vallée sous les regards intrigués des habitants et s'éloignèrent vers l'est.

Sadoq souriait dans sa barbe : Guihon, où David avait donné l'ordre de sacrer Salomon, se trouvait à moins de mille coudées d'En-Rogel, où Adonyas tenait déjà sa cour. Quand ils arrivèrent, les fumées des sacrifices montaient encore dans l'air et l'on distinguait sans peine les montures des convives attachées sous un bouquet d'arbres.

À Guihon, sacrifice et sacre ensemble durèrent moins d'un petit sablier. Une petite foule s'était assemblée là, s'informant auprès de la garde de la cérémonie en cours.

« Nous n'avons pas le temps de prendre un repas ici, nous le prendrons à Jérusalem, dit Salomon. Faites sonner les trompes jusqu'à ce que je vous fasse signe d'arrêter. » Il leva le bras.

Aussitôt, un vacarme infernal emplit l'air : cent trompes de la garde royale retentirent. Bethsabée se boucha les oreilles. Aux trompes se joignirent les cistres. Salomon scrutait le paysage alentour. Et ce qu'il escomptait se produisit : les invités du festin d'Adonyas avaient entendu les trompes et avaient envoyé des domestiques pour s'informer des causes du vacarme. Les domestiques accouraient en hâte. Salomon baissa le bras.

La garde se mit à crier : « Vive le roi Salomon ! » et n'arrêta pas de le répéter jusqu'à ce que Salomon eût donné l'ordre de se remettre en route pour Jérusalem. Les domestiques d'Adonyas s'élancèrent dans la direction opposée. Sur la route qui ramenait le cortège à Jérusalem, les gens des faubourgs commencèrent à s'assembler sur la route. On nommait un roi ! Il y aurait des réjouissances. Les trompes excitaient les gamins et réveillaient les vieillards. Les badauds battirent des mains en cadence et rejoignirent le cortège. Dans la ville même, le charivari enfla. « Vive le roi Salomon ! » Les gens se penchaient aux fenêtres pour voir passer le nouveau roi. Les femmes le trouvaient beau et criaient leur enthousiasme et les hommes étaient contents d'un roi qui avait si fière allure.

Entre-temps, le festin d'Adonyas s'était débandé à l'arrivée de Jonathan, le fils d'Ebyatar. Le visage de Joab changea de couleur et le vieil Ebyatar se couvrit la tête. « Le courroux du roi va fondre sur nous ! » s'écria-t-il. Les jeunes princes épouvantés coururent à leurs montures et détalèrent comme s'ils avaient le diable à leurs trousses. Adonyas lui-même n'en menait pas large : il s'élança vers l'autel, qu'il saisit par les cornes pour se placer sous la protection du Seigneur.

Le cortège de Salomon franchit les portes de la Cité royale, tandis que, sur les ordres de Benaïa, des orchestrions mobilisés d'urgence accroissaient le vacarme. Salomon mit pied à terre, les domestiques s'empressèrent ; Sadoq, Nathan, Benaïa et Bethsabée, épuisée, montèrent vers les appartements de David. Abishag, qui avait revêtu pour la circonstance une robe et un manteau brodés, leur ouvrit la porte.

« Il vous attend », dit-elle.

En effet, toute la maison royale et ceux des Trente qui étaient encore en vie étaient présents. Etaient là aussi Adoram, le ministre des impôts, Josaphat, le secrétaire d'Etat, Sheva, l'adjudant général, Ira le Jaïrite, l'un des principaux prêtres du temple... Abishag avait fait la toilette de David et l'avait revêtu d'un manteau doublé de fourrure de renard, mais non teint de pourpre.

« Sire, tes ordres ont été exécutés », dit solennellement Benaïa.

Salomon se jeta aux pieds du roi. David lui posa la main sur la tête.

« Relève-toi, mon roi », lui dit David d'une voix aussi forte qu'il le pouvait. Lui-même se leva avec l'aide de Benaïa, et prit la main de Salomon. « Assieds-toi », lui dit-il. Debout sur l'estrade, il s'adressa alors à l'assistance : « Voici désormais votre roi. Que la crainte du Seigneur lui inspire la sagesse. Que le Seigneur écoute toujours ses prières. Que le royaume d'Israël et de Juda prospère éternellement sous son sceptre. » Puis, se tournant vers Salomon : « Dieu te bénisse, mon roi. Si tu es juste, tu ne manqueras jamais de descendants. »

Les applaudissements éclatèrent. David descendit l'estrade avec l'aide de Benaïa et, pour la première fois depuis longtemps, il sourit.

La journée avait été rude pour tous : on l'appela par la suite la journée des Trois rois. Après avoir pris un peu de repos, David fit convoquer les princes. Ils vinrent l'un après l'autre, le visage crispé par la terreur : Shephatia,

Ithréam, Shiméa, Chobab, Yibhar, Elichoua, Népheg, Yaphia, Nogah, Elyada, Eliphélet, Elichama... Il les mit en présence de Salomon, auquel il avait demandé de leur accorder le pardon.

« Où est votre roi Adonyas ? leur demanda Salomon d'un ton sarcastique.

— Adonyas n'est pas notre roi, répondit Shephatia. Il ne veut pas venir à Jérusalem, car il a peur de toi. Il est attaché à l'autel d'En-Rogel et ne le quittera, dit-il, que lorsque tu lui auras juré que tu ne le feras pas périr par le glaive.

— Je ne toucherai pas à un cheveu de sa tête, s'il me démontre qu'il est un homme juste et d'honneur. Mais s'il veut de nouveau se conduire en intrigant, sa tête tombera ! Faites-le lui savoir. »

Les abricotiers du verger royal dardaient des pousses vertes. Le printemps s'annonçait par une fraîcheur acidulée et un temps aussi incertain que l'humeur d'une vierge. Cette nuit-là, David eut un songe : il était un arbre auquel poussaient, justement, des rameaux neufs.

24

L'adieu à la lyre

Une lyre jouait au fond de lui.
Il avait les doigts trop gourds pour pincer les cordes de celle qui reposait près du lit. Sa voix s'était éraillée, puis cassée dans les chagrins. La mort des autres l'avait privé de sa voix avant qu'il affrontât la sienne. Mais il chantait quand même au fond de son cœur.
Il n'avait, au fond, jamais possédé qu'un seul objet : sa lyre.
La première était depuis longtemps perdue, fracassée il ne savait plus dans quelle bataille. Il en avait poli les hanches de ses paumes, patiné les courbes de ses doigts, comme il avait fait avec les femmes, et changé maintes fois les cordes, comme il avait aussi fait avec les femmes. La dernière avait été confectionnée en bois de cyprès par l'un des meilleurs artisans de Jérusalem, qui l'avait ensuite incrustée d'ivoire et d'argent. Les sons, pourtant n'étaient pas différents de ceux qu'avaient entendus jadis les moutons dans les prés de Bethléhem.
Elle lui avait servi à chanter la beauté, et quelquefois la splendeur. Car il avait souvent vu l'une et parfois imaginé l'autre. Mais jusque fort tard, il ne s'était jamais avisé que l'une et l'autre l'avaient mis aux fers. Des mains qui paraissaient d'abord angéliques et qui se révélaient plus tard gantées de fer. Leurs grâces violentes et leurs soudains éblouissements avaient fait de lui l'esclave d'une musique infiniment supérieure. Et jusque fort tard, il ne s'était

jamais avisé non plus que sa propre musique, celle qu'il croyait avoir inventée, n'était que l'écho maladroit de l'autre.

Il l'entendait bien, maintenant, l'autre musique. Par-dessus les grésillements des insectes qui mouraient dans la flamme des lampes et les crépitements du brasero, les craquements des plafonds de cèdre et des portes de cyprès.

Des visages vinrent l'entourer. Ils étaient tous beaux et tendres, même celui d'Amnon l'impétueux, même celui d'Absalon l'impatient, même celui de Mikal l'obstinée. Jonathan, avec ses grands yeux distraits, Saül au front soucieux. Des milliers de visages sur lesquels il avait régné l'espace d'un sablier ou celui d'un règne. Pourquoi ne chantaient-ils pas ? Ils allaient chanter, c'était certain. N'entendaient-ils pas les premiers arpèges de la musique ? Il pensa que c'était à lui de donner l'exemple. Il ouvrit la bouche et émit un son, presque enfantin d'abord.

Ce fut ainsi qu'Abishag s'avisa que David, roi, était mort. Elle ne soupçonna jamais que le chant avait une suite.

25

Une dernière histoire de femmes

Il avait régné quarante ans. La longueur du deuil fut proportionnelle. Il vint des gens non seulement des confins du pays, mais même des pays voisins. Plusieurs rois envoyèrent des émissaires aux funérailles. Certains de ceux qui avaient jadis vu le jeune roi danser comme un troisième chérubin devant ceux de l'Arche vinrent pleurer sur la beauté disparue autant que sur leur jeunesse. Les femmes qui l'avaient aimé, ne fût-ce que l'espace d'une nuit, pleurèrent l'amant éternel. Mikal, qui était bien vieille, maudit une fois de plus le sort qui l'avait faite stérile : un enfant, c'eût été une survivance de David. Mais enfin, au bout de quarante jours, l'aube finit par se lever sur le nouveau règne que David avait mis en place avant de s'en aller.

Ceux qui avaient supposé que le jeune Salomon fût de la pâte ordinaire des princes, qui donne du pain friable parce qu'elle n'a pas été assez pétrie, et qui lève trop vite parce qu'on n'y a pas mesuré le levain, durent vite déchanter. A vingt-six ans, il avait l'œil ferme et la main sûre.

Il commença par convoquer Ebyatar, le grand-prêtre qui avait pris le parti d'Adonyas et qui observait depuis la mort de David une discrétion exemplaire. Le petit jeune homme rescapé du massacre de sa famille par Saül était devenu un vieillard chenu.

Salomon le reçut dans la salle d'audience, en présence

des chambellans et du chef de la garde royale, qui était toujours Benaïa. Ebyatar se jeta aux pieds du nouveau roi, qui le releva d'un geste ferme.

« Je devrais te faire mettre à mort », lui dit-il d'une voix calme et froide. Le vieillard parut se décomposer sur place ; il trembla comme une feuille au vent. « Tu as trahi mon père en concourant au couronnement d'un autre, alors que mon père était vivant et sur le trône. Cependant, tu as porté l'Arche du Seigneur devant mon père. Tu as partagé ses vicissitudes. Je me contente donc de te retirer ta charge de prêtre du temple. »

L'autre hocha précipitamment la tête et, s'inclinant le plus bas possible, appela les bénédictions du Seigneur sur son juge et roi avant de décamper. Sadoq s'étonna par la suite que son ancien collègue ne fût même pas venu lui faire ses adieux. Personne n'entendit plus parler d'Ebyatar.

Le misérable Shiméi, qui avait jadis trahi David pour Absalon, puis qui s'était roulé à Gilgal aux pieds de David triomphant, ne fut pas entretenu longtemps dans l'illusion qu'il avait été oublié. Deux gardes du roi vinrent l'arrêter chez lui pour l'emmener devant Salomon. Il comparut sur l'heure. Le roi traitait d'autres affaires et fit lanterner l'intrigant, puis il le considéra un moment, tandis que l'autre ravalait sa salive.

« Shiméi, lui dit Salomon, tes crimes sont assez connus pour que je n'y revienne pas. Rien ne les a absous. » L'autre devint pâle comme un linge. « Tu habites Jérusalem. Tu peux y prendre maison. Mais je ne veux pas que tu quittes jamais la ville pour aller comploter à l'extérieur. Si tu traverses seulement la vallée du Kédron, tu es un homme mort. Que ce soit clair. Tu seras responsable de ta propre mort. »

Shiméi s'écroula en pleurant au pied du trône. Il protesta jusqu'à l'écœurement de son allégeance. Salomon donna aux gardes l'ordre de le ramasser et de l'expulser du palais.

Les gens prudents, mais pas tous, comprirent qu'il valait mieux se tenir tranquille. Adonyas alla un jour rendre visite à Bethsabée.

« Viens-tu en ami ? » demanda-t-elle, circonspecte. En

tant que mère du roi, elle entendait plus que son lot de requêtes. Mais elle ne pouvait oublier le jour du couronnement improvisé d'Adonyas, où elle s'était trouvée contrainte d'aller alerter David en urgence.

« Je viens en ami. J'ai quelque chose à te dire.

— Je t'écoute. »

Il s'assit et elle le jaugea du regard. Il paraissait honnête. Il avait tout au moins renoncé aux extravagances du temps qui avait précédé son couronnement par lui-même ; il se contentait d'une suite de deux courtisans ou gardes, on ne savait, mais on était loin des escortes tapageuses d'antan.

« Tu sais, annonça-t-il, que le trône me revenait naturellement dans l'ordre de succession. Tout Israël m'espérait comme roi. Mais j'ai été écarté en faveur de ton fils. » Elle fronça les sourcils. « C'est la volonté du Seigneur, poursuivit-il. En échange du tort qui m'a été fait, je veux te demander une faveur. Veux-tu demander au roi, car je sais qu'il ne te le refusera pas, de m'accorder Abishag la Shunamite en mariage ?

— La dernière concubine de David ? demanda Bethsabée d'un ton égal.

— Elle-même.

— Eh bien, je peux lui en parler. »

Il la remercia avec effusion et s'en fut. La porte était à peine fermée qu'elle laissa éclater sa colère. La concubine de David, en vérité ! La prenait-il pour une sotte, qu'elle ne sût pas ce que cela signifiait que d'être l'époux d'une concubine du roi défunt ? Cela revenait à s'arroger la royauté * ! Cet intrigant ne s'était donc pas repenti ! Il allait

---

* Le récit de la démarche d'Adonyas et de ses conséquences dans I Rois II, 13-25, donne (ou voudrait donner) à croire que Bethsabée serait allée transmettre à Salomon la requête d'Adonyas sans savoir ce qu'elle impliquait. Or, il est hautement improbable que Bethsabée, qui avait été l'épouse de David pendant près d'un quart de siècle et qui habitait dans la Cité royale de Jérusalem avec lui, ne fût pas informée du sens de la requête d'Adonyas. Selon le droit coutumier, en effet, il revenait exclusivement à l'héritier du trône de revendiquer la main de la concubine du père. Telle est d'ailleurs la raison de la colère d'Ishyo, héritier du trône de Saül, quand Abner revendique Rispa, concubine de Saül. Ce qui frappe dans le récit biblique est plutôt la naïveté d'Adonyas et la perfidie de Bethsabée quand elle alla transmettre la requête de celui-ci à Salomon : elle savait à l'évidence qu'elle dépêchait à la mort l'homme qui l'avait fait trembler quelques années auparavant.

Le roi éternel

revenir à la charge et manigancer Dieu savait quelle revendication mâtinée de droit d'aînesse ! Bethsabée en donnait des coups de canne sur les dalles en soufflant de fureur. Ses deux servantes s'alarmèrent de sa colère. « Maîtresse ! Maîtresse ! Tu te fais du mal ! » clamèrent-elles.

« C'est vrai que je me fais du mal, songea Bethsabée. C'est à lui plutôt qu'il faut faire mal. » Elle appela sa suivante et s'en fut sur-le-champ demander audience à son fils.

Il recevait ses ministres, traitait une affaire d'héritage compliquée, de problèmes de voirie causés par les pluies récentes... Mais il s'interrompit pour l'accueillir avec chaleur, se levant pour aller l'aider à franchir l'espace qui séparait la porte de l'estrade sur laquelle il siégeait. Puis il la fit asseoir près de lui. Elle avait l'expression contrariée qu'il connaissait trop bien.

« Quelle fortune t'amène ? demanda-t-il.

— J'ai reçu une visite d'Adonyas, dit-elle.

— Adonyas ! En vérité ! Et quel en était l'objet ? »

Bethsabée regarda son fils dans les yeux. « Il veut que tu le laisses épouser Abishag. »

Salomon parut incrédule. « Il t'a demandé cela ?

— Il m'a demandé cela, alléguant que tu ne me le refuserais pas. »

Salomon éclata de rire. « Pourquoi ne t'a-t-il pas demandé mon trône, pendant qu'il y était ? » Puis son expression changea. « Il est incurable. Il aspire toujours au trône. Il intrigue et il intriguera encore. Il faut le mettre à mort sans tarder. » Son teint avait revêtu une couleur sombre. Il fit mander Benaïa. « Benaïa, prends cinq hommes et va chercher Adonyas où il se trouve.

— Je m'en vais », dit Bethsabée en se levant.

Adonyas comparut peu après. Les deux princes s'affrontèrent du regard, sans mot dire. Les chambellans observaient la scène le visage tendu.

« Est-il vrai que tu as demandé Abishag la Shunamite comme épouse ? demanda Salomon d'un ton désinvolte.

— Ne me revient-elle pas ? répondit calmement Adonyas. Je suis le premier dans l'ordre de succession.

— Tu sais ce que cela signifie que de revendiquer comme épouse la concubine de son père ?

— Cela signifie que je suis l'aîné, dit Adonyas.

— Et sans doute le successeur de David ?

— Ne le suis-je pas par l'âge ? Ne dois-tu pas le trône à une manœuvre illicite ?

— Contestes-tu la volonté de ton père ?

— Je la conteste, puisqu'elle a enfreint le droit.

— Et ma royauté ?

— Et ta royauté.

— Benaïa, saisis cet homme et fais-le exécuter dans l'heure, dit Salomon en croisant les mains sur ses genoux.

— Tu ferais exécuter ton frère ? demanda Adonyas étonné.

— Puisque tu ne respectes ni les volontés de ton père, ni ma royauté, j'y suis contraint. »

Un silence effrayant régna dans la salle des audiences.

Le crissement des bottes des gardes sur les dalles de pierre prit les proportions d'un tonnerre. Adonyas se laissa emmener. Il fut décapité peu après sur la terrasse des exécutions de la Cité royale. Sa mère Haggith, heureusement pour elle, était morte depuis longtemps. Son épouse et ses enfants étaient vivants, mais à l'époque, les familles de princes étaient habituées à fréquenter le glaive.

C'était la dernière histoire de femmes du règne de David. Nul ne s'en étonna : David avait beaucoup aimé.

Mais il n'y a pas d'histoires de femmes. Il n'y a que des histoires tout court. Adam l'avait déjà compris.

Postface

Le roi malgré lui

Ce récit s'écarte en plusieurs points de l'Ancien Testament, les familiers de ce dernier l'auront sans doute relevé.

Il s'en écarte, tout d'abord, en ce qui concerne les rapports du prophète Samuel et du roi Saül. Nous ne les connaissons que par les livres Samuel I et II, qui ont été partiellement, et donc partialement, écrits par le prophète lui-même. Ils frappent par l'hostilité obstinée que Samuel témoigne à Saül dès le début de la royauté de celui-ci.

C'est à contrecœur que Samuel élit un roi, en effet, et il le dit sans ambages. Pour lui, les Juifs ne peuvent avoir qu'un roi, qui est Yahweh. Pour la conduite des affaires terrestres, ils doivent s'en remettre à leurs prophètes et, en l'occurrence, à lui-même Samuel. La nomination d'un roi ne peut qu'affaiblir son pouvoir et Samuel entend donc faire peser sur Saül tout le poids de son autorité spirituelle ; il se considère comme le vrai roi d'Israël, Saül n'étant que son obéissant délégué.

Mais Saül, roi, et de surcroît victorieux, entend imposer son propre pouvoir. Deux conflits l'opposeront au prophète. Le premier se produit après la victoire contre les Philistins, quand le roi avance la date du sacrifice de reconnaissance au Seigneur, alors que Samuel avait prescrit un délai de sept jours ; le second quand Saül, après avoir massacré les Amalécites, vieillards et bébés au sein inclus, sur l'ordre prétendu de Dieu (mais en fait de Samuel, car on ne peut que répugner à croire que Dieu ait ordonné de massacrer des êtres sans défense et des enfants au sein), choisit dans son butin quelques têtes de bétail qu'il entend sacrifier au Seigneur. De plus, dans sa clémence de vainqueur, qui le présente paradoxalement comme un personnage digne d'estime, Saül a épargné Agag, le roi amalécite, désormais dénué de tout.

Selon Samuel, Dieu se serait détourné de Saül après le premier manquement, car celui-ci lui aurait désobéi. Le second manquement aurait entraîné la chute de Saül. La minceur des prétextes est stupéfiante. L'allégeance de Saül à Yahweh est patente : s'il avance la date du sacrifice, ce n'est pas par caprice, mais parce que les désertions qui se produisent dans les rangs des Juifs, décimés par leurs combats contre les Philistins, l'ont alarmé ; il décide alors de les rassembler par un sacrifice solennel, en avance de deux ou trois jours sur le délai prescrit par Samuel, qui n'a d'ailleurs pas participé aux combats. Dieu ne peut certes pas lui tenir rigueur, dans l'optique même de l'Ancien Testament, d'avoir rassemblé Son peuple par un sacrifice.

La réalité semble bien différente : Samuel espérait célébrer lui-même le sacrifice avec Saül comme assesseur. Le roi l'a frustré de cet honneur et, de plus, n'a pas respecté à la lettre ses instructions. C'est un dépit de théocrate rigide, sinon fanatique, auquel on a arraché son pouvoir et qui refuse d'admettre les contingences.

Le prétexte du second conflit est encore plus ténu. En effet, et il l'avoue lui-même, bien avant le manquement supposé de Saül, Samuel arrive au rendez-vous du Gilgal, après la deuxième victoire, déjà décidé à perdre Saül. Il n'a pas décoléré de la nuit qui précède l'entrevue, sans même connaître la version des faits que lui fournira Saül. Dans sa vindicte obstinée, il fait amener le roi Agag prisonnier et le tue de ses propres mains dans un accès de ce qu'il faut bien définir comme folie sanguinaire. Dans les deux cas, le châtiment que Samuel entend imposer à Saül est hors de proportions avec les prétendues fautes de Saül. Père de deux fils qui prétendaient exercer la profession de juges et qui étaient corrompus, selon Samuel I, le prophète se montre là bien vétilleux. Car c'était une bien plus grande faute que de rendre la justice au nom de Dieu et d'être corrompu que d'avancer la date d'un sacrifice et d'épargner son ennemi vaincu.

La suite de Samuel I et II n'est guère plus convaincante. Les auteurs décrivent Saül comme un homme accablé par sa « faute » et l'abandon de Samuel et se traînant lamentablement depuis la rupture avec Samuel jusqu'à sa mort. La description laisse sceptique pour deux raisons. La première est que Saül est un guerrier de premier ordre, qui a fait ses preuves : il a conquis des territoires considérables avec quelque trois mille hommes sans armes (lors du combat contre les Philistins, seuls lui et son fils Jonathan possédaient des armes véritables, car les armes, glaives et lances, coûtaient alors très cher et les Juifs n'en avaient guère — c'est d'ailleurs avec une fronde que David abattra Goliath). Il est inconcevable qu'il n'ait pas saisi l'extravagante disproportion entre ses « fautes » supposées et le châtiment que Samuel prétend lui infliger. Or, s'il semble avoir souffert de neurasthénie (ce qui reste à démontrer), ce n'était certes pas un esprit faible.

De plus, il a régné quelque vingt ans, entre 1030 et 1010 avant notre ère, et ses exploits guerriers commencent tout de suite après son avènement. Il doit alors avoir une quarantaine d'années, puisqu'il a déjà quatre fils dont l'aîné, Jonathan, est assez vaillant pour être son plus efficace et plus courageux lieutenant. On n'imagine guère qu'un personnage aussi courageux ait traîné durant tout son règne comme un roi Lear rongé de doutes et de neurasthénie. Il est bien plus probable que Samuel et ceux qui ont pris sa relève dans la rédaction des livres qui portent son nom ont, dans le droit fil de la tradition prophétique, amplifié jusqu'à l'outrance l'effet de l'anathème de Samuel sur l'humeur de Saül.

Mais la vindicte forcenée de Samuel à l'égard de Saül se répercute jusqu'à l'absurde dans les textes des auteurs des deux livres qui portent son nom. Dans la scène shakespearienne de la magicienne d'Endor, à laquelle Saül va demander d'invoquer les mânes de Samuel, on voit ainsi apparaître le prophète et juge qui tient — et au nom de Dieu — des propos totalement contradictoires. En effet, Samuel dit d'une part à Saül, promis à la mort dès le lendemain, dans son combat contre les Philistins, que Dieu lui a arraché son royaume pour le donner à David et trois lignes plus bas, qu'Il donnera ce royaume aux Philistins !

Néanmoins, Samuel a vaincu Saül. Celui-ci est sans doute la victime de la première guerre psychologique de toute l'Histoire. Samuel a instillé en lui le sentiment qu'il avait perdu sa chance en perdant la faveur divine, et pour donner plus de force à sa malédiction, il a infligé à Saül l'insulte suprême, voire extravagante, de nommer un autre roi pendant que le premier était vivant. A la fin, intoxiqué par cette conviction, Saül a franchi cinquante kilomètres dans la nuit pour aller demander à la magicienne d'Endor de convoquer le spectre du juge !

Que pouvait dire la magicienne, mimant la voix du spectre (que Saül, selon les paroles mêmes du texte biblique, n'a jamais vu) ? Que la partie est perdue. Superstitieuse elle-même, comme l'exige son métier, elle ne peut démentir Samuel, car les douze tribus savent bien que le prophète a maudit Saül. Elle délivre donc son message sinistre.

On peut se demander incidemment si, au lieu de s'être lancé dans une épuisante et démoralisante expédition nocturne pour aller consulter une faiseuse, Saül n'eût pas mieux fait de s'accorder une bonne nuit de sommeil. Il était à la veille d'une grande bataille, en effet, et c'est un homme exténué que les Philistins tuent le lendemain. Ultime effet et de la malédiction de Samuel et des dangers de la superstition ! Mais il est vrai qu'on a vu beaucoup de chefs d'Etat contemporains, à commencer par Ronald Reagan, président des Etats-Unis, ou François Mitterrand, président de la République française, consulter des haruspices modernes, en l'occurrence des astrologues, pour établir la date propice de la rencontre avec Mikhaïl Gorbatchev en Islande ou autres circonstances !

Mais la faveur des auteurs des deux livres de Samuel est acquise à David avec un parti-pris déterminé. Pourtant, celui-ci a commis bien des « fautes » infiniment plus graves que celles que Samuel reprochait à Saül, et qui eussent dû lui valoir autant d'anathèmes. Laissons de côté l'épisode homosexuel avec Jonathan, l'homme dont « l'amour surpassait celui des femmes » et qui se mit tout nu devant lui après l'exploit contre Goliath ; nous sommes au xe siècle avant notre ère, et les préceptes mosaïques n'ont certes pas pénétré la nation d'Israël, encore à naître. En témoignent les noms que les Hébreux du temps donnent à leurs fils : Saül en appelle un Ikbaal ou Ichbaal (dans ce livre, désigné par Ishyo, autre variante de ce nom), soit « Homme de Baal » (le dieu des Philistins). David en appelle un Yerimoth, « Etabli par le dieu Moth » ; Jonathan appelle le sien Meribbaal, « Baal est défenseur ». L'homosexualité n'est pas chez les peuples de la région l'interdit qu'elle deviendra dans la loi mosaïque. Elle eut pour les hagiographes de David le mérite de faire monter le jeune berger sur la scène du pouvoir et elle ne les scandalisa sans doute pas outre mesure, puisqu'ils la rapportent en termes aussi clairs et candides que possible.

Il conviendrait, par ailleurs, de ne pas se laisser aller à des simplifications outrancières et de ne pas se représenter David comme un « homosexuel », avec les implications spécialisées qui ont cours trente siècles plus tard, et encore moins comme un « bisexuel » : son attirance pour les femmes, largement attestée par la suite, le dément sans ambages. La vérité semble à la fois plus simple et plus subtile : jeune, héroïque et beau, David suscite un coup de foudre chez le fils du roi. Celui-ci s'offre à lui avec une spontanéité qui défie l'ironie, et David y répond avec une simplicité et une ferveur qui ne se démentiront pas par la suite, même après la mort de Jonathan. L'épisode plaide bien plus en faveur de la générosité et de la sincérité de David qu'en celle de thèses compliquées et réductrices.

C'est la suite du comportement de David qui est déconcertante. Par exemple, le fait qu'il a rejoint les rangs des Philistins et qu'il est même devenu le vassal du roi philistin Akish, ennemi juré des Hébreux. Quand il est convoqué par ce dernier, David se prépare d'ailleurs sans scrupules à en découdre avec Saül, c'est-à-dire à verser du sang juif. Seul son rejet par les autres généraux philistins lui évite cette forfaiture, à lui que Samuel a désigné comme le roi d'Israël. Sa férocité inouïe lors de ses razzias contre les villages amalécites ou ammonites, quand il est au service d'Akish, n'est guère plus recommandable : il massacre hommes, femmes et enfants et ne fait pas de prisonniers afin de ne pas laisser de traces. Cela contraste vivement avec l'image de personnage pacifique qu'il cultive jusqu'aux franges de l'hypocrisie une fois qu'il est devenu roi de Juda.

Mais les contradictions ne s'arrêtent pas là : il y a l'effroyable affaire de la descendance de Saül. Sur une voyance présumée du prophète Nathan, David apprend, en effet, qu'il y a « une faute de sang » qui pèse sur le pays : Saül aurait jadis massacré les Gabaonites dans une de ces guerres innombrables qui parsèment l'histoire d'Israël. Or Dieu aurait promis aux Gabaonites qu'eux seuls parmi les non-juifs seraient épargnés ; Saül a rompu le pacte divin avec les Gabaonites. Dieu manifeste sa colère maintes années plus tard par une famine de trois ans et demande par la voix des Gabaonites la mise à mort de petits-enfants du roi disparu depuis de nombreuses années. Ces petits-enfants ont une signification particulière pour David ; l'un d'entre eux, en effet, est Méribbaal, le fils infirme de Jonathan. Cinq autres sont des enfants de sa première promise, Mérab, fille de Saül, et d'Adriel, le fils d'un homme auquel David est spécialement redevable : c'est Barzillaï, qui a contribué à le défendre et à le remettre sur le trône après le coup d'Etat d'Absalon. Néanmoins, il livre les cinq enfants de Mérab, plus les deux enfants de Saül et de sa concubine Rispa, sachant qu'ils vont être mis à mort. Ils le sont, de fait : précipités du haut d'une falaise.

Cependant, David refuse de livrer Méribbaal : c'est le fils de Jonathan, dont le souvenir pèse évidemment dans sa vie d'un poids exceptionnel. Mais on se demande pourquoi d'une part, il enfreint pour Méribbaal l'ordre divin d'exterminer la descendance de Saül et de l'autre, il cède les sept enfants aux Gabaonites. Il pratique là, une fois de plus, la politique des deux poids et deux mesures selon un système où l'on peine à déceler même de l'opportunisme : c'est de l'incohérence.

Le pire est sûrement son comportement abject avec Urie, le mari de Bethsabée, qu'il envoie à la mort pour pouvoir s'approprier celle-ci. Or, et même si le prophète

Nathan lui annonce de cruelles punitions à cause de ce crime, la faveur divine lui reste acquise et le restera acquise jusqu'à l'époque du Nouveau Testament : en effet bien qu'ils proclament conçu par l'Esprit saint, donc sans ascendance humaine du côté paternel, Jésus, les évangélistes s'efforcent laborieusement de faire remonter à David sa généalogie (sans tenir compte du fait que l'union de David et de Bethsabée, qui produit Salomon, est passablement sulfureuse).

Certes, l'histoire de David n'est pas tracée d'une main ferme dans l'Ancien Testament. Cela se constate en différents passages des deux livres de Samuel. Ainsi, en I Samuel, le roi Saül demande à son commandant en chef et cousin Abner le nom du vainqueur de Goliath (XVII, 55-58), alors que c'est lui-même qui a ceint David de son propre baudrier avant le combat, l'a coiffé de son casque et muni de son glaive (XVII, 38). Or, on a peine à imaginer que le roi ait pu confier à un adolescent des possessions aussi précieuses sans s'enquérir au préalable de son nom. Il s'agit donc d'un récit repris et modifié par au moins deux auteurs, sans grand souci de cohérence de la part du second.

De même, David va d'abord porter la tête de Goliath à Jérusalem (I Sam. XVII, 54), puis, précédé par Abner, le commandant en chef de Saül, à la tente de Saül même (I Sam., XVII, 57). C'est évidemment absurde, car l'affrontement avec Goliath a eu lieu, comme on l'a vu plus haut, dans la vallée du Térébinthe, à vingt-cinq kilomètres de Jérusalem à vol d'oiseau, sous le camp installé par Saül sur une colline pour surveiller les Philistins. Il est évident que c'est d'abord à la tente du roi que David a été porter le trophée. L'entrée triomphale à Jérusalem, assez vaguement évoquée en I Sam. XVIII, 6-7, a dû se faire au plus tôt le lendemain, plus probablement les jours suivants, après le retour des forces dépêchées pour exterminer les fuyards philistins.

Ces discordances sont encore plus sensibles dans les deux traditions qui se dégagent de I et II Samuel : la première veut que Samuel, ayant rejeté Saül, ait donné l'onction royale à David du vivant même de celui-ci, l'autre, que

David se soit déjà introduit par ses talents de musicien dans le cercle du roi.

Les incohérences du texte de l'Ancien Testament tiennent à coup sûr des réécritures incessantes dont ces livres ont fait l'objet, de la part des scribes des quatre traditions yahwiste, élohiste, deutéronomiste et sacerdotale sur la réalité desquelles tous les éxégètes bibliques sont désormais d'accord. Lorsque les quatre versions séparées seront publiées (la première, yahwiste, vient de l'être *), on pourra déterminer à quel moment l'histoire de David a été introduite en Samuel I et II avec les détails que nous connaissons.

Incohérences et discordances n'occultent toutefois pas un trait constant et déconcertant du comportement de David : sa culpabilité. Celle-ci se manifeste d'abord par son incompréhensible indulgence à l'égard de Saül et de sa famille.

Ainsi, quand Saül, en train de satisfaire à ses besoins naturels, se trouve à la merci de David et de ses compagnons dans la grotte d'Engeddi, ce même Saül qui a essayé de le tuer d'un coup de lance, qui le pourchasse avec l'intention avérée de le mettre à mort, David l'épargne ; il se contente de couper un pan de son manteau. Et quand Saül meurt enfin de sa mort lamentable, David organise une lamentation collective, assortie d'un psaume où il célèbre à la fois les vertus de Saül et l'amour de son fils Jonathan (ce qui, incidemment, attise la curiosité à l'égard du Livre de Yachar, aujourd'hui perdu, où le psaume était transcrit dans son intégralité).

De même, quand Abner, cousin de Saül qui a pourtant ourdi maints complots contre David et qui, comble d'hostilité, a mis sur pied la royauté fantoche d'un fils de Saül, Ishyo, tourne brusquement casaque et rallie le camp de David, celui-ci le reçoit avec les plus grands égards. Et quand le neveu de David, Joab, dépêche Abner à la mort d'un coup de dague dans le ventre, David organise une fois de plus la mise en scène du chagrin profond. Mieux ou pis,

---

* Il y apparaît que la version yahwiste, sans doute la plus ancienne, contenait les cinq livres du Pentateuque, Josué, Juges, Samuel I et II et I Rois.

quand deux officiers d'Ishyo décapitent celui-ci et apportent à David la tête de son ennemi, il les fait eux-mêmes décapiter.

On pourrait à ce point soupçonner David d'hypocrisie. En effet, la mort de Saül lui avait ouvert l'accession au pouvoir, celle d'Abner, intrigant de premier ordre, avait facilité l'union des douze tribus sous son sceptre et celle d'Ishyo, enfin, avait consommé la chute de la maison de Saül et fait de David le seul roi possible de ces tribus ; il n'y avait certes pas là de quoi se lamenter. Feindre alors une douleur poignante en ces trois occasions laisse sceptique.

Mais peut-être la clef du comportement paradoxal de David est-elle moins l'hypocrisie que la culpabilité, évoquée plus haut. Tandis qu'il bénéficiait de la protection de Jonathan et de ses deux sœurs, sans parler de la bienveillance de Saül, il a accepté l'onction royale du vieux Samuel, ce qui était une trahison du plus haut niveau. Il eût alors pu en informer Saül et Jonathan ; il ne l'a pas fait. Ainsi s'explique la soudaine fureur de Saül, sans doute informé de façon détournée de ce que son favori a été nommé roi. David ne se pardonnera plus jamais d'avoir trahi l'affection du père et l'amour des enfants.

Joab, son neveu, est sans doute celui qui a vu le plus clair dans le personnage du héros, et les quatre derniers versets du dix-neuvième livre de II Samuel achèvent David plus cruellement que le glaive : contrairement à la mythologie en vogue à propos de David, la crainte de Dieu ne l'a pas aguerri, elle lui a au contraire retiré la capacité d'être un chef de guerre. La névrose de culpabilité le rend incapable d'assumer le rôle que lui demandent les tribus. Si celles-ci se rallient quand même à lui après l'échec du coup d'Etat d'Absalon, puis de celui d'Adonyas, ce n'est plus tant par admiration qu'en raison du sentiment que, même diminué, humilié comme il vient de l'être (trahi par ses propres fils !) David reste le symbole d'un peuple en gestation. N'empêche : les deux princes avaient été acclamés par le peuple lors de leur éphémère prise du pouvoir. A la fin de son règne, la fidélité des Hébreux n'allait plus à David, mais au trône.

Sur le fond de l'immense fresque biblique, David ne se

détache ni comme un caractère exceptionnel, ni comme un politique avisé. Il est loin de posséder la stature d'un Moïse ou l'autorité d'un Salomon. Durant la première partie, il est le jouet de deux personnages redoutables et antagonistes, le prophète Samuel et le roi Saül. Durant la seconde, il s'efforce de pallier par l'entregent les effets désastreux de son manque d'autorité : son royaume menace sans cesse de se démanteler, du fait des velléités d'indépendance des tribus du nord.

Pourquoi, alors, sa popularité ? C'est qu'il a laissé aux Juifs le souvenir de deux événements qui ont pris force de mythe : l'union des douze tribus et la conquête de Jérusalem. Et c'est vrai : Israël existe à partir de David et sa capitale reste la ville qu'il a conquise aux Jébuséens, en réalité les descendants des Hyksos qui avaient accueilli son ancêtre Joseph. Trente siècles plus tard, le personnage demeure étrangement attachant pour bien d'autres que les Juifs : il est l'adolescent vainqueur de Goliath, le joueur de lyre et le psalmiste inspiré, l'amant insatiable (dix épouses et autant de concubines, alors que Saül n'avait qu'une femme), le héros innocent qui se laisse aimer fût-ce par un homme, l'opportuniste qui rallie les rangs des Philistins ennemis pour survivre, le roi-brigand et sans pain qui a erré dans les forêts en compagnie d'une bande de soldats perdus, le jeune roi vainqueur qui danse presque nu devant l'Arche d'alliance, au scandale de sa femme, le stratège rusé qui s'est faufilé avec ses hommes dans Jérusalem par les égouts, l'homme mûr incapable de rancune contre ses pires ennemis, autant d'images qui brossent un personnage bien peu conventionnel.

Berger et poète, il est contraint d'assumer la royauté. Il voulait chanter et faire l'amour, il est jeté dans la brutalité de luttes pour le pouvoir auxquelles rien ne le préparait. Il voulait danser, on lui apporte des têtes coupées. Son charme, *charisme* comme dit un langage faussement savant, y résista néanmoins et lui permit de régner quarante ans.

Et de survivre à l'extraordinaire roman noir qu'est son histoire : décapitations, trahisons et turpitudes sans nom s'y succèdent. Prêtres et généraux, tels Ebyatar, y sont des intrigants. L'inceste éclate jusque dans la famille royale : Amnon, fils de David, viole sa propre sœur Tamar ! Son autre fils, Absalon, fornique en public avec les femmes de son père ! Les vengeances foisonnent. Personne dans l'entourage royal qui n'entretienne à l'égard d'un autre une haine féroce.

Bien des exégètes ont cru voir en lui un précurseur de Jésus : il s'impose, en effet, par sa tendresse. Il se résigne au Dieu vengeur et sanguinaire qui trône à l'époque dans les consciences, mais il ne le cultive pas ; on a plutôt l'impression qu'il l'a attendri. Et il est le seul dans le ténébreux décor de l'Ancien Testament dont l'image demeure souriante. N'ayant pas trouvé d'étude qui me permît de retrouver le David que j'avais discerné, j'ai écrit la paraphrase que voilà.

Paris, octobre, 1998

TABLE DES MATIÈRES

Avertissement de l'auteur 9

Première partie : LE ROI FUTUR

1. Le berger 13
2. L'arbre 15
3. Le discours de la magicienne de Jéricho 19
4. L'assassinat 23
5. Le récit d'Abimélek 30
6. Le monstre de Gât 39
7. Un galet 47
8. Les dons et l'offrande 55
9. Jonathan 63
10. La nuit de Rama 69
11. Le camouflet 76
12. « Une femme, pas n'importe laquelle » 83
13. Une mesure pour rien 88
14. La gageure 95
15. L'onction 101
16. Le deuil d'un vivant 110
17. « C'est moi, le roi ! » 112
18. La pierre et la lance 118
19. La lyre et le traître 123
20. La déchirure 126
21. La fuite 132
22. Un signe obscur 139
23. Le glaive 142
24. Le crétin 147
25. Un bon marché de voleurs 151
26. Retrouvailles 156

27. Abigaïl	161
28. Le face à face d'Enguedi	168
29. Le rêve en péril	173
30. Dix-sept lunes	175
31. Comme l'aigle et comme le lion	180
32. Ce que dit l'ephod	186
33. La magicienne d'Endor	196
34. La chute de l'arbre	201
35. Fin d'une jeunesse	204

Deuxième partie : LE ROI ÉTERNEL

1. Une mesure pour rien	215
2. Deux histoires de femmes	219
3. Mikal	223
4. Trahisons et duperies	228
5. Jérusalem ! Jérusalem !	235
6. La chair et la pierre	242
7. Un objet dangereux	247
8. Deux chérubins d'or massif	257
9. Le mépris	264
10. Plus qu'un homme et moins qu'un ange	267
11. Chronique militaire ordinaire	272
12. La femme de la terrasse	278
13. L'infamie	284
14. Le fruit empoisonné	290
15. Le banni	295
16. L'exil	301
17. Un fils parricide	313
18. Ce qu'on apprit plus tard	317
19. « Tu hais ceux qui t'aiment et tu aimes ceux qui te haïssent ! »	319
20. Infamies et vengeances	329
21. La tête d'un homme	342
22. Le conseil des matrones	345
23. La journée des trois rois	351
24. L'adieu à la lyre	360
25. Une dernière histoire de femmes	362
Postface. Le roi malgré lui	367

*Impression réalisée sur CAMERON
par BRODARD ET TAUPIN
La Flèche
en décembre 1998*

Imprimé en France
Dépôt légal : décembre 1998
N° d'édition : 99002 — N° d'impression : 1164 V